跟 孤 独 的 人
说 说 话

李轻松 / 著

 中国出版集团 现代出版社

图书在版编目（CIP）数据

跟孤独的人说说话 / 李轻松著. —北京：现代出版社，2018.5
ISBN 978-7-5143-6698-3

Ⅰ. ①跟… Ⅱ. ①李… Ⅲ. ①长篇小说－中国－现代
Ⅳ. ①I247.5

中国版本图书馆CIP数据核字（2017）第324374号

跟孤独的人说说话

作　　者：李轻松
组稿编辑：庞俭克
责任编辑：庞俭克　朱文婷
出版发行：现代出版社
通讯地址：北京市安定门外安华里504号
邮政编码：100011
电　　话：010-64267325　64245264（传真）
网　　址：www.1980xd.com
电子邮箱：xiandai@vip.sina.com
印　　刷：长沙鸿发印务实业有限公司

字　　数：365千字
开　　本：710mm×1000mm　1/16
印　　张：21.75
版　　次：2018年5月第1版
印　　次：2018年5月第1次印刷
书　　号：ISBN 978-7-5143-6698-3
定　　价：49.80元

目 录

引　子

十年前的那个夏夜，在一个不知名的胡同里发生一起命案。一个醉鬼追打老婆，刚满十八岁的双胞胎兄弟魏东魏锋打抱不平，三人纠缠在一起，醉鬼抓起西瓜摊上的西瓜刀左刺右砍，慌乱之中，那把刀却插进了醉鬼的胸膛……最终，醉鬼不治身亡，魏锋以故意伤害致死罪被判十年。这个事件给魏锋的家庭带来了不可弥补的伤痛，他的母亲一夜白头，并患上了强迫症；他的父亲本来就脾气暴躁，后来更是变本加厉，为发泄内心的痛苦不惜折磨家里的每一个人；哥哥魏东在弟弟走进监狱大门时进入大学校园远走日本，患上了严重的抑郁症。十年后，魏家刚刚勉强抚平那无法言说的伤痛，魏东的留学归来重又把魏家推进了万劫不复的深渊……

事情还得从一家蒙古族摔跤馆说起。

魏东拉着萨仁托娅一进来就被那紧张热烈的场面吸引住了。魏东尤其喜欢托娅的目光，像湛蓝的天空，没有一丝阴影，重要的是她用眼神鼓励他下场一试。魏东对蒙古摔跤一窍不通，但他不想在托娅面前显出自己的懦弱，只好硬着头皮下场试试。托娅给了他一个鼓励性的手势，他充满信心地走进去换衣服。

魏东换上了牛皮背心，下身穿着肥大的摔跤裤，脚蹬蒙古靴。显然他并不健壮，甚至有些瘦弱。他走进赛场，托娅帮他唱歌挑战，仪式结束后，两人冲上去纠缠在一起。这种场景是魏东做梦都没有想过的，他会因为一个女孩跟别的男人较量，虽然他只跟对手僵持了一会儿，就被摔倒……

一向软弱的魏东敢于接受挑战，并让心爱的女孩为自己欢呼，已足够满足的了。他躺在那里，一直到托娅兴奋地冲上来，一把拉起他，并与他紧紧地拥抱在一起时，他才缓过神来。这时，一个清洁女工拿着抹布进来擦地板，突然发现魏东胳膊上的一道伤疤。她一下子呆住了，几年前丈夫被刺的场面出现在眼前：一个胳膊上带伤的男孩扑上前，一把刀插进去，丈夫慢慢倒下去……两个男孩与丈夫的身影在眼前交替闪烁，清洁女工手里的抹布一下子落到地上。

她被脑海里这个场景惊得有些站立不稳，她揉揉眼睛，再仔细看看，没错，她认识这男人的目光，就算他在狂喜之中，他的眼睛也是阴森而忧郁的。还有那道伤疤，就像一道闪电，一下子就击中了她。

她在短暂的空白状态结束之后，迅速地反应过来：当年那个杀了她丈夫的人没有入狱，那就意味着，她有重新追究他责任的机会，而这个机会也同时意味着她今后的生活将发生根本性的改变。魏东没有想到这次的蒙古摔跤会翻出十年前那本旧账，使他和他这个家庭的每个成员都不得不面对另一个结果……

第二天，张宝珍走进了市公安局刑警大队报了案，接待她的是办了不少大案冤案的著名青年刑侦专家、市刑警大队大队长苏宁。张宝珍声称十年前杀害她丈夫的凶手至今依然逍遥法外，请苏队长为她申冤。

第一章　重入炼狱

1

郊外的草地，正是夏天，丰沛的雨水使草木繁茂，远处的青山也隐在绿色之中。金黄色的光线平铺在草地上，仿佛一片金碧辉煌的地毯。光线照在魏东与托娅的脸上，那么柔和高贵，仿佛一幅油画。尤其是那青草的气味扑面而来，使在草原上长大的萨仁托娅疑心自己回到了梦里。其实这与真正的大草原存在着巨大的差异，可是对于已久居城市的托娅来说，这看起来并不完美的草原也可以唤起她的回忆。

而且他们有马。

托娅爱极了马，她认为马是世上最漂亮的动物，无论什么样的马一到了她的手里，都能立即成为她的朋友。她温柔地拍拍马的头，马亲切地对她眨眨眼睛，那毛茸茸的长睫毛如梦如幻。马亲昵地与托娅蹭着脸，不安地跺着地，它在等待着激情的奔驰。她仰起脸，四目相对，两簇燃烧的火苗正在靠近，靠近……

魏东突然上马，马打了一个回旋，他一手把托娅也拉上来，抱在怀里。另一只手一拉缰绳，马儿嘶鸣着，立起前蹄，然后像离弦的箭一样射了出去。

托娅兴奋地尖声大叫，魏东，我——爱——你——

魏东也附和：我——爱——托——娅——

他们在奔驰的快马上热烈地亲吻，那呼呼的风声好像是美妙的音乐，那嗒嗒的马蹄声就像一首奔放的赞歌。托娅开始放声歌唱，在空旷的草原上，在美丽的黄昏时分，这歌声穿越了时空，回荡在魏东的心田……

她的歌唱完了，可是那马并未减速。它一心一意地奔跑，以它独有的速度。他的精力渐渐被这速度吸引了，感觉周身的血液正在沸腾，不，是所有的江河都在沸腾，远远近近的山林好像都被燃烧起来。他听见了自己燃烧的声音，他被那声音迷醉不已。他触摸到了那火焰，源头原是来自托娅。他没有看错，只有这个充满野性的蒙古族女孩才会点燃他。他迷恋那感觉，他还能爱，他还有能力爱，这让他激情四射。他开始撕毁她的裙子，连风都在帮他，而且她也在帮他。这让他心存感激，对于他，她不设防、不忸怩、不做作，她那么自然而然地听从他的召唤，向他袒露她纯洁的身体。他听见托娅像野狼一样的尖叫，那是兴奋，是鼓励，是纵容。他一下子被调动起来，在呼呼的风声中，在快速退后的景物中，在马儿的狂奔中，在她的裙裾飞扬之中，他感觉到一股激流正从他的腹腔射出，有如从他的生命里射出……

他泪水横流。

你怎么了？她问。

太美了！

他的头抵住她的颈窝，闻着她那与青草混为一体的汗湿味儿，用力地呼吸着。她一手掌握着缰绳，腾出一只手来安慰着他，好像充满感激。他就保持着这样的姿势，一动不动地流泪。多少年来，他从未像今天这样能放纵一次，而且放纵得如此彻底、如此完美、如此出乎意料。在马背上做爱，对他来说，那就像是天方夜谭，是根本不可能实现的梦境。可是现在，他似乎一下子重新认识了自己，是托娅让他成了一个自信的男人。

不知跑了多久，马儿渐渐地慢下来了，后来就慢慢地走。太阳已完全落下去了，光线由金黄色变成灰色，天空与大地连为一体，只有一棵树孤独地站在地平线上。

他们下了马，马站在树边，静静地吃草。月亮、地平线、马、孤树，这一切都像剪影那么美，那么静谧。天地那么广阔，魏东和托娅躺在树下，周身都是热汗淋漓，一切都是静的，只有他们的呼吸是急促的。

好吗？她天真地问。

好极了，从未有过的好。

在我们草原上都是这样的。

能做蒙古人真好。

她咯咯地笑起来：那么好，再来一次？

他感受到托娅的双眼像两束燃烧的火苗，他瞬间就被点燃了。那火苗是那么陌生，陌生到他从未见过。它呼啦一声就烧成一片，他触摸到她就像触碰到火海，他注定自己体无完肤，化为灰烬。自信、坚定、强悍，这些品质一直是他梦想的，但遗憾的是，他一直都不曾拥有。他想不到自己是那样好、那样强大，这都因为她的好她的强大，她就像一匹烈马，需要一个强大的男人来驯服。她身上的野性就像野火那样蔓延无边、桀骜不驯，使他一下子找到了对手，找到了他的剑。他惊天动地，他大声咆哮，他左冲右突。那一团火翻卷着、滚动着、呼啸着，它烧毁了他的忧郁他的悲伤他的自卑，是她鼓励了他，成全了他，使他瞬间作为一个人、一个顶天立地的男人站了起来。在最后那一刻，他忍不住号啕大哭……

他抱着她，那么感激地望着她，从此，托娅和马将是他生命里的宝贝，他觉得自己再也离不开他们了。十年来，他一直试图挣脱内心的那个阴影，可以自由无羁地做回男人，可是那个强大的阴影，就像某种痼疾深藏在他的骨骼里，使他时常发病、抑郁、绝望，甚至一次次地想到死。但现在不同了，他有了托娅，她就是他的药他的医疗他的未来，他从来没有像现在这样看到了意义，他怎么能不为此痛痛快快地流一回眼泪呢？

魏东决定带托娅回家，郑重地向父母宣布，他要娶她。

2

苏宁着手开始调查十年前那个命案。他先去法院找到当年判案的李法官，李法官对这个案子印象特别深刻。他简单地把案情经过描述了一遍，当年的案子没任何疑点。他说魏家有个干女儿叫麦穗，是个心理医生，有些情况可以到她那儿了解一下。

苏宁说现在死者的家属说她亲眼看见了当年杀害她丈夫的真凶，已经正式举报。李法官说不可能，当年那是铁证如山，嫌疑人供认不讳。再说那孩子都坐了十年牢了，马上就要出狱了。听说苏宁想去魏家了解情况，李法官说孩子母亲得了病了，一提当年这事儿她就犯病，你还是先问问麦穗吧，她跟魏家人的感情特别深，回头我给她打个电话。

苏宁调出卷宗资料：

魏锋：男

年龄：十八岁

身份：市第五高中高三学生

案件经过：7月29日晚9时，双胞胎兄弟魏东与魏锋在新华电影院门口见饮酒过量的包福林追打老婆时，上前拉架，在包某已被控制无力还手之时，魏锋捡起掉在地上的刀刺入被害人胸口，致使被害人因伤势过重流血过多而死亡。魏锋当天投案自首，认罪态度较好，但后果严重，犯有故意伤害致死罪被判有期徒刑十年。

苏宁又从电脑上调出法医的死亡鉴定书。

　　包福林，男，四十一岁，左胸有伤口，系锐器刺入所致。其伤口深8厘米。经鉴定，受害者系锐器刺进左胸造成冠状动脉破裂大出血致死。

　　苏宁利用下班时间顺便来包家看看，了解些情况。包家住在接近市郊的地方，平房，简陋，一看就是挺困难的。他说我看了当年相关的资料，要推翻原判证据还不足，必须得找到更有力的证据。

　　张宝珍一听慌了，苏队长，这个案子你一定帮我啊，我们家老包虽说爱喝点酒，可一身的力气，干活儿是一把好手，全家都靠他了，可他说走就走了，撇下我们这孤儿寡母，这些年我们是怎么熬过来的呀！我十年前就下岗了，每月只拿低保，我是刚找到一个保洁的活儿，日子难哪。这夏天还好说，到了冬天，我们这小屋四面透风，我闺女的手都冻烂了。我闺女小芸我都养不活，只好送到乡下舅舅家，也没怎么念书。要是我们家老包还活着，说什么也不能让我们娘儿俩受这份罪呀！

　　张宝珍边说边哭，让苏宁也有些动容。

　　苏宁说张大姐，我有一个疑问，您既然知道是谁杀的人，当年为什么不指认呢？张宝珍说别提了，我就是看着那把刀扎进我丈夫的身体，受到了刺激，一下子傻了。当年判的时候也问过我，可是我真的脑中一片空白，什么也说不出来。后来我渐渐地恢复了（意识），这回我看见那个刀疤就一下子想起来了。

　　苏宁向张宝珍保证，无论如何都会把这个案子弄个水落石出。

　　张宝珍回到家，急忙翻箱倒柜找出老包的照片，掸去灰尘，临时给设了个牌位。当年丈夫死亡，张宝珍下岗，她无法抚养十二岁的女儿小芸，便把孩子送到了乡下寄养。小芸长到十八岁才回城，找了份宾馆服务员的工作，生活勉强可以维持。小芸对父亲的印象早已模糊，母亲也不允许她提起父亲，现在她不懂母亲的用意，为何要把父亲的案子重新翻出来。张宝珍这才对女儿谈起老包，她只说老包是被人杀死的，而杀人凶手却逍遥法外。

3

魏东要把自己即将结婚的消息告诉弟弟魏锋，这也是经过十年之后，这对双胞胎的第一次见面。从十年前的那场混沌不清的拉架开始，便注定了他们要经历两种完全不同的人生。一个东渡日本学成归来，一个铁窗囚禁十年刑期。

魏锋在狱警的带领下，健步走过来。他坐在魏东和麦穗的对面，热情地说，魏东，你回来了！他伸出手放在玻璃上。魏东迟疑着，目光躲闪着。魏锋发生了太多的变化，他似乎又长高了一些，肤色比以前要黑，那只贴在玻璃上的手也是那么粗糙。魏东慢慢地伸出手，隔着玻璃与魏锋的手相合。哥儿俩又像小时候一样，连击三掌。

自从魏锋入狱，魏东一次都没有来看过他。麦穗起身轻轻走出去，留出空间好让哥儿俩说说话。可是从何说起呢？魏锋还是率先开口，魏东，你学成归来，爸妈一定特别高兴，你是我们全家人的骄傲。魏东从怀里掏出一本画册，是他从日本带回来的，他知道魏锋肯定喜欢。魏锋兴奋地笑着说还是魏东了解我。哎，你们是不是该把事儿办了？妈可是盼着这一天呢！

魏锋是在提魏东与麦穗的婚事。麦穗跟他们一起长大，是魏家的干女儿。虽然魏东伤害过她，而且几年不回，可是她的爱是坚定的，她一直默默地等待着他。在她的心里，魏东就像一棵大树中的枝枝杈杈，不可分割地成为她生命的一部分。重要的是，魏子安夫妇早已把她看作自家儿媳，而且在情感上甚至比两个儿子还要亲。其实，她清楚地明白自己与魏东之间越来越像亲情了，魏东也在依赖她。在她面前，他那么脆弱、敏感、不堪一击。他们对彼此了解得太多了，也太透彻了，没有了新鲜感。所以当魏锋问到魏东与麦穗的婚事时，魏东百般回避，他让魏锋不要管，他自有打算。

魏锋在魏东的话里觉察出了其中的意味，他逼问魏东到底是怎么回事？魏东沉默了一会儿说，我要结婚了，新娘不是麦穗。他把托娅的照片拿出来让魏锋看，还简单地介绍了她，学舞蹈的，蒙古族，叫托娅，马上

007

就要毕业了，你看好吗？魏锋惊讶得不知说什么才好。魏东说我现在感到很幸福，我必须得让你跟我分享这份幸福，否则我的幸福就会大打折扣。

魏锋说谢谢！

这让魏东突然有了隔膜感，他听见魏锋说谢谢觉得很不对味儿，像是他来这儿向弟弟炫耀来了，便有些后悔告诉魏锋这件事，于是气氛开始变得不太和谐。魏东为了缓解气氛便问他需要什么，话一出口他立即就后悔了，好像在向弟弟炫耀自己能施舍给弟弟一样。魏锋站起身，压低声音却十分有力地说，告诉你，你我都有责任让这个家幸福！

魏锋的话里带着一种警告与示威。魏东看着魏锋严厉的目光，呆呆地坐着。他本想跟弟弟说说心里话，可是什么都没有说，或者是没法说出口。直到麦穗走进来，把他拉起来，他才恍恍惚惚地走了出去。如果不是麦穗扶着他，他随时都会摔倒。就这样，魏东深一脚浅一脚地走着，好像喝醉了一般。麦穗禁不住问他，你怎么了？

魏东似乎又走在东京的街头，无数张畸形的脸向他蜂拥而来，无数的建筑物都在向他倾倒，那种备受挤压的感觉又回来了。他喃喃地说，回鬼怒川，有人要抓我！

恍惚之间，魏东觉得自己又走在东京阑珊的灯火中，林立的高楼，《哭泣的山手线》正在唱着。他感觉自己在街头穿梭，在人缝里奔突。他狂奔起来，飘起来，后面一群人紧追不舍。魏东跑得就要崩溃了，眼看就要坚持不住了。他满眼都是惊恐，绝望……他跌坐在地上，举起双手，用日语大喊着什么。他一回头的瞬间，看见那个无数遍浮现在眼前的场面：他和魏锋正在与一个高大的男人纠缠，他们你来我往，不分上下。一把刀刺进了那男人的身体，一股鲜血喷溅出来。魏东呆呆地看着那个男人慢慢地倒下，心里涌起一阵快意，那个强大的人完了！

麦穗感受着魏东惊恐的眼神、颤抖的身体，扶着满头大汗的他坐下来，细心地为他擦掉额头上的汗水。作为心理医生，麦穗隐隐有一种预感，魏东的噩梦绝不是无来由的。虽然他已跟自己分手，但他还是不能割舍的亲人，她决心把他拉出心理的沼泽。

4

麦穗把精神紧张的魏东带进了自己的说吧诊所，希望能够让他放松一下。国外的一些心理诊所无一例外地营造了好的环境，一般都不设在医院里，因为医院容易让人感觉紧张、恐惧，而是设在幽静的地方，让人根本感觉不到是在看病，就像酒吧、茶吧、花店一样，你不过是来喝点酒，看看花，聊聊天，所以那种环境非常有利于治疗。而麦穗这家说吧完全装修成了日本风格，不知她心里是否因为魏东远在日本，而以此寄托她的思念。

总之，清新的窗格、优雅的音乐、朦胧的灯光、淡蓝的色调、质朴的装修令人耳目一新，而且心旷神怡。令魏东没想到的是，麦穗还给他点了份日本菜，两份生鱼片，海苔卷心菜，寿司。魏东说我现在不像个病人了吧？

你？有什么病？

你说呢？他反问道。

我问你呢？

这时，电视屏幕上出现一个血腥的场面，是警匪打斗，顿时鲜血倾流……

魏东盯着屏幕，眼前突然出现十年前那一幕：一把刀、一些鲜血、一个人倒了下去……他禁不住嘴唇颤抖、脸色发白、大汗淋漓，近乎虚脱。麦穗吓坏了，急忙抱住他，让他躺在自己的怀里。

魏东，魏东，你怎么了？

魏东像个无助的孩子紧紧地搂着麦穗，极度恐惧。这使她想起十年前的那个夏夜，他在黑暗中跑过来，抱住她的情景。魏东虚弱地指着屏幕，麦穗才反应过来，慌忙关闭电视。

怎么回事，难道你又看见那个噩梦了？

魏东闭着眼，头发像水洗过一样，浑身发软无力。

别怕，有我呢！放松点，再放松点，别说话，喝点水。她帮他擦着汗，给他按摩头部，安慰他说：魏东，其实什么都不可怕，最可怕是自己吓自己。一个人只要战胜了自己，就战胜了一切。我相信你，无论发生过什么事，我都相信你。求你把它说出来，我似乎预感到跟魏锋有关。你也要相信魏锋。我们全家人都是爱你的。你要答应我，让我帮你摆脱这个噩梦吧！

魏东在麦穗的安抚下，终于慢慢地平静下来。他喝了口咖啡，许久才说这是我的一块心病——十年前的那场灾难，是从我和魏锋报志愿开始的……

我知道，麦穗说，2005 年，我们高中毕业，你们俩都喜欢美术，从未放弃过学画，还偷偷地去参加美术学院的专业课考试，都已过关。可我考完大学那天就去了南方的姨妈家，后来发生的事情我就一无所知了。

　　"你们懂个屁！你是家长还是我是家长？是你吃的盐多还是我吃的盐多？什么艺术家，统统是瞎胡闹，扯淡，不管到什么时候，还是学理工是正经，不论时代怎么变化，有真本事在手里什么也不怕。填，北京理工大学！"这是父亲的嘶吼。

　　就这样，我们俩同时填报了同一所大学的同一个系，计算机系。可是我等来了录取通知书却没有魏锋的，逼问之下，魏锋才道出实情，原来他除了中央美院什么都没报，但是他落榜了。父亲闻听此言伸手就是一个大耳光。魏锋毫不退让，大喊法西斯，法西斯！父亲气疯了，他抄起一根棍子冲上来就是一顿暴打。魏锋没有跑，也没有吭声。而我对这样的场面已经麻木了，一直站在角落里，冷冷地看着眼前的一幕……

　　魏东已经平静下来，麦穗给他按摩着头部。她说这些年我一直想问问妈，可是妈对这件事很忌讳，她特别恐惧，所以我一直没敢问。可是我怎么也不相信魏锋会错手杀人，在我眼里，他虽然性子急点，但他有正义感，疾恶如仇，心地善良。

　　魏东沉默着，很久才说，妈为了安慰魏锋，也为了躲避爸，就带我们俩看了一场电影，我记得好像是《生死时速》。散场后，我们走出电影院，在一个西瓜摊前想买瓜解解渴。这时有一个头发蓬乱的女人赤脚跑过来，后面跟着一个醉醺醺的男人。女人边跑边喊救命，男人追上女人，抓住她的头发便是一顿暴打，还叫着非打死她不可。很多人围观，却没有人上前制止。你也了解魏锋的性格，他是个眼里揉不进沙子的人，从小就爱打抱不平，见了这样的事儿他肯定要管。

　　魏锋喝道，不许打人！那男人说他打的是他老婆，他愿意怎么打就怎么打。魏锋一拳把那男人打翻在地。男人挣扎着从地上爬起来，跟魏锋几个回合都被打倒，那人气疯了，突然看见身边西瓜摊上的西瓜刀，便一把抓在手里，冲着魏锋砍过去。魏锋躲过了，男人再次袭来，魏锋顺势要夺刀。我一向胆小怕事不敢上前拉架，在一旁看着，想不到那男人挥刀向我们猛刺，把我的胳膊划开一条大口子。在混乱的抢夺中，魏锋把刀刺进了男人的身体。男人倒了下去，鲜血喷溅而出。

　　妈亲眼看见这个场面，吓傻了。我也不能相信魏锋是故意的。你知道吗？看着那个男人慢慢倒下的时候，我没有一点恐惧，反倒有一丝快感。魏锋慌慌张张地拉起我就跑了……

5

在麦穗的印象里，魏东一直是个循规蹈矩的人，从来不惹是非。可她真想不到，他心里隐藏着巨大的激情，一种危险的激情。当她说出自己的担忧时，魏东承认那是一种毁灭性的激情。她帮着分析为什么他会渴望破坏：因为你生活在这个充满暴力的家庭中，天性都被压抑住了，你得不到任何的释放，其实恶行就是善良偶尔的崩溃，你压抑久了，必然要找到一个发泄口，这样你就会选择最能引起别人注意、最能让别人痛心的方式，因为你被忽略得太久了。

她的话一下子深入魏东内心，他暗想她真不愧为心理医生，一下子击中了自己的要害。她希望他能常常跟她沟通，如果这种具有缺陷人格的人把握不好的话，会出大事的。

魏东和麦穗面对面坐着，一时谁也没有了话要说，只有音乐在响着。

麦穗一直认为自己是了解魏东的，现在看来她并不了解他的内心，而且魏家呈现给她的都是美好温馨的一面。她希望从今天开始，成为他的一个倾听者。她自认是最好的倾听者，可是他愿意向她倾诉吗？

魏东十分感动，轻轻地握住了麦穗的手……

麦穗劝慰他，其实这件事本身跟你本来没什么关系：第一，事情发生的原因是魏锋落榜，跟爸发生争执，妈要带他散散心；第二，是魏锋一贯的正义感使他打抱不平，失手而致；第三，你一直是个旁观者，并没有参与，那你为什么还要有犯罪感？

麦穗的话把魏东问住了，他的心被痛击了一下，他觉得麦穗好像一下子看透了他的心思，他想回答却张口结舌，他感到十分恐慌……可她却又一次知道他心里所想，她说你放心，我会让家里接受……她的。尽管麦穗说得那么艰难，但这句话让他有点想哭，麦穗是真的爱他。

第二章　心　病

1

这几天，魏东彻夜难眠，不知如何能让父母接受他另有所爱的事实。他已经不知道多少个夜晚都是睁着眼睛度过的，失眠已成为他的痼疾。他回想起东京的不眠之夜，那种烦恼、焦虑就像蛇在噬咬着他，他不知道该用什么办法能够摆脱。他也曾经叫过应召女郎，一个十分职业化的菲律宾女子。她浓妆艳抹，嘴唇鲜艳，让人感觉不太真实。那是一个雨夜，他被失眠折磨得连活下去的愿望都快消失殆尽，所以他第一次冲破自己的道德底线，他想，只要度过这一夜，只要能活着。

应召女郎像那雨夜一样对他极尽缠绵，使尽了浑身解数。那双手也像雨丝一样温柔多情，仿佛他就是她的一件作品，她要看到自己的成功。可是在他的感觉里面，她的手不是火焰而是冰，所到之处都让他感到寒冷、生命里的灰、绝望和失落，使他的身体越来越空洞，最后竟然变成了一具空壳。他被自己吓坏了，他的软他的无能他的衰落，使他嗅到了身体里的那股暮气。无论女人如何挑逗，他都像泄了气的皮球一样，没有任何反应。他似乎在女人的眼睛里觉察到一丝不屑与轻薄，这尤其让他不能忍受。他觉得自己太羞耻了，真想有个地缝钻进去。他无数次地问自己，我还是不是个男人？从此之后，他自认"残废"，对女人再也不存任何幻想。尤其是对麦穗，他怕自己在她面前失掉那份尊严，失掉多年来建立起来的"爱"，他能够想象到，他面对麦穗时的波澜不惊早已预示了那种结局。所以他怕与她亲近，更怕跟她结婚，他不想再让自己最后的一点自尊也化为乌有。这也是他内心深藏着的一个无法说出口的原因，他不能让麦穗看不起他。

可是，那个叫萨仁托娅的蒙古族女孩一下子征服了魏东的心。

身为东京大学硕士生，在东京 IP 业做了一段时间的魏东，一直沉迷于网游的他很快投身于网络游戏的开发。因为他只有在虚拟的世界里才会感到无比的自由与安全。再后来被国内的天地和网络科技有限公司的老总以极优厚条件挖回来，并对他寄予厚望。公司想在这一领域有所建树，迅速地占有国内市场。所以，魏东被聘为开发部总经理，就是希望他把日本学到的先进技术引进来，开发出适合我们中国国情的网络游戏。

魏东和魏锋一样，从小就对美术有浓厚的兴趣，要不是父亲坚持让他学理工科说不定他也会成为一个画家。何况他学的专业就是网络游戏软件的开发与研究，所以，他对这份工作非常满意。

那天，王总把最新的市场预测带来让他看，兴奋地告诉他前景广阔，他便把自己这些天来的想法和盘托出。他认为中国这么大的市场，网络游戏发展的空间又这么大，只要我们的软件符合中国人的审美习惯，有我们中国的特色，那肯定会大有作为！王总请他到腾格里俱乐部放松放松，他便与萨仁托娅不期而遇。

魏东一眼看见那个令他魂牵梦萦的蒙古族女孩萨仁托娅，像被电击了一般愣在那儿。她是唱着蒙古长调走进蒙古包的，只那么一瞬，他的心被她揪住，怦怦直跳。他从此记住了她清泉般的歌声和她一尘不染的眼睛……她突然问，哎，你会不会骑马？

托娅的话惊醒了他，他不好意思地摇摇头，又点点头。因为弟弟魏锋爱马，又因为他们俩是双胞胎，上小学时被选上练习马术。他喜欢安静，跟弟弟的配合总是慢一拍，这令教练十分失望。再加上父亲认为骑马耽误学习，硬是把他们从马术队给领回来了。为了这，魏东很长一段时间都十分失落。那晚，他不知不觉喝了很多酒，幻觉中他像骑上了草原的骏马，在云朵里飘飞。而托娅这个单纯的女孩子，好像他认识了一百年似的。她大口喝酒、朗声大笑、放声歌唱，他无法不更加爱她。

让魏东没想到的是托娅很快就出现在他的面前。她好像是一道阳光，一下子照亮了他。她的眼睛极其纯净，纤尘不染，让魏东十分震撼。可以说，许多年来他从未有过这样的感觉，风轻云淡，好像所有人都在冲他微笑，希望瞬间就降临了。他感到幸福溢满心间。而他又能感受到幸福是多么艰难，它就像从山涧里涌出的一条小溪，曲曲折折，断断续续，但是它流出来了，把他忧郁的心田浇灌得像开满了花朵。这对他来说实在是太珍贵了，他想紧紧地抓住，生怕有一丁点闪失就会错过。

之后托娅来找他修电脑，他只要几分钟就搞定，她也许是为了表达谢意，情不自禁地给了魏东一个吻，然后掉头跑掉……魏东仿佛遭受电击，显然这个吻一下子唤醒了他内心的激情，他呆站着，浑身微微战栗着……这是魏东平生第一个吻，虽然他曾经跟麦穗也算是谈过恋爱，可是只限于拉拉手。从来没有一个女孩像托娅那样强烈地吸引他，使他晕眩、思念、颤抖。她所有的一切都是那么新奇、可爱，能够把他内心所有的激情一下子都调动起来，使他像一条河流一样奔腾不息。这感觉太好了，犹如天上人间，使他暂时从悲观中解脱出来，找到自信和爱。

2

托娅说要有大惊喜给魏东。那天是魏东的生日，他约了托娅并先于托娅来到酒吧街，还请了两个要好的朋友。他们选择了一家露天的桌子，要了些啤酒，等待着托娅的到来。

夜色很快就降临了，微风吹拂，灯火朦胧，酒杯交错。他们坐在高大的遮阳伞下，沐浴着凉爽的夜风，惬意地喝酒聊天……托娅还没有出现，魏东打她的电话又是关机，这使得他心情变得不好，各种猜想涌上他的心头。

这时，忽然人群一阵骚动，正在安静休闲的人们几乎全都站起来了，魏东和两个朋友也禁不住站起来张望。街头的另一侧，一匹高头大马正昂首挺胸阔步而来。它既不快跑，也不慢走，它迈着那种盛装舞步，在骑手的指挥下，往这里走来。

咿呀嗬，这怎么冒出匹马来，还是会跳舞的马，嘿，绝了呀绝了！

你看那骑手，真他妈的酷，这不是电影里的吗，想不到咱还真有眼福哎！

那马渐渐地走近了，只见骑手穿着黑色礼服，戴着黑礼帽，脚蹬黑马靴，手持一条马鞭。马一直走到魏东面前，忽然停下。骑手摘下礼帽，对魏东说："先生，生日快乐！"随着她的指挥，那马做了一个祝福的动作，低头屈膝。

围观的人们发出一阵掌声与赞叹……

魏东终于看清楚，原来这个骑手就是托娅。她说请上马吧！

魏东还愣在那儿，托娅弯腰，一把把他掠上马，抱紧他，双腿一夹，那匹马叫了一声，高高地抬起前腿，然后像离弦的箭，驮着托娅和魏东，转眼间就消失在街的尽头……

所有的人都看呆了，魏东的两个朋友竟说不出一句话来。

那匹快马风一样地穿过街道、灯火、惊讶的目光，虎虎生风地飞驰着。托娅抱着魏东，魏东紧紧趴在马身上，生怕自己掉下去。然而，这一切完全把魏东征服了，一匹骏马，一个女孩儿，一阵风一样地在天地间飞翔。还有什么礼物能比这更使人心旌摇荡、热血沸腾？

转眼之间，那些街道已经远了，灯火稀了，夜色更浓了。他们已经到了郊外，各种植物的气息扑面而来，满天的星光十分灿烂。随着托娅的一声"吁——"，马打了个回旋，停下来。她飞身下马，把魏东从马背上接下来。二人在黑暗中对视着，情不自禁地拥抱在一起。

这样的生日礼物也只有托娅才想得出来，这更显示出她的与众不同。他们飞奔着，他感觉到河水的上涨，山脉的倾倒，血液的奔腾，他是多么急于实现自己！马儿跑累了，渐渐地停下来。他看着托娅，舔舔干燥的嘴唇，口腔里似乎呼呼地冒着火苗。托娅的手指一下子触到他的胸口，再环住他的腰，与他接吻。他伏在那儿不动，像只初生的野兽，新鲜又困惑。

以后的日子，托娅不时地请魏东来骑马。

一阵风从远处走来，马儿并不抬头。远远近近的山林，没有一丝野兽出没的踪迹。他赤裸地迎着风，带着一股野兽的气息。山林就在眼前，江水沸腾。他紧贴着肉体的墙，多么美妙啊！她喃喃地说，来吧，快来吧！他在肉体里应和着，我来了，我需要为自己战栗一次啊。他生活得太久了、太陈旧了，被时光磨损的嘴唇，被欲望颠覆的器官，此刻多么悲怆！多少需要昂起被羞耻压低的头颅！他不顾一切地抱起她，像真正的野兽那样扯破她的外衣，听着她亢奋的高声尖叫，当她的手指穿过阳光停留在他的要害处时，他被击中。他轻轻地呻吟了一声，顿时全身瘫软。他趴在她身上，轻声地啜泣起来……

她不知道他怎么了。她根本无法理解。她能感受到他的欲望像退潮一般哗的一声消退，进而感受到他的身体软得无法提起。她惊愕地望着他，替他擦去迸裂的泪水。

他掩饰着自己的窘迫，支吾地说，宝贝，你早晚都是我的，但不能这么潦草，那是对你的不尊重。我们应该，有一个正式的场合，一个正式的……时间，来完成我们……最重要的……

托娅止住笑，不解地看着他，难道这还需要正式吗？只要你要，我要，我们就是天经地义的，就会得到祝福的，而且有草原、有阳光、有天空，还有马……

他捂住她的嘴，宝贝，我知道你要说什么，可是这种场景我不太习惯，会很分心，也会……感到无所适从，请理解我，我一定会给你一个最完美的……婚礼……

她不说话了，坐起来，望着远方。她觉得魏东在观念上与她的差异真是太大了，在她看来，一切都是自然的，那就是最好的，最美的，最人性化的。可是魏东却不这样认为，他可能会需要一个封闭的空间，最好是夜里，因为这种事是见不得光的，是不能在阳光下进行的。这让托娅多少有些失望，有些郁闷。不过她还是能够接受的，毕竟他们的背景不同，她不能强求。

3

苏宁坐在酒吧里，慢慢地喝着酒，与麦穗谈着话。他越来越发现麦穗身上具有现在女孩子不具备的品质。她那么坚贞、善良，习惯站在别人的角度考虑问题。她还那么善解人意，处处都流露出她的关怀与体贴，这也许与她的职业有关。总之，她令人舒服。所以苏宁对年近三十的麦穗发生了极大的兴趣，也许了解了她就了解了魏家。

她喝着绿茶，喝茶的姿势也很美。她是沉静的，就像那绿茶一样舒展，散发着淡淡的迷人香气。他欣赏着她，真希望就在这音乐声中跟她随便谈谈，那是一种享受。可是他是来了解案情的，他不得不切入主题。

苏宁问起麦穗十年前魏锋故意伤害致死案的事，说现在死者家属要重新翻案，死者的妻子张宝珍亲眼所见魏东才是杀人真凶。麦穗惊得差点跳起来，拼命地摇着头。他说至于魏东是否是真凶，还需要我的调查取证。我来找你是想请你帮个忙，听说魏东母亲当年因此案的刺激，精神有点问题，李法官建议我不要贸然刺激她，所以我想让你先做做她的工作，因为她是现场目击证人，我迟早要面对她。我不希望对她再造成什么伤害。另外，如果你也想弄清事情真相，请你能尽可能地帮我提供一些有力的证据。

麦穗说这事儿不可能，绝不可能。魏东是个充满正义感的人，他悲天悯人，十分善良，他不可能动刀的。见她如此坚定，苏宁停顿了一会儿说，麦大夫，虽然你我的职业不同，但是我们面对的问题却相同，那就是人性的不同侧面，世上没什么不可能的事儿，一个善良的人也偶尔会崩溃。

她不得不承认，苏宁对人性的洞察是深刻的。因为职业的原因，她对苏宁的观点持赞同的态度，但从她的情感上说她又不愿意承认魏东会这样。他说得对，不仅是魏东，是所有人都有可能这样。她的心一下子完全乱了，直到苏宁离开，她才恍恍惚惚地走出酒吧。

　　可以说，是麦穗帮魏子安夫妇走出内心的阴影的。十年来，他们彼此建立起一种特殊的感情，那是一种血肉相连的亲情，他们认她做了干女儿，事事都依赖她。韩如梅的恐惧与强迫症一直是她心头的一块病，她想尽办法使她康复，可是如果再把这块伤疤揭开，她真的不敢想象韩如梅会怎么样。

　　麦穗推开魏家的门，看到的是魏子安和韩如梅开心的笑脸。可是敏感的韩如梅看出了麦穗心里有事，追问不舍。麦穗只好旁敲侧击地说，干妈，我突然有个奇怪的想法，你说如果当年出事儿的不是魏锋，而是魏东，您会怎么样？

　　韩如梅脸色大变，那个可怕的阴影就像蛇一样缠着她，使她喘不过气来，她惊讶地问她，你你、你怎么会……有这样的想法？而魏子安却如雕像般一动不动，面无表情。

　　干妈，因为魏锋出事，您都得下病了，根本就提不得这件事。这可不行，我希望能帮助您走出来。一个人一辈子谁说得准会遇到什么事啊。也许让您更不能接受的事在后边呢！您必须得学会接受。

　　你到底想说什么？

　　麦穗握着韩如梅颤抖的手，我希望您从现在开始，学会坚强——

　　韩如梅不等麦穗说下去，便抢先说不可能，绝对不可能。别的我不敢说，要说魏东啊，就像个女孩子似的，从小就多愁善感的，那心可软了。别的不说，就说踩死个蚂蚁，他都吓得跟掉了魂儿似的。他善良，温和，尤其对女孩特别珍爱。

　　韩如梅心里一片黑暗，她多年来最担心的事情还是发生了。她极度地恐惧，浑身颤抖着，呼吸急促，身体慢慢地软下去，一下子瘫坐到地上……

　　麦穗摸摸韩如梅的脉搏，把她抱在怀里，不停地安慰她。魏子安说，希望在事情还没弄清楚之前，你能不能……先别告诉魏东，他刚刚开始，我怕他……受不了……魏子安全然没有了往日的威风，仿佛人一下子老了。

　　麦穗握住魏子安的手，郑重地点点头。

　　魏东开门进屋，见父亲和麦穗紧张的神色，一时有些惊疑。韩如梅显然已经看见魏东，更受刺激，她显得十分害怕，浑身颤抖，牙齿不停地打战，觉得就像天要塌下来一样……

魏东还是第一次见到母亲这个样子，一把抱住韩如梅。他感到母亲的惊恐是那么强烈，像个无端受了惊吓的孩子，一下子把他搂住。老天哪，放过他，老天爷，放过他！母亲那么喃喃自语。魏东把她扶进卧室，盖好被，安慰她说，妈，不用怕，有我在呢！韩如梅紧紧地拉着儿子的手，你别走，东儿，你别离开我。

妈，我哪儿也不去，你放心地睡会儿吧，我就在这儿陪着你。

韩如梅握着魏东的手，麦穗帮着按摩，可是高度紧张的韩如梅就是无法入睡。麦穗望着疑虑重重的魏东，却不能把真相告诉他。不管他如何追问，她都闭紧嘴巴。

魏子安呆呆地坐在沙发上，一杯接一杯地喝茶……现在，魏东的事情又被提起，他真不知道如果魏东再出点事，爱子心切的韩如梅怎么活下去。

4

苏宁希望麦穗能陪着他去见见魏锋，他想了解些当时的情况。麦穗选了个周末，与苏宁来探视魏锋。魏锋一听苏宁又提起当年事，显得有些激动，他站起身来说，人是我杀的，祸是我闯的，跟我大哥没关系，我一个人承担，为什么还要折磨我的家人？我很遗憾我给全家人带来的痛苦，十年了，想不到又起风波，我真不知道我怎么向全家人交代，我对不起他们。

苏宁说我作为警察，希望尽快把事情弄个水落石出，我来找你的目的就是重新调查，找到新的证据，查清事实真相。你当时拉架的时候心里是怎么想的？有什么动机？一般情况，看见这种事都会绕开走的，你为什么偏偏就迎上去？

我讨厌男人打女人，我恨打老婆的男人。

为什么？

魏锋平复了下情绪，开始回忆起往事。他的目光开始变得深远，嘴角有些颤抖，拳头握得紧紧的。

那天晚上，我看见一个男人追打一个女人，眼前就闪过我父亲追打我母亲的情景……在我的记忆里，几乎全是我爸打我妈的场景，我妈披头散发，光着脚，怕人家笑话，低声发出一声声哀求……而我爸，凶神恶煞，满眼通红，一蹦多高，挥舞着一切可能抓到的东西……我和魏东经常吓得哇哇大哭，我们蜷缩在角落里，瑟瑟发抖……后来，我长大了一些，就能够拦在母亲前面，用我幼小的身体护着母亲。父亲让我躲开，我不听，他的皮带便雨点般地落在我的身上。我妈心疼我，总是喊着魏锋你快跑啊，快啊，你快跑啊！可是我一动不动，一声不吭。我妈抱住我爸的双腿，央求他："别打了，再打就把孩子打坏了！求你了，别再打了……"可我爸一脚把妈踢开，继续抽打。我常说的一句话就是："打吧，这面是铁，那面是钢！"我爸直到打得筋疲力尽，才肯放下皮带……我常常养伤，我的背和屁股都是烂的，我妈一边给我上药，一边哭……

苏宁问道那你爸呢？打过后有没有过后悔？

魏锋沉吟了一下说，应该也有，但他这个人嘴硬，从不表达。有一次，我被打后，躺在床上，不能盖被，满身都是一道道的伤痕，他悄悄地走进来，手里拿着消毒液和棉签，仔仔细细地轻轻地给我消毒伤口。可是当他发现我妈站在门口时，立即就变了另一副嘴脸，开始呵斥我妈……

苏宁问，那你爸从来都不跟你们交流吗？

我父亲就是这样，从来不表现他柔情的一面，也从来不在亲人面前暴露他的脆弱。我不知道怎样跟强大的父亲抗争来保护母亲，那时我有的只是年轻健康的身体。我已经不知道被父亲打过多少次，我和父亲针尖对麦芒互不相让互相伤害，他一打我我就给他刀，他打了我这面我再给他那面。令我想不到的是，这件事本身带给母亲的痛苦已经超过了父亲对她的暴力。可惜那时候我少年气盛，年少无知，根本无法理解母亲的处境，否则在那个夜晚，我也不会闯下如此大祸。

苏宁又问魏锋，在这样一个环境里长大，你认为你是否有暴力倾向？

魏锋点点头，有。苏宁说我有一个联想，你误杀的那个男人家里的情况跟你们家有些像。而你也正是在那男人追打他老婆时误杀了他，你认为这之中有什么必然的联系吗？你恨你父亲吗？魏锋一愣，很久才说说实话，我恨过他。

苏宁问那你在你父亲打你母亲的时候，有没有过要杀死他的想法？

有过，但只是想想而已。

能给我举个例子吗？

魏锋陷入了回忆之中。他说，我家房前有一片菜园，我和魏东常趴在那儿看蚂蚁，那些蚂蚁络绎不绝，来来往往，我们看得十分入神……麦穗手里拿着馒头跑出来，也蹲下来看蚂蚁。她手里的馒头掉了一小块渣，那些蚂蚁立即爬过来争抢。我们把馒头捏碎，撒在地上，看着那些蚂蚁举起馒头渣，艰难地往蚂蚁洞里运送……我看得眼睛都花了，魏东跑回家去拿出蜡烛，点燃，然后把蜡烛油滴在蚂蚁身上，他看着那些蚂蚁在蜡油里挣扎的情景，竟笑出了声。我抢过魏东手里的蜡烛，不让他再烫，可是魏东却再抢回去，接着烫。我们在争抢之中，把一片菜地都踩烂了。结果，魏东不仅烫死了一大片蚂蚁，还弄坏了一片青菜。晚上父亲下班回来，看到这种情景，非常生气。

苏宁问，他肯定又打你们了吧？

魏锋说是啊，他手里拿着皮带，喝问我们。魏东低着头，连眼皮都不敢抬。我爸就断定像这样淘气的事肯定是我干的，不等我争辩，皮带便抽打下来……我妈闻声赶来，一下子扑到我爸的身上，紧紧地抱住他的手。可是他像疯了一样，转过身便抽打我妈……

魏锋停顿了一下，非常痛苦地说，那一刻，我把心里的委屈都忘了，只有一个冲动，我真想杀了他！我庆幸当时手里没有刀，如果有的话，说不定我会干出什么事来。事后，我非常害怕自己这个念头，吓得落荒而逃。

苏宁问魏东用蜡油烫死蚂蚁，他一点不感到惋惜吗？看着那些蚂蚁挣扎的情景，他真的感到快乐吗？

魏锋说我不知道，这你要问他。

苏宁问那你呢？你当时有什么感觉？

我阻止他，可阻止不了，所以才把菜园都踩坏了。

那我可不可以这么认为，你在那个男人追打老婆的时候，也产生要杀死那个男人的冲动？

魏锋不知道该怎么回答。

苏宁说你只要告诉我，有还是没有？

有。

魏锋的话使苏宁觉得开始真正进入这个案子的核心了，他明白动刀都会有内在原因的，也就是说都会有动机的，世上不会有无缘无故的爱或者恨。只可惜时间到了，魏锋无奈地被狱警带回去。他可以感受到，魏锋内心的痛苦、自责与内疚。

在回去的路上，麦穗讲起她小时候的事。我们从幼儿园时就在一起了，因为他妈妈有两个儿子，所以特别喜欢女孩儿，我又是个孤儿，我跟姥姥相依为命，跟他们家住邻居，就认下了我这个干女儿。从上小学时起，我一直都是魏东的同桌，有时放了学就到他家一起做作业。那天下午，魏东趴在父亲最喜欢的金鱼缸前，出神地看着。我看见他把手伸进去，捞出一条金鱼，捧在手心上，看着它挣扎，他似乎很高兴，又把鱼放在窗台上。他又捞出几条，一同在窗台上晒着。鱼儿大张着嘴巴，肚子一鼓一鼓的，大睁着眼睛，挣扎了一会儿，快要不行了。鱼腥味儿引来了他家的猫，猫贪婪地盯着那些鱼，乞求地望着魏东。他拿起一条抛向空中，猫兴奋地尖叫着跳起来，够到鱼就跑到一旁呼噜呼噜大吃起来。一会儿，猫又跑来了……

后来我问起过魏东这件事，魏东说他知道，这缸金鱼是父亲的宠物，他更知道他这样做太危险了。可是他对那些危险的东西怀着一种妄想，他总希望自己做出一件惊天动地的大事，来向强大的父亲证明他并不软弱。想象着父亲回来看到他最心爱的金鱼全部报销而痛心疾首的样子，他竟咯咯地笑出了声……

魏子安问起他们，魏东支支吾吾地说是猫吃了鱼。魏子安抄起鸡毛掸子打了一下正在睡觉的猫。猫狂叫一声，飞身便跑。魏子安紧追不舍，一时间尘土飞扬，乱成一团，魏子安的叫骂声与猫的尖叫声混成一片……

魏东躲在角落里，似乎十分享受地观看着。事后魏东悄悄告诉我，他突然发现让他爸痛苦是件开心的事，让他激动得浑身颤抖，快感涌遍全身……我突然感到恐惧，好像猛然间洞察了魏东内心某个黑暗的部分，不禁打了个寒战。

苏宁说我一直想问你，魏子安对别人也这样吗？

麦穗说不，我也弄不清楚，他不仅对我好，对同事也好，特别仗义。他有冷酷的一面，但更有柔情的一面，他在魏东、魏锋的眼里是个严父，可在我的眼里却是个慈父。其实我一直都很崇拜他，他坚强、善良、顶天立地。

苏宁说，可是坚强与脆弱、善良与邪恶正好是一对孪生子。我耳边一直在回响着魏锋的这段话，我很受震撼。我真想不到，一个家庭的暴力对一个孩子的心灵竟会有如此强烈的伤害，在这样一个环境里长大，肯定都会存在着人格上的缺陷，比如暴力倾向。魏锋其实是个充满责任感与正义感的人，像个男子汉，可是从小就与暴力抗争，抗争的唯一方式就是以暴制暴，甚至这会成为一种依赖，所以说他暴力杀人应该是有心理依据的。

但是魏东不同，他跟魏锋的方式太不同了。他好像从小就接受了这样的现实，他从不会跟父亲面对面对抗，父亲好像也比较喜欢他，因为他顺从懂事、聪明好学，从不惹是生非，在父亲眼里，他是个典型的好孩子。

其实他这样也许更可怕。

这是他们认识以来谈得最多最深的一次，彼此都欣喜地发现，原来他们有那么多谈得来的话题，而且对事物的看法居然如此相同。这让麦穗感到惊喜。多年来，她的心思基本都用在一个男人的身上，那就是魏东。她本能地拒绝跟别的男人交往，现在，她意识到，苏宁在她毫无准备的情况下，闯进了她的生活。

第三章　天使驾到

1

那天，魏东一脸阴郁地走进说吧，他说自己被噩梦纠缠，好几天没睡觉了，他只想能睡一会儿。麦穗放了音乐，开始给他按摩头部。落地灯开着，朦胧的灯光洒落下来，十分柔和；音乐是那种若有若无的丝竹声，仿佛无边的风月；茶的香气弥漫着，丝丝缕缕……

魏东疲惫地闭上了眼睛，似睡非睡。他突然变得烦躁不安，不断地扭动着身体，嘴里发出梦呓般的声音。

麦穗坐在他的身边，握住他的手，轻声说告诉我，你看见什么了？

一个蒙面人，他又来了。

他手里拿着刀，他想要杀你？

是，是，快救我，快点！

他什么样，你告诉我。

他非常高大，我看不清他的脸，他蒙着面，眼神凶狠，他来了，来了来了！

你很害怕，你恨他吗？现在你心里想什么？除了害怕还有什么？

什么也没有了，我就是害怕。他跟了我很多年了，一直在追杀我，我无处可逃。

你认识他吗？好好想想，你见过他没有？

没有，我不认识他。

那你想想，他像谁，在你潜意识里，他是谁？

我想不出来。

麦穗坚定地说，不，是你拒绝想，你心里肯定知道他是谁，或者有点像生活中的某个人。他曾经统治过你的生活，他就是你的障碍，使你无法逾越，他一直在压迫着你，你想逃避他又无法逃避，说出来，他是谁，告诉我。

我不知道我不知道，他来了，他已抽出了刀，啊……

魏东一下子惊坐而起，呼吸急促，冷汗淋漓。

麦穗赶紧把茶端给他，他一饮而尽。她为他擦拭着额头上的汗水，看着惊恐万状的魏东，一时心情沉重。他又要咖啡，再次一饮而尽。他说我确实遇到了一个障碍，总是遇到一个蒙面人，他要害我。

其实你十分清楚他是谁或者他像谁，只不过是你不想说出来，为什么不愿意说呢？魏东说不，是我看不清他的面目，他真的很模糊。

他一点都不模糊，是你想回避他，你不愿意看到他的真面目，或者说是你害怕承认一个真面目。也许你对他的真面目看得太清了，所以你刻意回避这个现实，因为现实是残酷的！

魏东很惊讶，其实她一语中的，他确实知道那个人是谁，可是他不愿接受，他一直都在逃避。他哀求她说你不要再说了，别说了！

你以为你逃避掉就可以安宁了吗？不，你反而会更不安，他就像个阴影一直追踪着你，你一直在抗争，试图战胜他。可是你要战胜他并不是件容易的事，因为你首先要战胜自己，而你明白你一直以来最大的弱点就是不能战胜自己，所以你总是在这个阴影之下生活，你都快被压垮了。魏东，你明白吗？你为什么不能勇敢点，面对现实呢？

魏东慌乱地站起来，十分激动地说我让你别说了，我不想再听下去了！他恨恨地看着麦穗，转身就走。

魏东，你为什么不能把伤疤揭开？让我帮你好吗？

他理也不理地往外走。苏宁看见他走出来，跟他打招呼，他好像根本没听见，擦身而过。麦穗追到门口，魏东已经走远。

苏宁用探究的目光看着麦穗问，怎么了，你们……在谈什么？

麦穗抱歉地一笑说，对不起，我有义务替我的病人保密。

病人？你是说魏东是你的病人？

没错，初步确认，他患有抑郁症。

苏宁很意外，很惊讶。抑郁症为什么会这么多呢？

她说是时代病。一个社会文明的程度越高，抑郁症的病发率也跟着升高。随着社会竞争愈演愈烈，人们的压力也越来越大，加上人情淡漠，人们之间沟通不畅，抑郁症不升高才怪呢！

自从认识她，他的心便有些悸动。他觉得这个女孩子非常值得去爱，她为了成全别人宁愿委屈自己，这是他珍爱的品质。这一段时间以来，他总是莫名地牵挂起她来，她就那么不声不响地来到了他的心间，使他心神不宁。他总想找些可能的机会跟她在一起。她让人愉快、舒服。麦穗满腹狐疑地看着苏宁，让他感到不安，好像他的心事全都被她看透了一样。他问，哎，麦大夫，你说你能给别人治病，你能给自己治病吗？

麦穗愣了一下，不知他什么意思。

苏宁说如果你突然遭遇意外的变故，你能劝说自己，让自己安然渡过难关吗？比如，这件事非常大，足以让一个人发疯、自杀，甚至杀人，可是如果换成你在经历，你能克制自己吗？你会有非常好的心态吗？

你以为我不够坚强？

苏宁说不是，俗话说劝人劝不了己，我有时候很为你担忧，怕你……

麦穗敏感地问你是说，会有什么大事来临？

苏宁忙说没有没有，我只是随便打个比方……

2

一只蓝鸟，在一棵树下，一只鸟巢挂在树上，是空的。蓝鸟停在空中，不停地被拔掉羽毛，一根一根，羽毛不断地向空中飞舞。蓝鸟浑身是血，它在奋力地起飞，却没有一点力量，它再也坚持不住了，它终于哀鸣着，一头跌落下去。下面是一大片鲜红如血的玫瑰……

魏东突然惊醒，一下子坐起来，喘着气：托娅，托娅……

他努力地让自己平静下来，他明白这个梦缘于父母逼婚。魏子安已明确告诉他，明天他必须跟麦穗登记，而家里已开始操办婚礼。

天已大亮，魏东走进说吧的时候，麦穗正坐着发呆。他坐在她身边，随手为自己冲了一杯咖啡。二人一时不知从何说起，麦穗拿过来一块面包递给他。见他心事重重的样子，问他怎么了？他支吾了半天说不该用自己的幸福来刺激他，因为我的幸福是用他的牺牲作代价的。

麦穗一惊，他做的牺牲？魏东忙岔开话头儿说我不是那个意思，我是说本来他也应该跟我一样的，可是他在牢里都待了十年了，青春都快没了，我是怕他伤感。麦穗说是你过于敏感了吧。我了解魏锋，他不是那样的人，他从来都不会斤斤计较，你不用那么想，他高兴还来不及呢！可魏东坚持认为魏锋神情不对。麦穗便开导他别把这种小事情挂在心上，那样你会很累的。你的心胸要开阔些，再开阔些，也许有更大的事情在等着你哪！

魏东敏感地问你是不是又给我做心理暗示，预示着我要有难了？

麦穗自知说走了嘴，忙打岔说别的事。她故作轻松地对他笑笑，看见他的眼里又飘起疑云，可她无法把事情跟他说清楚。

麦穗终于问他，你都跟魏锋说了什么？魏东语塞了，好久他才明白现在是他非说不可的时候了，不能再拖下去。他希望麦穗能原谅他当年的不辞而别，因为他一旦辞别可能就会动摇了他的决心。你是最理解我的，他说，我当年一心要去日本，原因你也是清楚的，因为我几乎要崩溃了。老实说，这几年在日本，我的心没有一刻能安宁。这次回来，我觉得无颜见家里的每一个人，因为我不能按照他们的心愿去选择，更无颜见你。

麦穗曾经对魏东的回来抱有希望，也许他们能重新开始，把这十年一笔勾销。但是魏东的话显然打碎了她的幻想，她嘴唇颤抖着说不出话来。沉默了一会儿，他鼓足勇气说麦穗，我……不知道……怎么跟你说，爸妈还让我，今天必须跟你登记呢！

麦穗伤感地笑了，她多么希望这不仅仅是父母的意思，而是他的愿望。可惜这只是一厢情愿罢了。她无法完全放下女人的自尊，更不会像别的女孩子那样死缠烂打。她毕竟只是麦穗。

魏东，你我都不是孩子了，我们的事应该自己做主。我只想问你一句话，魏东，你真的从来都没喜欢过我吗？他不敢看她的眼睛，但他不能说谎。他结巴了半天才说喜欢，到现在也喜……欢，不过，这跟爱情不同。

这句话对麦穗来说，真是伤到了骨头里。她忍住就要决堤的眼泪，是的，她不能太没有尊严。她站起来，看着窗外问道，还记得我们上高二那年那场车祸吗？

魏东点点头。他们谁能忘记那场生死之情呢？除非他们不在人世。正是那场车祸，使麦穗认定了魏东对自己的爱是可以舍掉生命的。她还为此而感动得泪流满面，心里暗暗发誓将来一定要以身相许报答他。她现在真是想不通，如果那也不叫爱情的话，世上的爱情到底是什么样子的。

那是在上学路上。魏东、魏锋和麦穗三个人背着书包有说有笑。突然一辆汽车疯了似的撞过来，眼看就要撞到与车最近的麦穗，三个人同时傻了。在千钧一发之际，魏东突然发力，猛地把麦穗推开，刹那间，他已被车撞得飞了起来，重重地落在地上，鲜血顺着他的额头汩汩而出……

麦穗和魏锋跑过来，麦穗抱着他流血的身体，声嘶力竭地喊着魏东的名字，待到魏东醒来时，他紧紧地抓住她的手说，答应我，永远在一起。此时麦穗已流下了伤感的泪水。她说也许你已经忘了，可是我没忘，我把这些话当作你对感情的表白，如果我没有理解错的话，我们一直都是相爱的。直到你去日本，我也能接受。现在，就算你不爱我了，就算你已经移情别恋，没关系，只要爱过经历过就足够了⋯⋯

我想要什么？她无数次问过自己。也许并不是携手共度一生，也许并不是彼此占有，她只要一句他爱过她，就足够了，她那么多年的爱情便有了价值，有了依托。然而就这句话，他死活不给她。

我真的很抱歉，麦穗，那时候我们都小，还不懂得爱情是怎么回事。你在我心目中是那么完美，值得我爱，我觉得在这世上唯一值得我依恋的人就是你。有些时候，我在你面前相形见绌，我很自卑，我觉得真的配不上你，我所有的缺点都完整地暴露在你的面前，使我没有一点成就感，没有一点男人的自尊。麦穗你了解那种感受吗？当我跟一个陌生女孩在一起时，我就不再是过去的我了，完全地变样了，我为这个全新的自己而激动。

麦穗听着他的述说，悲伤地说，真想不到，我们的往事居然成为我们之间的障碍，可是对我来说，那都是多么珍贵多么美好的回忆啊！

你是心理医生，你比我更理解这种障碍。

也许这个理由比较合情合理，他需要一种新生活，而她只能让他回忆过去。是的，他确实应该摆脱过去的噩梦，才能重新找到自我，得到新生。还有一点障碍是他无法说出口的，那就是他对她没有激情，没有欲望，见到她，他的第一感觉就是全身放松，而不会像见到托娅那样顿时紧张起来，他太怕自己的无能为力，颜面扫尽。她点点头，如果她爱他，就应该希望他有未来有希望，既然自己不能给他，就放他吧！她说不用说了，我明白了。我也希望你能摆脱原来的自己，做个我一直期待的那个人。好好爱那个女孩儿吧，我祝福你！

魏东感动地拉过麦穗的手，把脸埋进她的手里，眼睛湿润。许久，他才说麦穗，我心里永远留着一个位置，那是你的，永远都是你的，任何人都无法取代的。

我知道。你带那个姑娘走吧，不然爸不会饶了你的。

那你⋯⋯

我会跟爸妈说明一切的，要爱就马上开始，不要浪费时间。他郑重地点头，临别，他拥抱了她。他明显地感到她身体的颤抖，她脸上的泪水。她双手环住他的腰，脸埋在他的胸前，这是她梦想过多少次的幸福啊！她知道，从他们分开这刻起，他就属于另外一个女人了……

3

没错，魏东属于一个蒙古族女人，她的野性、疯狂、天然让他放松自己，一下子卸掉多年来的负担，真正地做起一个顶天立地的男子汉来。那三天，是魏东生命中最值得珍重的日子，他好像刚刚了解自己，发现自己。是托娅帮他完成了这一切。

在郊外的草地上，魏东感到欲望如潮水般涌上来，大有决堤之势，势不可当。是快马飞驰或者说是那速度给他带来了快意，把他推上顶峰，现在，他已完全顾不了是否从顶峰跌下，是否会坠入深渊。他什么都置之度外了，他要一心一意地享受这种来之不易的快感。在马上做爱，是他连想都不敢想的事情，可是今天他做到了，在托娅看来，那是轻而易举而且再自然不过的事情。为什么他们之间存在着这么大的差异？他看着托娅那红扑扑的脸蛋，感受自己曾因被父亲暴打而一直抬不起头来的感觉，他还是不自觉地低下头，不敢看她。

此刻，天高地远，微风吹拂。托娅从草地上站起来，魏东本能地把衣服递给她，可她却像没有看见一样，他惊愕地看着她赤裸着在草地上跳舞，而且她的歌声那么悠远地传扬开去……他吓坏了，他跳起来，把衣服披在她的身上，同时捂住了她的嘴。她挣脱开他的束缚，纵声大笑，满眼都是蓝天白云。

托娅，求你了，别再唱了，你想让全世界都听见啊？

没错，我就是要让全世界都听见，都看见。这么好的阳光，不裸舞就太辜负大自然了，来来，我教你，就像骑马一样。

魏东退后，他无论如何也无法想象，这个奇异的蒙古族女孩竟然如此看待自己与这个世界，她无遮无拦，她百无禁忌，她坦荡无垠，她把自己完全地融入这片自然了，融入这片天地之中……

他紧张地看着四周，生怕有人闯进来，可是随着她的轻歌曼舞，他的注意力被她吸引过去了。他好像第一次如此欣赏一个女人的身体，她曼妙的身姿、柔美的身段，她耸肩的时候显得那么俏皮可爱，她劈腿的时候又是那样大胆泼辣。她饱满的胸乳就像两朵花，开得那么耀眼，使他不敢多看；她的身体藏着那么多的秘密，让他眼花缭乱。她像一阵风，围绕着他旋转，又像一阵雨，浇得他茫然无措……

她拉起他，带着他转动起来，他看着天空变得无限绚美，地上的景物也都朦胧起来。他努力辨认却又无从辨认，似乎一股清泉涌出来，他已尝到那种甘甜。太美了，他自己飘起来，分不清谁是云朵谁是阴影。于是托娅被他爱了无数次。他情不自禁地走近她，穿过她的荆棘，到达她的火焰。他捧着那团火，任它燃烧，他想纵使自己被烧成了灰烬也是值得的。他模糊不清地发出喃喃呓语，在泉水边，在天空下，这一次的深入让他魂飞魄散，幸福得简直找不到自我。他第一次感到，什么都不存在了，生的烦恼死的恐惧都化为乌有，人生最高的快乐竟是这样的，原来是取消自我，达到忘我还不够，而是无我。

他感动得满脸是泪……

她无法理解他的泪水，不懂得他为何到此必哭。

他抱着她，把泪水涂在她的皮肤上，他说你是我的！全世界都是我的！

她笑起来，露出洁白的牙齿。

他说因为你就是我的全世界。

她歪着头，拿起他的手指轻轻地划在自己的腹上，轻声说干吗弄得那么严重，好像我们这是最后一次似的。做爱嘛，就是情之所至，想了就做，为什么要想那么多那么复杂？

他明白她是无法懂得他的感受的，他那么多年的屈辱、他的痛他的苦谁都不会了解，他又怎么能指望这样一个不谙世事的女孩子了解呢？

他说我这是开心的。

她快乐起来，她的指尖划过他的胸膛，往下划去。他奇怪自己竟然再一次坚硬起来，他问她你这个小妖精，你到底什么时候投降啊？

我永不投降，伺候我可不是闹着玩儿的！

我倒要看看你究竟有多强？

那就来吧，我要跟你大战二十四回合，直到你缴枪为止。

于是他再一次被她点燃，再一次开始他的冲锋。他真的不知道，一直认为自己是个废物的他，居然有如此的雄风。他追逐着她，在水里，在山坡上，在树荫下，他们一次次地做爱，不知疲倦，直到月上林梢，直到山水沉寂……

他们骑着马，来到一家山野旅馆，住了进去。三天三夜，他们舍不得吃饭，舍不得睡觉，舍不得说话，饿了就叫服务员送点吃的来，睡了就相互依偎着打个盹儿，想说话的时候就做爱，因为世上最美好的语言不是说出来的，而是身体交融出来的。托娅把他救出了他的地狱，她就是他的神，她提升着他一直在飞，飞向高处。他无法表达对她的感激，对她的爱情。现在，他能够做的就是完完全全地把自己交付给她，只一个眼神、一个姿势，就是另一次相爱的开始。他们忘记了时间，忘记了世界，这个小屋就成了他们的世外桃源，他们的伊甸园，他们的忘情园。

4

魏东回来却没敢进家门，直接奔办公室，他得先了解一下父母的态度再说。没错，魏子安夫妇得知儿子魏东逃婚之后，把麦穗请来相劝，坚持不承认魏东的选择。麦穗只好说爸，你别激动，我们的爱已不在，何苦要勉强他呢？而且，我也已另有所爱。当她情急之下说出这句话时，她在颤抖，她知道她的心在哭泣。也许现在，只有这么说才能让他们彻底放弃。他们简直惊呆了，站在那儿，好像被风吹拂着一样，有点摇摇晃晃的意思，谁也说不出一句话。

魏子安和韩如梅一下子陷入绝望之中，根本没有听清麦穗在说什么，也不知道她是怎么走的。在魏子安的叹息声中，韩如梅开始抹眼泪。魏子安痛心疾首地说天意，天意呀！麦穗已有新欢，魏家没有理由再逼着魏东跟麦穗结婚。就是说，魏东自由了，可以娶别的姑娘了。

一个弃妇！

麦穗自言自语地说。她现在是个弃妇，需要被人同情，被人怜悯，被人安慰。干爸干妈越是这样对她，她越是不好受，她宁愿他们都忘掉她。不再重提此事，也许就是对她最好的尊重与安慰。

一辆车慢慢地跟在她的身边，苏宁坐在车上。他跟了她很长时间才喊她，停下来。苏宁跳下车，站在她的面前，深情地望着她。他看见了她脸上的泪痕，也能猜想到她内心的委屈，可是他一时不知道该说什么才好。她再也忍不住自己的软弱，当着他的面痛哭起来……

魏东收到了麦穗的一则微信：你可以回家了，事情都解决了。他看着，心里涌上无限的感激与愧疚。

魏东开着车，带着托娅正走在回家的路上。他看着托娅一副无知无畏的模样，真的有些不忍心带她回家。他太了解自己的父母了，也太了解这个家的气氛了，真的与她格格不入。这个来自大草原的姑娘就像一眼泉水那么单纯，像一只山鹰那么自在，把她投入这个家庭就像把一只老虎投入了笼子。可是为了能与父母达成妥协，他必须要求她改变自己。于是他叮嘱她什么能做什么不能做，什么能说什么不能说，她哎哎地答应着，其实根本就没走心，还嘻哈地打趣道，如果说不好那就唱吧！

他说唱更不行，不能随意唱的，要看他的眼色行事。"眼色"真的难住了她，无论怎么解释，她都不明白是什么东西。魏东的一本正经把托娅逗笑了，她笑起来简单欢畅……

魏东带着托娅进了家门，魏子安脸部表情比较复杂，片刻的振奋与惊喜，接下来马上又阴沉着脸，没说话，拿起报纸假装看着。魏东把托娅推进来说妈，这是托娅，来看您来了！他忙向托娅使眼色，托娅想起来，马上鞠躬道，您好，妈妈！

韩如梅完全地愣住了，她毫无准备措手不及，一点没想到这姑娘上来就叫妈妈，一时不知该怎么回答才好。魏东把托娅拉到魏子安面前说，爸，这是托娅！托娅立即像刚才一样，鞠躬道，爸爸您好！

魏子安一扭脸，没有搭话。魏东拉着托娅的手，进了平时麦穗住的房间，告诉她在里面看看，他不让她出来就不要出来。魏子安对他不打招呼就把人带回来十分生气，韩如梅对她一见面就叫妈妈也不满意，觉得这也太没深没浅了。魏东解释一番，总算是安抚下父母。

这个房间自从魏东回来之后，麦穗就从未回来住过。十年来，魏子安夫妇真的把麦穗当成了可以依赖的人，家里还给她留着个房间。她偶尔回来住时，就是他们夫妻俩最快乐的时光。而托娅对麦穗房里那些小饰物很感兴趣，不停地惊叫着，而且一点不客气，把麦穗最喜欢的一个桃木小偶人挑中了，神秘地说这是可以避邪的，我要了。她摘下自己脖子上挂着的一个项链，极认真地戴上，双手合十，嘴里叨咕着。魏东不放心，趴着门缝儿看托娅对他做了个鬼脸，魏东把门带上。

托娅翻看着影集，只听见托娅不时地发出惊叫，天哪，太美了！当她看到一张关于大草原的照片时，心想这很像我的家乡，天空中飞着雄鹰，地上流着河水……她憧憬着，便开口就唱起来。

听见托娅的歌声，魏东忙要去制止她，韩如梅一把抓住他，抱怨说哎，这怎么唱上了？怎么一点规矩都没有？你别叫她，我倒要看看，她到底有多没教养。魏东急忙为她辩解，妈，托娅的可爱之处就在于她的单纯、不懂规矩。

什么？她不懂规矩还是好事儿啊？

魏东一边摆着碗筷一边说，规矩多了也不是什么好事儿，多累啊！就像我，很小就懂得察言观色，心里九曲十八弯的，有什么好？她要像我一样，那就不是托娅了。他只好走出去，推开房门。托娅正唱到兴头儿上，见魏东示意她别唱了，一百个不解，为什么？我高兴啊！

高兴也不行，你第一次到我们家，你得装着点，别显出你太高兴，要淑女一些。托娅摇头说我不懂。他说反正，你不要多说话，更不能唱歌，一会儿吃饭，问你什么你就说什么，绝对不能多嘴，知道吗？

托娅莫名其妙地看着魏东。魏东走出去，托娅好像根本没把魏东的话放在心上。魏东千请万请，魏子安就是不动，最后还是韩如梅死乞白赖、生拉硬扯，算是坐在桌子前。

托娅给魏子安倒酒，还用鼻子嗅了一下说，嗯，好酒！她突然拿起一个酒杯说按照我们草原的规矩，我敬爸爸、妈妈一杯酒。魏子安瞪了托娅一眼，喝道，不用！韩如梅也表明她不会喝酒。魏东替她打圆场，说喝点饮料吧！她说我从来不喝饮料的，我喜欢喝酒。魏东说喜欢喝也不行，今天不能喝。

托娅似懂非懂地望着魏东，不知该说什么。

魏子安问，你出来时你父母什么都没有教你吗？

托娅似乎一下子懂了，说哦，教了。她捧着酒杯站起来，唱起敬酒歌。魏东急忙制止她，行了行了，快点吃饭吧！托娅只好重新坐下。

魏子安问她，你从哪儿来？家里还有什么人？她不假思索地说，我从呼伦贝尔来，家里有爸爸、妈妈、一个哥哥、一个弟弟。

韩如梅问他们都是做什么工作的？

爸爸放羊，妈妈挤奶，哥哥放羊，弟弟上学。

韩如梅大吃一惊，牧民？托娅不住地点头，对对对，是牧民。

魏子安不无嘲讽地说那你走出来，不容易啊！

托娅骄傲地说当然，我从小就考进了乌兰牧骑，走遍了大草原，所有的牧民都喜欢我的歌，他们都叫我百灵鸟。

魏子安站起身说魏东，你来一下。魏东有些不祥的预感，看了一眼托娅，便跟着魏子安走出去，韩如梅也跟了出来。三个人走进来，韩如梅把门关上。魏子安说你挑来挑去，就挑了这么个人？

她怎么了？

整个一没文化、没教养，怎么看都不顺眼，哪里比得上麦穗啊？我们家可是知识分子家庭，知道吗？什么叫知识分子？她一个从草原上来的野孩子，根本就跟我们格格不入。啊，你都看到了，她张嘴就唱，说喝就喝，没收没管，没老没少，这怎么能跟我们生活在一起呢？

托娅从小在那种环境里长大，是自然而然的，虽说没有你们所说的教养，但是她天真、热情、活泼、善良，对你们肯定像对她的亲生父母一样。真的，不信，你们就瞧好吧！

他们明确表态，他们不同意。魏东央求说，爸妈，你们总得给她点机会吧！我们家是知识分子家庭，她们家是个牧民家庭，但这并不意味着，我们就比人家优越。也许在你们眼里，唱歌、演戏不算是正经职业，但她能自食其力就好啊。我看，托娅身上所具有的品格正是我们所缺少的东西，比如正直、纯洁、乐观、单纯……

魏子安粗暴地打断他的话，得了，在你眼里，她什么都好，我们什么都不好，是不是？那你还带回来让我们看干吗？啊？你给我走，走！还没怎么样呢，居然教训起我来了，怎么？翅膀硬了，你不就留几天学嘛，有什么了不起，就看不起这个家了？照你这么说，那没开化的那没文化的那没教养的都成了香饽饽了？那丑陋的那愚昧的那落后的一切都应该受宠呗！

你们不懂，托娅身上的那股野性，正好弥补了我的软弱，是她激发了我的生命力，是她唤醒了我沉睡的激情。这些对于我，比那些所谓的教养规矩更重要。

魏子安下了逐客令，歪理邪说，真不知你中了哪门子邪了。我告诉你啊，吃完饭你把她送回去，以后我再也不想见到她了。

托娅莫名其妙地被魏东拉走了，临别还一本正经地说跟妈妈爸爸再见！可是她没有听到回答。她追问他我做错了什么吗？魏东叹口气说不是你的错，你一点错都没有，也许错就错在我不该把你带回来。他把托娅拉过来，紧紧地抱着她说，托娅，为了我，别泄气，行吗？总有一天，他们会喜欢你的。

托娅微笑着，搂住他。

魏东看着她，非常感动。她是大度的、宽容的，什么都不放在心上。这真让他喜欢。他有时特别讨厌自己的狭隘、计较，所以他需要她，就像黑夜需要阳光，鱼儿需要水。

送她回来，他悻悻地进了自己的房间，他不想再跟父母争辩什么。他躺在床上，不断地回忆着托娅的笑脸，以此来为自己鼓劲儿。

第四章　出狱

1

魏锋明天就要出来了，魏子安和韩如梅既高兴又伤感。高兴的是二儿子终于回到身边，这一天算是盼到了；难过的是虽然魏锋出来了，可事情还是没有结束，可能更大的灾难在等待他们。但无论怎么样，他们都希望能用笑脸迎接魏锋的回来。

魏东的心情更是复杂，弟弟能早出来一天，他的罪过似乎就能减轻一点。但是如果魏锋回到了家，该如何面对他？他会不会恨自己，会不会与自己为敌，尤其是自己的幸福会不会伤害到他？还有一点就是托娅能不能接受这个坐过牢的弟弟？他越想越乱，可是事不宜迟，他必须尽快把事情告诉托娅。

当他和托娅坐在咖啡厅里的时候，他依然觉得这事是如此难开口。这就像揭开自己的一块疤，他从来没觉得会是这样的疼。

其实这件事我早就应该跟你说，只是几次都没说出来。

托娅一脸天真，在她的认知里，什么都是清澈透明的，好像这个世界上一切都是美好的无邪的，根本就不会有伤害、有罪恶、有丑陋。

我……还有一个弟弟。

托娅乐开了花，哇，弟弟，为什么我没见着？

他在……监狱里，坐牢。十年前，我和弟弟魏锋刚参加完高考，晚上一起去看电影，出来时碰着一个醉鬼疯狂地追打老婆，魏锋是个从小就有正义感的人，他就上前拉架，想不到那醉鬼抄起西瓜刀向我们猛刺，你看到现在我胳膊上还有道伤疤呢！

托娅看了看魏东的伤疤问后来呢？

魏锋就上前抢夺那把刀，结果也不知道怎么，那刀就刺进了醉鬼的身体。后来那醉鬼死了，魏锋也因此被判刑了。

她竖起大拇指说你弟弟——英雄！

她的回答令魏东大吃一惊，他根本就不会想到她居然会如此看待这个问题。这个困惑了他整整十年同时也折磨了他整整十年的大事，在她那里被完全颠覆了。

第二天，托娅刻意打扮了一下自己，她特别换上了民族服装，很正式地见魏锋，这也代表一种礼貌。所以魏锋一出来看见托娅的时候，真的被她的光芒刺伤了。他有些不敢睁开眼睛，不敢看她的脸。魏东快步上前，张开怀抱，紧紧地拥抱了弟弟。托娅也跑过来，大大方方地上前，轻轻地拥抱了一下魏锋。魏锋呆呆地看着托娅，不知所措。

魏东说这就是托娅，我没让父母来，他们在家准备为你接风呢！他接过魏锋手里的包，说走吧！

托娅说等等，我得好好看看，你们俩有没有什么不同？她盯着魏东，又盯着魏锋，不停地比较着，饶有兴味。魏锋一直躲闪着，双手不知放在哪里才好，脸上好像有无数的蚂蚁在爬动。魏东拉起她说得了得了，你看你都把魏锋给吓着了。

他们这才跟着魏东大步地向汽车走去。魏锋的眼睛是空洞的，没看托娅也没看魏东，而是仰着头看着天，又低下头看着地。车子路过繁华的街道，两旁高楼大厦，绿树成荫，一切都旧貌换新颜，让魏锋不敢相认。十年了，人生中最美好的年华，被囚在高墙之内，连那些记忆都变得模糊，不可信了。

魏东开车，魏锋上了后座，托娅说我陪魏锋，也跟着上了后排。车子开动起来，一阵风似的。魏锋埋怨魏东干吗这么隆重，还麻烦托娅来了，其实有公交车直通市里，很方便的。托娅不等魏东回答抢着说，是我想来的，我就想快快见到你呀！她调皮地盯着魏锋，目光灼灼，让他不敢抬头。托娅看他紧张的样子，笑了，开着玩笑说魏锋，你把我当成老虎了？这么宽的地方，干吗不往里坐坐啊？魏东透过视镜看见魏锋紧紧地贴着窗口，稍稍地挪动了一下身体。其实魏锋离托娅还是挺远的，但他觉得托娅的呼吸声就在耳边，那么清晰，他浑身都不自在。魏东说魏锋是不习惯跟女生在一起，慢慢就好了。大家不再说话，一时找不到话题，不知该说什么才好。尤其是魏东，他不停地斟酌语言，怎么说出来才能得体，才能让魏锋感到舒服，才不至于伤害到他的自尊心。在这个过程中，他觉得说任何一句话都是艰难的。还是托娅聪明，她说都闷着干吗呀，我来唱首歌吧！

魏东连忙说好。她开口便唱，那个欢快的蒙古歌谣使他们仿佛看见了广阔的草原、飞翔的雄鹰。她的歌声真的打破了沉闷的气氛，魏锋问她你会唱《赞歌》吗？草原上的姑娘哪有不会唱这首歌的，于是魏东、魏锋跟着她唱起来。他们一直就这么唱着，唱了一首又一首，城市已在眼前了。

托娅口无遮拦地说魏锋，我们结婚你一定要做魏东的伴郎啊？多好玩儿啊，两个人一模一样的。

魏锋结结巴巴地问你们……要结婚？

魏东赶紧阻止托娅说别乱说，结什么婚，家里还没同意呢！

托娅说我听说家里是因为魏锋坐牢才不同意的，这回魏锋出来了，应该没问题了吧！魏东不想这么快就告诉弟弟结婚的消息，他怕刺激弟弟，弟弟刚出来，应该给他一点适应的时间。想不到魏锋说那我祝福你们。

托娅开心极了，她一高兴便搂住魏锋的肩膀说魏锋，你真好。魏锋似乎一下子窒息了，一动也不敢动。这是他第一次被一个女孩子搂着，他的心跳得都快炸了。魏东把她的手轻轻地从魏锋的肩上拿下来，说实话，他多少有些不快。现在他有些后悔让托娅来接，她跟弟弟应该保持应有的距离。但是他的初衷是可以趁这个机会，让父母接受托娅。他们俩把弟弟接回家，大家都高兴，再怎么拒绝托娅也不至于表现出来，所以他才带上托娅。可是托娅一点都没有觉察魏东的反应，她还是兴致勃勃地跟魏锋说着话，征求他对婚礼的建议。

魏锋说魏东，你应该给托娅一个世界上最浪漫的婚礼！托娅兴奋地跟魏锋讨论着婚礼的形式，眉飞色舞，而魏东干脆一言不发了，好像婚礼不是他的，而是魏锋的一样。

2

终于到家了。托娅与魏锋下车，她兴高采烈地帮忙提东西往楼里走，魏东把她叫住，低声对她说结婚的事，先不要提，不要唱歌，不要多说话，懂吗？她摇摇头，不懂，为什么呀？他说不懂也得懂，记住我说的话。

桌子上已经摆好了一桌的酒菜，有基围虾、武昌鱼，总之鸡鸭鱼肉应有尽有。

魏锋站在家门口，十分激动。这已不是以前的家了，十年前，自从魏锋出了事，他们就搬了家。十年里不知搬过多少次，这次是两年前才住进来的。一百二十平方米，三室一厅。只有麦穗知道，在魏子安夫妇心里，存着一个梦想。那就是有朝一日，一家人热热闹闹地住在一起，弥补一下这十年的缺憾，过一段真正和和美美的日子。

他静静地站了一会儿，才鼓足勇气，用颤抖的手按响了门铃。韩如梅一下子惊住了，面对儿子的到来，她反而有些犹豫。她好像在怀疑这事的真实性，怀疑这是不是在梦里。直到魏子安催她快开门哪，等什么呢？她才如梦初醒，儿子是真的回来了。

她把门打开，一家人都像定格了似的，彼此对望，呆立了几秒钟。韩如梅抢先握住了魏锋的手，儿子，你可回来了！

妈——

韩如梅喜极而泣，抹了几把眼泪，大声地回答，哎——她摸着儿子的脸，左看右看，嘴唇哆嗦着，泪如雨下。魏子安还是不擅于表达自己的感情，但是看得出，他的眼睛也是湿润的。在魏东的提醒下，韩如梅才拉着魏锋往里走，让他坐在沙发上，急急忙忙地给他倒水。魏锋觉得自己像个客人一样，不太自在地说妈，我自己来吧！

你不知道茶在哪儿。

看着魏锋喝茶，韩如梅上上下下、左左右右地打量着魏锋，好像看一件稀世珍宝，那目光透着慈爱、欣喜。高了，黑了，壮了，你看这浑身的肌肉块！她喃喃自语，像是只说给自己听。

魏子安提醒说，吃饭吧！

韩如梅说等会儿，我先带魏锋参观参观这个家，自从我们搬到这儿来，魏锋还是第一次回家呢！她拉起他，一间一间地看，一间一间地介绍……十年前，魏家还住在小平房的一铺大炕上，魏子安把炕一分为二，中间砌了一道墙，算是把大人和孩子分开了。那时哥儿俩一个房间，被窝挨着被窝，冬天里，魏锋往往把魏东的被子拉到了自己的身上，魏东被冻醒了再拉回去。现在两个人的床分别摆放在两个房间里，隔着一道墙。他把魏锋拉进来，问他是否喜欢，是否满意。他觉得有点不太舒服，好像自己是来串门的客人，一切都生疏了，不仅房子变了，家人也不那么亲近了。魏锋问母亲大哥的婚事，韩如梅咬牙切齿地说就不同意，你都看见了，就那个小妖精，你说哪点比得上麦穗呀？还把她带来了，要不是你刚回来我高兴，早把她轰出去了。

魏子安推开门，一脸的责备，你们说得太久了，赶紧出来！

麦穗从厨房里出来，与托娅打了个照面。魏东没想到父母会把麦穗也请来，他愣了一下，才介绍说，托娅，这位是麦穗，是爸妈的干女儿，你就叫她姐吧！麦穗连忙说别别，还是我叫嫂子吧！托娅倒是大大方方，毫不犹豫地抱了抱麦穗，笑得无比灿烂，姐，我就缺个姐呢！麦穗得体地对托娅微笑，转身进了厨房。

一家人围坐在一起，魏子安举杯，来来来，欢迎我们的魏锋回家，今天高兴，放开了喝，一醉方休啊！

众人干了一杯。

韩如梅挨着魏锋坐，不停地给他夹菜，来，魏锋，这是你小时候最爱吃的京酱肉丝，这是香椿鸡蛋，这是酱焖鲤鱼……他的碗都成了小山了，母亲还在给他夹，弄得他特别不自在。

魏东给魏锋倒了一杯酒，端起来说魏锋，好兄弟，哥敬你一杯，谢谢！

这句谢谢，大家都心知肚明，包含了魏东无限的情谊。魏锋与大哥碰杯，希望忘掉这句谢谢里面的深意，哥儿俩一饮而尽。

魏子安兴奋地叫道，满上满上，魏锋可是有量的。

魏东又举起杯说，难得连我爸都开恩了，喝！

韩如梅抢过魏东手里的杯子说，你可不行，你没有量，一喝就多。

托娅拿过杯子，倒满，豪气万丈地说，大家今天都挺高兴，我给大家唱首草原上的祝酒歌，助助兴，祝贺魏锋出狱，然后我替魏东把这杯酒干了！韩如梅和魏子安拿眼睛看着她，面露不悦之色。托娅根本没注意到别人的脸色，不管不顾地唱了起来。等到她唱完，魏锋带头鼓起掌来，夸赞道唱得太好了，托娅，谢谢你，我也祝你幸福！

魏锋与托娅碰杯，干掉！

韩如梅虽然对托娅的表现心有不悦，但也不好说出口。她说从今以后，谁也不要再提过去的事儿了，你们都记住，魏锋没有过去，只有今天和明天！魏锋笑了，他觉得母亲太过于小心翼翼了，好像他是个纸人似的。其实他已经足够坚强。他说妈，你说什么呢？谁能没有过去呢？没事儿，我不怕。

韩如梅碰了一下魏锋，示意他不要冷落了麦穗。魏锋领会其意忙又举杯，麦穗，我知道这些年，我们家多亏了你，妈也多亏了你，这杯酒是我和全家人的心意，无论如何你得喝了！

麦穗有些激动，爸，妈，我是魏家的人，我爱这个家，做什么都是应该的。魏锋，我们终于把你给盼回来了，干！谁也没想到，麦穗居然一饮而尽，大家十分惊愕。魏子安说原来我们麦穗也是女中豪杰啊，来来来，满上满上！

不了，我诊所里还有事儿，我得赶回去，你们慢用啊！韩如梅还想挽留她，麦穗已经离席，往外走去。魏东刚要起身，韩如梅给魏锋使了个眼色，魏锋便追了出去。

3

麦穗走得很快，魏锋在后面追她，喊她，等到她一回头，已经满脸泪水。魏锋惊住了，他们不再说什么，随着花园小径慢慢地走着。

夏风吹拂着她脸上的泪水；使她感到更加伤心。今天是魏锋出狱，值得庆贺的大喜事，她本不想来的，是韩如梅左一个电话右一个电话请她来，说是一家团圆。可是当她面对魏东和托娅，她还是止不住地想哭。只有她自己知道，她是多么热爱这个家，多么希望成为这个家的一员。可是这永远都只能是梦想了。她擦掉眼泪，说对不起，魏锋，你回来，我应该高兴才是。

没关系，麦穗，我感到很遗憾，我不知道你们之间究竟发生什么事儿，但你要相信，我们全家人都爱你，你永远都是我的亲人。

我们早就完了，只是我想不到会陷入两难的境地。到现在，爸妈还把我当成魏家的儿媳妇，而那个角色应该是托娅。我不知道该怎么办，我不愿意成为魏东和托娅结婚的障碍，也不愿意成为魏东和父母间的障碍。魏锋，我好为难哪！

麦穗让魏锋回去，大家还等着他。他帮她叫了一辆出租，看着她上车走了，久久地站在那儿。他望着陌生的街道和楼群，觉得真的是一切都变了。他跟父母一样，从小就认为麦穗是魏家的媳妇，可是他无论如何也没有想到，魏东移情别恋，他爱的是一个陌生人。

麦穗的离去让韩如梅十分不快，她把责任都归罪于不该出现的托娅。魏锋回来，魏子安与他又连喝了三杯，人就有些飘了。他断断续续地说麦穗是我们魏家的一员，谁也别想取代她的位置。

魏东一看托娅不宜再继续待下去了，便说你们先喝着，我把托娅送回去！可是不知趣的托娅居然说还没喝完呢，她要陪爸爸再干一杯。韩如梅

039

狠狠地瞪了她一眼。魏东拉起托娅便离座，往外走去。托娅不理解为什么突然把她拉出来，她根本听不明白他们在说什么，她真的一点都不懂。魏东没好气地说你不需要懂，不懂就对了。她觉得真奇怪，你们为什么那么多的弯弯绕，把我给绕糊涂了。

魏东搂住她，爱怜地说也难为你了。托娅，你根本就不是这个家庭的人，你跟他们隔着十万八千里。只是我还必须让你介入，对不起了。

他把托娅弄得莫名其妙，云山雾罩。

趁着魏东出去，魏锋便劝说父母接受托娅。魏子安坚持说魏东是丧尽良心、喜新厌旧的陈世美。韩如梅也说他变了，不再是那个善良、有情有义的魏东了，他把麦穗的心伤透了，也把全家人的心伤透了。

魏锋知道他们不接受托娅的原因不过是放不下麦穗，可是连麦穗都原谅了魏东，你们还有什么可说的？人家都找了男朋友，你们还逼着什么呀？这感情的事儿，不是用善良来衡量的，那是他们自己感觉的事儿。魏东跟麦穗从小一起长大，可能是因为太熟了，反而没有了感觉，我看魏东对托娅可是动了真心的，你们总这么顶着，他们很可能就在外面自立门户，连这个家都不回了。到那时，不管你们承认还是不承认，托娅都是你们的儿媳妇。到头来怎么样，你们能改变得了这个事实吗？

他们开始数落托娅的不是，说她比不上麦穗，野孩子一个，没文化没教养，嫁进魏家有辱门风。韩如梅说她也知道这事由不得她，但是她就得别着，不能让他们顺心如意，我非得等你出来再说。要不，你在里面遭罪呢，他们倒快活了，我这心里不平衡。

魏锋终于明白了，原来你们是为了我？嘿，我可不像你们想的那样，我大哥结婚，我高兴还来不及呢！行了行了，这事儿就这么定了，赶紧准备婚事，尽快把托娅娶进门，你们就等着抱孙子吧！他起身，又说我明天准备出趟门儿，我高中时的几个同学要请我出去玩玩，三四天吧！

韩如梅开心地说去吧去吧，好好开开心！

韩如梅看着丈夫，刚才魏锋的一番话说得她心里真是舒畅，句句都可她的心、称她的意。看来这个魏锋坐了十年牢，那股子仗义、善良都没丢。既然魏锋都不介意魏东跟托娅结婚了，他们还别着劲干什么呀。

我说，老魏，要不咱就同意了吧，你看魏锋都没意见！

魏子安迷迷糊糊地说，结吧，谁能管得了啊！结吧结吧，结一个少一个。

4

　　魏东一点也没想到，父母居然这么快就转变了想法。让他感到意外的是魏锋几句话就让老爸老妈投降了，可见魏锋在爸妈心里的位置了，他却感到酸酸的，自己的婚姻大事到头来还得让魏锋帮忙说情，心里多少有点不太舒服。可是不管怎么说，父母答应了，他可以娶回托娅了，这还是魏锋的功劳。

　　知道魏锋出狱，他的同桌张大炮张罗着哥几个聚聚，当然也叫上魏东。可是魏东以忙为借口相推托，其实虽说他也是海归派，但是在同学面前，他真的一点自信都没有，尤其是他总认为他们对他的吹捧都是恶意的，是看不起他的表现，他不屑于与他们为伍。但是魏锋却高高兴兴地去了，他觉得哥们儿还记着自己，让他感到温暖。

　　但是魏锋没有想到，这两天对他来说无疑是个巨大的刺激。张大炮请客吃了一顿饭，结账时居然花了好几千元，虽然不是他花钱，却让他很心疼。张大炮原名叫张大浩，跟魏锋坐一桌，因为他特别能当炮筒，谁给他装上枪他都敢放，所以才得了这么个外号。这个外号多少也有点二百五的意思。可就这个高中时谁也没瞧上的张大炮，如今已成了气候了，人家自创公司，白手起家，生意都做到国外去了。据说那个著名的腾格里娱乐中心都有他的股份，所以酒足饭饱之后，他带着一帮人去骑马，投魏锋所好，让他过过瘾，他知道魏锋最爱马了。骑完了马，又去洗澡、泡脚、足底按摩，折腾了一夜。第二天唱歌的时候，他发现新歌他居然一首不会，呆呆地听着别人唱，自己就像个傻子一样。再接下来是打高尔夫，这项富人的运动他以前只在电影里看过。还有他们班的小眼镜，人称小学究，学习学得眼睛都快瞎了，人家现在也成了博士后了，在某大学里当上了讲师。最不济的螳螂也在著名的步行街上租了个床子，小生意做得也是有声有色。可是他真的跟不上人家了，被甩在时代的后面了，他跟着人家东张西望，像个白痴傻瓜一样，什么都不懂什么都不会。张大炮问起他以后有什么打算，他茫然地摇摇头，真的不知道自己还能干什么。十年的时间，最好的年华，他是白白浪费掉了。张大炮说那就来给我打工吧，你不是爱马吗？这回我就让你天天跟马打交道。他说不不，我还没想好呢？张大炮说这十年能顶过去的一百年，什么都不一样了。他的意思就是说你能把马喂好做个好马夫就不错了，你已经是被时代淘汰的人了。在狱里时天天盼望出来，可是现在出来了，他却一下子失去了目标。他的下一步怎么走，该干什么？他忽然失去了玩的兴致，本来张大炮安排好了第三天的节目，可是他连个招呼都没打，就悄悄溜走了。

他回到家时大家正在吃晚饭，母亲看他进来一副没精打采的样子，急忙上前热情地问长问短，看着他狼吞虎咽地吃饭，不断地提醒他慢点，还把最好的菜都夹到他的碗里。魏东拿出一部4G手机送给魏锋，还把号码写在一张纸上，说给他办好了流量套餐，随便用，所有的费用都会替他交好。魏锋坚持不要，我也没工作也没朋友，用不着。魏东便滔滔不绝地给他讲现在是网络时代，你没有这个就会落伍。魏锋说我早就落伍了，魏东被噎住。韩如梅便劝魏锋，现在都用微信了，你没有，真的没法融入社会吧，你快拿着。魏锋沉默半天才说，谢谢了。

魏东为了缓和一下气氛，热情地邀请他下一盘棋，他们可是十年没杀棋了。魏锋说有点累了。韩如梅说魏东上回出差带回了好茶，快，给他沏上。他说不想喝。托娅说有好碟，席琳·迪翁的。他说我根本不知道谁是席琳·迪翁，然后一头就钻进了自己的房间。

韩如梅显得很紧张，低声问他怎么了，好像不太高兴？魏子安骂道别理他，四六不懂。韩如梅忙为魏锋开脱，说他刚刚回来，还不习惯家庭生活，要给他时间，等等。懂事的魏东便敲响他的房门，把那包好茶送给他。可是魏锋好像没听见，根本就没开门。魏东有些气恼，觉得他有点过分，自己一片好心，他一点都不领情。托娅不知好歹地问他为什么要过分呢？魏东火气被挑起来了，大声说坐过监狱的人都这样——

还没等魏东把话说完，韩如梅忙制止了他，别瞎说，让魏锋听见。

托娅问是我不方便听吗？那我可以离开。

韩如梅和魏东被问得张口结舌，许久都无法回答。

魏东说哎你吃了什么药了，也跟着瞎起哄？

托娅转身离开，魏东一回头，看见魏锋正站在他们身后看着呢！大家都愣住了。魏锋说对不起，希望你们以后别拿我当外人似的，我们是一家人，我也是这个家的一员，你们都那么小心翼翼，我很不舒服。

韩如梅刚要解释，魏子安质问他说我告诉你，别以为自己坐了几天牢就有功劳了，大家就都得让着你敬着你，你杀了人坐了牢那是你应有的报应，怎么像全世界都欠你的一样？

韩如梅使劲儿地压制魏子安。别说了，行不行？可是魏子安根本就无法停下，他愤怒地指着魏锋喊着，我就是得说，你出狱了，回家了，不是皇帝，你没什么特殊，别把自己当个人物似的，还得让全家人都得看着你的眼色行事。你弄清楚了，你就是个杀人犯，一个刑满释放人员，一个——

韩如梅捂住丈夫的嘴，都快急哭了。她哀求说我求你了，老魏，别说了！孩子刚回来，你不安慰他，还满嘴胡咧咧。不行，你得向儿子道歉。大家的目光都集中到魏锋的身上，不知道他要如何发作。可意外的是他只是呆愣着，一句话也没说出来。

魏子安却不依不饶，继续说，道歉？他怎么不向我们道歉？他杀人入狱，一下子改变了我们全家人的生活。我在外面走，人们都戳我的脊梁骨，说我是个杀人犯的爹。你知道吗？你给这个家带来多少伤害？现在你回来了，还想让大伙像个宝儿似的供着你？

魏锋不知所措，走也不是，留也不是，一下子有了身为外人的不适，神情黯然……韩如梅拉起他，一直把他拉进他的房间，关上房门。

韩如梅把儿子拉入她的怀中，他木然地看着母亲拥着他哭泣。她求他不要往心里去，我欠你的，全家都欠你的，但求你不要恨你爸。他这么说可能是糊涂了，他这人从来都是说话没轻没重，你担待点儿。

魏锋给母亲擦去眼泪，安慰她说妈，没事儿，我没那么小心眼儿。细心的他发现母亲真的是老了，白头根儿十分刺眼，很受震撼。他仔细地把母亲的头发撩起来，竟说不出话来，忽然泪下……

韩如梅哭着说儿子，你和魏东就是妈的手心手背，都是妈的肉，妈谁都不能没有。为了妈，你要学会融入这个家庭。他点点头说，我知道以后怎么做，你放心吧。

韩如梅回到自己的卧室，见老魏还在那呼呼生气，便问他，你是怎么了？你又不是不知道魏锋的委屈，怎么还专拣那伤人的话说他呢？你这么说多让孩子伤心呢？

老魏叹口气，说你哪儿知道啊，现在案子又重新提起来了，魏锋的十年牢不能白坐，大错已经铸成，就得让魏锋认下，别让他觉得自己特别委屈，全家都得让着他，那对他有什么好处呢？说不定他还得报复别人，我这么说就是敲山震虎，让他接受现实……

第五章　回不去的从前

1

　　这一场不愉快使魏东有了一个比较清晰的认识，那就是他们不可能再回到从前，父母希望这个家还像过去那样，是不现实的。因为一切都发生了改变，大家的心态完全不同了，再加上托娅的介入。他便决定再买一套房子，作为自己和托娅的新房，偶尔回来看望父母，肯定要比现在这样好。

　　魏东跟父亲谈起这件事，就说是把房子留给魏锋结婚用。魏锋在里面十年了，又没有技术，没有工作，将来找女朋友如果再没有房子，谁还能跟他呀？这话听起来没错，老魏也觉得魏东很讲情义，还替兄弟着想，便让魏锋感谢大哥。可是魏锋沉着脸，一言不发。那好像是大哥对他的施舍，让他心里很不快。他只留下一句，你想怎么办就怎么办，不必替我着想，我也不用你着想。就算哪个姑娘眼睛瞎了愿意跟我，没有房子，我就是住露天地也不会怪你。

　　魏锋起身走了，这让大家感到意外。老魏吼道你给我回来，你怎么不知好歹呢？魏东拉住父亲说，爸，他坐牢坐糊涂了，你别跟他计较。韩如梅觉得大儿子真是懂事，说你不计较就行啊！魏东笑了，妈我计较什么呀？我哪还有资格计较啊，只有魏锋有资格，说摆脸子就摆脸子。韩如梅劝他说儿子啊，十年了，家里总是冷冷清清的，好不容易把你们给盼回来了，大家一起，享受一下亲情，怎么就不能住呢？反正是三间房，兄弟俩一人一间，大家住一起不是很好吗？你也刚刚回来，挣那点钱还得悠着花。魏东却坚持说还是他的主意好，他贷款买套新房，也不会有什么压力，房子是不动产，可以升值的。这样大家有空间，他那间给他留着，他和托娅

044

随时过来住，有进有退，对谁都好。韩如梅只是担心魏东出去住，跟家里来往少了，兄弟俩的感情会越来越生疏。魏东答应一定会经常回来住，把这十年的缺憾都弥补回来，绝不会再让父母感到孤单。这里才是家，新房子只是个暂住地，以家为主，以新房子为辅，老魏和韩如梅心里才舒服了一些。

魏东和托娅开始四处看房，他们为了照顾父母的意愿，想在父母家附近买套房子，跑了好几天也没有着落。正巧邻居家要卖房，韩如梅觉得再好不过了。魏东顺利地买了下来，房子不大，六十平方米，与父母的房紧挨着，虽说是走两个门，却像一家人一样，同时又有他们自己的小空间。魏东说这下可好，我们有两个家了，那套房里我的房间妈说还给我们留着，两边住，新鲜。再说，一旦我们吵个架闹个别扭什么的，还有个退路。托娅伸手便打了他一下，不许你跟我闹别扭，我让你天天夜里得搂着我。好好，搂着你。

布置新房，魏东基本没让魏锋插手，他总怕这事对弟弟来说是一个刺激。如果当年他不替自己坐牢，现在布置新房的也许就是魏锋。而魏锋也不太过问，他知道他不宜太过热情，他怕魏东多心。

那套房因是精装修的，只需置办家具就行。他们搬进了新买来的大床、书架和必要的日用品。托娅提议把卧室重新装一下，要有蒙古风格。魏东正好出差，就说随你的便吧！托娅便把卧室弄成了蒙古包，铺上地毯、用红色的木格子钉墙，屋顶也装成了圆顶，墙上挂上了她自己织的挂毯。为了增加情调，还打了一个小茶吧，托娅喜欢在卧室里喝奶茶。

魏东出差回来，一看差点乐翻了，这是哪跟哪啊，不伦不类的？托娅却一脸的得意，这就是她想要的家的感觉。魏东说就是缺烧牛粪味儿。托娅说那当然，还有牛奶味儿。魏东打趣道我看你倒像牛粪卷儿。托娅明白过来魏东是取笑她，便伸出手去打他，他躲着，她追打，最后魏东趁势把她拉倒到床上。

他们亲热着、翻滚着、打闹着……突然魏东僵住。

怎么了？

魏东坐起来，说我忽然有一种恐惧，我怕我给不了你幸福。

你能的，我现在就很幸福。

托娅，为什么幸福总是短暂的，一闪即逝？

好好的，你怎么会突然有这些念头？

幸福与痛苦本来就是一对孪生子。

你说得太深奥了，我不明白。

魏东叹口气，说你是不明白，连我自己都不明白，为什么总在最快乐的时候，跌入深渊。也许，我这种人不配拥有幸福。

托娅用手捂住他的嘴，摇着头说不能乱说，会应验的。

她也隐隐地感到一丝不安，不知道魏东为什么显得忧心忡忡，显然她对未来的新生活没有一点准备，她把什么都看得太简单太透明了。魏东看着她眼里蒙上的一层担忧，亲了她一下，说没事儿，我不过是随便说说，我会对你好的。两个人继续忙碌，可他越来越觉得压抑，他不知道自己跟魏锋到底隔着什么？好像他们完全是陌生人，彼此那种气息相通、那种心有灵犀全都没有了，有的是隔膜、生疏。以后，他们就要在一个屋檐下生活了，这是必须的，是他偿还给父母和魏锋的十年的亲情，他不可能完全不顾父母和魏锋的感受，带着托娅与这个家分离，因为他有义务让全家人快乐，他欠他们的，他应该偿还。无论有多么痛苦，他都要勇于承受。但是他无论如何也没想到，他和魏锋逾越这十年的时光重新开始，将是多么艰难。

2

这天晚饭时，魏东邀请父母和魏锋来看看他的新房，让他这个爱好美术的弟弟也好给提提意见。魏锋第一次走进这个新房，虽说面积不大，却弄得十分有情调。托娅争着为他们介绍，健身器械、挂在阳台上的吊床、墙壁上大幅的剧照、一个巨大的鱼缸里游着鲜艳的鱼、等离子电视机、投影机，都是那样的新奇与豪华。这些都不属于他，也许他一辈子都不会拥有这些，他确实像刘姥姥进了大观园一样眼花缭乱。魏东拉住托娅示意她别说了，她哪里能领会他的意图，不由分说地把魏锋拉进了她与魏东的卧室。

魏锋走进来，左右环视着，见这个新房真的不同一般。刚一踏进来，他疑心是进了蒙古包，魏东慌忙跟进来，笑着说你没看是谁设计的，你没闻到牛粪味儿就不错了！

大家笑起来，那么天真无邪。那一张两米多的大床却一下子把魏锋给镇住了，托娅一头躺在床上，让魏锋有些不好意思。他扭头出去，魏东掐了一把托娅，让她赶紧起来倒茶去。同时他把魏锋拉住，让他看卧室里的一个小茶吧，非常雅致。他说我们就在这儿喝点奶茶吧！

魏东喊父母，他们进来转了一圈，也未予置评，推说他们喝不惯奶茶那膻味儿，便到客厅里的沙发上看电视去了。托娅煮着奶茶，天真地说牛粪味儿可好闻了，到了冬天，我就和全家人围着火喝奶茶，那火就是用牛粪烧的。

魏锋说那我可得尝尝，这茶到底是什么味儿的？

托娅的一双大眼睛紧紧地盯着魏锋喝茶，魏锋一抬眼时，正好撞进她的视线，他像被击中受伤似的，赶紧回避。这是他第一次感受到与一个女人目光相遇的悸动，他低下头来，正好看见托娅那双美妙绝伦的小腿，那是一双跳舞的腿，绷紧、圆润、富有弹性，他看得心惊肉跳，以至于茶都洒了出来。

托娅急忙拿抹布帮他擦拭。那是一双精致的手，柔若无骨的手，给他擦水也像在舞动，轻轻的、柔柔的，好像生怕弄疼了他似的。她一边擦一边问，怎么样，好喝吗？

他慌乱地点着头，却一句话也说不出来。

魏东看着他的窘样，笑着说，魏锋，以后都是一家人了，别那么拘谨。他的脸一下子红到了脖子根儿，好像被魏东看穿了心事一般。他忙说魏东，啊……托娅，对不起，刚才我……啊并不是……针对你们的……我向你们，道道歉。

魏东拍拍他的肩，道什么歉，一家人，深一句浅一句有什么关系，客客气气的反而不正常了，你说对不对，托娅？托娅大表赞同，一手搂着魏东，一手搂着魏锋，看看这个看看那个，笑着说对呀，你看你们俩，真是绝了，眼睛一样嘴巴一样鼻子一样眉毛一样，我还真有些分不清谁是谁了。你们应该不分你我。

魏东想阻止托娅说下去，因为这个不知天高地厚的女孩儿，总是说出一些令人目瞪口呆的话。他能理解她的单纯，可就怕别人听起来不那么舒服，有失礼数。但是托娅根本就不懂得魏东的心思，她越说越得意越说越开心，不停地咯咯笑。

魏锋好像僵了一般，任凭托娅那股气息在他的四周拂荡，他没有听见她说的都是什么，他就那么一动不动地听着，直到韩如梅敲门进来。

原来韩如梅见魏锋进了魏东的房间便开始担心，她怕兄弟俩话不投机再吵起来，怕魏东心眼儿小不肯原谅魏锋，又怕魏锋被他们的幸福所刺激。她努力分散自己的注意力，劝魏子安以后不能再像过去对待魏东魏锋，说打就打，说骂就骂。不行了，不是那个年代了，要讲究方法。魏锋回来了，你总得收敛收敛，再说托娅就要进门了，别弄得鸡飞狗跳，家不像家人不像人的，老不像老小不像小的。你也是快六十的人了，别动不动就动真气，下黑手，你得让魏锋觉得这个家变样了，这个老爸也变样了，家温暖了，老爸知道体贴人了。一家人和和美美的，多好。

魏子安发现妻子一边跟自己说着话，眼睛不停地瞄魏东的房间，便明白她心里在想什么，就说行了行了，我耳朵都听出茧子来了，我这边也教育完了，去看看那边吧！

魏锋喝完了茶，虽然他对奶茶也是一无所知，勉强喝完了一杯，不忘夸奖托娅的手艺。魏锋就在这时情不自禁地偷看了一眼托娅，似乎下意识地想看看她有什么反应，想不到托娅的目光与他的目光再次相遇，他慌乱地逃离，仿佛做了什么错事一样，手里端着的茶杯差点掉下去。

魏锋起身便走，他不想在卧室里待得太久。刚一推门，正好与母亲撞个满怀。

魏东问妈，有什么事儿吗？

韩如梅说没事儿，我就是问问你们什么时候喝完，你爸有点待不住了。魏东说待不住就回去吧，魏锋还得……他把话咽了回去，他突然明白母亲坚持要跟魏锋一同进出，是有缘由的。托娅不知趣地说，魏锋可爱喝奶茶呢，是不是？她看着魏锋，他只好说是是。魏东瞪了她一眼。韩如梅顺着托娅的话茬儿说，那就喝吧，再喝点，我和你爸也没福分，喝不了那玩意儿。

魏锋看着托娅挽留的眼神，只好再次坐下来，接着喝第二杯。韩如梅心满意足地退出来，高兴地说他们哥儿俩聊得正欢呢！魏子安说这回放心了？兄弟总归是兄弟，你的担心多余了。

韩如梅说我是怕他们俩表面和气，心里有疙瘩。魏锋生生把青春都耽误了，要不然，他不也像魏东一样，大学毕业了，有个好工作，也该结婚了。正说着，有人敲门，当她走到门前，刚一开门，一封信落下来。她从门里往外看去，没看到人。她捡起来，一边走一边看信，信里写道：别高兴太早，你死定了！她脸色惨白，一屁股坐到地上。魏子安赶过来，扶起她，问怎么了？她不想让别人知道，便慌忙藏起那封信，说是滑了一下。他问人呢，谁呀？她说是敲错门了。

魏子安回去看电视，韩如梅失魂落魄地想进厨房处理掉那封信，可是她慌里慌张地又一次推开了魏东的房门。魏东有些不耐烦地问，妈，你怎么又来了？

她张大着嘴巴，好像不认识他们一样，结结巴巴地说，我是来……随便看看……她退了出去。原来厨房与魏东的卧室是相连的，她这回终于算是找对了门，打开，走进去，把那封信撕毁，扔进垃圾桶。一股不祥的预感袭上她的心头，有人要加害她的儿子，甚至魏东的新居也已暴露。想到这里，她浑身哆嗦。她的目光寻找着什么，终于落在水龙头上，她轻轻地拧出水来，那水声似乎对她有一种安慰。

魏锋不解地看着魏东说，妈一趟一趟地来，有心事吧？魏东笑了说，妈呀，是怕咱俩掐起来。

魏锋给了魏东一拳，能吗？

魏东说，那我可不是你的对手，你从小就下手黑。

你可比我黑，你竟背后下黑手。

魏锋突然顿住，发现魏东的脸色有变，知道自己这话说得有点冒失。他赶紧转移话题，问妈平时也这样吗？

据我观察，她心窄，总疑神疑鬼的，胆小怕事，跟她相处，我特别小心。魏锋说我都听麦穗说了，妈可能是有点毛病，叫强迫症，据说那是非常痛苦的。这回我出来了，希望妈能宽宽心，把病治好了。魏东说难哪，因为这病得从根儿上治……他一下子知道自己说远了，可是话已出口，无法再拉回来。他们谁都一下子明白了这个病根儿是什么，一时没有话说。

3

韩如梅努力地控制自己的恐惧情绪，她每一犯病，总是要洗碗的，可这不是她自己的家，再加上是新房，碗还没有买来。她翻箱倒柜地找着，慌乱之中也不知把什么东西碰到地上，发出清脆的声音。魏子安和魏东他们都急忙赶了来，老魏见状，知道她是旧病复发，忙往外拉她。魏锋奇怪地问我妈怎么了？她脸色那么差？魏子安只是说没事儿，她有点累了，我们回去了，魏锋，走吧！老魏不由分说架起韩如梅就走。魏东懂事地说，我看妈好像是病了，托娅，走，陪陪妈去。

托娅有些不情愿，她说可我今天累了，干了一天活儿了。魏东说谁不是干了一天活儿了？怎么就你累啊？她说我不想去就不去，干吗非逼我不可？魏锋忙打圆场说妈有我呢，你们谁也不用过去了，让托娅好好歇歇吧。托娅向他投来感激的一瞥，正好他也看着她。这么短暂的一瞬间，却恰恰让魏东捕捉到了。如果这话出自父母之口，魏东可能觉得恰如其分，可是出自兄弟之口，好像魏锋与托娅成了最亲近的人，自己反而成了局外人，一股莫名的火便迅速燃起。他看也不看托娅，赌气说你不去拉倒，你永远也不用去！他转身便走。魏锋还不明白哥哥为何发火，只是觉得根本没必要。韩如梅这会儿好像缓过来了些，她看着无辜的魏锋和火气冲天的魏东，口气坚定地说，平时你们回不回来吃饭我不管，周末晚上回家吃饭，雷打不动。

魏锋摸不着头脑，母亲都这样了，还非得让两个年轻人遂她的愿不可。他忙说多大个事儿啊，值得一吵吗？人家累了就算了吧，我看这样，魏东留下陪托娅。

其实大家心里都清楚，韩如梅坚持让魏东他们回家吃饭，还是为了照顾魏锋的自尊心。她希望让魏锋心里明白，虽然魏东快结婚了，有了妻子和自己的家，但他心里还是有弟弟的。他们都需要照顾魏锋的感受，要让他心里舒服点。魏锋却不管三七二十一，上前把魏东拉回来，塞回门里，扶着母亲就进了另一个门。

韩如梅回来，心里更不是滋味，虽然魏锋大度，不跟他们计较，可是自己得向着魏锋啊！再说，她心里一直别扭着呢，托娅还没结婚就有顶撞他们的意思，她就不能让托娅顺了心如了意，非得给她点颜色瞧瞧不可。

魏东总算松了一口气，他们在，他太紧张了。而且在父母和弟弟面前，他不能太偏向托娅，他得显示出他的大丈夫气概来。尤其是魏锋总是以主人公的姿态出现，让他总是压着一口气，非发出来不可，不然他会憋坏的。可是托娅哪里懂得这些，她睁着无辜的大眼睛，实在搞不懂他们说出的话，哪一句是真的哪一句是假的，哪一句是正的哪一句是反的。魏东靠在门板上，大口地呼着气，他仔细看时，托娅的眼里已涌上一层泪水。他觉得自己确实有些过分了，让托娅这样涉世不深、单纯如水的女孩来领会他内心深处的曲折，太难为她了。一时，他不知该如何向她解释才好，他只默默地搂过她，无论她怎么挣扎，他就是不肯放手。

韩如梅又敲开了他们的门。

妈，还有什么事儿？

魏锋刚回来，还不太适应，你去陪他睡，也好跟他唠唠嗑。

魏东看看托娅，妈，我们不是刚刚唠完吗？

韩如梅说嘿，哥儿俩都十年没见了，怎么不也得说个三天三夜的？走走走，托娅说她累了，那她可以不去了，可是你当哥的，你必须去！

这最后一句话，魏东体会出了其中的含意，那就是他欠弟弟的，他这里热热闹闹，是不能冷落魏锋的，他有这个义务。魏东无可奈何地点点头，他庆幸好在母亲放过了托娅。

魏东拍了一下托娅的额头说，做个好梦，明天见！可她一点不想自己单独睡，她需要魏东在身边。她不懂母亲为什么不能体会她的感受，不能体谅两个热恋的年轻人，非得把他们俩分开，而让两个男人睡在一起。她莫名其妙地看着魏东跟着韩如梅走了，想说什么，但门已经关上了。

4

托娅一个人躺在两米多的大床上，她根本不知道这才仅仅是开始，以后她要面临的将是更深的孤独。

魏东和魏锋躺在一张床上，两人怎么都觉得别扭，四条僵硬的胳膊腿儿，搁哪儿好像都不太合适。有时一翻身，发现四目相对，魏锋忍不住笑起来，笑过了，他觉得真的什么都不同了，小时候小哥儿俩甚至睡一个被窝，你掐我一把，我拧你一把，打打闹闹，一切都是那么自然。可现在，到底是什么变了呢？难道仅仅是身体吗？

魏锋说魏东，好像不大对劲啊？

是不对劲儿，好像躺在这儿的不是两个人，而是两条大虫子。

别恶心人了，你趁着妈不注意的时候，赶紧溜回家去吧，托娅还等你呢！

魏东知道弟弟是出于好意，可在他看来，托娅等不等自己都跟弟弟无关，弟弟在任何时刻都能首先想到托娅，把她挂在嘴边儿，让他不快。接下来，他们一时找不到话说，又的确想彼此打听一下分别这十年的情况，可是忽然觉得，他们谁都不敢面对这十年，它就像把楔子，钉入他们之间所有的缝隙，让他们疼痛无比。

母亲的意思他们也是理解的，十年了，希望他们能够重新找回过去的记忆，重温少小时的往事，找回真正属于兄弟之间的信任与情义。可是还有可能吗？这也算是他们第一次单独面对，可是连说话都如此困难，他们都小心地规避着那件沉重的往事，越是回避，它就越是高大，挡在他们中间，谁都无法逾越。

这样下去确实太难受了，只有无限的煎熬。魏东首先忍受不住了，他起身，也不用说话，穿上衣服，轻轻地往门外走去。可令他想不到的是，一推门，母亲就横在眼前。

干什么去？

魏东只好急中生智，借尿遁去。

他把自己锁进卫生间，好久都没有出来。韩如梅在外面喊怎么了，他说他便秘。她说要给他调蜂蜜水，他说不用。韩如梅听见魏锋在叫她，便去了他的房间。魏锋说妈，求求你了，让他回家去吧，我真的不习惯跟他睡在一起了。你要非让他陪我的话，只能把我也逼走了。

这话让韩如梅非常意外。十年不见，得有多少话要说啊，怎么就没话了呢？看着儿子痛苦的脸，她确信他说的都是真的。她也从魏东的脸色看出了这一点。她叹了口气，轻声说，儿子，妈就一个心愿，你别恨他，你们哥儿俩，还像从前一样。

妈，怎么可能呢？我明白你的心意，我们挺好的，什么事都没有，更谈不上什么恨不恨的。只是，你得给我们俩一段时间，你想让我们亲密，像小时候那样，不太可能了妈。你就放我们俩一马，让他赶紧走吧！

这些话都让魏子安听见了，他站在门前，一推门进来，一把拉走韩如梅，你这个老太婆，又搞什么名堂。孩子们的事，由着他们吧。走走，快点睡吧！

魏东悄悄地回来，魏锋说妈同意了，你赶紧过那边儿去吧！可是魏东觉得自己真的这么走了，又有点辜负母亲的好意。他犹豫了片刻，说半对半吧，上半夜在你这儿，下半夜回托娅那儿。魏东主动提出教弟弟使用手机，说这是最新款的苹果手机，他是派了公司的年轻人排队买来的呢，刚上市，时尚。可魏锋一点兴趣也没有，说不用了，我能打个电话就行了。

5

魏东并未离去，这让韩如梅多少有些安慰，他还懂得顾及家人的感受，他还是那么心细、体贴的魏东。这一夜，她几乎未睡，那封信搅乱了她的心绪，她静静地躺着，似乎能听见两个儿子发出的均匀的呼吸声，眼角便湿润了。十年来，她就盼望有这么一天，一家人在一起，平平安安地生活。可是，到底是谁想害魏东？背后那只看不见的黑手到底要干什么呢？她越想越害怕，无法克服那股恐惧。魏子安半夜醒来，过来安抚她。一般她犯病都是因为心病，可是她怎么都不吐露半句，她不想再给家人增加忧虑，她想独自承担。魏子安也对她无可奈何，劝到眼皮子打架，只好睡去了。

天刚蒙蒙亮，四周一片安静，魏锋以为还在监狱里。多年养成的习惯，让他噌的一下起来了，用最快的速度穿好衣服，就跑出了房间。韩如梅坐在客厅的沙发上，眼睛熬得通红。她见魏锋急匆匆地跑出来，便诧异地问你要干什么去？

报告，502号请求洗漱。

魏锋，你好好看看，这是哪儿？这是在家，你回来了，不用再起早了。天才刚亮，你去再睡会儿吧！

魏锋完全清醒过来，用陌生的眼神看着四周，笑了说妈，对不起，我习惯了。韩如梅让他回去睡，她买早点去。魏锋要跟她一块儿去，反正也睡不着，出去呼吸呼吸新鲜空气。

就这样，娘儿俩走下楼来，她忽然发现魏东的车旁有个人影在晃动。韩如梅以为自己看花了眼，揉揉眼睛，真的有人在车旁。

谁？

韩如梅紧张地抓住魏锋的手。十年前那一场仗就像毒蛇一样，一直噬咬着她的心。只要她一见到这样的场面，就立即吓得双腿打战，牙齿打架，她是真的吓怕了。却见魏锋捡起一块砖头，慢慢地靠近那个黑影。韩如梅吓得从后面抱住魏锋，声音颤抖地说快放下，快放下，咱可不能再出事儿了。魏锋，听妈的，你别过去！

魏锋看母亲吓成这样，声音都变调了，只好扔掉手里的砖头。他让母亲放心，他不跟人打架，他不过是过去看看情况。可是你不打他，他打你呀，孩子，你在明处，他在暗处，咱可不能吃那个亏！他好说歹说，终于挣脱了母亲的手，悄悄地来到车旁，却不见任何影子，车子安安静静地伏在那里。他认真地查看着，车已被划出了深深的印痕……

早市里人流如潮，各种各样的叫卖声此起彼伏，飘来飘去的各种气息十分诱人。韩如梅和魏锋停在一个炸大果子的小摊前，魏锋用力嗅着炸果子的香味儿，十分陶醉。他已经十年没有嗅到这种香气了，它是那么贴心贴肝、那么顺心如意、那么通透无比。这气味使他重新找回了过去的记忆，使他感觉到重返人间的喜悦。他抓起一根油条，一边走一边吃。

他们买早点回来时，魏东已不见了。韩如梅又过去敲门叫托娅吃早餐，得到的回应是她不吃了。韩如梅嘴上说着年轻人太懒了，连饭都懒得吃，真让她看不惯。魏锋说妈，谁愿意吃就吃，不愿吃就不吃，你操那么多心干吗呀？再说以后别再让他陪我了，我又不是小孩子，他应该陪的人是托娅。

可他更该陪的是你！韩如梅说不下去了，呆呆地望着儿子。他们发现，无论什么事情，最终绕来绕去总是绕到那件事上。魏锋说，妈，以后能不能别提这个事，你不是也说过吗，就让它永远地抹掉行不行？

行行，吃饭吧！

魏锋端着碗等着分饭，直到母亲提醒他可以自己动手，想吃多少就盛多少时，他才清醒过来，他现在已在家里，他自由了。他盛了一大碗豆浆，用力喝了一大口，闭上眼，享受着那种甘甜。又盛了一碗，喝着喝着，眼睛就湿润起来。原来自由的含义就在于此，你可以随便说话随便吃饭随便走动随便放屁，没有人看着你没有人管你没有人教训你。自由真好，自由万岁，他真想大喊几声。

韩如梅上班前不放心地叮嘱魏锋，中午饭我都放冰箱里了，你饿了热热就行。要是不愿意做，就出去自己吃点。给他留了点零花钱，又把新配的门钥匙交给他，有什么事给她打电话，还把电话号码工工整整地写下来。好不容易走出去了，又开门进来教他用智能冰箱。魏锋觉得自己就像个三岁的孩子，一切都得重新开始，不觉间惆怅起来。

第六章　新婚之夜的梦魇

1

魏东与托娅的婚礼紧锣密鼓地筹备起来，魏锋成了跑腿的，买这买那，还去婚庆公司谈婚礼仪式，各种事情忙得不可开交。父母问过几次进展情况，魏锋都闭口不谈，只让他们放心。晚上一起吃饭时，韩如梅忍不住夸奖魏锋，为了大哥的婚事跑细了腿儿，可托娅却嘲笑他，网店都能搞定的事儿，为什么偏得出去遛腿儿呢？魏东阻止她，这是魏锋的一片心意！本来魏锋心里有着满满的成就感，自认审美还不低，可托娅这话很打击他。

这天，魏锋正在商场里看货，麦穗给他打来电话，希望他到自己的诊所看看。他其实也想跟她说说话。回来这些天，感触很大，心里似乎有一层看不见的东西蒙着，让他无法挑明，而麦穗也是他唯一可以倾诉的人了。麦穗带着他参观了自己的诊所，在她的卧室里，床头柜上摆着一张他们三个小时候的照片：麦穗扎着马尾，魏东的眼神很忧郁，看着麦穗，而他则像在看着天……

他站在那儿，仔细地看着，一时感慨万千。都快二十年了，只有她还留着这张照片。有些东西是不可能没的，只是人有时看不见，而它一直都在那儿。只有她一直都珍藏着一些已经看不见的东西，他也相信，它是存在的。他更相信，总有一天，它会闪光的。她有些伤感，不再说话，只是微微地点点头。过了一会儿，她说我请你来，其实是想请你吃个饭，算是我单独给你接风。魏锋笑了说，当然是你请我，我现在是赤贫阶级。

两人来到一家很有特色的小馆落座，麦穗把菜谱递给魏锋，让他点菜，而他真的都忘了怎么点菜了，只好由麦穗来点。最后，她还说给我上点酒，要烈的！魏锋想拦她，可她摆摆手说今晚我就想喝酒。他知道她话里的意思，他说其实我也想喝醉。

服务员把酒菜全上来，麦穗给魏锋和自己都倒满，举起杯，与魏锋撞了一下，说这杯酒是祝福一对新人的，来，喝了！

二人干杯。

麦穗又倒满第二杯，说这杯酒是为你喝的，祝贺你重获新生！

二人再次干掉。

麦穗又倒第三杯，魏锋按住她的手说，你不能再喝了，我们说说话吧！她说不，这杯一定得喝，因为这是为我自己喝的。你可以不喝，但我必须得喝。他怎么也没抢下来，麦穗还是喝掉了第三杯酒。

麦穗有点晕了，目光迷离起来，她再次把手伸向酒，被魏锋一把抢过来。她说你别管，我今晚就是想喝醉，我就是想醉一回，为什么……不醉一回呢？

他说好，那我陪你醉。说着，他拿起酒瓶子，一口气全喝光了。她说魏锋，你是这样的！她竖起大拇指，你是男子汉大丈夫！他知道她心里不好受，说出来可能会好点。可她说你心里也不好受，如果历史改写的话，那么明天结婚的也许就是你。

魏锋苦笑了一下，可惜十年了，我一点都不知道你们之间到底发生了什么事儿？我什么都不知道，我就像个傻子帮着人家鼓掌，到头来都不知道主角是谁？说心里话，我们三个人中，你们俩一直都比我优秀，你们俩好是天经地义的事儿。可是为什么分开，你们怎么了？

麦穗醉眼蒙眬地说魏锋，魏东他不喜欢我了，他把我们过去的情感一笔勾销，他说他只当我是他妹妹……她眼睛红了，泪水在眼眶里打转。她说大二时，一个日本留学生爱上了他，他求我放他走，他说这个家他实在待不下去了，他需要一个新环境。他没有钱也没有权，只有答应跟那个日本女生谈恋爱，才能出去。他让我等着他，他根本就不爱那个女生，他没有办法只能利用她的感情，他只能这么无耻。我理解他，这么多年，我信任我们的爱，我一心等他回来。可是他回来了，却娶了别人……

他怎么跟你解释的？

麦穗一会儿笑一会儿哭。他说他一看见托娅，才知道什么是爱情；跟我在一起，只是一种亲情。这是最让我不能接受的。魏锋，我可以接受他变心、他移情别恋，但不能接受他抹杀我们曾经的爱。他不爱我了没关系，但他不能说他从来都没爱过我，我们可是有过那么多的往事，那么多的回忆那么多的爱啊！

我明白了，他就是太受宠了，就不知道别人的感受了。麦穗，我是亲眼见证你们的爱情的！她拉住魏锋的手，泪如雨下，哽咽着说你还记得吗？那时家里都困难，他总是舍不得吃自己的那份，偷偷地分给我吃，一个鸡蛋、一个地瓜或是一个苹果。上大学时，他总是换三次车去看我，我们在当时的爱情林里一坐就是半夜，没有了公交车，他就走一个半小时的路回学校。那时，我感觉那么甜蜜、幸福。魏锋，你说这都不是爱情吗？

我是个没有爱过的人，我一点不知道爱情是什么滋味，但麦穗，你为什么要计较他怎么说呢？你认为你爱过了，就足够了。每当你难过的时候，就想想我，别说爱情，我十年都没看过一个女人。

爱人结婚了，新娘不是我……她笑过又哭起来。

魏锋说走走，我送你回家，你喝多了。

魏锋把麦穗的手搭在自己的肩上，搀扶着她，往外走去。她左右摇晃着，走得十分艰难，魏锋累得一身汗，才把麦穗从饭店扶出来。他拦了辆出租，把麦穗送回家，费了九牛二虎之力才把她从车上架下来。

这一幕，正好被开车路过这儿的魏东看见。虽说他的愿望就要实现了，明天他就要做新郎了，可是他心里隐隐地不安起来，他知道是因为麦穗。他一个人出来，找了家小酒馆自斟自饮，仔细地回顾往事，觉得他对麦穗还是有内疚的。这是种十分复杂的情感，他坚信自己不会娶她，可他又莫名地惦念她。他不由自主地开着车来到诊所，想跟她说点什么。但当他来到她的门前，却没了勇气敲开房门，他确实不知道该说些什么。就在他犹豫不决的时候，他看见魏锋架着麦穗从车上下来，他们俩都喝得烂醉，二人勾肩搭背，互相搀扶着往里走。麦穗在酒精的作用下，朦胧之中错把魏锋当成魏东。她双手搂住他的脖子，哭得满脸是泪。她根本就无法走路，他只好连抱带搂，往诊所里走去。

魏东怒不可遏，他从车上下来，大喝一声：站住！

魏锋停下，一看是魏东，他也同样喝得醉醺醺的。他说你来得正好，帮个忙。

魏东一把把麦穗抢下来，愤怒地说："你的手伸得太长了吧！"

魏锋不解，说你什么意思？你躲开！他再次抱起麦穗。魏东拦住他，喝道：你给我放下，你也配抱她吗？

魏锋惊愕地看着他。他无论如何也没有想到这话会出自魏东之口，在别人眼里他是杀人犯也就罢了，难道魏东也会这么看他吗？

就在他惊愕之际，魏东又说你也不想想你是谁？她是谁？你是刚从监狱里出来的，你好好照照镜子，别用你那双手玷污了她的清白！

魏锋慢慢地把麦穗放下，盯着魏东，眼里渐渐地升起了火。他努力克制自己，不让那火势蔓延下去，否则他真不知道会干出什么事情来。可是魏东还嫌不够，继续冷嘲热讽，你就是一只癞蛤蟆，麦穗就是一只白天鹅，告诉你，癞蛤蟆别想吃天鹅肉！

魏锋再也忍无可忍，血一下子涌上他的脸，那团烈焰也瞬间把他烧成灰烬。他的拳头不由分说地打过去，很重，魏东应声倒在地上，嘴角全是血。

我也告诉你，你要不是我哥，我就用这双不干净的手杀了你！

这一拳把魏东打得清醒了些，他擦干嘴角的血，爬起来时，见魏锋已把麦穗抱进诊所。他打开车门，钻进去，一抬头，发现挡风玻璃上贴着一张白纸，上面写着：杀人偿命！一种恐惧的感觉顿时升起来，他猛踩油门，快速地离去。

魏锋独自徘徊在街头，他穿过闪烁的霓虹灯，穿过冷清的街道，心情是那么落寞，惆怅……现在，他知道自己是个什么身份，更知道周围的人都是怎么看待自己的。不论怎样，他都无法改变。他没指望全家人对他感恩戴德，但最起码给他尊重，给他温暖。看来，他是太天真了。最让他无法接受的就是连魏东都不理解他，看来他的牢算是白坐了。而且魏东伤害了麦穗，却连自己安慰她一下都不允许，好像麦穗还是他的一样，这让魏东无法接受。

一首歌响起来，渺茫、无奈……他不想回家，就想这么在黑夜里走下去，永远走下去。

魏东回到家时，酒已醒了。母亲见他嘴角有血，便追问起来，他只说喝了酒摔了一跤。母亲抱怨他酒后开车，摔跤还是轻的，要是出了人命那可就悔之晚矣。母亲与父亲谈起魏锋，母亲说这么晚了他还不回来，我是怕……魏东结婚，他受刺激。魏东什么都有了，他什么都没有，我怕他受不了啊！

魏东觉得母亲说得有道理，而且自己在酒后失去理性，如果真是刺激了弟弟，那自己就更加对不起他了。于是他披上衣服，出去寻找魏锋。

清凉的街道已杳无人迹，魏东脚下还是有些飘，站在那儿，不知该往哪儿去。他点燃了一根烟，在黑暗里抽着。他头脑越来越清醒了，真为自己的莽撞而后悔。麦穗现在需要安慰，而且这事也由他而起，他也不明白自己为什么会说出那么伤人的话来。在他内心深处，不是一直对魏锋有愧吗？但一说出来，为什么变味儿了呢？

这时，魏锋回来了。魏东迎上去，你怎么才回来呀，妈正着急呢！魏锋轻描淡写地说溜达溜达。哥儿俩一起往家里走去，魏东隔了一会儿才说对不起，我今天喝多了，说了些不该说的话，你千万别放在心上啊！

有了魏东这句话，魏锋的愤怒似乎一下子烟消云散。他故作轻松地说你说什么了，我怎么记不起来了呢！魏东知道魏锋是故意不把这个当回事儿的，好让自己减轻心理负担。他说我很后悔，我没有资格对你那么说话，我会记住你给我的这一拳，以后再也不会犯了。

魏锋很感动，现在的魏东依然还是以前的大哥，这句话让他感到温暖。他搂住魏东的肩膀，打趣道，知道我拳头的厉害了吧！你别放在心上就行了！

魏东一下子如释重负，他明白弟弟一直都是那么仗义、不会计较，一股浓浓的感激之情涌上心头，他也给了魏锋一拳，哥儿俩相视而笑，搂着往楼上走……

魏锋突然说魏东，我要给你一个惊喜……

是什么？

魏锋说你先别问，保证特别牛，你就等着吧！

2

魏东无论如何也没想到，魏锋真的给了他一个大大的惊喜。这个惊喜不但把他镇住了，把所有的人都镇住了。因为所有人的想象力加到一起都无法想到这样一场惊世骇俗的婚礼。

在酒店门前，当托娅的婚车来到时，人们像以往的程序一样，打开车门，由魏东接托娅下车，然后向他们抛撒彩条，向他们献花，由童男童女拉着托娅的婚纱往里走去。

忽然间人群中一阵骚乱，纷纷往远处看去。

一个马队正远远跑来，前面是两匹高头大马，它们迈着古典的盛装舞步，在爵士乐队的伴奏下，似乎在翩翩起舞，不断地改变着步伐，转眼间已经来到人们面前。魏锋威风凛凛地坐在头马上，跟着他的骑手都举着各色彩旗，上面写着大大的"囍"字，迎风飘扬。只见魏锋勒住马头，那马腾空跃起前蹄，发出咴咴的叫声。

魏东，上马！

魏东不解地问你这是……

这就是我专门为你设计的婚礼，还等什么，带上托娅，走吧！

魏东心领神会，立时飞身上马。那马转了一圈，他以一个漂亮的动作一把把托娅抱上马。同时，托娅发出兴奋的尖叫。马队围着人们跑了一圈，然后撒开四蹄，绝尘而去……

人们全都看呆了，面面相觑。真的，从来没有人看过这种阵势，就像电影里演的一样。魏子安看着韩如梅，两人都不知道是怎么回事儿……

马像箭一样地射出来，嗒嗒的蹄声，飞扬的尘土，不断掠过的山丘与草地、风声与天空……

魏东紧紧地抱着托娅，附在她的耳边低声说，今天你简直就是天仙！

托娅，不，我是草原上的鹰！

魏东，鹰得在天空中飞！

托娅，不，马背上就是我的天。来，抱紧我，让我飞！

魏东，好，你闭上眼，让我带你飞！

托娅在狂奔的马上闭着眼睛，陶醉在这天高地阔之中，禁不住纵情高歌。她一边唱着一边在马上伸展双臂，像伸出两只翅膀一样，做出各种高难度动作，如醉如痴，如梦如幻……

护送他们的马队被他们感染了，跟在他们马后，也禁不住放开喉咙，跟着托娅尽情高歌……

马队漫过了那片草地，来到一片山林旁，在一顶帐篷前停下来。前面是条溪水，发出潺潺的流水声。魏锋打马回旋，将一把钥匙扔给魏东，然后带着他的马队闪电一样消失在地平线上……

魏东和托娅从马背上滚落在地，被那顶帐篷迷住了。他们打开门走进去，魏锋说看，这就是你们的新房。托娅高声尖叫，太浪漫了，这儿有森林有帐篷，我们就是王子和公主了！

魏东说想不到这小子坐了十年牢还没坐傻，主意不错！托娅说岂止是没傻，简直是太有创意了！骑马狂奔，马上高歌，帐篷里做爱，就像梦一样。来吧，我的王子！魏东摇摇头，别急，我们得有个特别完美的新婚之夜。托娅睁大眼睛，啊，还要等到夜里啊？

是啊，得让月亮星星给我们做证啊！

3

夜里，魏东和托娅坐在草地上，吃了放在帐篷里的东西，当然还有红酒。看着满天的星斗，陷入甜蜜的爱情中。托娅说真美啊，我已经有好几年没看到星星了，以前在草原上，我最爱看星星了。魏东说等我一有休假，我就跟你一起回草原，也好看看你的家人。当然了，还要看星星。托娅叫起来，真的，那太好了。草原上的星星就是牧人的眼睛，大、亮、透明，不像城里的星星，总像蒙着一层什么东西，让我看不透，离人又远。我家天空里的星星特别低，离你特别近，好像就在你的身边、在你的眼前，你一伸手就能摘到。

那好，等我们回去就摘一捧回来，挂在咱们的房间里。等你一想家的时候就看看星星，出去的时候就挂满身，那才叫星光灿烂呢！

托娅打了他一拳，两人闹了一阵。

托娅说今天是我最幸福的一天，你给了我太大的惊喜，我怎么也没想到我们会在这儿，会骑马，会看星星。

我也没想到，这些都是魏锋的设计，我一点都不知道。他这几天一直在外面忙，但我没想到他是为我们。

哎，魏锋怎么会骑马呢，而且骑得那么棒？

他对所有的体育项目都喜欢，特别爱动。他长跑、滑冰、游泳，跆拳道还得过名次呢！后来他又迷上了马术，参加了马术培训班。要不是我爸阻拦，他现在可能是马术队的队员了。我也被他拉去学过，可惜我学了个一知半解。

托娅说那我得感谢魏锋，要不是他把你拉去学马术，你不可能这么快就学会骑马。哎，你们俩到底是怎么回事儿？她问得比较突然，魏东一愣，我们俩？你问什么？不知道为什么，我总觉得你们俩不太对劲儿，不仅是你们俩，魏锋与全家人之间好像都隔着一层什么，总之他跟你不一样，有点像我们蒙古族男人。

魏东没想到看似大大咧咧的托娅居然心这么细，还能看出这些微妙的变化。他问蒙古族男人什么样？就像马……她看着魏东异样的目光，便不好再说下去了。

魏东其实知道她问的是什么，可是这件事如鲠在喉，他自己都无法说清楚，又怎么可能对她讲清呢？他故意岔开话题说，魏锋有些粗野，到底是没念过大学，他有什么地方让你不舒服的话，你别跟他计较，毕竟他坐了十年牢，心里有时会不太平衡。

没有啊，你说得不对。魏锋不是这样的人，他心挺宽的，不会拐弯抹角，跟我有点像。不过我觉得你在他面前好像有点优越感……

魏东打趣道，怎么，对他印象不错嘛。他比我好是吧？在你眼里，只有他才像个男人，那你是不是嫁错人了？托娅有些急，争辩说你怎么会这样想，难道他不是你弟弟吗？你应该为魏锋感到骄傲，因为坐牢没有打垮他。要是在草原，他还是一个好猎手，会有好多姑娘爱他的。

哦，这么说，坐牢倒成了一件光荣的事儿了？

不，我不是这个意思……

那你什么意思？你一直在夸奖他如何男人，别忘了，今天可是你我的新婚之夜，你一直在谈别的男人是不是有点过了？

我这么说不行吗？我跟丈夫在一起，也要知道什么该说，什么不该说吗？

魏东心里确实不快，想不到魏锋就像一个阴影，时时刻刻跟随着他，即便是这个难忘的新婚之夜也驱之不散。他搂住她说："看你，委委屈屈的。不说这些了，走，进帐篷里去，早点休息吧！"

二人起身，相拥着往帐篷里走去。

4

这个令人扫兴的开始，在魏东的心里罩上了隔膜。面对托娅那激情如火的身体，他的兴致却逃得无影无踪。当托娅的手指划在他的皮肤上时，他还在想着刚才她说过的话。他也清楚她不过是说说而已，但他能明显感到她对魏锋的赞赏，她的眼神告诉了他。这让魏东有种挫败感。魏锋是坐过十年牢的，即便这样，他在女人眼里都有这样的魅力，难道自己真的连魏锋都赶不上吗？这个问题困扰着他，让他无法集中精力。托娅不知他为何会是如此的表现，这个帐篷使她激动，让她回想起蒙古包的记忆，她像一头年轻的野兽，不知疲倦地寻找着内心的快意。她兴奋地尖叫着，扭动着身体，毫无顾忌地引逗他，她的舌尖热烈地滑过他的肌肤，不放过任何一寸皮肤。她还喃喃地说着什么，心醉神迷。他问她在说什么，她惊觉自己说起了蒙语。她用汉语复述出来的时候，他顿觉脸已红到脖子根上。他想不到她竟会如此粗俗，她的话让他心惊肉跳，让他为她感到羞耻。她百般放肆、百无禁忌。他看着她眼里的燃烧的欲望，居然找不到一丝矜持、一丝羞涩，这忽然让他感到可怕。她把手电举起来，盯着他看。他想起东京那个夜晚的应召女郎，他那么讨厌她像狗一样地舔他，于是那少年时代被暴打的一幕又呈现在眼里。他急速地瘫软下去，他为疲软而羞耻。她惊讶地问你怎么了？他一脸正经地问她你什么意思，为什么要这么看？托娅也惊住了，愣在那儿，她是个毫无心计的女孩儿，她只是对一切都感到好奇，没有什么别的想法。可是魏东居然不依不饶地逼问不休，非得逼她说出她想到了什么。托娅口无遮拦地说就是觉得太好玩儿了，太不可思议了。它平静的时候像一条小虫子，乖乖的，太可爱了，可是它能在瞬间变成另外一个样子，太有意思了。她喜欢那个神奇的所在。魏东喝住她，你是不是见过很多男人？托娅说怎么了？见过又怎么样，我是见过。他的心一下子被什么重击了一下，想追问下去，可又觉得真的很无聊，只能努力压制自己的想法。他以前就听说过，说蒙古族人是很开放的，如果丈夫出去放牧了，女人就在蒙古包边插个牧马杆，表示自己的男人不在家，跟她相好的男人就可以进来幽会；如果自己的男人回来赶上了，看见那杆子也不能进去打扰。他以为是天方夜谭，现在看来可能这都是真的。

托娅不说话了，她没想到自己的那些好奇心会毁了她的毁姻，因为魏东是个内心里有阴影的人，他就像是水里的鱼，而她是天上的鸟，飞鸟与鱼的爱情根本就不可能。她停顿了一会儿说，对不起，我知道了，以后注意就是了。来吧，这件事过去了。她极尽讨好地让他高兴，使尽了浑身解数，可是他始终都无法兴奋起来，他们就那么十分潦草地、毫无激情地做一了回，十分勉强，毫无新意。

托娅躺在帐篷里，一时茫然起来。她无法理解他为什么变得像另外一个人似的，她到底做错了什么？她喜欢在做爱的时候大呼小叫，更喜欢说些脏话，她认为这都是天经地义的，想怎么放纵都是正常的，为什么到了魏东这里一切都是禁忌？魏东突然问她，托娅，告诉我，在我之前做过吗？托娅说为什么要问这个？魏东说你不用问，就实话告诉我。托娅这个来自草原的女孩儿，内心纯得像一汪清水，她天生就不会说谎，也从来不会口是心非，从来就没有心计没有设防。另外在她的观念里，性行为就像吃饭喝水一样自然，是美好无比的事情，根本就不会难以启齿。她连想都没想就有些炫耀地说，当然啦，只有傻瓜还没做过呢！

跟谁？

她兴奋起来，张嘴就说跟那达慕大会那个骑手。哇，你不知道他有多健壮，有多少姑娘爱上他，可是他选择了我，那是我的光荣。

也是在马上？

当然啦，跟一个好骑手不在马上还能在哪儿？真的，那男人太棒了，当时我站在一群姑娘中间，没想到他居然一把把我抱上马，在人们发出的欢呼声中把我带走。我们根本就顾不了那马向哪里跑了，他在马上比在地上还自如呢，他时而从马肚子底下钻出来亲我，时而一只脚蹬着马蹬，像飞起来一样亲我。他能在马上做出各种姿势，当然也包括跟我做爱。对啦，他有点像魏锋。

这句话对魏东的打击是双重的，他的心里突然之间蒙上了一层水雾，他想尽量抹去，可是越抹越重。他觉得眼前是黑的，心掉进了黑洞，这被他认为最有意义的爱情也变得毫无重量，轻如羽毛。他想说服自己放弃这样的念头，也知道这么想是不对的，对托娅来说是不公平的，但是他就是无法放弃。

托娅此刻根本不知道，她如此轻率地说出自己的隐私，就等于毁了他们之间的信任。尤其是她提到魏锋，这使魏东内心的阴影更加重了一层。魏东虽然留过洋，但是他的偏执让他无法真正逾越内心的障碍。见魏东忽然间情绪大坏，她也不再问起，关了手电，毫无声息地躺下。

她不知什么时候睡着了，忽然一个模糊的人影站在她身边，手里拿着刀，寒光闪闪，一步步地逼紧她。她往里缩着，惊恐地睁大眼睛。她无望地叫着你是谁？为什么要杀我，你到底是谁？别碰我！那把刀越来越近了，她听见哧啦一声，什么被划开的声音，到处都是血……她挣扎着，扭动着。突然那个人渐渐地清晰了，当她看清他的面容后，惊叫起来，魏东，你是魏东、魏东……可是她怎么也发不出声音。

魏东的新婚之夜注定是个不眠之夜，尤其是托娅把他的心搅得七零八落。他搂着她，看着她没心没肺地睡着，听着帐篷外传来的风声，心乱如麻。他悄悄服用了安眠药才迷迷糊糊地睡去。

这时，帐篷上出现一个巨大的身影，披散着头发，面孔越来越清晰，十分狰狞可怖。那影子发出令人惊惧的叫声，似狼嚎、似鬼哭。慢慢地，那影子无限地接近了，接近了，突然举刀刺破了帐篷……

"啊——"托娅尖叫着，从梦中醒来，吓得微微颤抖。

怎么了？魏东壮着胆儿问，别怕，我在这儿，不用怕，没事儿了。

刀，血，那么多的血……

到底看见什么了，为什么会这么害怕？你快点告诉我，别让我担心！

我做了一个梦，太可怕了。

什么梦？

梦见一个人，有点像你。

我？

你拿着刀，一点点地逼近我，要杀我，然后就到处是血，什么都染红了。我拼命地叫，拼命地喊，可就是喊不出声来。太可怕了！魏东，你的样子好凶啊……

魏东没想到自己在托娅的梦里竟是这个形象，他有些失望也有些愤怒。他质问道，你把我想象成什么人了？原来在你心目中，我就是一个凶手，一个杀人犯？

奇怪，我没这么想过啊！

没想过？为什么会做这样的梦？梦从心头想，说明你潜意识有这个念头。我问你为什么，到底为什么？！

托娅没想到魏东会发这么大的脾气，惊讶地呆望着他。

托娅那双无辜与纯真的大眼睛简直勾魂摄魂，渐渐地，他从那种震怒中恢复过来了。这个女孩儿是他拼了命想要的，是他付出代价才拥有的，他劝说自己不能被内心的那道阴影遮蔽。他搂住她说，对不起，我太冲动了，我不想这样的，可不知为什么就……

托娅好像刚刚看到魏东的另一面，她有些失望地转过身去，拿被子蒙上了脸。

魏东抚摩着托娅的头发，后悔地说，你别这样，我不是存心要对你发火的，我是一时冲动。托娅，别生我的气，以后再也不会了，啊？

托娅不吭声，魏东无奈地躺下来。

过了一会儿，托娅再次睡着。魏东悄然走出帐篷，他想让夜风清理一下思绪，静静地想想，便独自坐在草地上，望着天边的一弯残月，心情很乱。

托娅轻轻地走过来，把一件衣服披在他的身上。

怎么，一个人看星星，也不叫上我？

星星都没有了，只有月亮。

看月亮也应该叫上我，一个人看没意思的。

魏东感动地揽过托娅，是啊，从今以后，不管干什么，我们都应该是两个人。还生我的气吗？

　　托娅的眼睛盯着帐篷，满脸的惊恐，吓得说不出话来。魏东顺着她的目光望去，又见帐篷上有一道长长的口子，禁不住一下子僵住了。也许，托娅不是做梦，而是真的见到了一个身影，带着刀要杀了他们……两个人所有的兴致一扫而光，现在他们唯一的希望就是快点天亮，好马上回到城市，回到家里。只是那个奇怪的影子是谁呢？到底谁这么恨他？魏东的心里隐隐地浮现弟弟魏锋的身影，这让他惊出一身的冷汗，不可能，绝不可能！自己怎么会想到魏锋呢？他为此而感到羞愧。

第七章　一把滴血的刀

1

魏东与托娅出人意料地搞了个马上婚礼，让魏子安大为光火，何况还有那么多亲戚朋友在场。当时，魏子安气得差点跳起来，大骂儿子不懂事，紧接着大骂托娅，说只有这样的媳妇才会想出这个点子。新郎新娘不在，喜宴照样还得开。当他们把客人都让进宴席，才发现原来一切皆有安排。偌大的宴会厅变成了一个大舞厅，周围摆放着鲜花、酒、饮料，以及各种高档点心、熟食。正常的大鱼大肉全都换成了冷盘自助餐，还有一个乐队在那奏乐，奏的都是摇滚乐，分贝很高。主持人说今天是个别开生面的婚礼，我们摈弃了传统的形式，搞了个大 party，大家随意玩儿，让我们唱起来跳起来，为新人祝福。

参加婚礼的人们觉得真是新鲜，一个个脸上都洋溢着好奇与激动的神采，自己动手倒酒倒饮料，吃水果、点心，不亦乐乎。尤其是孩子，更是兴奋得手舞足蹈，尖叫着来回跑动。大屏幕上播放着魏东和托娅的恋爱短片。每个人都觉得自己是在场的，而且以全新的方式身在其中。一群身着洁白衣裙的孩子像儿童唱诗班似的，为他们唱着神圣的歌。很快，大家便滑下舞池，气氛热烈。

魏子安和韩如梅本来不快的心情也随之消散了，他们也参加过很多婚礼，不外乎就是大吃大喝一顿，再把一对新人折腾一顿，便散去了。如此新颖的婚礼令他们耳目一新，也令在场的嘉宾无比兴奋，人人都对他们夸奖，赞赏，刚刚还满脸阴云的魏子安突然云开雾散，一脸春风。这时，一件意外的事情发生了，一个快递员进来高声喊，谁是魏东？快件！魏子安急忙上前替儿子签收，在大家的关注下打开那个包裹，结果令在场的所有人都大吃一惊，寄来的竟是一把带血的刀。幸亏魏锋回来了，他二话没说上前就拿过那个礼物，打了个圆场，他说大家不要奇怪，因为托娅，今天的新娘，是个蒙古族，有个古老的传统就是给新婚夫妇送把刀，寓意为猎取更多的猎物，天天有肉吃……

虽然大家都没有听过这个礼节，但也勉强可以接受，婚礼继续进行中，魏锋看着脸色惨白的母亲，急忙把她扶到座位上休息。他忙前忙后，总算把人们都送走。老魏本想是赞扬儿子的，他从来就没赞美过自己的孩子。可这把带血的刀却让他再次板起面孔，瞪着眼睛呵斥魏锋以发泄内心的不满：什么玩意儿？这怎么回事？我的老脸丢尽了，等他们回来的，我跟他们秋后算账！

老爸，这事你怪不得他们，是我的主意。他们一点都不知道，是我自作主张，给他们一个惊喜，你要算账就跟我算吧！韩如梅哆嗦着说，别吵了！儿子，快，把那刀扔掉，千万别让魏东看见。

2

魏锋处理了那把刀，便早早关了门，一点声音都没有。韩如梅认为是魏东的幸福刺激了他，让他感到失落所致。魏子安不再说话了，呆呆地坐在沙发上看电视。韩如梅的感觉没错，魏锋其实在喜宴上就感受到了前所未有的挫败感。当他看着与他一般大的青年男女个个都很体面，成双成对，有着稳定的工作，脸上洋溢着笑容，显得十分自信。而他则是个被另眼相看的人，是被打入另册的人，那种心情可想而知。当韩如梅把他介绍给大家的时候，他感觉到那些目光里的怪异与轻蔑。他尤其受不了那些打探，什么时候出来的呀，以后有什么打算呀，令他哑口无言。他自己也不知道。一位阿姨把外孙拉过来，让孩子管他叫叔叔，可是孩子居然说，我妈告诉我，他不是好人。一种强烈的自卑涌上心头，他已被打上坏人的标签，永生不能抹掉。他强忍着那种失败感，强装笑颜，等回到家，真的觉得身心俱伤。

韩如梅一遍遍地走到门前想敲门跟他谈谈，最起码分散一下他的注意力。她在门外喊他去看电视，他说不看了，她说陪她出去遛遛，他说不想出去了。他躺在床上玩手机，可他真的搞不明白这手机的功能。他时而会想到那些探究与歧视的眼光，自己就像个当众表演的小丑，本应该退到幕后无声无息。可天生不服输的性格又把自己推到台前，为大哥设计什么马上婚礼，人前人后神采飞扬，你到底是谁呀？你为什么没想到别人会如何看你呀？这不是自讨没趣吗？他也会想到魏东与托娅，想到那顶帐篷，想到他们相亲相爱，还有托娅那放肆的笑声……他竭力克制自己的思绪，希望能早点入睡。可是往事却像放电影一样在他眼前放过，那一幕幕、一桩桩还是那么清晰。如果没有那场意外，如果他也如愿考入大学，如果……他的命运该是怎样的呢？他放下手机，拿起床头的书，翻了好几遍，不知什么时候迷糊着睡去。他梦见了马，他是那么爱马，马上骑着的人不是别人，正是自己。那马不是在跑，而是在飞。不远处有一朵红云，非常妙曼，他奔着那朵云飞着，可总也追不上……

韩如梅显得躁动不安，她在厅里徘徊着，一是担心魏锋，二是担心那把刀。两口子分析了半天，这刀到底是谁送的，是什么意思？越分析越恐惧，也许就是个恶作剧吧，现在的年轻人出来什么花花点子都正常，幸亏魏锋坐牢还没坐糊涂，及时地化解了，不然如何解释呢？老魏担心着两个年轻人在哪儿过夜，有好好的洞房不住，纯属胡闹。韩如梅说你就别再想魏东他们了，你还是替魏锋想想吧！你想没想过魏锋的感受？都一般大，本来都是一样的，可到如今呢，人家新婚宴尔，他一无所有，他怎么能不想呢？而且今天他又受了那么多委屈，这孩子就够坚强的了，换个人早就躲开了。

魏子安说最难受的人不是他，而是麦穗，这个夜晚不知她怎么过呢！他提出过去看看她，安慰安慰她，到底是我们魏家对不起她。韩如梅便与老伴起身，打了车直奔麦穗的诊所。

3

麦穗没想到他们夜半赶来安慰自己，话还未说，眼睛已湿。韩如梅说对不起了孩子，我们也不知道该跟你说什么，就想陪陪你。麦穗擦掉泪水，勉强对他们笑了。她说，干爸，干妈，你们不用担心我，我都想开了，魏东能幸福就是我的幸福，何况我的感情已找到了归宿。你们不用惦记，我真的挺好的。老魏发现自己所有的话都说不出来，直到此刻，他都觉得自己是这么疼爱这个孩子，她就像亲生女儿一样贴心。

韩如梅不声不响地去给麦穗做了一碗面，端到她的面前。麦穗说，干妈，我真的吃不下，等我饿了再吃吧！韩如梅说，不行，身子骨重要啊，你还是爸妈的主心骨呢，你可不能坏了身子。麦穗无奈，只好端起碗吃面。她的眼泪噼里啪啦地落在碗里。

孩子，要不你就哭出来，哭出来能好受些，啊？

对，麦穗，在自己的亲人面前，想哭就哭，别忍着。

麦穗被他们这么一说，再也无法阻挡那泪潮，她转身跑进洗手间，呜呜地大哭起来。她压抑得太久了，她的心都快碎了，眼泪就积聚在那儿，只要一碰，就稀里哗啦决堤而下。

她看着镜子里的自己，为什么还要爱那个人？他早已不属于自己，为什么还要对他付出那么多，整个心思还扑在他的身上？也许是因为童年的经历，因为她的孤单，因为那漫长而美好的时光。她到底放不下的是什么呢？是的，从现在开始，她必须学会放弃，其实真的放弃也是一种美。她要接受这个现实，魏东不是她的爱人，只能是她的亲人。如果再像过去那样，她就等于患了偏执症了。难道她能治疗别人，却治疗不了自己吗？她整理了头发，扎成一束，洗了脸，觉得心里痛快些。

她推门走出来，说，干爸，干妈，我已经放下了。好了，你们不用担心。从今以后，魏东就是我哥。

孩子，我们真怕因此而失去你。

不会的，我就是你们的女儿。事实上，我一直都是你们的女儿。

韩如梅感动地握住她的手，眼睛一下子湿透了，不停地点着头，忍着不让眼泪掉落。

干妈，别这样，你们回去吧。魏锋一个人在家呢，也许，他比我更需要你们的关心。多么善解人意的麦穗，在她最难过的时候，她想到的依然是别人。她没有一丝抱怨，她把一切都埋进心里，只是魏家没有福分娶到这样的好媳妇。

魏子安显得忧心忡忡的，几次欲说还休，麦穗便一再追问，干爸，你有什么话要说吗？最后他不得不说出婚礼上有人送刀的事情。麦穗心里一沉，但她还是故作轻松，这就是年轻人的小把戏，别放在心上。韩如梅说不对，这显然是示威啊，怎么会带血呢？麦穗说，妈，你不懂的，比这血腥的多的是呢，比如我参加过一场婚礼，人家是在墓地里举办的，拿死人骷髅当礼物……

麦穗的话总像一只抚慰的手，很快就能安抚他们不安的心。回来时，他们的脚步明显轻快了，好像一件心事放下了。

4

第二天上午，魏锋起来吃早餐，韩如梅细心地观察他，他好像什么事都没发生一样，依然乐乐呵呵的，脸上的阴郁一扫而光。他大口地吃饭，大声地说话，不时还开一句玩笑，这让韩如梅放心了很多。

魏东与托娅经历了一个不愉快的新婚之夜，但是当太阳升起，鸟儿欢唱时，托娅似乎忘记了所有的阴影，她面对天空放声高唱。因为她相信这不过是个小插曲，不至于影响他们今后的生活，而且她也是个凡事都不会放在心里的姑娘，正是她的不计较、不纠缠才令魏东感到放松与自在。

回来的路上，魏东叮嘱半天，让托娅不要随便说话。托娅笑嘻嘻地说，你想让鸟儿不唱歌，那除非鸟儿是死的！他说我不是不让你唱，是让你看准了时机再唱，不要想唱就唱。她摇着头，天真地看着他，不懂。什么是火候啊？

天哪，我们真是这个世界的两种动物，你是鸟，我是鱼。

可鸟和鱼一样可以相爱啊，爱情不分物种。

他们一进门，韩如梅从厨房里出来，让他们赶紧洗洗，好歹吃个团圆饭。魏锋闻声从房间里走出来，问道，怎么样，我设计的马上婚礼还过瘾吧？

托娅抢着说，太棒了，像飞一样！哎，魏锋，你怎么知道我爱马呢？

魏东给了魏锋一拳说，你小子，还真有两下子！

魏锋还了魏东一拳说，好戏，还在后头呢！

魏东小心翼翼地看看父亲的脸色，等待着魏子安的爆发，可是过了一会儿，魏子安出人意料地没有发作。韩如梅用眼色示意魏东跟魏子安道歉，魏东尽管很不情愿，也只好硬着头皮走过去。

魏东十分紧张地说爸，对不起，我们没有事先打个招呼，就突然走了，让你担心了。魏锋忙接过话题说，是我的不对，魏东事先也不知道。我是想给他们一个惊喜，就没告诉他们。这事儿要怪的话就怪我。

魏子安对他们摆摆手说，好啦，吃饭吧！

托娅尖叫了一声，跑出来，吃饭吃饭，我都饿死了！她抓起一块肉放进嘴里。韩如梅看在眼里，想说她几句，一想大喜的日子，也不能说太深了，便说，托娅，以后吃饭要等到大家都上了桌，要懂规矩。托娅大嚼着说，真香，妈，我今天是饿极了，等不及了。

哥儿俩对视着，魏子安的表现让他们感到很意外，不知道他下一步怎么办，便惴惴不安地走进饭厅吃饭。一家人围坐在一起，魏东和魏锋弄不清父亲的心情，不敢贸然搭话。

托娅却把魏东的嘱咐早忘在了一边，兴高采烈地对魏锋说，哎，那马真是棒，一看你就是个懂马的人，从哪儿弄来这么一匹好马？我无意间给它一个指令，它突然腾空而起，双蹄举得高高的，就像欢迎似的。哎呀，把我乐死了！

魏锋的情绪也上来了，兴奋地说，托娅，别看你是从草原上来的，我呀天生就是骑马的料，一到马背上就像如鱼得水，不信哪天我们比试比试？

哇！好哇好哇，这马是通灵的，它也得遇到喜欢的人，才会佩服你，配合你。这就像两个人，一旦灵气相通，那就好得不得了！

那我可找着对手了。

那你得跟我回呼伦贝尔，那马骑起来才有感觉呢！

好啊，我可等着啊，不能说了不算数啊！

魏东捅了捅托娅，吃饭吧吃饭吧！托娅盯着那盘酱牛排，不停地吃，说，哎呀妈妈，你做得真好吃，我最爱吃牛排了。下次我给你们做手抓羊肉，比牛排还好吃呢！

魏东急忙把一杯饮料往托娅的嘴边送，希望能堵住她的嘴。可托娅说你忘了，我不喝饮料的，我只喝白开水。魏东看一眼父亲的脸色，便说，爸，托娅会做许多蒙古菜，等下个星期天让她露一手。

魏锋开心地说太好了，我给你打下手，我们不出家门也尝尝蒙古大餐。托娅突然说，妈，以后我们能不能天天回来吃饭？我就愁我不会做饭，我做的蒙古菜不对魏东的胃口。

韩如梅一听心花怒放，她巴不得他们天天回来，这也正是她心里想的，便一口应承。托娅高兴得拍手大笑，哇，妈妈你真伟大。魏东一看气氛不错，便说，托娅，你也不能吃现成的，你得给妈打下手。韩如梅说不光打下手，你得学会做菜。你不再是以前那个野丫头了，你是做媳妇的，做媳妇就得会操持家务，从头做起，不会的，我教你。

魏子安叹了口气说，你们哪，要有规矩，那就是修养，别跟那些不三不四的年轻人学，学不出什么好来。动不动就什么标新立异呀，新潮啊前卫啊，把传统美德全都丢到脑后了，全学那些乌七八糟的东西，危险哪！

大家都不作声。

就说魏东这个婚礼吧，弄来一拨摇滚歌手，那也叫艺术？也不知道是说还是唱，披头散发的，不男不女的，我就不明白了，你们怎么就喜欢那个？一会儿又弄来马队，风一样地没影儿了，住什么帐篷，搞什么新奇刺激，这也太离谱了吧！还搞什么恶作剧，送带血的刀，这让我们怎么跟人说啊？

魏东大惊，什么刀？

韩如梅急忙打岔，刀具，一位亲友送了你们刀具。

魏锋争辩说，爸，魏东的婚礼挺成功的。如果也像别人一样，请个俗而又俗的乐队唱点流行歌曲，大吃大喝一顿，那就没什么值得纪念的了。最起码，他们跟别人不一样，有摇滚，有马骑，多有意义啊！现在时代不同了，年轻人有些自己的想法，想充分地体现出自己的价值来，不想循规蹈矩，这很正常啊！

韩如梅紧张地拉着魏锋不让他说，魏锋却坚持说下去，爸，你们有你们的想法，我们有我们的想法，彼此都宽容一些，容忍一些，不就万事大吉了。再说，您想不开的事儿就别想，看不惯的事儿就别看，就当什么也没发生，跟你没关系。你把身体养好了，就是我们全家人的福气！

大家都为魏锋捏着一把汗，等待着魏子安大发脾气，拍桌子瞪眼睛。可是奇怪的是，魏子安不但没有发火，还扑哧一声笑了。他说，魏锋啊，我看你这几年的牢没白坐，以前用胳膊根儿跟我对抗，现在聪明了，用一套一套的理论跟我对抗。

韩如梅长出一口气，急忙夹菜给魏子安，好啦好啦，别光顾着说话，赶紧吃饭吧，菜都凉了。托娅很快吃完了饭，拉起魏锋就走，来来，听听我新买的碟，可棒了！两个人一头钻进新房。很快，那新潮的音乐响起来，惊天动地，还伴着托娅高声的尖叫。魏子安想去制止，魏东先于父亲推开门，让托娅小点儿声。魏东坐在母亲身边，拐弯抹角地问母亲，昨晚魏锋出去了没有？韩如梅不知魏东的用意，说没有，后来又说，我和你爸出去了一会儿，去看看……麦穗。这句话让魏东一下子跌入深渊，父母不在家，魏锋偷偷跑出去，因为他嫉妒自己，他不能容忍自己比他幸福，所以他就……魏东不敢想下去，一时心乱如麻。他起身，推开门，没有好脸地呵斥托娅，其实是说给魏锋听的，你怎么就那么没眼色，你没看都几点了，还放什么音乐？

魏锋悻悻地出了门，一下子心里万分不快。

托娅没心没肺地看着魏东，一时觉得很恐慌，好像压着一块不可搬动的石头，沉沉的，又像一下子掉进了无底的黑洞，她就是个盲目的人，根本不知道能不能走出去。她莫名地感觉到魏东与自己隔得太远，自己好像从未认识过他一样。他太沉重了，甚至可以压得她喘不过气来。可那是什么，她一点都不知道。

5

每天晚上，托娅都像煞有介事地跟着韩如梅学做汉族菜，她对那些青菜十分陌生，根本分不清哪个是芹菜哪个是菠菜，总是笨手笨脚的，让韩如梅看着都心烦。可她有个优点，就是无论韩如梅怎么说她教训她，她都不生气。韩如梅要是告诉她什么，她总会睁着那双天真的大眼睛，说，真的吗？她那模样让韩如梅又好气又好笑，心里想怎么像个白痴似的，四六不懂，哪里比得上麦穗啊！她总是叹息一阵，伤感一阵。

可生气归生气，还得接着教。韩如梅每天都给她布置作业，从最简单的炒土豆丝开始，削皮、洗净、切丝，再配上青椒丝，过水，上油，爆炒，加醋，加盐，加鸡精，这一套程序她背了好几遍，可一上手就全乱了套。先说切丝，她一边切一边哼歌，屁股扭动着，眉飞色舞的，让韩如梅看了就打心眼儿里讨厌，哪里有一点主妇的样子？她就手把手地教托娅，可托娅的心思根本就没在这上面，今天学会了，明天又忘了。她最怕她问，妈，这丝得切多宽哪？切手指头那么宽。她没好气地回答。托娅却当了真，真就切成手指头一样粗。她刚刚学会了炒前过下水，其实是为了冲去淀粉，下次再炒就忘了，炒出来的是一团面糊。她居然还挨个问，好不好吃啊？看着大家痛苦而扭曲的脸，她自己还不明就里地哈哈大笑。

这有什么好笑的，托娅，吃饭时不能说话。

妈，你干吗呀，又不是旧社会，魏锋说。

魏东不快，为媳妇的不懂事不快，也为魏锋的多管闲事而不快。他只能把气发到托娅的身上。我说你怎么那么笨哪？你那手还是不是人手？就一破土豆丝，你说你都学多长时间了？怎么每次都能让你折腾出花样来，不是煳了就是没熟，不是醋多了就是盐多了，你说你到底还能不能学会啊？

魏东数落托娅，韩如梅心里痛快了一些。这媳妇就是来给她添堵的，永远不会安静地坐在她身边，说点体己话，永远不会领会她的意图，不会看她的眼色。她与自己隔着十万八千里，好像外星人一般，怎么就一点都沟通不了呢？

魏锋说魏东，你也太难为托娅了。魏东说，叫嫂子。魏锋说我不习惯叫嫂子，再说托娅也愿意我叫她名字，我也叫你名字啊，我惯了，改不了了。魏东，托娅天生就不是做饭的，不是柴米油盐的，她那双手怎么可能是拿锅铲的呢？那是一双跳舞的手，你非让她切菜，她怎么可能做好呢？

韩如梅紧张地看着魏东，又看看老魏，连忙打圆场，都别说了。托娅也有进步，最起码态度好，天天跟着我学，慢点没关系，谁都得有个过程，是不是托娅？

哇，妈，我想起来了，我还有个刚学会的菜没做呢，我得露一手。

她起身便奔了厨房，韩如梅松了口气，还好，虽然她不是有心离开，缓解了气氛，但事实上多亏她离开，化解了一场危机。

老魏一直没说话，表现得很大度。现在他开腔了，魏锋说得对，人家是跳舞的，不是厨师。你们别要求太高了，人家能这么虚心地跟着学，我看就不错。那多少年轻人就是饭来张口，衣来伸手的？

大家这么说，其实魏东心里很受用。他也明白，他娶回家的是个艺术家，而不是个家庭主妇。有时他也心疼托娅，她没长那个主妇的脑子，丢三落四，捡了芝麻丢西瓜，再加上民族不同，她那不会急转弯的头脑根本对付不了这个大家庭。但是不知怎么，只要魏锋一开口偏向托娅说话，他心里就不舒服，不畅快，就像小时候魏锋总习惯把勺子伸进他的碗里，舀走一口汤一样。

哎呀，魏东，快来呀！

托娅叫起来，魏东赶紧奔了过去，大家也都奔了过去，只见她手指上鲜血淋漓。魏东是见不得血的，他怔在那儿，不敢上前。还是魏锋赶紧帮托娅按住伤口，妈，快拿云南白药。韩如梅找来药，和魏锋一起，帮她上了药，缠上绷带。饭也别吃了，都让托娅给搅和了。魏东呢？她问。

谁也没注意到魏东，他已悄然引退，回了隔壁自己的房间。托娅还是有说有笑的，她是刚刚学会一道小菜，就是把芥菜切成丝，拌上辣椒油、醋和糖等，想让大家尝尝，想不到刚一出手就出了事。

晚上，魏东少不了又是一顿教训。可他说的，托娅完全听不懂，她只是觉得这个家一点自由都没有，说句话做件事都得想想，可她天生就不会想。魏东让她跟魏锋要保持距离，她出口便说你嫉妒他呀？你没理由啊，他什么都比不上你呀？他是你弟弟！魏东无法解释清楚，他心里那层隐秘又怎么可能拿到光天化日之下，又怎么可能让托娅明白呢？

托娅受了伤，可以暂时不学做饭了，这让她快乐无比，她希望出去会会同学，到酒吧坐坐。开始时，魏东觉得可以，毕竟她闷在家里也太久了，该出去放松一下。

托娅一出了家门，就像只出了笼的小鸟，恨不得满天乱飞。一天晚上，她居然窜了四个地方。她的同学争着安排，先是吃饭，接着唱歌，再去酒吧，接着又吃饭。看着她那个开心劲儿，韩如梅是一百个不可心。这哪里有个媳妇的样子啊，就会到处疯跑，整个一疯丫头，魏东怎么就看上这么个人呢？她百思不得其解。

托娅玩疯了，居然好几次夜不归宿。开始魏东忍着，希望她能回头是岸。有一天夜里，魏东加了班，开车回家。在一家饭店门口，他突然看见了托娅的身影。她与三四个女的勾肩搭背，喝得东倒西歪，你给我一拳，我给你一脚的，怎么看都不顺眼。他跟着他们慢行，直到横到他们面前，打开车门说，上车。他把托娅一把拉过来，塞上车，开走。喝醉了的托娅大声喊着：绑架呀，救命啊！

回了家，她的酒还没醒过来。她又唱又跳，魏东按都按不住。韩如梅没忍住，敲开他们的门，看到托娅这个样子，气不打一处来。

魏东，她是你媳妇，你是怎么管教的？你就一天到晚由着她到处疯吗？这成什么体统啊？哪还有个过日子的样儿？我不管她是干什么的，进了魏家的门就得像个媳妇的样子，别让他到处丢脸！

魏锋赶来，把母亲拉回家。他就不明白了，为什么母亲面对专横的父亲可以一忍再忍，可一旦面对托娅就不能有一点容忍？难道是她压抑得太久了，现在终于找到一个可以发泄的出口吗？的确，魏子安是她碰不得的，多年来，她忍受着屈辱，对他百依百顺。对两个儿子，她一直都像只老母鸡一样，恨不得张开膀子，一边护住一个。尤其是出了那件事情之后，两个儿子一下子都离开了她。现在他们回来了，但她发现谁都不能碰。魏东敏感脆弱，心思缜密，有时一句话一个动作，他就多心了，所以她十分小心。而魏锋受了那么大的委屈，就更不能再碰他了，生怕碰痛他的伤口。这个家，她小心翼翼地维护着，有多少苦多少痛，她都默默地担当。但是面对托娅，她没有一点对不住她的地方，她可以随心所欲，想说什么就说什么，想什么时候发火就什么时候发火，她一点都不悯惜她。也许，是托娅夺走了魏东的幸福，同时也就夺走了这一家人的希望，使麦穗再无可能入主魏家。她每想起这个，都禁不住心痛不已，内心的积怨也就不自觉地迸发出来。可是魏锋说她这样不公平，她怨也怨不着托娅，是魏东选择的她。你首先没拿她当自家人，这也是对魏东极大的不尊重。如果你爱你的儿子，就应该爱他的一切，包括他的选择，否则你就太给他压力了，让他无所适从。魏锋的话第一次引起了她的深思，真是自己太偏执了吗？但是她也提醒魏锋，不要过分地关注托娅，会引起魏东的多心。魏锋不以为然地笑笑，返身回了自己的房间。

魏东心里本来就窝着火，再被母亲训了一顿，更是火上浇油。他看着酒后无形的托娅，一把把她推倒到床上，见她还在挣扎，很是恐惧。他想起父亲的话，那把带血的刀，又想起新婚之夜被划出口子的帐篷，不禁一阵颤抖。他找来绳子把托娅捆上，似乎这样才感到一点安全，任凭她大喊大叫，就是不再理她。过了一会儿，托娅不再挣扎，她睡着了。

魏东坐在床边，一边喝酒一边看着熟睡的托娅，那双曾经令他神魂颠倒的眼睛微微闭着，脸色因为酒精的作用也红红的，一对性感的嘴唇翘着，好像等待着什么。他的手指按在她的唇上，她像个孩子一样咂吧咂吧。他抚摩着她的脸蛋，掐一下捏一下，她咧咧嘴。她实在是很瘦，甚至是弱小的。她躺在那儿，平平的，只有那一头鬈发铺展开来。他就不懂了，这个看似柔弱的女人身上到底蕴藏着多少激情？她疯玩起来简直就是天地不怕，她骑起马来那就是上天入地，她做起爱来那也是翻江倒海。这些难道不是他爱的吗？难道不是他缺乏的吗？可这些一旦回到现实里来，回到家庭里来，为什么变得如此不能相容呢？这些被他看重的东西现在都成为他们生活的羁绊和障碍，连他也要掩饰内心的欣赏，附和着母亲对她横加指责。曾经以为，她改变了自己的生活和个性，以为自己可以跟着超越世俗重新起飞。但是他能吗？他可以再飞吗？飞翔那是属于鸟类的专利，而他永远都只是困在水里的鱼，两个完全不相容的世界，他到底拿什么跟她飞呢？

他不知道喝了多少酒，渐渐地睡着了。半夜，托娅醒来，口渴想喝水，才发现自己被绑着。她吓坏了，尖叫一声：啊——

魏东被她惊醒。

我怎么了？我被绑架了吗？有人吗？

别动，是我绑了你。

托娅慢慢地回到现实中来，自己原来真的是在家里，可是手脚却不能动。到底发生了什么，她的头脑一片空白。

魏东，我们是在做游戏吧？

听她这么一说，魏东的气就不打一处来。我是为了让你反省一下，自己都做了什么错事。怎么会是游戏呢？你还长没长脑子？

不做游戏干吗要捆我的手脚啊？快帮我解开呀！

我是在惩罚你，懂吗？好好想想，都做错了什么？等你认了错再解开。

托娅有点急了，就算我有错，你也不能这么对待我呀！我是人不是畜生，你不把我当人哪。快点，帮我解开！

不解，不然你永远不知道自己犯了什么错！

知道，我犯了贪吃贪喝的错，行了吧！

不行，今天我非得好好惩罚你不可，让你永远记住，你是我妻子，你是有老公的人，你不能想疯就疯！

那你跟我一起疯，不就得了吗？她嘿嘿地笑了。

他气坏了，想给她一巴掌，怒气却被她的笑脸给瓦解了。

哎呀不好，我要吐。

魏东不敢懈怠，立即上前给她解开。她抖了抖手腕，说，骗你呢！哇，原来魏东也是可以上当的啊？她就像发现了新大陆一样，眼睛闪闪发亮，一脸的得意扬扬。喂，我饿了，有没有吃的？

吃你个头吧！先坐下，我有话跟你说。

怎么像审判似的呢？我知道你要跟我说什么，无非就是姑娘家不能疯跑疯玩，要懂得看脸色，有眼力见儿，学会讨好婆婆，等等。可是魏东我告诉你，这些我永远都学不会。你呀，就别费心思了。我是鸟，你是鱼，你非得让鸟当鱼，让我一猛子扎进水里，那可能吗？我非淹死了不可。得了，老公，我得先洗个澡，拜拜——

她对他勾了勾小指头，走进洗手间，水流哗哗地响着。他呆呆地坐在那儿，觉得真是拿她没办法。她永远都按照自己的想法，有着自己的世界和自己的姿态，他能改变她吗？他无力地坐下去，点燃一根烟。

第八章　突破口

1

对于案件，苏宁终于找到了突破口。他拿着法医鉴定报告，向老法医请教。上面写着伤口深8厘米，中间改变方向。为什么会改变方向？这有几种可能？他问老法医。

刀在插入过程中，可能不是一刀到底，或者是中间有停顿，或者用力不均匀，才会造成这种现象。

苏宁眼睛一亮，那么说，第一刀是不致命的，我算过，深度不过三厘米，根本到不了心脏。而致命的则是第二刀。我明白了，一定有人补了第二刀，这第二刀是运足了力气的，是故意的，所以才可致命。

法医说你的推断没错，当年可能忽略了中间这个环节，也就忽略了第二刀的性质。苏宁激动起来，这么说，这个案子就发生了质的变化，从过失致死到故意伤害致死。法医说如果你真能有足够的证据推翻当年的审判，可以成就一个经典案例了，祝你成功！

苏宁与老法医握过手，走出来。这个结果让他有些兴奋，可以说他经办过太多的案子，这起案子的复杂性是绝无仅有的。那么现在的关键是，这第二刀究竟是谁补的？魏东和魏锋都有可能。他急于找到第一目击证人韩如梅，再把当时的情况了解一下。于是他请麦穗陪同一起来到魏家。

晚上，麦穗和苏宁来家里，魏东似乎一下子情绪大坏。他只对他们点点头，便回了隔壁自己的房间。托娅见有客人来，就要出去接待，被魏东按住。她问是谁，他只告诉她是麦穗和她男朋友，她就更要去见，魏东便把门关上，粗暴地说我不让你去你就不能去。她跌坐下去，不明白为什么她不能见麦穗和她的男友。

苏宁说明来意，关于张宝珍举报魏东谋杀案，我们已经掌握了一些有力的证据，希望伯母能配合我调查取证，再好好回忆一下，是不是有什么细节可以提供。还有魏锋，我也希望再跟你谈谈。

魏子安激动起来，当年魏锋被判入狱的证据已经十分充分，我不明白原告为什么又想翻案，他们到底想干什么？查吧，我奉陪到底！

麦穗按住老魏的肩，说，爸，你冷静点。

我冷静不了，当年判魏锋的时候，对方干什么去了？为什么他们不出来指证？为什么事情过去了十年又提出来？这是什么居心？我们不怕，你就调查吧。我可以告诉你，我们没有任何可怕的，对，没什么可怕的！来吧，想干什么就来吧！

韩如梅也附和道，苏队长，你需要我提供什么呢？我该说的都说得十分清楚了，没什么可提供的，你也不用再来找我了，我们就等着最后的结果了！

伯母，您和原告都是目击证人，我相信您一定了解事件真相，不过现在，您和原告说法不同，但是真相都永远只能有一个。无论是谁说了谎，最后都会被真相揭穿。到那时候，说谎者就被动了。我想您已经明白我的意思了，您好好想想，如果有什么要跟我说的，请找我，这是我的电话，我随时恭候您。魏锋，你还有什么话要跟我讲吗？

魏锋说，我大哥是天底下最善良的人，他心慈手软，对谁都好，他无论如何也不会杀人。你知道吗？苏队长，我坐牢这十年，我们家是怎么过来的？我们每一个人都等于坐了一回牢。不同的是，我在里面，他们在外面。我爸得了心脏病，我妈精神也不太好，我大哥离家六年，也被折磨个半死，就算是有再大的罪过，我们都赎完了，都还清了，难道付出的还不够吗？难道非要我们都死了吗？如果真是那样，我宁愿由我一人承受，反正我的青春也没了，我什么都没有。为了这个家，我死了也愿意，就是不要再折磨他们了……

苏宁平静地听完魏锋的话，说魏锋，你的心情我都理解，但是这是我的工作，我不会停止调查的。于情于理我都能理解，但是法大于情，我知道我该怎么做，再见！

魏东忽然觉得尿急，赶紧去了趟洗手间，又跌跌撞撞地走进来。他的脸色苍白，心神不定。托娅问他，你怎么了？他好像一点都没听到。她问，你哪里不舒服吗？他仍旧没有一点反应。她用手在他的眼前晃晃，发现他连眼睛都不眨一下。她慌了，急忙摇晃着他，魏东，魏东，你傻了？到底怎么回事嘛!

在托娅的连捶带打下,魏东终于回过神来,他长出了一口气,神色慌张地摇摇头,一头躺在床上。

韩如梅再次陷入恐惧之中,她不安地翻找着那件毛衣,到处乱翻。魏锋走进来,妈,你找什么呢?我的毛衣呢?毛衣哪儿去了?魏子安气急败坏地把桌子上的东西抛到地上,埋怨道,翻翻翻,乱翻什么?!什么都让你弄乱了,一锅粥,全乱了!

魏锋看着父母的状态,不禁心痛起来。他说,爸,你能不能安静点,现在我妈最需要镇定了,你是我妈的主心骨,你应该安慰安慰她。

怎么安慰?拿什么安慰?

拿出你的勇气和力量,一个男人的勇气和力量。

魏子安烦躁地坐在椅子上,气呼呼地指责道,要是当初你妈不带你们俩去看电影,要是你们不打那场架,要是——魏锋打断他,爸,你别说了,没有当初,我们有的只是现在,现在!爸你不能慌,沉住气,你是我们全家的支撑。你知道吗,你一软下去,我们怎么办?现在问题来了,拦也拦不住,躲也躲不掉,我们得面对,我们得齐心合力!如何化解这场危机,抱怨没有用,后悔没有用,指责更没有用。

魏子安抱住头,显现出从未有过的软弱。在魏锋的眼里,他永远都是个逞能逞强的人,永不言败。只是这件事把他逼得无路可走了,他终于暴露了他的虚弱。魏锋说,兵来将挡,水来土掩。爸,妈,别这样,大不了我再坐十年牢,没什么了不起的,对不对?再说,现在什么都还没有结果,你们不能先把自己打垮。有你们的儿子在,不用怕!

魏锋的这些话字字句句敲打在魏子安的心坎儿上,使他明白儿子真的长大了,是个顶天立地的男子汉,而自己貌似强大,可一旦遇到事情,往往最先精神崩溃。他上前搂一下魏锋的肩膀,捶了儿子几下……

2

魏东开着车行驶在街道上,他显得神情恍惚,精力涣散。有好几次出现险情,把他吓出一身冷汗。他终于把车停在路边,仰靠在座位上,掏出一根烟点燃,才稍稍好了一些……

来到办公室,魏东摸摸索索地开始工作,就像个盲人。他打开电脑,登录 QQ，突然间也不知从哪里跳出来一行字：你这个杀人凶手，你死定了！他的目光突然间一片黑暗，好像什么都变得模糊起来。他看不清报纸上的字迹，看不清其他人的脸庞，脑袋里一片空白，不知道该干什么。

电话响起，是王总，他要那份软件开发的进展情况以及前景预测的报告，他正跟几位老总谈判，下午就用。他懵懵懂懂地问什么报告？王总跟他说了半天，他才算是听明白。他挂了电话，在电脑上寻找文件，试图写下去，可他怎么也无法集中精神。烦乱之中，他胡乱地敲打着键盘，越敲越烦，差点没把键盘砸了……

他盯着电脑，眼里只看见那一行字，它从四面八方开始包围他。有人敲门，把他吓了一跳，却也把他救了出来。他嗖的一下跳起来，谁？王总秘书小吴走进来说，魏经理，王总要一份材料，叫我送过去。他赶紧像抓到了救命稻草似的说，小吴，你来，来，帮我一个忙，我这个材料写了一半，怎么也写不下去了。小吴问他是不是病了？他说我是病了，真的病了，你看，我手也不好使了，脑子一片空白，眼睛好像也看不到什么东西，我整夜地失眠，现在头疼得很。小吴第一次看见他这个样子，只好答应他。他也不管那么多，跌跌撞撞地走了出去。小吴担忧地看着他的背影，给王总打了个电话。

魏东已经好几天没上班了，躺在床上，好像真的生了病一样。托娅服侍在左右，一会儿熬汤，一会儿给他服药。可他什么东西也吃不下去，一点胃口都没有。她希望他能到医院看看，可是他坚持说不用，我的病我知道。他不见家里人，整天把自己锁在屋里，连吃饭都不出来，还得托娅给他端进去。魏锋小心地问托娅他到底是什么病？托娅说我也不知道，好像是心病吧！他整天一句话也不说，整夜一点觉都不睡，我真不知该怎么办了。魏锋，你帮帮他吧，他一个爷们儿怎么可以这样下去呢。

魏锋走进房间，见魏东躺在床上，双眼空洞，面无人色。魏锋问他，你感觉怎么样？魏东说没什么事儿。魏锋说你要觉得有病，我马上送你去医院，你要是觉得没什么事儿，马上给我起来，活动活动，明天你跟托娅去骑马。

没意思，骑马也没意思。

那什么有意思，躺着有意思？

什么都没意思，像我这样的人，活着就是浪费。

魏锋气得一把抓住他，把他拉起来，逼视着他说，以后别让我听见这没志气的话！托娅刚跟你结婚，你总得打起精神来，你得对人家负责。

我负不了责了，我什么都没有，我没有用。

那你为什么要娶人家？为什么要跟人家结婚？

不用你来指责我，那是我自己的事儿，我负不负责跟你无关！

魏锋气极了，一拳打下去，把魏东打倒在床下，说，我曾说过，让你记住我拳头的厉害！魏东抹了一下嘴角上的血，恨恨地看着魏锋。他尤其不能容忍弟弟在托娅面前这么对他，他怒道，你没有权利这么对我！

魏锋失望地说，你放着工作不好好做，放着老婆不好好爱，你没有权利这样生活，你没有权利自私自利！看看妈是什么样子？爸是什么样子？我这辈子是完了，我们都看着你呢，你是我们魏家的希望，你知道吗？

听见吵声，韩如梅和魏子安闯进门来，拉住魏锋。

妈，你躲开，我非得好好教训教训他不可。

韩如梅说，魏锋，他心里不好受，你就别再折磨他了！

魏锋说谁心里好受，啊？谁心里舒服？我们魏家摊上了这样的事儿，难道都要像他一样躺在床上生病、睡大觉就能解决问题吗？他最应该振作起来，承担起他该承担的责任。现在爸妈都在，我郑重地向你们承诺，我会承担起我该承担的责任，而且承担到底。但我不想看见魏东这样，不想看着他自暴自弃，知道吗？ •

魏东不再说话。

魏锋拉起魏东，你给我起来。从现在开始，打起精神来，我要的是那个生龙活虎的大哥，是那个有情有义的大哥，是那个奋发上进的大哥！你想想吧，你这么做对得起谁呀？想想吧！

他一转身走了出去。托娅跟着他来到他的房间。魏锋看见她站在门口，便问她，你有事儿？托娅说对，我有事儿。魏锋，你们家到底发生了什么事儿？我觉得不仅仅是你坐牢那么简单，你们还有更大的事瞒着我。我这个人头脑简单，我不会用脑子，可是魏东这样早晚会把我逼疯的，我受不了他这么冷漠，你告诉我，我什么事儿都能经得起。

魏锋说，托娅，没什么大不了的，这事跟你跟魏东都没有关系，还是十年前那宗案子，受害者又重新提起，都是我闯的祸，我承担一切。魏东是担心我，怕我再出事儿，他是有点怕了。他这个人心细，心思也重。不过我们哥儿俩从小感情就好。你不用想这事儿，只要多开导他，会好起来的。托娅，明天我陪你们骑马去，我就是背也要把他背到马上……

托娅半信半疑地回了自己的房间，他被魏锋的大气打动。同样的两个人，差别实在太大，有时恍惚之间，她真的觉得如果魏东也能像魏锋一样就好了。男子汉大丈夫，天塌下来又怎样，那也得撑起来。她就看不得魏东那唉声叹气的样子，看不得他眼里没有一丝阳光。

早晨，魏锋早早起床，准备东西，然后敲魏东的房门。魏东不得不起床，托娅惊讶地发现他的枕头上掉了那么多头发。魏东用手一梳理，满手都是掉发。她希望能去医院给他开点药，他坚决不肯。她说那你将来不得秃顶啊！他说现在就快了，等不到将来了。

托娅看着他，忧心忡忡……

3

腾格里跑马场，依然洋溢着昂扬的气氛。马蹄声声，烟尘阵阵。托娅一走进这里，内心的阴霾立即被驱散，一种冲动使她向那里跑去。她真想马上得到一匹马，飞身而上，狂奔而去，从此一去不回……魏锋帮他们租马，有心的他特意租来了上次魏东婚礼用过的那匹马。办完了手续，走进跑马场，那匹嘚嘚嘚地跑过来，似乎还认识魏东，用鼻子亲热地拱着他。他拍了拍那匹马的背，上了好几次也没上去。魏锋帮了一把，他才坐到马背上，那马似乎也懂得他的心思，不用鞭打，撒开四蹄放任狂奔。

他似乎又找到了飞的感觉，风声呼呼地响，田野向后退去，好像往事都退出了他的视野，他就一心一意地飞翔。他的血液慢慢地热了，手脚渐渐地好使了，脑子也灵活起来。没错，是马帮他找回了自我，他重又认识了自己。他勒住马下来，抱住马头，用脸蹭着马。那马好像通人性，不停地拱他的脸，与他亲热无比，他感动得一下子泪流满面。

托娅与魏锋也各自租了一匹马，二人飞身上马，箭一样地射出去。她没想到魏锋居然骑得这么好，跟她完全有一拼。她远远地对他竖起大拇指，他也报以微笑。二人一直到追上魏东，才下马。看着魏东对那匹马恋恋不舍，魏锋提议说要不，咱把这匹马长期租下来吧？托娅一听尖叫起来，好主意！魏东的眼里也燃起热情，觉得魏锋总有一些新的想法令他刮目相看。如果不是坐牢，他相信弟弟比自己更适应这个社会。

魏东悄无声息地租下了两匹马，在郊外租了一间小间，雇了一位老人来喂马。这间小屋是一座普通的民宅，已经荒废多年，现在以十分便宜的价格租下来，他和老人一起做了简单的维修，一间房子可以住人，另一间偏厦子可以拴马。

这位孙大爷是位退伍老兵，喂马很有一套，曾经驯过马，对马很有感情。魏东说，大爷，我们都是爱马的人，这马就像是……我的亲人，你可不能亏待了它啊！我平时很忙，不一定总来。不过我来的时候，你就可以休息了。孙大爷说，反正我现在也是一个人了，在哪儿都是住，你就放心吧！这漫山遍野的青草，保证把马喂得嘎嘎肥！

从那天开始，魏东觉得心里似乎有了寄托，在他烦躁、痛苦的时候，起码有马可以陪伴他，而且马是不会跟他闹别扭、不会跟他耍脾气、更不会跟他赌气的，只要他对马好，马就会加倍地对他好，马才是他永远的爱人。

4

韩如梅一手提着礼品，一手拿着字条，步履蹒跚地走在小巷里，完全是老人的步态。她手里的字条上面写着门牌号码，一扇门一扇门地对着。终于，她找到了张宝珍家。

这一段时间，韩如梅陷入巨大的恐惧中，她怕大儿子重陷灾难，而且魏家已经再也经不起任何磨难了。她想，张宝珍要的无非就是钱，是经济补偿。她都想好了，只要张家放过魏家，他宁愿倾家荡产。所以她悄悄地打听到张家的住址，想跟张宝珍谈谈。当她看着张宝珍这个残败的家，看见包家的女儿照片里那一双横眉冷目时，她有种不祥的预感，张宝珍真的不会轻易放过魏东。

张宝珍听韩如梅说明了来意，并拿出带来的礼物时，心里一下子激动、兴奋起来。可是她表面上装作平静，坚决地拒绝了韩如梅请求和解的要求。韩如梅说，大妹子，我们都是女人，我想有些事儿我们是可以沟通的。我知道，因为我儿子失手，使你失去了丈夫，孩子失去了父亲，我早就应该来向你真诚地道歉，请求你原谅我们！

原谅？就那么简单，一句话就完了？张宝珍多年来在所有人的面前几乎都是低三下四的，没有人把她当人看，别人投过来的目光也都是鄙夷的。现在，她充分地享受到韩如梅对她的尊重、乞求，她这次是高高在上，手里掌握着另一个人的生杀大权，她从来没有像今天这样扬眉吐气，她的手激动得有些微微颤抖。她要像个真正的强者一样，告诉那些所谓的尊贵的人，她不答应妥协，无论怎么求她，她都不会可怜，不发慈悲。她说没那么容易！十年了，你知道我这日子是怎么过的吗？家里没了男人，那就等于天塌下来了。你也看到了，我们孤儿寡母的，那是叫天天不应叫地地不灵啊！以前你干什么去了？你怎么没来跟我道歉呢？现在来了？晚了！

韩如梅的心一下子凉了，可是她不肯放弃，她要把其中的利害关系说清楚，想求得张宝珍的同情。她说，大妹子，你说得对，我们家给你造成了不可挽回的损失，孩子年轻气盛，下错了手，可当时真的是为了救你呀！既然事情已经发生了，我知道不是一两句话就能过去的。但是我作为一个母亲，还是厚着脸皮来求求你，我儿子已经坐过牢了，我们全家也都受到了惩罚，人死不能复活，你就高抬贵手，放过我们吧！

她不知道她这么说大错特错，她这么哀求就等于承认她的心虚。本来张宝珍还一直对自己是不是认错了人有一些怀疑，现在韩如梅的表现使她得到了验证，她的指认没错。她提高声音说放过你们？谁可怜我们这孤儿寡母啊？虽说我那死鬼男人爱喝个酒，撒点酒疯，但他身体好，有力气，还有一份正经的工作。他这一没，我又下岗，真的没法活了。有一年冬天，我女儿发着高烧，就想喝一碗小米粥硬是没喝到嘴啊！万不得已，我只好把孩子送到乡下去。

说着她呜呜呜地哭了起来。

大妹子，我就是为了这事儿来的。我能想象出，你们娘儿俩多不容易。只要你放过我儿子，我愿意给你们补偿，我就是倾家荡产也会满足你的要求，帮助你改善生活。就算你再把我儿子告进去，你丈夫也不能复生，还不如你得到一些物质方面的补偿来得实惠，你看怎么样？

张宝珍精神振奋了一下，她就等这句话呢，她禁不住放声大哭起来，断断续续地说别提补偿，一条人命是钱能换来的吗？你走吧，回家等着让你另一个儿子偿命吧！

张宝珍把她带来的礼物扔出了门，摔在地上。面对关严的大门、满地的礼物，韩如梅觉得一下子没了力气，她的腿发软，眼发花，扶着墙根儿，一步一步地走了……韩如梅觉得自己的心一下子凉透了，那风吹来竟是那么彻骨。天空似乎下起了雨，点点打在脸上，一片冰凉。她也分不清是雨还是泪水流在脸上，艰难地走在夜色中，嘴角上的泪珠一颗颗地迸裂。

.

5

韩如梅回到家一句话都没有，好像一下子崩溃了一般。魏子安正伏在案上看稿，见她一头扎进书堆里，看那本都看烂了的法律书。这时看书可能就是对她的唯一安慰。老魏跟她说话，她根本就没有听见。他索性也就不再吱声了，他知道她一定又是受了什么刺激，他要等到她缓一缓再说。魏锋把自己关在房间里，整个空间死一般沉寂，没有一点声音，压抑到了极点。

托娅想看电视，魏东阻止她。托娅想听音响，魏东也不让她听。她觉得这个家简直就是座坟墓。她已经报考了一家剧团，很快就要考试了，她希望能跟着音乐练练功，最起码练练耳也是好的。她说，魏东，求求你，这个剧团我得考上，我得有事情做，我得跳舞，我不能一天老待在家里。魏东说，怎么，你怕我养不起你吗？托娅说我为什么要你养？我有胳膊有腿，我不用你养。你再把我困在家里，我就得疯。魏东没好气地说疯吧疯吧，愿意疯愿意死，随你的便。

托娅惊呆了，她没想到魏东会说出这样的话来。她呆呆地坐在那儿，听着他唉声叹气，看着他萎靡不振的样子，忍无可忍的她突然放声高唱。她的歌声就像一股清新的风，一下子打破了沉寂，就像一股清泉流动起来，屋子里顿时充满了生机。

隔壁的魏锋精神振奋起来，他侧着耳朵听着托娅的歌声。他不知从何时开始，对托娅充满了同情，这样心地单纯的女孩子真的不该生活在这样一个环境里面，他能感觉到她的不快乐和她的哀怨。可是他能怎么办？他不能靠近她，更不能安慰她，因为他们中间隔着魏东。

魏子安气得把稿子摔在桌子上。韩如梅慌忙安慰他，好几次欲冲过去大声喝住，都被韩如梅压住。他索性站起身，背着手来回地走着。

住口！

这一声断喝，大家都听到了，是魏东。托娅吓得一激灵，望着魏东，忽然她笑了起来，又开始唱。魏东喊道，我让你住口！托娅不解地问为什么？为什么不能快乐点？

在这里没有快乐！

那就应该制造快乐。

嫁给我就是嫁给痛苦。怎么样，你后悔了吧？

可是痛苦是可以改变的。

不能，永远不能！

托娅说我真不懂你们这个家到底是怎么回事，为什么每个人都沉着脸？为什么整天看不到笑模样？为什么压抑得快要爆炸？你告诉我。

我告诉你，我们这个家从来就不知道什么叫快乐，我们每个人从来都不会笑，我们不是要在压抑中爆炸，而是要在压抑中死亡！

简直是不可理喻，简直就是精神折磨，简直就是地狱，地狱！

魏东再也控制不住自己的情绪，举起手来，一下子就挥出去，可奇怪的是，当巴掌就要落在托娅的脸上时，却停住了。

托娅惊呆了——

你要打我？

不不，那不是我的本意。

魏东也被自己的举动震惊了，他一下子跌坐在床上。托娅愤怒地看着他，眼里慢慢地涌出泪水……魏东一下子抱住托娅，后悔不已。他抓起托娅的手往自己的脸上头上打着，托娅，我不该跟你凶，对不起，你打我吧！只要你能出气，就打我吧骂我吧。你打，你打，你打呀！

托娅呆愣着，任凭泪水流淌。

魏锋觉得魏东太过分了，托娅不过是唱歌，想调节一下气氛，他没有理由对她大喊大叫，难道他痛苦还要别人也陪着痛苦吗？他冲动地起身，走到他们的房门前，他想好好教训一下魏东。可是当魏东打开房门，魏锋看见托娅满脸的泪水时，一时又不知该说什么才好。他只是个外人，他有什么权利插手，尤其是魏东心眼儿小，他会怎么想呢？

魏东问他什么事？他支吾着说，我想问问手机怎么上网。

魏东说上网还用学吗？

魏锋觉得一下子了无意趣，说那算了……我自己再研究一下，便退了出来。

以魏东的敏感，他知道这种时候弟弟出现是来干什么的，只不过没好意思当着托娅的面说而已。他最怕丢面子了，更怕弟弟在她的面前让自己下不来台，所以魏锋的保持沉默让他感激。但是他心里总有一种隐隐的担忧，他不愿意往下想，可那念头时不时地袭上心头。他总觉得魏锋对托娅有一份默默的关注，他们似乎正在靠近。这念头一涌上来，他就有些发疯的感觉。托娅是他的，谁也别想夺走，尤其是魏锋，一个从牢里出来的人，更没有资格跟他争一个女人。所以他必须让魏锋知道，无论他跟托娅发生了什么，都跟魏锋无关。

他推开魏锋的门进来，把一本书送过来，放在他面前。

现在，屋子里只有他们兄弟俩，魏锋觉得应该可以说点心里话，开口就问，你们……怎么了？

魏东不说话。

魏锋说我知道，你心情不好，可是你也不能委屈了托娅，你应该善待人家。托娅在这里无亲无故，你就是她唯一的亲人，你不能让她觉得太不快乐，我们全家人都应该善待她，让她真正有家的感觉。

魏东冷冷地打断他，我和托娅的事，用不着你来管。

魏锋被噎了一下。

魏东说以后，别深更半夜地打扰我们……

他们面对面站着，魏锋的目光落在了那本书上。他当然明白魏东话里的潜台词，这让他如鲠在喉。他说又说不出来，不说又卡在那儿，难受万分。

魏东带上门走出去，又回头说记住，托娅是你嫂子，别没大没小。魏东这话不软不硬，却是藏着刀带着刺，正好刺中魏锋。他望着哥哥的背影，呆愣了很久……他突然抓起那部手机，差点一下子扔到门上。

6

那天，魏锋在街上走了很久，只有这时候，他才觉得自己是放松的、自在的。他愿意这样，什么都是跟他无关的，可是托娅那双无辜的眼睛，时时地在眼前晃动，还有那含在眼里的一层忧虑，他把它看成是一层泪雾，让他无法忘记。托娅说得没错，这个家为什么不能多点快乐？这个家就是地狱。

他不知不觉地走到麦穗的诊所前，已经好久没来看她了，突然之间觉得麦穗就是自己的亲人。他走进去，一直等到麦穗把患者送走。看起来麦穗十分平静，她是否已经从那种伤痛中走出来，他是无法能从表面看到的，因为麦穗是个内敛的女人。

麦穗问他是否又开始画画了，他说自从出来，就没有画过，有时心里比较焦虑，好像总也不能进入状态。麦穗安慰他说，换了个环境，总得有个适应的过程，慢慢就找到状态了。她又问他家里情况怎么样？

魏锋叹了口气，说好像是平静的，但这只是表面现象，我能感觉到里面的那种压抑、不安、烦躁，随时都会爆炸似的。麦穗，我真的没想到，在家里有时比在监狱里还可怕。

麦穗沉默了一会儿，魏锋觉得她其实还在关心魏东，只是不好说出口。他便说他们好像……也不是很好，我有一种感觉，他们并不幸福。昨晚我还看见托娅脸上的眼泪。每当这个时候，我都有种负疚感，托娅是个开朗的女孩子，我们不应该让她感到压抑苦闷。如果真的这样，那我们就是对自然天性的极大毁坏，是犯罪！

她替魏东辩解说，有时他可能也是身不由己。

可他是个男人，一个男人就应该负起责任来。爱一个女人还不能给她幸福，那就应该趁早离开。麦穗，我有时很无望，我不知道怎么做才对，才适度，才让魏东接受。看着他们这个样子，我一点都帮不上忙，我很难过。有时我想劝劝魏东，可是他……你明白，他小心眼儿，我怕伤害他。

我理解你的心情，跟我一样，我也是无能为力。现在我唯一能做的就是对魏东做一些心理疏导，因为他有抑郁症，他是个病人。所以你不要怪他，不要责备他，你要耐心地对待他，帮助他渡过这个难关。

抑郁症？

是啊，魏锋，魏东是个病人，我一直在给他做心理治疗。我相信他那么做也不是他的本意，可是他无法抑制自己，他会很痛苦、自责。我不在他身边，你要多关心他，像对一个病人那样开导他，否则，我真是很担忧……

魏锋点点头，叹气说真想不到，他怎么会……

这么多年过去了，只有你这个坐过牢的人心理健康，照理说你最应该心灵扭曲，性格怪异，可是你没有。而已经拥有了一个人生存的所有条件的魏东却脆弱、抑郁、经不起任何打击，我这些天一直在想，这到底是怎么回事儿。

魏锋说，麦穗，你放心，我会跟你一起帮助他的。有时我对他的做法很生气，也想关心他，可是一看他那态度心里就凉了。现在我明白了，他这不过是病态的反应，我不会跟他计较。

沉默了一会儿，魏锋又说，麦穗，我有一种不好的预感，山雨欲来……

他没有说下去，麦穗太明白下一句是什么了，只是她不好说明。她点点头，她甚至比他还在懂得那无边的恐惧正在慢慢压来。他长久地望着窗外，真不知该说什么，回过头对她勉强地笑笑，算是一种安慰，而后走出了诊所。

第九章　微微战栗

1

快到中午了，魏锋觉得有些饿。他在街边买了包子，一边走一边吃。他想起托娅可能还没吃饭，便回头又买了几个。

托娅因为昨晚跟魏东闹别扭，夜里一个人跑到魏子安的这套房里，那里还有一间魏东原来住的房间。她悄悄地开门，进屋，睡下，一点声息都没有。白天，她独自躺在床上醒着，她无所事事，工作没着落，心情低落。她经常在床上一躺就是半天，连饭都不好好吃。自从结婚，她还没自己做过吃的，一则她不太会做汉族菜，二则韩如梅希望她和魏东能天天晚上过去吃饭，一家人和和美美的，这正中她下怀，所以她什么东西都不准备，冰箱里除了装着冷饮、牛奶、奶茶、面包、香肠，就没别的了。

她在魏东的房间里躺到中午起来，屋里静静的，她有点饿了，拉开冰箱找吃的。韩如梅的冰箱永远都是满满的，她拿出来牛奶喝着，像在自己家里一样，把电视打开，调到最大音量。这是她最快乐的时候，她习惯在音乐声中吃饭、做事。魏锋从来不打扰她，对她震耳欲聋的音乐也不提一点意见，好像他根本就不存在一样。偶尔她会敲他的房门叫他出来吃饭，他都会说你先吃吧，我不饿。她也不知道他究竟是什么时候出来的，是不是吃了东西。总之他无声无息。她有时根本就看不见他，这是因为他一直看着她的时间行事，他会悄悄地查看她那屋里的动静，她还睡着的时候，把一切都处理完。一旦她起床了，过来吃早餐了，或别的什么事情，他就待在卧室或者干脆出门，让她感觉不到自己的存在，或者说故意躲开她，不让她感到丝毫的不方便。

魏锋回到家时托娅还没起来，再说他也不知道托娅昨晚睡在了魏东的房里，他便把包子放在桌子上，急忙溜进卫生间想洗了个澡。托娅出来找吃的，一边嚼着东西一边打开卫生间的门，正撞见魏锋光着膀子、穿着大裤头站在里面，把她吓了一跳。托娅说是你呀，我、吓死了，我还以为……

魏锋看见托娅穿着吊带睡衣，雪白的身体十分扎眼。他的脸一下子红了，不好意思地说，你以为进了强盗吧！说着，他急忙抓起一条裤子穿好。

托娅天真地问，你生气了吗，魏锋？我真的，不知道你在家。

魏锋笑了，说这没什么，我不是也不知道你在家吗？你用你用。说着他走出卫生间，一头扎进自己的屋里，继而传来他的声音，我给你带回了包子，在桌子上呢。

托娅洗漱完，草草地吃了包子。她觉得这个魏锋跟魏东一点也不一样。他是那么善解人意，她总也看不见他并不是因为他们碰不上，而是他刻意地回避自己，以免她觉得不自在。这样一想，她有些感动，她希望了解他，这个与丈夫一模一样的男人。同时她也觉得好奇，双胞胎兄弟为何差异如此之大呢？

她敲响了魏锋的门，问他我可以进来吗？

门打开了，魏锋穿得一丝不苟，红着脸说当然。她进来了，欢快地说我教你用微信吧。他摇摇头，我也没有朋友，要什么微信呢。她说错，朋友是要建起来的，否则你就跟不上时代了。他拿过来一把椅子，推到托娅面前，接着说托娅，你喝水吗？他显得手忙脚乱，不敢正眼看她。她说不喝。他问那你……是不是听听音乐？说完他自己都笑了，他哪有什么音乐请她听。她说都是一家人，干吗那么客气呢？

托娅第一次进他的房间，看见魏锋把房间收拾得一点儿也不乱。那床上的被子叠得方方正正，地上没有一丝灰尘。他的衣服也是整整齐齐，他整个人清清爽爽。她便问魏锋，你的屋子像女孩儿的房间似的，好像还有一股香味儿呢！

他不好意思地说是吗？我是怕我脚臭，特意洒了点香水。她有一个重大发现，他竟然穿着一双雪白的袜子。她说："魏锋，这么热的天，你干吗还要穿袜子？"他说这一直都是我向往的，我就觉得穿白袜子显得特别干净。她感到舒适，让他把手机解了锁，教他加了自己的微信，又教他如何搜索微信好友，如何发微信。当然，魏锋一学就会，她夸奖了他。魏锋有点自嘲，我这微信好友里只有你一个人。两个人都爽朗地笑起来。趁着他玩手机的空当，她四下打量，发现墙上挂着加了玻璃框的奖状，书橱里还有美术大赛的获奖证书、奖杯等。

都是小时候得的，让你见笑了。

没有啊，这是荣誉，我们蒙古人把荣誉看得比生命还重要。

她一回头，发现魏锋正看着自己，她一阵紧张，赶紧躲开。她说，哎，你一天到晚都干什么呢？我怎么总也看不到你。他开玩笑说你都在睡觉，怎么能看见我呢？她说也是，你刚出来，多出去走走，玩玩，也是正事。

魏锋原本一直在躲着她，敷衍她，可是现在，她就在面前，他却那么渴望跟她说点什么，居然莫名地觉得她是可以信任的人，是可以亲近的人。这感觉让他心跳，害怕，他不能忘记大哥的叮嘱，他要与她保有距离。可是他还是忍不住说，有时我觉得挺迷茫的，以前天天盼着出来，可这一出来了，倒找不到位置了，心里也变得空虚了。

她惊讶地问那你，在……里面就不空虚吗？

一提起里面，魏锋好似顿时来了精神，他说你们呀，总是忌讳提起监狱，其实没必要，我要是连这点承受力都没有的话，不早就自杀了？

她也轻松起来，其实这是魏东教我的，他不让我直接说，怕你受伤害。

魏锋笑了说，他不受伤害比什么都强。其实我在监狱里挺好的，不仅能看到许多报纸杂志，跟你们上大学泡图书馆的资料室也差不多，偶尔画几笔……

她真诚地说魏锋，我相信你是一匹千里马，只不过没有找到自己的草原。

魏锋被托娅这么一夸，有点腼腆起来，说以后怎么样我不知道，但以前我一直挺优秀的。当年考大学时，我是非中央美院不考，可魏东连报都没敢报。说完，他有点后悔，这话里明显带着轻视魏东的意思，他连忙改口说，是我爸不让他报。

托娅说虽然中央美院没考上，可师大美术系也不错啊！因为师大也是全国重点哪！魏锋脸上的笑容一下子抹去了，大学就像一道彩虹，时时出现在他的梦境里。这也是他心中永久的一道伤痕。他问你说什么？你是说我考上师大美术系？

当年由于魏锋报高了，没被中央美院录取，最后他被补录到东北师大美术系，当通知书送到家里来的时候，他已经走进了监狱的大门。当时，韩如梅看着那张通知书，泪如雨下。她对老魏说，这事，永远都不能让魏锋知道。她把那张纸小心地装进一个首饰盒里，压到了箱底，成为她心头永远的痛。

托娅结婚前，韩如梅打算送她一只手镯，是铜的，不值钱，但却是祖传的。这也是魏家的规矩，一代代地传下来。那天晚上，韩如梅把托娅叫进自己的卧室，翻箱倒柜，找出来那个镯子给托娅戴上，说戴上这个可以驱邪，带来吉祥。托娅非常喜欢，爱不释手。其间韩如梅被老魏喊出去，托娅看见箱底还有一个首饰盒，包裹得严严实实，好奇心驱使她打开，看见的却是一张录取通知书。事后她曾问起过魏东，魏东脸色大变，严厉地告诉她这事绝不能声张，一定不能让魏锋知道。

这事很快她就忘了，今天跟魏锋聊天，就忘了魏东的嘱咐。她突然想起来，好奇地问，你考上了大学，你们家为什么不让你知道啊？这是好事啊。

那……它在哪儿？他的声音忽然就哽咽了。托娅根本无法理解，这张通知书对他来说多么重要，重新肯定了他也曾经拥有那道彩虹。

她不知道他为何反应如此强烈，她说我……我……

到底在哪儿？他愤怒地问。

她不知所措，就在一个木头盒子里，在妈的箱子里。

魏锋大步走出去，径直来到母亲的卧室，想不到那箱子是锁着的。他出去找来斧头，上去就要砸，一把被托娅抓住。

魏锋，你怎么了？我伤害了你吗？我哪句话说得不对吗？

没有，跟你没关系。

可是他们要知道是我说的，该怪我了，是我多嘴。

他看着那双无辜的眼睛，才稍稍恢复了理智。没错，这个秘密全家人都努力地保守着，一旦被托娅捅破，伤害到的是所有人，而且让她以后无法面对大家。

他手里的斧头落在地上……

他转过身，望着窗外，深吸了一口气，努力平息着自己。他们有什么权利封锁这个消息，让他永远蒙在鼓里。当年就因为魏东拿到了这么一纸通知书，他就逃避了十年牢狱，而他在家里人的眼里，不过是个落榜生，理所当然地替兄坐牢。他就是社会渣滓，是罪犯，他应该承受这十年的牢狱之灾。

托娅见他如此激动，认定自己说错了话，便说对不起，魏锋，我真不知道该怎么说，我……

他说："托娅，你知道吗，是你让我重新认识了自己，不然我永远都会在黑暗里。"她说我不明白你的话，他说你不可能明白，我们这个家像个无底的黑洞，说实话让你生活在其中是一种罪过。你就应该无遮无拦、无忧无虑。

魏锋，只有你是了解我的。谢谢你，可是我真不明白你们这个家到底怎么回事，为什么会是这样？你能告诉我吗？我怎么也想不清楚。他说："魏东没跟你说吗？"她说不就是你入狱的事儿吗？那又有什么？谁都会干点错事，你已经坐牢了，一切都结束了，为什么总是揪住不放呢？

　　魏东……他怎么跟你说的？

　　他说，有个醉鬼追打老婆，你们俩上前拉架，那人用刀把他胳膊扎了，你们就跟他抢刀，你一失手就、就把那人扎死了……

　　就这些？

　　就这些。

　　他说得对，就这些。像你说的那样，现在什么都结束了，过去了。我们一家人应该开开心心地生活，对不对？

　　她慢腾腾地站起来，说谢谢你的包子，有机会我请你吃蒙古大餐。

　　什么，包子？

　　她开心地笑了，包子！她天真地歪着头，伸了个懒腰，走出了魏锋的房间……

　　第二天，托娅起得早了些，提前到婆婆家做了一桌饭菜。等到魏锋出来时，愣住了。哦，难道这就是蒙古大餐？

　　哪儿啊，不过是稀粥罢了。跟你说，我就会煮稀粥，别的还不会呢！

　　她调皮地看着他，怎么样，我说到做到吧！托娅，他觉得他喜欢这么叫她，他不愿意叫她嫂子，觉得那样特别生分。他说："托娅，对不起，我不想叫你嫂子，你愿意吗？"她开心地叫起来，我愿意极了，我就讨厌那么多的规矩，嫂子嫂子的，多难听啊！他说那就好，以后谁要说我你可得给我做主啊，就说你不喜欢。她说那当然，那你知不知道我为什么从来不管魏东叫哥哥？

　　不知道？我们蒙古人都彼此叫名字，这很正常啊！

　　他比我大十分钟，可是我一直都比他长得壮长得高，都是我在保护他。小时候我总认为我是哥他是弟，可能是我妈弄错时间。长大了我也一直认为我是哥，他是弟。

　　托娅终于笑起来，说反正我觉得你们俩有点奇怪，怎么当哥的反而拼命地讨好弟弟呢？难道他前世就欠你的吗？

　　魏锋说是我欠他的。

　　那我替他还你。

　　怎么还？

天天中午给你做饭啊！

哦，不会有牛粪味儿吧！

托娅一跃而起，想打魏锋，可是她突然觉得不妥，手停在了半空中……

一时，屋子里的气氛变了味道，他们都觉得十分别扭，彼此低下头，谁也不再说话，只是埋头吃饭。

2

这几天，托娅的心情一直不错，不时地哼着歌，晚上睡得跟小母猪似的，特别踏实。魏东有些纳闷，喂，小母猪，怎么不缠着我要了呢？她娇嗔地说有人不给嘛，我还怎么要？谁不给啊，看你睡得死死的，是不想要吧！

托娅被他调动起来，一翻身压在他的身上，用手指抚摩着他的嘴唇。嗯，心情不错啊！是不错，我现在就要。怎么，说来就来啊！当然了，一万年太久，只争朝夕嘛！用词不当。

魏东紧紧地抱住托娅，怜惜地爱抚她。他心里知道他们之间一切的不愉快都是出自他，跟托娅基本上是无关的。这个阳光女孩根本就不会抑郁，她有的永远都是笑容和歌唱。是他太亏待她了，硬是给她罩上一层阴影。想到这里，他翻身把她压下，小东西，看我怎么收拾你！

她尖叫起来，这是他最喜欢的方式。他就爱她那么无遮无挡的野性、不管不顾的泼劲儿。她咬他，从他的肩膀开始，往下进行，所过之处，到处都留下她那小小的牙印。

你真像只小母狼。

我要把你变成我的小山羊！

她的小尖牙尖尖的，弄得他痒痒的、酥酥的。他闭着眼睛享受，任她"虐待"自己。她突然在他的肚子上停下，细细地看着。他问怎么了？她说："哎，我才发现，你这儿有七颗痦子，而且是红色的，据说这是有讲究的。"

瞎说，哪有什么讲究。

哎，那魏锋有没有啊？

这句话让魏东一下子没了兴致，你是不是应该问问他呀？

我就随便问问，挺好奇的。

我看你是好奇过分了。

他推开她，坐起来，点支烟抽起来。她偎过来，把头靠在他的肩膀上。你生气了？我不明白我说错了什么？

跟你说你也不明白，我就告诉你，以后少跟他搅和在一起，懂不懂？

不懂，他不是你弟弟吗？难道就因为他坐过牢，我们就不理他吗？我倒觉得他挺好的，挺关心人的。

他怎么好了？

托娅禁不住夸奖起他来，他这个人挺随和的，说起话来也挺直的，有点像我们蒙古人。魏东最不喜欢托娅动不动就说谁像蒙古人，在她的眼里，那就是一种最高的奖赏；而在他心里，那是一块病。

你们是不是总在一起聊天？

是啊。

在哪儿聊的？

在哪儿？重要吗？

不重要。他都跟你说什么了？

哎呀我都忘了，别人跟我说什么，我从不走脑子，我有点困了！

魏东无奈地看着她……他心里有种预感，托娅对魏锋的印象非常好。他太了解魏锋的魅力了，他从小就吸引女孩子。他无论在哪个场合，都会很快成为中心人物，还能把气氛带动起来。他擅于跟女孩子打交道，开玩笑，他一直都是他们班女生心目中的白马王子。可是，他不能让魏锋夺走托娅，她是自己发现的瑰宝，只能属于他一个人。现在，托娅和魏锋已经慢慢地靠近，他不能无动于衷……

3

魏东突然放弃了与托娅的微信沟通，而是开始频频给托娅打电话，表面上关怀备至，实际上他在监视托娅。事实上，托娅确实对魏锋有了好感，她觉得在这个家里，只有魏锋才是她可以倾听的人，他那么阳光、透明，尤其是他的笑容，不像魏东的那样勉强与忧伤。魏锋从不叹息，他面对现实，从不抱怨。他心胸开阔，就像辽阔的草原，这跟她的个性十分相近。所以她喜欢跟他聊天，感到从未有过的放松与自在。她不必担心自己说错了什么话，开玩笑开过了头，因为他从不使小性子，从不跟她计较。有了上次的谈话，她开始喜欢他房间的味道了。

心情大好的魏锋突然想画画了，他已经好久没有画画。他收拾他的家什，支上画架画布，调着颜料，托娅推门而入。她感到十分新鲜，她一直听说魏锋是个好画家，可是她还没见过他的一幅画呢。她兴趣盎然地看着他做准备，问这问那，偶尔也帮一下他的忙。魏锋说我一直想画草原，正好你在，看我画得怎么样吧！她说太好了，那你为什么要画草原呢？魏锋说很奇怪，我从小就对草原和大海有特殊的感情——这时电话响起来，托娅很不情愿地去接电话。

魏东的软件开发进展顺利，受到王总的表扬，还要请他吃饭为他祝贺。他沉吟片刻，想把这个好消息告诉托娅，便往家里打电话。托娅与魏锋聊得正起劲儿，电话响起，托娅一看是魏东的，一听那声音就很是不快。他问她在哪儿，家里没人吗？口无遮拦的托娅快乐地说我正看魏锋画画呢！

魏东听见她的话，心顿时沉入黑暗之中。他在哪儿？她说在魏锋的房间里。他问画什么？她说那你要问魏锋了。他被噎了一下，说那你看吧，我不耽误你们了。他把好消息咽回去了，挂断了电话，有些生气。

托娅回来，她一点也没把魏东的话当回事儿，依然满面春风地说刚才说到哪儿了，接着。魏锋也正在兴头上，十年来，他似乎第一次说了这么多的话，而且他发现自己与托娅想法竟是如此的相同，这让他异常惊讶与惊喜。

说到草原了，我这一生最喜欢的就是大海和草原，我喜欢那种辽阔、坦荡、神秘，这也一直是我追求的人生境界。只可惜到现在我一样都没有看过。我曾经跟魏东有个约定，如果我们俩都考上大学的话，就一起去看大海或看草原。可是后来……他的脸上出现忧伤的神色，目光变得深远。

托娅说那你们俩为什么不补上呢？我们一起去草原，骑着马漫无边际地走着，你会觉得跟在跑马场的感觉完全不同，你会了解到什么叫天大地大，你心里无论有什么不平、委屈和痛苦都没了，你会不再计较任何东西，会对什么都微笑，会懂得感恩。

她的话让他感动。的确，没在草原上生活过，就不会有像托娅那样的胸怀与气质。他说我突然明白了，你为什么跟我们不同。因为你在大草原上长大，心胸比较开阔，你跟自然比较接近，你的心灵比较干净，我真羡慕你。你看，你的面容特别安详，目光纯净，甚至能看到草原和泉水的影子，这让我惊叹。你就像草原上空的鸟儿，自由自在地飞。

魏东也这么说过，他说我是鸟儿，他是鱼。

嗯，这比喻倒挺贴切的。

可是，你说，鸟和鱼为什么不能相爱呢？

你们……不相爱吗？

他总说，我们是完全不同的两种生物，我在空中，他在水里，就算相爱，也不能融到一起。

我认为能。我觉得爱可以穿越一切，我相信飞鸟和鱼的爱情。

真的吗？她扑闪着大眼睛，露出十足的天真。

他笑了，别动，你这样子真好。如果你不介意的话，我希望给你画张像，作为我重拾画笔的开始。

哇，太好了，还从来没有人给我画过像呢！

那我们就开始？

开始吧！

魏锋立即动手，拿了一把椅子，让托娅坐好，支起画架，调好颜料，显然魏锋处于创作的激情之中。她问摆什么姿势？魏锋说你随便，你觉得最舒服的样子就成，就是你平时最自然最本色的姿势。

托娅坐好，她微微地扬起头，好像看着远方或天空。远处有羊群，天空有白云，她似乎真的看见了大草原。她的眼睛慢慢变空灵了，似乎什么都没有了，又似乎什么都有。她的目光可以漫过时空，到达看不见的地方。

很好，就这样，不要动了。他现在可以正大光明地看着她了，原来她不是很白，皮肤略带栗色，那是草原的风吹的。她的头发绾起来，结成一个发髻，使前额显得十分光洁、饱满。她的脖颈很修长，向后微仰的姿态十分优美。她的嘴唇有点厚，却很有质感。他不可避免地想到，吻上去该是多么美妙。他突然很羞愧，把目光移到了窗外。平静了一阵子，他才可以继续下去。他的笔终于动起来，在画布上勾勒出她的轮廓……

魏东在工作的间隙，又不放心托娅，便抓起电话再次给托娅打电话。而他们正在聚精会神地创作，电话铃声使他们都愣了一下。见魏锋有些犹豫，托娅说别管它，继续！

电话响了很久都无人接听，发微信也不回复，魏东又打座机。魏锋说对不起，等一下。他跑出去接电话，喂，哪位？魏东啊，找托娅？没事啊，那我一会儿让她给你回吧！

魏东本也无事，只是不放心。电话通了，却是魏锋接的，他也确实无事可说，但可以证明他们还在一起。这让魏东失魂落魄，他不能再等了，他必须立即出现，夺走托娅。他突然站起身，往外走去……

4

魏东悄悄地打开家门，走进来，警觉地四处张望，没有一点声息。他打开卧室门，发现托娅不在。他又往里走去，来到魏锋门前，看到门虚掩着，他闭上眼睛，如果托娅没在魏锋的房间里，那该多好，最起码对他是个安慰。可不幸的是，她就在魏锋的房间里，而且还做了他的模特儿。

对于魏东的到来，他们都没有发觉。魏东站在门前，看着他们专心致志的样子，顿觉黑暗降临，头晕目眩。他担心的事情还是发生了，他不由得想到，家里只有他们两个人，在他不在的时候，他们可能都在一起，顿时怒火满腔。

魏东怒喝一声，托娅!

托娅一扭头，看见了魏东，满不在乎地说，你回来了。

而魏锋似乎根本没有在意魏东的到来，继续全神贯注、充满激情地继续创作。这让魏东不能容忍。他大声说你过来一下，我有事儿!

托娅说快了快了，就要完了，你等一会儿吧。

魏东越来越生气，他转身摔门出去，向自己的卧室走去。他一头扎到床上，想摸出根烟抽，可摸了半天都没摸到，他觉得双手好像并不长在自己的身上，那种完全飘忽的感觉又回来了。

魏锋终于放下了画笔，微闭着眼睛，陶醉地说:"托娅，我肯敢定，我画出了自己最好的作品，谢谢!"

托娅站起来，看这幅油画，她也禁不住欢呼起来，差点抱住了魏锋，是魏锋躲开了她，才使她意识到这个举动的唐突。她转而拿起那幅画说，我让魏东欣赏欣赏。还没等魏锋阻拦，她已拿着画跑了出去。

魏东躺在床上正生着气，托娅闯进来，满面春风地说，魏东你快看，快看哪!

她把画展开给他看，满眼都是快乐，你看，魏锋画得多好，他说这是他画得最好的作品了，你快看哪!

魏东一下子从床上起来，我都看见了，你们配合得不错，挺默契呀!

托娅天真地问，你也这样认为?

看来你们都这样认为了?

是呀，魏锋说捕捉到一个人的神态容易，但捕捉到一个人的心灵却很难。这需要两个人的默契。

这么说，他已经捕捉到你的心灵了？

托娅僵住了。

魏东一把抢过来那幅画，哗哗地撕碎，抛在地上。

托娅傻了，极度地惊愕。天真的她根本无法想到他会是这样的态度，好像自己犯了弥天大罪。她嚅动着嘴唇说，我、我错了吗？

魏东指着她的鼻子说，我告诉你，从今以后，你不要跟他不清不白！愤怒的魏东拿起衣服就冲出门去，发现魏锋正站在他的门前。

魏锋也非常愤怒地盯着他，二人对视了片刻。

魏锋说，你毁了我最好的作品。

魏东口气缓了下来，是吗？它对你很珍贵？

当然，它的珍贵就在于它的清白。

那我得谢谢你的清白，也谢谢你的热情，但请你好自为之，有时候热情过分就等于伤害。说完，魏东推开魏锋，冲出门去。魏锋的拳头握着，咯吱作响。

托娅正在捡地上的碎纸片，试图把它们拼贴起来。魏锋站在门口说托娅，对不起。托娅依然在整理着，说跟你无关，他这都是冲我来的。魏锋说别拼了，碎了就碎了吧！托娅说不，我肯定能拼好。等拼好了，我带你们俩去草原骑马。

魏锋转身离去，回了自己的房间。他站在屋子中央，看着支架、颜料，心里的愤怒无法发泄，便又踢又踩，颜料洒了一地。听见乒乒乓乓的声音，托娅赶来，可是门却被锁住了。她不停地敲门，喊着魏锋、魏锋你快开门，你别那样，你听我说啊！魏锋——

魏锋靠在门板上，第一次觉得眼睛湿润了。十年来，他很少再流眼泪，因为他认为泪水对他是没有用的。现在，他心里那种混合的情感冲击着他，说不清是痛苦，是委屈，还是愤怒。任凭托娅怎么敲门，他都没有开，也没有答应。魏东说得没错，也许自己跟她真的走得太近了⋯⋯

托娅默默地站了一会儿，无奈地离开。她回到隔壁自己的家里，原来魏东没有走，他正坐在沙发上，一根接一根地抽烟。

说吧，都干什么了？

她笑了，觉得他太好笑了。

你什么意思？你还知道回来，你还知道这是你家，还知道你有老公？

魏东，我觉得你真好笑，你真的对自己一点信心都没有吗？

这话把他给问住了，同时也刺伤了他。这句话的潜台词像是在说，就是他认为自己还不如坐过牢的弟弟。真是这样吗？

我警告你，从今以后，不许再跟他在一起。

那晚饭呢？那妈要问起来，我怎么回答？

她用一种挑衅的口吻问他，这激发了他的欲望。他起身一把抓住她，她尖叫一声。

声音干吗那么尖锐，杀猪似的。你很意外吗？他是不是对你很温柔啊？

哪有你温柔啊？一天小心翼翼的，心里有九曲十八弯，都快累死我了！

他不知从哪里涌起一股蛮力，一把把她按倒在沙发上。我知道，你就想说，他像个男人，而我不像！

你要真像的话，就干出点像男人的事来。来呀，来吧！

他被她激发起来，感到自己的雄壮有力。她的眼睛是野性的，像一只小兽，有着一种拼杀的欲望。他想起在马上，在草地上，她也是这么充满挑战。他撕下她的衣服，诅咒地说，让这些带着别人气味的东西永远地消失吧！他把那衣服撕得一条一条的，她尖声地叫着，觉得十分过瘾。他看着她的狂野模样，想到她可能也把这副模样送给弟弟，心里的愤怒一下子冲上了脑门。

我叫你野！

他不知自己从哪里来的那股力量，像报复一样。激情如洪水般不可收拾，他激动得微微发抖。他已经很久没有如此亢奋了，虽然这是由于一个假想敌激起的，但无论如何，还能证明他行的，他还有爱的能力。就在他积蓄了力量准备冲刺的时候，房门敲响。

太不合时宜了！

他看着自己衰落下去，落花流水一般，不可救药。

谁呀？

他没好气地问，他穿上衣服，打开房门，只见魏锋站在那儿。两个男人脸对着脸，无声地对峙着。

魏锋先开口说，你得向我道歉。

为什么？

你毁了我的画，还毁了我们之间的信任。

那是你自找的！

你必须向我道歉！

除非太阳从西边升起……

魏东把门砰的一声关上。他靠在那儿，呼呼地喘着气，看着托娅还在那儿叫他，胸口被怒火撑得满满的。他真想奔过去，把那个曾经诱惑自己至深的身体也像那张画一样撕个粉碎。然而实际上他奔向了她，却抓起了摆在茶几上的照片。

一阵碎裂声哗啦啦地响起……

也许，真正碎裂的不仅是这张他们的合影。

5

从此以后，魏锋变得有些沉默了，吃饭的时候，他往往是埋头吃饭，不再搭话，目不斜视，吃完便走，静悄悄的，没一点声音。晚上看电视的时候，他也不再跟大家一起看，也不再争论什么。但是只有他自己知道，他变得更加敏感了，尤其是不知不觉地关注着托娅。有时他会看着魏东的脸色，想象他和托娅是否又吵了架；有时看见托娅高兴起来，他竟会莫名其妙地跟着开心。

魏东摔碎了照片之后，也十分后悔，他又拿着底片按原样重新做了一份，还摆放在原处。托娅似乎天性未变，依旧还是有说有笑，但他能明显感觉到，她对他冷淡了，再也不会主动贴上来，像甜腻的小猫一样哄他，再也不会黏在他的身体上想甩都甩不开。他知道那天的事代价也许太大了，两人的关系可能要很长时间才能修复过来。

这天晚上，大家正围坐在一起吃晚饭。韩如梅叫了魏锋好几遍，他也没出来。他是躲避魏东和托娅，不愿与他们一起出现。韩如梅不明就里，担忧地说应该给魏锋找个女朋友了。老魏叹气地说魏锋这样的条件，难找啊，人家姑娘一听坐过牢就吓跑了。托娅不识趣地说，我看魏锋条件挺好的，他多帅啊，又有才华。就算他坐过牢，那也不能说明什么，要我看那还算是见义勇为呢！

魏东白了她一眼，说吃你的饭，哪那么多的话啊！

本来嘛，别人可以小看咱家魏锋，可咱们不能，他就是我们家的宝贝，找女朋友也不能抓一个是一个，得魏锋看得上。

他们的谈话魏锋都听见了，因为他的门就冲着客厅。他打开门出来说，我谢谢各位，可是我的事不用你们操心，我不找。

老魏有些生气，哎，我们大家可是为你好，你怎么能这么说话呢？你也老大不小了，别不知好歹。魏锋说，我说的都是真话，我现在什么都没有，哪有资格找女朋友？再说了，要找我也得自己找。

老魏说，就你还自己找？你还真把自己当个宝了？魏东打圆场说，爸，你可别那么说，就凭咱们魏锋的魅力，说不定真能自己找着。然而魏锋一反常态地说，魏东，我的事也不用你操心。韩如梅一看形势不妙，赶紧说，行行行，自己找就自己找，我可拿我儿子当宝，准能找着一个好姑娘。托娅问魏锋，哎，有没有目标，我帮你参谋参谋。魏东捅了捅她，示意她躲开。托娅不知自己又说错了什么，不高兴地回了自己的卧室。结果大家不欢而散，魏东也跟着托娅回了房。

魏锋百无聊赖地躺在床上，翻开一本书。这时，隔壁传来托娅的歌声，是一首单纯美好的草原童谣：

> 金钩钩，银钩钩，
> 你的东西给我吃，
> 我的东西给你吃，
> 要好，好到老，
> 不好，就拉倒
> …………

他放下手里的书，侧耳倾听着。

这首歌是魏东收集来的蒙古民谣，现在听依然觉得十分亲切美好。托娅问，好听吗？好听。托娅说，哥儿俩应该好，好到老。魏东恍然大悟，原来你是说我呢！当然要好，好到老了。托娅说，那我总觉得你们俩之间不太对劲似的，你们应该说清楚，就好了。魏东说，是呀，你也知道，因为什么？

我哪里知道？

你不知道才怪呢！要是没有你，我们哥儿俩保准好好的，好得跟一个人似的。

怎么怪起我来了？

你知道。

我不知道。

虽然魏东嘴上这么说，可心里觉得托娅说得对，哥儿俩别别扭扭的，是该好好谈谈了。可是怎么谈呢？因为一个女人？好像是，好像也不是。

说到底还是那个关键事件在作乱，那是他们永远无法逾越的心理障碍。

　　那天夜里，魏东来到弟弟的房间，给他送来了一些颜料，这是他专门为弟弟买的。魏锋看不出表情，不冷不热地应付着。两个人坐了一会儿，东拉西扯地聊了很多无关痛痒的事情，似乎什么也没提起，似乎心里都已了然。魏东说要给魏锋一个惊喜，明天正好是星期天，到时候你就知道了。

第十章　看不见的隔膜

1

魏东开着车，载着魏锋来到郊外小屋前，停下车说你看，这就是我给你的惊喜。魏锋下了车，只见眼前一座小屋，不知道是什么意思。魏东说进去看看。魏锋走进小屋，一眼看见两匹马，它们身强体壮，毛色闪亮。他跑上前去，一把搂住马的脖子，亲热不已。那匹马好像也认识他一样，不停地贴着他的脸，把热气喷在他的脸上。他像见到了久别的亲人一样，眼里有一股热流。他忍住，拍着马说，伙计，真是匹好马。

孙大爷听见动静，走出小屋。魏东给他们做了介绍，孙大爷喜滋滋地看了他们半天，到底也没认出谁是魏东谁是魏锋。魏锋说想不到，你也挺有创意嘛！魏东说这不是你的创意吗？魏锋这才想起自己说过的话，本以为说说就算了，没想到大哥真的把梦想变成现实了，心里有点激动。魏锋提议找个地方喝酒去，喝醉了再骑马，那感觉才他妈的棒呢！魏东积极响应，他说孙大爷，我们走了，不一定什么时候回来，您就睡吧。

好嘞！

二人飞身上马，一路奔去……

魏东和魏锋骑着马来到酒吧前，引来了无数好奇的目光。他们下了马，把马拴在门前，坐在露天的吧台前。老板走出来，惊讶地睁大眼睛，问他们二位这是演的哪出戏呀？

魏锋说老板，这马是我们的，不会影响您的生意。

老板说哎哟，这景可不是常能看到的，我还以为是拍电影呢！我也是爱马的人，欢迎你们，还有你们的马！

魏东说老板，来两大杯扎啤。

老板回头看看马，问马来点什么？

魏锋说也来扎啤。

啊，马也会喝酒？

魏东拦住魏锋，别胡闹了，给马来点水吧。

魏锋说马最爱喝扎啤了，你就来吧，没错！

老板大喊：四杯扎啤！一会儿，服务员端来了四杯大扎啤，放在桌子上。哥儿俩端起来碰了一下，各喝了一大口。魏东说咱哥儿俩可是好久没有喝过酒了，今天一醉方休。魏锋说，还记得我们高考前那次喝酒吗？在一个小酒馆里，我们相约等我们都考上了大学，我们就一起去看海或看草原。

当然记得。

那好，就当我的十年牢是上了十年大学。现在我们都毕业了，也该出去玩一次了。哎，托娅说要带咱们俩去草原骑马，怎么样，找个时间去一回？让她说得我真有点心痒痒了。

魏东敏感地看着他，你也去？

魏锋一下子意识到自己的身份说这话有些不太合适，便打岔说，啊，是你们俩，我是故意想把自己当电灯泡使。说着，他拿起杯子送到马的嘴前，那马吧嗒吧嗒真的喝起酒来。

魏东惊叫起来，天哪，它还真会喝！便也拿起另外一杯送到另一匹马前，那匹马也跟着喝起来。马居然也爱喝酒，那是否也会醉呢？许多人都好奇地围过来看。老板跑出来，看着，议论说真奇了，这眼不见还不信呢！这马真神了！得，今晚这马的酒我免单了，就看在这马引来了这么多人围观，也算给我做了一回活广告。

趁着魏东正在兴头上，魏锋说这些年我在里面，都不知道世界变成什么样儿了，一下子还真适应不了。如果我有什么地方不合适的话，你别在意。魏东说你适应得挺快的，真的，我没想到你会这么快。

那你想象我该什么样？

魏东说我想，你可能，怨天尤人，可能脾气不好，像爸一样，抱怨，生气，尤其是——怪我！

他们沉默了，魏东的话一下子击中了他们的要害，其实他们就是被那件事给生生地撕裂了。无论他们怎么努力，那件事都像一道裂痕横在他们中间，那是他们无法填平的沟壑。魏锋打断他，说我谁也不怪，是我愿意的。看到你学成归来，又有爱情，我也高兴。

可是我不高兴，我总觉得我有的你也应该有。我好像欠了你的，又永远无法偿还一样，这感觉压着我，一直都压着我，连幸福都觉得是不对的，是罪过……

魏东，别说了，喝酒！

魏东还想说，魏锋制止他，说现在不是讨论谁的责任的时候了，一切都过去了，是不是？

没有，什么都没过去，什么都在，有时候想忘记，可它就堵在胸口，堵得我快疯了。

魏锋说魏东，你真的不必这样。我说过我是心甘情愿的，我能为全家人带来安定，也觉得自己有价值，何况你真的不负众望，这么有出息。我今天借着酒劲儿说的都是心里话，魏东，你好好的比什么都强。那件事过去了，永远都不要再提了，这样我也会觉得好受些。我宁愿相信这就是命运的选择，谁也逃不脱命运。

你说的是假话，你不可能不恨我，不怨我。是我把你推进了监狱，是你代我受过，浪费了十年时间。这感觉我理解，真的理解，放在谁的身上谁都会怪都会恨。真的，你别把自己说得那么高尚，好像救世主似的。你要说出来你恨我，你怪我，我还能好受点……

魏锋抢下他的杯子，说你不能再喝了。魏东说其实我挺想醉的，就想醉一回，跟你说点心里话。魏锋说不行，真醉了是不能骑马的。他又冲着吧里喊老板，结账！

魏东说，其实今天约你出来，还有一件事，就是为那天的事……我道歉。

嘿，别记着了，那天我也是一时想不开。哥儿俩的事，没里没面，不说它了。只是我告诉你，托娅是个好姑娘，你有点自信好不好？别动不动就瞎想，想歪了你！

可是换了你，你也会像我这么敏感的，因为，她应该属于你。

魏锋给了他一拳，胡说八道，你要再说，我可要把你打趴下，你信不信？

好好好，不说了，我可知道你下得了黑手。

老板过来报出了钱数，魏东付款的时候，魏锋显得极其难受，站起身去解开马的缰绳。可以说他们真的都说出了藏在心里的话，这些话他们从未交流过。但是说出来了怎么样？解决了什么问题呢？什么都没解决，反而更令人感到沉重。

还是骑马吧，只有马能带给他们物我两忘、飘然欲仙的境界。只有那个时候，他们才会真的忘记所有恩怨，成为真正的兄弟。两个人都醉醺醺地上了马，两匹马也微微醉了，跑得左右摇晃，飘飘忽忽。两个人更是放任自己，借着酒劲儿跑得自在逍遥。

夜风吹来，呼呼响过，点点的灯光成排地退后，一座座的高楼也鬼魅一般走走停停。还有路上那些小汽车，像一只只小虫子般爬着，他们真担心马蹄子不长眼，踩死了它们。

他们跑了一阵子，渐渐地忘掉了刚才说过的话，眼里只有飞奔与飘然，心里也豁然开朗起来，满天的星星也跟着他们俯冲。那感觉真是太爽，无法用语言来描绘，这夜马飞奔、山河壮丽也无从描绘。他们开始乱喊，大声狂叫，好像天地之间只有他们两个，他们就是主宰。尤其是魏东，他总能在骑马的时候感到快感，感到浑身的血液在奔腾，感到欲望在飞升，觉得自己又像个男子汉了。魏东终于伸出手，与魏锋拉住；一会儿，魏锋站起身，做一个展翅高飞的动作……

他们两个伸着脖子，开始狂吼起来，那是他们小时候最喜爱的歌：

> 我们都是神枪手，每一颗子弹消灭一个敌人。我们都是飞行军，哪怕那山高水又深。
>
> 在那密密的树林里，到处都安排着同志们的宿营地；在那高高的山冈上，有我们无数的好兄弟。

他们唱着，做着左突右进、瞄准打枪的一些动作，仿佛又回到了过去，回到了童年、少年的时光。魏锋的霸气又显现出来，他不顾一切地奔突、冲锋，在魏东的眼里，他永远都是司令，自己一心追随他。他们无比开心。

真想就这样，飞奔下去，癫狂下去，飘飞下去，没有时间，没有地点，没有过去，只有兄弟之情、手足之爱，接近山水自然，达到忘我、无我的境界。

突然，狂野的魏锋一失足，从马上摔了下来……

2

魏东搀扶着魏锋走进家门，见魏锋一瘸一拐的样子，母亲便问怎么了，这是？魏锋说没事儿，擦破了点皮。托娅开门出来，紧张地问伤哪儿了，疼吗？

魏锋笑了，看你们，弄得我像伤员似的，没那么严重。魏东说我们俩骑马，他一高兴，从马上摔下来了。托娅急忙上前拦住他说让我看看，我会正骨的！魏东说又没错位，正什么骨呢，我带他去医院都包好了。你快睡去吧！

托娅呆呆地站在门前，不知所措。韩如梅搀住魏锋，把他送到卧室里去。魏东看着脸色焦急的托娅，心生不快，阴阳怪气地说，人都走了，还看什么哪？

托娅惊醒过来，噢了一声，转身进了自己的房间。她发现魏东的脸色很不好，便不再说话，默默地上床。魏东借着酒劲儿，也借着在马上找到的感觉，一把搂过托娅。她问马骑得怎么样？他说一个字：爽！她说魏锋骑马多棒啊，怎么会摔下来呢？他又不高兴，哎，我说你怎么老关心他干吗？他有我妈呢！那他不是你弟弟吗，关心一下怎么了？就因为他是我弟弟，所以你就不能关心，懂吗？她点点头又摇摇头。他说可惜骑马的时候你不在，如果在的话，我们肯定又能翻云覆雨了。你想不到我出奇的好，甚至有种幻觉，好像你就在马上，我们又像以前那样。他抚摸着她的肌肤、她绷得紧紧的小腿、她湿润的嘴唇。他的划动让她快速地激动起来，她已经很久没有跟他做爱了，难得魏东又有了心情。她翻身坐起来，希望表现得主动一些，让他感受到快乐。她使出浑身的解数，开始亲吻他。从他的脚趾开始，她不放过任何一寸皮肤，嘴里喃喃自语。他说你怎么像条狗似的呢？她说我就愿意当狗，一条母狗，发情的母狗。你真是不害臊，什么话都敢说。不仅敢说，我还敢做呢！魏东，你就在马上，我就是你的马，我要带你飞，你看多高的天哪，多远的草原哪，我们想飞到哪儿就是哪儿。我想死你了，魏东，我每分钟每秒钟都想跟你做爱，想跟你做三天三夜。他说那还不得累死你呀！累死也风流啊！魏东，你知道你哪儿长得特棒吗？他摇摇头。她说你的枪！魏东惊了一下，忽然笑起来。他有些得意，被托娅夸奖总是件很开心的事。她说据说鼻子大的人都特别能干，真是奇怪，我第一次见到你，就不能抑制地想你到底有多能干。他说你真他妈的贱，怎么第一次见着男人就想这事儿，你真是很可怕啊！她理直气壮地说那有什么呀，遇到个好男人容易吗我？那回在马上，我还怕你不能接受我的方式呢，我就引诱你，没想到你比我还猛，你不知道我简直乐开了花。他看着她那掩不住的风情，好像真的被她煽动起来。他说那你知道你什么长得好吗？你说。他说这儿。他抓住她饱满欲滴的胸乳说，我坐在你后面，开始太害怕了，就紧紧地搂住你。在马上，你的乳房动如脱兔活泼可爱，我一碰上它就完了，我被它烧着了。可能你不相信，我跟你真的是第一次。她哦了一声，无比珍爱地伏在他的腹上，说我希望永远那么好，一千次

110

一万次 N 次。来吧，亲爱的！他翻身把她压在身下，双手抱住她的腰，她已经做好姿势迎接他的到来。她说现在，你比我们蒙古族男人还要性感！这句话让他的热情一下子消退，她能感觉到他的疲软。他惊在那儿，问她你跟那个蒙古英雄也说这些话吗？也做这样的姿势吗？她说你干吗要提他呀？可这是你说的呀，你为什么总把我跟蒙古族男人比较，我知道你话里的意思——我不如他。那你找那个草莽英雄去呀，为什么还在我的床上？她很受伤一言不发地躺在那儿，像鸟儿一样收拢了翅膀，把头插在羽毛里。

他不行了，又一次瘫软，心里却升起一股无名怒火。他叫道都怪你，都是你！你根本就不懂得爱护我，你总拿我跟别的男人相比较，远的你就比那个草莽，近的你就比魏锋，我敢说你一定想到了魏锋。你是个无耻的女人，不要脸！

极度压抑的托娅突然爆发出一声尖叫，啊——那尖叫声穿透墙壁，钻进隔壁魏锋的耳朵里，他突然坐起来，侧耳倾听，心乱如麻。他能感觉到那绝不是快意的叫声，而是一种痛苦的哀号。难道是魏东在折磨她？他又开双腿，站在屋子中央，突然觉得自己无能为力，救不了托娅，也救不了魏东。他扑倒在床上，难过不已。

早晨，一家人吃早餐，魏锋早早就坐在桌子前。他希望能看到魏东，也许能从他的神情中捕捉到什么。魏东疲倦地走出来，坐下来吃早餐。韩如梅问他没睡好？他点点头。她又问昨晚托娅怎么了？魏东迟疑了一下说，她做噩梦了。韩如梅说怪不得，大半夜的，怪吓人的。她不断地给魏锋加奶，说多喝点，补钙的。

魏锋说妈，我自己会盛。

韩如梅有些埋怨地说，这回呀，哪儿也别去了，在家安心地把伤养好。老魏也说那么大的人了，怎么还毛毛躁躁的！魏东说不是喝了点酒嘛。老魏脸色大变，喝了酒还骑马，不要命了?! 万幸只摔了腿，这要是——

魏锋忙说爸，别担心，以后我们会注意的。魏东草草收拾一下，便离家而去。韩如梅把中午的饭做好了，放在冰箱里，临走告诉魏锋中午热一下就行了，这点事儿别麻烦人家托娅。

3

魏锋躺在床上，心乱得要命，不知该干点什么才好。快中午的时候，他忽然闻见了草药味儿，便打开门，发现托娅正在熬药。他一瘸一拐地走过去，托娅急忙上前扶他坐下。

托娅，不用这么麻烦，我这腿没什么大碍，养些日子就好了。

那怎么行？伤筋动骨一百天哪。不过在我们草原，从马上摔下来是常有的事儿，我妈经常熬这种草药，吃上就好。

魏锋说我挺过意不去的。

你见外了，说起来你是魏东的弟弟，也算是我的亲人，怎么照顾你都行啊！他是他，我是我。他说完这句话马上觉得不妥，纠正说没有他，我也不会认识你，你说得对。托娅笑了，她说我看你和魏东的照片，从小到大一直都像。可是你们的真人，却真的一点不像。

哪儿不像？

托娅想了想，说不好，总之是两种人，一点不像兄弟俩。哦，在我心目中，你是你，他是他。我明白，我们已经谈了那么多，到我这儿，就成了秘密，你和我的秘密。魏锋感激地看了一眼托娅，觉得在这个家里，她是唯一一个宽容并能客观对待他的人，不禁说如果没有你的话，我想象不出，在这个家里，我会多孤独。

可我就是不明白，他为什么不愿意我跟你在一起？

魏锋低下头，想了一会儿，觉得还要有必要跟托娅说清楚。你和魏东是两口子，照我理解，只要不是影响到你们俩感情的事，他都没必要隐瞒你的。可现在事实是，至少在我坐牢这件事上，他不愿你知道得太多，所以你……

我怎么觉得里面有什么秘密似的。到底是怎么回事儿，能不能告诉我，让我也明白明白。魏锋轻描淡写地说，其实也没什么事儿，很简单，这件事对魏东来说，是一件不堪回首的事儿，他不愿提起也是可以理解的。他希望在你心目中保持一个完美的形象，比如他留学日本、学成归来、做部门经理这些什么的，而那些至少不太光彩的事儿，他不愿意让你了解。

我知道了，以后我再也不问这件事儿了。哎，我倒是同意你的观点。

我的？什么观点？

咱俩都是这个家庭的局外人，而我尤其是。

我那么说的意思是……

托娅说你不用解释，你毕竟是你爸妈的亲生儿子，即使进了监狱，也是从这个门走出去的。而我呢？我是个大草原上来的孩子，父母家人都是放羊的，我嫁到你们这个知识分子家庭，就等于占了你们家的便宜。

魏锋看了她一眼，真诚地说，托娅，至少在我心中，你比我们任何一个人都值得尊敬，我想，魏东也是这么认为的，不然他不会冲破一切阻挠非得娶你。

　　可是我没有感觉到，我并不快乐，我明显感到我和这个家之间有一层隔膜。她叹了口气说，来，喝药吧！她端着一碗滤好的药送到魏锋的面前，魏锋接过来，一口气喝了下去。

　　喝完了药，又吃完了饭，再也没有理由继续在一起坐下去。魏锋起身回屋，托娅过来帮他，他拒绝了她。他躺在床上，想看书，根本没法看下去。他满脑子都是托娅的身影，想跟她聊会儿天，可苦于没有什么理由。

4

　　托娅回到房间，心里一下子充满了欢乐。魏锋的受伤，似乎给了她一个正当的机会，她可以名正言顺地照顾他。她喜欢跟他在一起，喜欢那种自然而然的状态，他是家里唯一一个让她感到放松的人。她听听隔壁的动静，想过去，又觉不妥。她随手打开了音响，放到最大，音乐一下子充满了房间……

　　魏锋像只热锅上的蚂蚁，不时地窥探着隔壁的动静……当他终于听见了响声时，就像受到召唤一样，立即赶到托娅的面前。

　　托娅，是你在听音乐吗？

　　她快乐地打开门，是呀，《黄色潜水艇》，你听过吗？

　　魏锋摇摇头说你这边一直没有动静，我还以为你出去了呢！他垂手而立，像个委屈的孩子。托娅说没有，我想练练功，很快就要考试了。魏锋似乎怔了一下，慢慢地后退，那我……是不是打扰你了？说这话时，他的脸先是涨红，忽然又变得惨白，嘴唇和声音都有些微微颤抖。

　　托娅吓了一跳，想不到魏锋的反应会如此大，自责地笑了笑，别瞎想，要不，我练功，你看，给我挑挑毛病！魏锋有点不好意思，觉得自己有些失态，脸色又由白转红，顿了顿说我哪里有资格挑毛病啊，不过我倒是个好观众，如果你——不嫌弃的话。

　　你说呢？她笑起来，笑得那么流畅自然。

　　魏锋有些笨拙地解释道，托娅，我就怕给你添乱，影响你的正事。他的额头上满是汗水，样子十分真诚。

托娅想起那天他出狱时的样子，自作主张地伸出手，似乎什么都没想，极其自然地给魏锋抹了一把汗。

托娅，你不在家时，我觉得很孤独，好像又回到了监狱里。

托娅低下头，感到一种信赖与感动，下意识地点点头。

魏锋说你没看出来吗？在这个家里，我和你一样，从哪个角度说，都是无法融入家庭中心的局外人。

她对他点点头，说我们的感觉一样。她把沙发挪了挪，空间变得大了些。她准备好，看了看魏锋，那一眼让他心跳加速。她在音乐声中起舞，舒展开手臂和修长的腿，就像一个精灵来到魏锋的心间。他从未看过她跳舞，他的肢体在舞动中变得充满灵性，好像什么都会说话，他看懂了她的每一个语言。她凌空跳起，大力劈腿，优美转身，高速旋转，她就这样跳进了魏锋的世界。他痴迷地看着，直到她做了一个造型，才想起来鼓掌。

你跳得太好了。

好长时间没跳舞了，都有点生了。

不不，十分完美。

她看着他，纯真地笑着，说我洗澡去了。

直到浴室里响起哗哗的水声，他还坐在那儿，沉浸在刚才的激动之中。在他的心目中，托娅就是他的女神、他仰望的星星月亮。他只能远远地望着，却不敢靠近一步。他回到自己的房间，关上门，不停地回味着，觉得满心都是甜蜜。

5

韩如梅下班回来，一进屋，就闻见满屋子的中药味儿。

韩如梅便走进厨房，看见一个药壶正坐在炉子上，里面的药渣还没有倒。她捏着鼻子，打开一扇窗户放味儿。她走进魏锋的房间，查看儿子的伤情，还拿出绷带、药膏，把魏锋腿上的绷带打开，开始给他换药。她问我闻着这屋里这么大的药味儿，你喝中药了？

魏锋说是托娅给我熬的，说是特别管用。韩如梅一听，心里很不舒服，便嘲讽地说她倒是挺热心肠的啊！正说着，托娅走进来说，妈妈，你是要给魏锋换药吗？不用的，真的不用的。我给他喝的药很快就能起效，用不了一周，他就会好的。

114

韩如梅有点嫌她多事儿，那药也得换啊，这是医生告诉我的。托娅说医生也不知道这种药方，在我们家乡，所有摔伤的人都到我家里配药，我爸爸治这种伤最拿手了！说着，她拿出一块黑乎乎的膏药，妈妈，上这个，是我专门熬治的，见效特别快。

韩如梅一看，惊叫起来，什么东西，黑乎乎的！

托娅说药膏啊，消肿止疼，利于血液循环。不出三天，他就能正常走路了。

韩如梅狐疑地看着她，就这，能治病？魏锋见母亲不信，便打圆场说，妈，你就让她试试吧，说不定这偏方土方还真有奇效呢！

魏东回来，也闻到中药味儿。他把开好的药拿给魏锋，想不到母亲和托娅都在。托娅非常固执地说妈妈不会错的，肯定不会错，我从小就跟着我爸采药，这是我们家祖传的秘方呢，我跟我妈熬药，治过无数这种伤，相信我没错的。

韩如梅看着托娅如此坚定，也不好再拒绝，就让开身。托娅便把她熬出来的膏药拿出来，用打火机的火苗烤热，给魏锋换上，绑好。

魏东站在门前，看着这一切。等到托娅弄好后，他叫道托娅，你过来！

托娅临走前又叮嘱说，我熬的药必须每隔四小时喝一回，记住了？

魏东和托娅走出来，再进自己的房门，魏东关上门。魏东埋怨她说你看不出来妈的脸色啊，怎么非得关心魏锋不可呢？再说关心也轮不到你呀，你没看我妈那眼珠不错地盯着吗？你老过去跟着搅和什么呀？

我没搅和，我是治伤。

是听你的还是听医生的？托娅，你就听我的没错，你少掺和他们的事儿，愿意在家待你就多待一会儿，不愿意待你就出去溜达溜达，我求你了，千万别再管别人的事儿了，行不行啊？

托娅突然哎呀一声，下一锅药到时间了！她冲了出去。

魏东气得一屁股坐在床上。

过了几天，魏锋的伤竟然真的神奇地好起来，他不再疼痛了，也睡了个好觉。托娅拿出熬制的膏药烤热了，给魏锋轻轻地敷上，还说用不了五服药，你就能把拐杖扔了。韩如梅很看不惯托娅与魏锋接近，她也不好说什么，一转身走了出来。韩如梅刚走进厨房，一只乌鸡扑棱一下飞起来，吓了她一跳，她不禁喊出了声，哎呀——托娅跑过来，哈哈地大笑，开始抓鸡，一时间弄得满屋子鸡毛，乱成一团。

魏东下班回来了，韩如梅不满地说，看看，鸡飞狗跳的！他急忙制止

115

她说托娅，别逮了！托娅十分开心地说，就要逮住了，我就不信我逮不住它！鸡一会儿上了冰箱，一会儿钻到床下，她追逐半天终于抓住了鸡，兴奋地喊起来，抓住了抓住了！

魏东忍不住说，你弄只鸡来满屋子地抓，像什么话？

托娅说我给魏锋买的笨鸡，他需要补一补。我跑了好多地方才买到的呢！

魏东一听，有点生气，转身进了自己的房间。托娅找来刀，一只盆，一只碗，开始杀鸡。魏东走出房间来到厨房，刚要问托娅什么事儿，突然看见托娅手里鸡的脖子已经被她割断，血正汩汩地流出来，流到一只碗里。

魏东最见不得血，睁大的眼睛里是极度恐惧，慢慢地，他牙关紧咬，满头大汗，周身颤抖，一下子栽倒在地。

韩如梅跑过来，大声叫着，魏东，魏东，你快醒醒！托娅满手是血，一时不知所措。魏锋也赶出来，不知发生了什么事。韩如梅叫道，快帮忙，拿条手巾来。托娅马上递过来一条手巾，韩如梅一看她满手的血迹，推开她。魏锋给她使眼色让她躲开，她却不肯，僵硬地站在那儿，不知该做什么。魏锋递过来手巾，韩如梅把手巾塞进魏东的嘴里，以防他伤了舌头。

折腾了半天，魏东终于醒过来了，韩如梅和魏锋扶着他进了他的卧室。

魏东躺下来，托娅急忙倒水要喂他喝，被韩如梅抢过来，没好气地说，你把你的手洗洗去！

托娅不解地问为什么，他为什么会这样？

韩如梅说，你说为什么？

魏锋拉了拉托娅，示意她不要问了。

倔强的托娅非要问清楚，我不明白，我不就是杀只鸡吗？他为什么会这样？

魏东喝了杯水，坐起来，没事儿，你们该干吗干吗去吧！

托娅还在问这是怎么回事儿？魏东你告诉我！

韩如梅说，问你自己吧！

我？

韩如梅转身走出房间，魏锋跟着走出来，托娅也追了出来。她不依不饶地问道，妈妈，你说清楚，我不明白。韩如梅只好说，那我就告诉你，你不应该在家里杀鸡，魏东受不了刺激，懂了吧！

托娅还是懵懵懂懂，自言自语地说刺激？一个男人，为什么连杀鸡都不能看？魏锋赶紧接过话头儿说妈，别说了，这都是因我而起，我要是不摔伤，也没有这样的事儿。人家托娅也是好心，妈，要怪就怪我吧！

韩如梅一边说一边往厨房里走去，哼，怪你有什么用？

晚上吃饭的时候，魏东走进餐厅刚坐下来，韩如梅低声说，你得好好管管你这个老婆了，不能由着她的性子乱来。托娅又跟进来，追着魏东问，魏东，我实在是弄不明白，你为什么不能看血？

魏锋站在那儿，不知如何是好。

魏东的火气渐渐地上来，他说我不让你问，你就别问，怎么那么多事儿呢？托娅不肯罢休地说，你是我丈夫，我非得了解情况不可，不然我还会犯同样的错误。魏锋给托娅使了个眼色，上前说，魏东，你就告诉她吧，以后她也知道该怎么办？你总得让托娅知道她究竟错在哪儿啊？

魏东一把抓起那个熬药的罐子，啪的一声摔碎在地上，碎片四溅。

错就错在你们不该问！

大家都惊呆了。

托娅说我做错了什么？我不知道这是怎么回事儿？为什么我做什么都不对？魏东说对，你什么都不做就对了，明白了吗？托娅说不明白，我一点也不明白。

白痴！

魏锋觉得魏东太过分了，这么一点小事儿干吗发这么大的火，还摔碎了药罐，这不仅仅是冲着托娅来的，还故意向自己示威。他替托娅打抱不平，你不能这样对待托娅，她根本没有错。要说错的话，那就是我的错，我就不应该受伤，不应该接受托娅的照顾。

魏东说知道了就好，我还以为你装傻呢！

韩如梅见哥儿俩吵起来，连忙出声劝止。得得，谁也别说了！魏东，你少说一句，去，歇一会儿去！

魏子安从外面回来，看着眼前的情景，便问怎么了这是？

韩如梅急忙收拾碎片，家里已经够乱的了，如果再加上老魏，那就得天翻地覆。她忙说没事儿没事儿，是我不小心把药罐子掉地上摔碎了。

托娅穿衣服要走，魏锋拦住她，这么晚，你要去哪儿？

我出去吃，不用等我了。

第十一章　行为艺术

1

托娅拦了辆出租车，一时茫然起来，她真不知该去哪儿。偌大的城市，她竟然找不到可以倾诉的对象，而魏锋她又必须远离。她绕了一会儿，发现了麦穗的诊所，便下了车，来到麦穗的面前。麦穗很吃惊，她怎么也想不到托娅会在困难的时候找到自己。她有些感动。托娅说我就觉得你是值得依靠的，就凭着这感觉，我想找你聊聊天，我很痛苦。麦穗说好。麦穗收拾了一下东西，跟托娅走出诊所。

托娅请她到蒙古餐馆，吃她的家乡菜。她们选了个靠窗的位置，托娅看着窗外的万家灯火，眼睛慢慢地蒙上一层水雾。她努力地控制着自己的情绪，她说也不知道为什么，我就觉得有些话可以跟你说说。麦穗，我真的快疯了。

麦穗递过去一张纸巾，面对这个抢走魏东的人，她没有抱怨。那不是托娅的错，说到底爱也没有错，她和魏东的错出在哪儿，她现在还没弄清楚。很多时候，以为被抢走的都是好东西，可她明白，除了自己，没有任何一个女人可以忍受魏东，因为没有人理解他。

菜上来了，托娅夹菜的手停在半空。麦穗发现了她眼里的阴霾，凭她的判断，托娅以前肯定不是这样的。她还记得第一次见到托娅的情景，托娅的眼睛像一汪水，一点尘土都没有，特别清亮。现在不是了，她有了小妇人的忧郁，尤其是她想笑的时候特明显。

如果你愿意的话，你可以把我当作你的姐姐。

托娅点点头，说我就是这么认为的。我觉得大家都对你好，你肯定有你的长处，尤其是魏家全家人都把你当成依靠，我想不仅仅因为你是心理医生，你跟他们家肯定还有我不知道的渊源。总之，我就觉得你亲切，我心里很闷，就想跟你说说。

你是不是觉得这个家气氛不对，你很难适应？

说心里话，我真的在努力适应，可是无论怎么努力，我都是局外人，都无法融入他们家。他们想问题太复杂了、太可怕了。在他们面前，我就像个傻瓜一样，不会看眼色，不会讨好，不会算计，不会掌握火候，总是在不该说话的时候说话，总是把好事儿给做糟了。你说，我是不是特别没用啊？我怎么就这么笨呢？

麦穗举着酒杯，与托娅碰杯，说其实你与他们家的差异，并不是你个人与他们家哪个人的差异，是两个民族的差异。托娅，你从大草原来，你哪里懂得一个知识分子家庭的那种所谓的规矩、所谓的温文尔雅、所谓的仁义道德？他们也容忍不了你的那种单纯、直爽。

托娅说，让你这么一说，我还真有点明白了。今天，魏东就骂我是白痴。在他面前，我真的就是个白痴，什么都不懂，什么都不明白。麦穗说不对啊，魏东就应该喜欢你什么都不懂，喜欢你的简单明快，他应该护着你宠着你惯着你，让你这种天性保持下去，对吧？

他可能也没办法吧，他压力挺大的。

我觉得你们俩不跟父母掺和在一起，不如搬出来过二人世界，也许就不一样了。托娅说我也提过，可不知为什么，他不愿意搬出去。他说他必须跟老人在一起，这是他的责任。麦姐，你告诉我，他们家到底发生过什么事儿？我总觉得有事瞒着我，他们都被这件事折磨，好像谁都逃不掉似的。

麦穗说你别想太多了，其实就是魏锋坐牢的事，全家人都觉得有责任，尤其是魏东更觉自己责任重大，对不起弟弟。不过魏锋自己都没这么想。是魏家人都太好了，他们不是针对你，只是有心结解不开，所以你多体谅点魏东，慢慢他想开就好了。我可以劝劝魏东，你们搬出来单独过就会好一些。

托娅显得有点开心，她举杯说，麦姐，我敬你一杯酒，我干了，你随意。说着，她一口气喝干一杯白酒。麦穗抢下她的杯子，说你不能喝了，会醉的。托娅说，喊，就这点酒，我在家时喝过一斤呢！

真是海量，麦穗说我送你回家吧！托娅说我不想回家，一进那个家我就喘不上气来，真的，我都怕了。麦姐，你能不能让我到你那儿住几天？

麦穗说托娅，你想在我那儿住多长时间都没问题，问题是我那儿不是你的家，你躲得了一时躲不了一世。你还是要学会跟大家如何相处，慢慢地适应那个环境。魏家人个个都挺善良的，你不妨大度些。托娅见状，也只好说行吧，那我给家里打个电话，我让魏东来接我。麦穗不再说话了。

魏锋心神不安地坐在沙发上看电视，却根本没看进去。魏东在母亲的呵斥下，只好答应去找找托娅。魏锋却为托娅担心起来，她一个孤身女孩儿，夜里能去哪里？是不是安全？他努力地告诫自己不要想太多，托娅毕竟是成年人，她会照顾好自己。再说，还有魏东呢，用不着他多操心。但是他就是无法说服自己。

电话铃声响起，魏锋惊了一下，一把抓过电话，喂！

我是托娅，魏东呢？

他出去了，没找到你？

没有啊，我想回家。

你等着，我去接你。

我在光华路这边，有家蒙古饭店。

好，你等着，别动啊！

他放下电话，一下子心花怒放，起身便往外走。韩如梅拦住他，哎，有你什么事儿？那魏东不是接去了吗？

妈，魏东没接着，再说两人正闹别扭呢！我还是先替魏东把人接回来，给个台阶下，不然托娅怎么回来呀？

可你的腿……

没事儿，你看，我现在走得挺好了。

韩如梅追出来，扶着魏锋一个台阶一个台阶艰难地往下挪步。

母亲看着儿子的背影，心里隐隐有种不安。看来魏锋倒是跟托娅相处得不错，这魏锋从来没见识过女人，对托娅也表现出过分的热心。托娅与魏东闹了矛盾，还得魏锋去接，他还那么兴高采烈，这都不太正常啊！她觉得自己得给魏锋提个醒儿，千万别闹出什么事来。

2

麦穗陪着托娅站在饭店门口，一辆出租车停下来，魏锋艰难地下了车，托娅跑上来扶住他，兴奋地说我以为你不能来了呢？魏锋看着托娅那充满幽怨与委屈的大眼睛，非常心痛地说，我爬也会爬来的。

麦穗觉得很意外，从车上下来的人本该是魏东。她看着托娅奔过去的样子，突然有点替魏东难过。魏锋发现了麦穗，挠着头说魏东他没在，我怕她一个人……害怕，就过来了。

麦穗笑笑，说那我就把她交给你了，再见。随后她拦了辆出租车离开。

他们站在路灯下，一时不知道该说什么才好。一辆出租车从远处驶来，停到近前示意他们上车。可是魏锋却没有走的意思，他说你能陪我走一会儿吗？

托娅点点头，怯怯地挽起他的胳膊，扶着他，慢慢地夜色中走着。这是他们第一次在家以外的地方单独相处，一切都是陌生的，没有人认识他们。这让魏锋感到前所未有的快乐，内心里仿佛有一股欢畅的激流，正从八方汇聚而来，强烈地冲刷着他。尤其是她像只小鸟紧紧地依着他，靠得这么近，甚至可以听见她微微的呼吸声。他似乎闻到她的味道，淡淡的，是一种清香。那是女孩子的味道，托娅的味道，此刻在夜里，令他心醉神迷。远处传来若有若无的音乐，夜风冰凉地吹着。魏锋整个人都是僵硬的，他似乎不知道该怎么迈腿，怎么走路，他的脸部表情是凝滞的、呆板的，里面却深藏着巨大的激情。他的表面与内心正在激烈地冲突着。

托娅第一次有种依靠的感觉，一种安全的感觉，她可以放心地靠一靠。当她无意间碰一下他的肢体时，他剧烈地战栗着。她看着他的脸，他的视线是僵直的。两人偶尔对视，都像被彼此击伤，迅速地避开。

你冷吗？托娅问。

经她这么一问，魏锋居然颤抖起来，牙齿咯咯咯地磕动着。

我冷……

那我们打辆车吧！

魏锋机械地点着头。此刻，他是多么希望就这么一直走下去，走到地老天荒，走到天涯海角，永不回还。这段路就像云朵上、月亮里，以前只在他的梦里出现过。一辆出租车的刹车声惊醒了他。托娅把魏锋扶上车，自己也上了车。

他们并排坐在车里，这让他回忆起托娅接他出狱时的情景。他绷紧得像发条，僵直得连话都不会说。她的胳膊碰他一下，都像一股电流击中他。现在，她可以自然地坐在自己的身边，他已经感到巨大的幸福，他像昏迷了一般，听不见自己的呼吸，感觉不到自己的心跳。一直到托娅扶着他开门进屋，他才清醒了一些。

坐立不安的韩如梅终于舒了口气，魏锋板着脸，一句话也不说，像木偶一样径直朝自己的房间走去。托娅没有看见魏东，便问韩如梅。韩如梅说你先睡吧，他找你去了还没回来，我这就给他打电话。

121

可是韩如梅打了半天，电话始终处于关机状态。

魏锋回到屋里，巨大的激情驱使着他，立即铺开画布，开始画画。他的灵感似乎一下子激发出来，他的手在画布上自由运行，天马行空，酣畅淋漓，一气呵成。他看着那幅画，禁不住激动得扑到上面。

他再也抑制不住内心的激动，拿着那幅画走出房间，想给托娅看。可是他强忍着，最终没有迈出脚步。他知道今天晚上他已足够幸福，不想再让任何东西破坏这种感觉。他显得焦躁不安。

此刻，托娅也想见到魏锋，她走出房间，走到魏锋门口时，韩如梅叫住她，托娅……

托娅停下脚步，问妈妈，有什么事儿？

这部电视剧挺好的，陪我看一会儿。

托娅无法领会韩如梅的良苦用心，说我不喜欢看电视剧，抬腿要走。韩如梅说那你陪我聊会儿天吧！托娅直率地说，妈妈，我今天心情很差，改天陪你聊吧。韩如梅说那你早点睡吧，魏锋累了，腿又伤，让他也早点休息吧！

托娅有点不相信地喊魏锋，你睡了吗？

魏锋压抑着内心的激动，竖起耳朵听着门外的谈话，听见托娅叫他，他想答应，可是刚想说话，嗓子像被什么堵住了，只发出一种模糊不清的微弱的声音。

他听见韩如梅说他睡下了，你也睡吧。

魏锋靠在门板上，听着托娅的脚步声渐渐地远了，消失了，他闭上眼，感觉一下子落入黑暗之中。他努力地平息自己，感到极度口渴，抓起杯子咕噜咕噜一气喝光，才觉得好了一些。

直到清晨，魏东回来了。

托娅睡在床上，他站在床前，看了一会儿。眼前这个女孩儿，原是跟马联系在一起的，可从什么时候开始，他的心里只有马而渐渐地离开了她呢？他昨晚从家里出来，本来是要找她的，可是他不知不觉之中找到了马，骑了一夜。现在，只有马能带他飞，带他找回快乐。

3

托娅为了给婆婆过生日，特意做了一顿蒙古大餐。麦穗来帮忙，来到厨房一看，托娅都已经做好了，手抓羊肉热气腾腾。麦穗说真香啊，想不到你还有这一手。托娅说那今晚你可得多吃点，酒我可都备好了。

上班的都回来了，一家人围坐在一起，可以说这是真正意义上的团聚。现在，麦穗跟托娅相处得越来越好，魏东与麦穗也不再那么别扭了，气氛变得十分融洽。

大家频频举杯，韩如梅勉强喝下一口。魏东也向母亲敬酒，希望她能有个好心情、好身体；麦穗说年底休假带妈去趟海南；而魏东说我争取带妈去新马泰。那我呢？老魏有点失落，怎么什么都没我的份儿啊？

韩如梅说就没你的份儿，你好好反省吧你！

大家都笑了，是啊，带妈去怎么能不带爸去呢？

众人享受着这顿蒙古大餐，都禁不住夸赞托娅，魏东也觉得脸上有光，托娅终于得到了家里人的赞扬。这就等于证明托娅不是一无是处，她是会做饭的，只不过是不会做中餐而已。也就是说，她有做媳妇的资格，而且可能比别的媳妇还多了一手。魏东像刚刚发现新大陆似的，特别振奋。他打趣说托娅的手艺丝毫不次于腾格里的大餐，等将来我失业了，咱们就开个蒙古餐馆，我给你跑堂，保证能赚！

麦穗说我举双手赞成，我负责大堂，招呼客人。

老魏说，我和你妈也能发挥余热了，我给你算账兼打更。你妈干什么呢？就在家里负责看孩子吧！

韩如梅见气氛如此热烈，心情开始变得好起来。难得我们一家都可以再就业了，托娅，这回可就看你的了！托娅看了一眼魏锋说，那你呢？魏锋急忙躲闪说，我、我什么都不会。托娅说那你会吃吗？

众人都笑了，魏锋借题发挥说，吃吃喝喝，跑跑腿儿没问题，你可以就当成老黄牛，吃的是草，挤出来的是奶。

托娅笑得最开心，继续开玩笑说，那可没那功能。

魏东觉得她玩笑开过了，不由得皱起了眉头，瞥了一眼托娅。托娅却浑然不知，完全把他的"教导"忘到了脑后。麦穗敏感地觉察到了，连忙举杯说，来来，为咱们的蒙古餐馆干杯！

喝了杯酒，托娅离座说，哎呀，我得方便一下了！魏东也跟着她离席。

托娅从洗手间里出来，魏东拦住她。看着他一脸严肃的样子，她禁不住问，我不是又犯错误了吧。他说你以为呢？以后说话注意点儿，别口无遮拦的，你这么胸无城府，拿嘴就说，容易伤人的。

伤谁了？魏锋？

你是嫂子，他是小叔子，你们不能随便开玩笑的，幸好刚才爸没有生气，不然局面又不好收拾……托娅有点不在乎地说，我懂了……你小心眼儿，对不对？她不屑地对他笑了笑，走过去，坐下说，我回来了，又开始战斗了！她忽然像想起什么似的，哎呀，魏锋，你还没尝我的拿手好菜呢。来来来！她给他夹了过去，逼着他说吃啊，快吃啊！在众目睽睽之下，魏锋不知是该吃还是不该吃。面对托娅炽热的目光，他只好轻轻地咬下一口尝了尝。她盯着他问怎么样？好吃吗？

魏锋对她点点头。

托娅高兴起来，喊着魏东，魏东，你快来呀！

魏东急忙跑过来，什么事儿？

托娅一本正经地说，你看魏锋吃饭的样子像不像个孩子？

魏东有点不耐烦地说无聊，转身走了。

大家正在沉闷中，魏子安突然想起什么，一拍大腿，兴奋地说你看我给忘了，我为魏锋找到工作了，出版社正好缺个校对，让你下周上班去！韩如梅的脸上似乎也出现了一丝微笑，说起帮忙的老局长一直都喜欢魏锋，要不是后来出了这档子事儿，老局长就跟咱攀了亲家呢！可是魏锋说我不去，我要自己找工作。老魏说就你？那大学生遍地都是，还找不到工作呢？你一个坐过牢的，又没学历，你拿什么找？哼！

魏锋说我就不信养活不了自己，我得自食其力。再说，我没你们想象的那么脆弱。十年监狱，我已经学会了坚强，你们就放心吧！他听见父亲说，不撞南墙你是不能回头啊！我是千求万求才求来的，这，你说你……唉，等到你头破血流的时候，我看你怎么办？

我能活，就是捡破烂我也会捡得比别人精彩！

韩如梅说你看你这孩子，怎么不知好歹呢？现在找个工作多难，你得懂得体谅你爸的心。魏锋说妈，相信我，我能行，等我腿好了我就出去工作。老魏说得，我不管了，我倒要看看，你能折腾出什么样儿来！

4

托娅正忙着做着午饭，魏锋的腿伤基本上已经好了，他在客厅里徘徊着，好像要做什么重大的决定似的。托娅叫他吃饭他都没有听见，直到托娅拉住他，他才惊醒，跟着托娅走进餐厅，低着头，拿起筷子快速地扒了几口饭，突然一抬头，瞬间与托娅的目光相对。二人都急忙收回视线，一时谁也不知道该说什么。

许久魏锋才说托娅，我有一个想法，这是我少年时代的梦想，一直都没法实现，现在，我突然特别想实现它……

托娅等待着他继续说下去。

我们两个能一起完成一个作品吗？

托娅很有兴趣地问，什么作品？

一个行为艺术！

托娅有些惊讶地看着他……

接着，魏锋说起他的设计。托娅惊喜地听着，也被煽动得激动起来。他们开始你一言我一语，一拍即合，说干就干。

那天，魏东坐在办公室里工作着，他的QQ有了咳嗽声，有人要加他。他开始没理会，可对方十分执着，他便加了。一会儿，一大堆照片蜂拥而来，待到他打开一看，顿时惊呆了……

屏幕上，一座血花园，全是玫瑰。一些羽毛，中间都画着大大的眼睛，一声声的哀鸣……一时间，那些被砍杀的玫瑰花瓣四散，好像鲜血飞溅。是托娅，还是魏锋？他有些看不清，其实是他不想看清。

一行字闪出：他抢走了她，她已不属于你，他在报复你，他还会抢走你的命。

他惊在那里，手颤抖着敲下几个字，你是谁？

对方却发来一把带血的刀，那血还一滴滴地往下淌。

一个恶魔挥舞着砍刀，向着他拼命砍杀过来，一时间鲜血四溅，那个恶魔越来越高，像一堵无法逾越的高墙，满世界的鲜血都涌向了他……

魏东被这个幻象吓住了，他开始浑身颤抖，恐惧不已，从椅子上一下子栽倒在地……秘书跑过来，抱起他的头，急忙给他掐人中，折腾了好一阵子，他慢慢地苏醒过来。

5

魏东被送回家，他依然被刚才那一幕纠缠着。那刀、那玫瑰和鲜血。托娅追问他为什么会怕血？你都看见了，我们在做行为艺术。行为艺术？什么乱七八糟的艺术？纯属借口。

什么借口？

魏东愤怒地说，难道非要我说出来吗？你跟他在大街上，又使刀子又砍玫瑰，弄得那么多的人围观，干什么？我说过了，行为艺术。不用跟我强调什么艺术，我在国外见得多了。我告诉你，在中国不可能有真正的行为艺术，你们不过是假借行为艺术在向我示威！其实你们过了，你们没有必要在大街上宣布，有什么就冲我来。魏锋也没必要砍玫瑰，要砍让他砍我！

魏锋站在魏东房门前，听着魏东和托娅的争吵。

魏锋打电话给麦穗，说难怪你说他心理有问题，一些事情如果说不清楚，会更麻烦。麦穗说那你就别跟他计较，他的问题需要慢慢疏通，不是一句话两句话可以解决的。

难道我们就这么看着他往下掉而拉不住他吗？

屋里，魏东依然步步紧逼，托娅哑然，半晌才说魏东，我郑重地告诉你，我们纯粹是为了艺术，没有任何别的目的。如果你非要那么想，我也没办法。

不承认是吧，那我来告诉你，你们不就是想创造各种机会在一起吗？难道你们天天在家里鬼混还不够吗？还要混到大街上去？现在魏东已把话挑明，托娅不得不接招。她是个永远不会说谎的人，更不会当着魏东的面遮掩什么。她说没错，我就是喜欢跟魏锋在一起，他没有你那么复杂，那么有心计，那么深不可测，那么累！我们在一起比较单纯，快乐，怎么样？

魏东抄起床头柜上的闹表摔在地上，发出刺耳的破碎声。

门被推开，魏锋站在门前。他忍无可忍，他必须跟魏东说明，不能让托娅夹在中间。他说托娅，你出去一下。托娅走出去，关上门。魏锋说魏东，我一直不知道，你会这么大声喊叫，这不像你。魏东气呼呼地说是你逼的，你们逼出来的！

是你自己逼自己。

魏东，托娅很爱你，你不要把她逼走。你不能做伤害她的事儿，怀疑她的爱。你怀疑她，就是在怀疑自己。托娅是个好女孩儿，你应该善待她，保护她，否则你会失去她的！

可是你太过分了！你们都做了什么呀？

什么？做什么了？只是行为艺术啊！

魏东打开手机QQ，急于找到那些照片来证明，可是QQ里一片空白与沉寂。那些照片呢？那些玫瑰呢？那些血呢？他看到的是真的还是幻象？

126

他一下子显得六神无主。

魏锋继续说在我心目中，你一直很温和。可我不知道你为什么变了，变得这么粗暴，这么无理这么狭隘。你不是这样子的！如果你继续这样下去，你的担心真的有可能变成现实，你知道吗？

魏东一下子像泄了气的皮球，痛苦地闭上了眼睛，一句话也没说出来。他害怕魏锋会说出令他一直害怕的结果，怕他一冲动会说出他也爱托娅，那样的话，他真的就彻底崩溃了。

魏锋返身走出门去……

魏东一个人躺在床上，屋里一片沉寂。他觉得非常害怕，有一种被抛弃的感觉。他仔细地想着，莫非自己真的是多心了，莫非是错怪了他们？他起身开门，走出房间，看见托娅独自坐在沙发上发呆，便走过去，坐在她的身边，犹豫着说托娅，还生我气吗？

托娅不肯说话。

魏东说可能是我多心了，错怪你了。刚才我说的话我全部收回，你别再生我的气好吗？

托娅掉下眼泪。

魏东温柔地为她擦去泪水，说，对不起，我没想到自己会这么冲动，会说出那样的话来。你别怪我好吗？这说明我太爱你了，我太怕失去你了，不然我的反应不会这么强烈。连我自己都弄不明白，我那么想爱你，不想让你受一点点的委屈，可是到头来我还是伤害了你。我不知道为什么结果往往总是与愿望相违背。

托娅说你可以骂我、打我，但你不能侮辱我。如果我真的爱上魏锋，我会告诉你，我会离开你。我不会在你们两个人之间游走，那不是托娅。现在，我只是觉得魏锋比你乐观、开朗，跟他在一起感到快乐。为什么你不能像魏锋一样呢？为什么跟你在一起，总是感觉压抑和计较呢？我不习惯这种生活。

托娅，我不能再失去你了！你是我唯一的支撑，所以我太在乎你了，请你原谅我吧，原谅我的爱。

那你以后别再乱猜了，我最受不了这个。

好，我发誓……

第十二章　四处碰壁

1

夜里，魏东为了表现自己，主动爱抚托娅，让她感到十分意外。她说今天怎么了，太阳从西边出来了吗？他说这是你原谅我的回报。她十分受用地闭着眼，尽情地享受。自从结婚到现在，魏东还没有做成一次，他总是功败垂成或者干脆就无能为力。这几乎成了他们的阴影，而且托娅还不能提起，好像对他来说，那是个巨大的伤口。现在，魏东似乎又找到了些许的感觉，他要倾尽全力表达自己。托娅很快就兴奋起来，她的身体飘荡着、扭动着，他每触碰一下，她都快乐地尖叫一声。他提醒她说小声点，干吗大呼小叫的。她说为什么不呢？她盯着他，天真可爱。他说别让人听见了，她说我就想让人听见，让全世界都听见，又不是偷情，怕什么呀？他便问，哎，你是不是跟谁都这样啊？什么意思？没什么意思，你给我讲讲你跟那个蒙古族男人的故事吧！

托娅沉默起来，她明明知道他是嫉妒那个男人的。他搂过她，手依然在她的身上划动。他说讲嘛，我想开了，在我之前，你跟谁怎么样，那是你的自由，跟我没关系对不对？我没有权利要求你守身如玉。她有些意外，怀疑地看着他。他说我说的都是真的，你不必用那样的眼光看我。其实男人女人，谁也不属于谁，我那么说可能是因为我太爱你了，就容不得你有丝毫的瑕疵。你应该理解我，别怀疑我的真诚好不好？

真的吗？托娅感到无比的欣喜。她仰着头，含着笑看着他，说想问什么，问吧！他说那次之后，你们又见过面吗？她说见过，以前每次放假回家，我都去找他。那你们都在哪儿做呢？她说哪儿都做啊，比如……草地上、蒙古包里，还有树林里。对啦，他特别喜欢在草地上，而且是在夜晚，有月亮的夜晚。我们骑马跑得特别远，从马上开始，跑到河边，马在吃草或者喝水，它看着我们，特别有意思。他问，都用什么姿势？她神秘一笑，不告诉你，那是我和他的秘密，不能说的。他问你那么会做，是不是都是他教你的？她说应该算是吧，他有很多蒙古情人，每年开春，他就赶着他的羊群走了，他到哪儿都会引来女人，因为他是英雄。那你不嫉妒吗？她笑起来，为什么要嫉妒呢？女人喜欢他天经地义，女人越多越说明他是英雄，难道你愿意你喜欢的人没有人爱吗？

魏东的心一沉，托娅在他看来简直是不可理喻。爱应该是自私的，为什么她不嫉妒不自私呢？她还允许自己的情人有更多的女人，太不可理解了。她目光深远起来，好像回到了遥远的草原。她回忆起跟蒙古情人的往事，讲他跟六只狼搏斗的故事，她讲得绘声绘色，一点都没有觉察，她在一个男人的面前夸奖另一个男人，早已犯了大忌，何况她还是那个男人的小情人？她讲着讲着，发现魏东的脸色是阴沉的，目光是忧郁的，便停顿了一下。她说你怎么了，不高兴了吗？他说高兴，怪不得你这么野、这么人来疯呢？原来是那个男人给训教出来的。听着他这不阴不阳的话，托娅根本就弄不清楚是什么意思。

她说不说那些了，来，该你了！把你所有的本事都拿出来吧！他说我没有跟狼搏斗过，也没那么多的情人，我没什么本事。她说那我来，我知道怎么能让男人满足。说着，她俯下身开始亲吻他。她由于太过投入，根本没感到他的变化。他突然冷冷地说，你跟他在一起也这么主动吗？也像条狗一样贪婪地舔他吗？她愣住了，你说什么呢？我说你就是贱。

她不知该说什么，呆呆地看着他。他说来吧，我也知道该怎么对待像你这样的小母狗。他翻身把她压在身下，开始发狠地亲她。她开始忍受着，还装出享受的样子给他看，可是他越来越狠，连亲带咬，她禁不住叫起来。她的叫声在黑夜里十分尖厉，穿透夜空传得很远。

别号，小声点。

是你让我说的！她的眼里满是泪水。

难道你不说就代表没做过吗？

可那有错吗，他在你之前，他也没有妨碍我们哪？

他还想妨碍？说不定哪天他会找到这儿来，你再跟他上演一场狗咬狗的游戏？

我真不明白你，到底想怎么样？

老实说，我也不明白。

如果你嫌弃我的话，那我们离婚吧！

顿时一片死寂。

难忍的静默。他最怕的一句话，现在摆在他的眼前，让他身心一空，六神无主。

宝贝儿，我爱你。难道你不明白我这都是因为爱你吗？

你的爱太可怕了，像一场噩梦！

托娅，你想，我在跟你之前，从未碰过任何一个姑娘，而你却……这不公平，你得还我，我这样对你就是让你还我，等还完了我心里就平衡了。你可怜可怜我吧！

那天夜里，魏东整整折磨了她一夜，他不让她睡觉。他一遍一遍地逼她讲，讲她跟那个蒙古族人的一切细节。他在那些讲述里似乎也得到了一丝快感，夹杂着一丝敌意，还有一丝嫉恨。他无法容忍像托娅这样冰清玉洁的姑娘怎么会给别的男人呢？无论是不是在他之前，他都不能原谅。托娅忍着，她以为自己都说出来是对他最好的爱，是对他的信任，说明他们之间再也没有一丝隐瞒。可事实上与她想的正好相反。她说得越多所受的折磨就越多，而且他是假以爱情的名义，这让她彻底糊涂了。

2

白天，托娅慢慢地从睡眠里清醒过来，觉得身体火辣辣地疼痛。她发现自己的乳头、嘴唇、小腹都留有牙印，有些肿胀。回想着昨夜屈辱的一幕，她蒙上被子哭了起来。哭了一阵子，她感到饥饿，该吃点东西了，已经快中午了。她起床，走出卧室，家里什么东西都没有。她呆呆地坐着，觉得应该有人关心自己，问问她都发生了什么事儿，或许她能说出自己的委屈。可家里空空的，唯一可以关心她的魏锋不在，仿佛跟她隔着千山万水。她叹息一声，走进洗手间，冲了个澡，小心地抚摸着那些伤痕。在哗哗的流水声中，她的泪水再一次冲出来，混在水里，她觉得浑身都在疼。

她走出浴室，饥饿再次袭来。她穿上衣服，走出房门，开了那边的门进去，找了点东西吃。魏锋回来了。他连续出去了一周，应聘了不下二十家单位，可是人家一听他坐过牢便都拒绝了他。托娅每天都关心着他找工作的进展情况，一见到他苦着脸回来，便知道一天的期待又白费了。

每天他回来，托娅还是想办法安慰他。她说现在工作不好找，连我也

130

在家待着呢。她又觉得有些不妥，好像她比魏锋强多少似的，便又解释说，我是说，你得有耐心，别怕失败，总会有人赏识你的。我了解你的能力。

魏锋笑了笑，你怕我受打击？

没有没有，你不会受打击的，我只是想说——

魏锋开玩笑说你别说了，我确实很受打击。托娅，也许等你开了餐馆，我给你跑跑腿儿买买菜还差不多。他一抬头，发现她似乎哭过，不禁一愣。他想问她怎么了，可又觉得有些不妥。他犹豫地站在那儿，通过目光询问她。她有些慌乱地理理头发，对他勉强地笑了笑。

你……没事儿吧？他磕磕绊绊地说。

她摇摇头。

我可以……帮上你吗？

她又摇摇头。

他是不是……打你了？

这句话十分艰难地说出来，使他感到精疲力竭，像是用尽了毕生的力气和勇气，问完之后几近虚脱。

她低下头，什么也没说，只是泪水在眼眶里打转。他不知再说什么了，看着她楚楚的样子，他有种冲动，抱住她，紧紧地抱住她，把她搂进怀里。他的手开始颤抖，牙齿咯咯地磕个不停。他一手放进另一只手里，还是不能止住那抖动。他一咬牙，只好推开托娅一头钻进自己的房间，关上门。他靠在门板上，心跳不已，明明她受了委屈，可是无法说出来。明明他想关心她爱护她，可又不能表达。他听见昨晚她的叫声，弄得他一夜都没睡好。他一遍遍地想会发生什么事，魏东会不会打她？同时他也一遍遍地说服自己，他们怎么样都跟他无关，他只要保持沉默。但是当他看见她目光幽怨、嘴唇肿胀时，当他涌起那种抱住她的冲动时，他知道自己还是越过了那条看不见的界限，有了不该有的想法，他可能是……爱上她了。他被自己吓坏了，他照着镜子，看着镜子里的自己，在心里骂着自己。魏锋，你不能爱，绝不可能爱。你没有权利爱，没有资格爱，没有能力爱，你他妈的就是一白痴、一坐过牢的，正像魏东说过的那样，你这是癞蛤蟆想吃天鹅肉！他狠狠嘲笑了自己一番。他赶紧拿起笔，胡乱画画，这样可以多少减少一点内心的慌乱……

托娅站在客厅里，本来想跟他聊一会儿，起码能分散一下自己的不开心。可是他们谁也说不出来，她有点怨他，为什么不能多陪她一会儿，她有点委屈。现在，她太需要谁安慰她一下了，想在谁的怀里哭一哭，哪怕只得到一句安慰一个眼神。可是，他那么冷漠，对她不屑一顾。但又一想，纵然有屈有怨，可以对魏锋说吗？连一个远在天边的蒙古族男人魏东都如此嫉妒，何况是近在眼前的魏锋呢。

正想着，托娅的手机响了，是剧团通知她去参加考试。原来这个剧团取名"蓝星"，要重排经典名剧《猫》。她挂了电话，兴奋得一下子跳了起来。毕业一年多了，她是那么想念舞台。尤其是她可以走出这个家，重新找到跳舞的感觉，对她来说更加重要。

一连几天，托娅都早早出门，去练功、考试，很晚才回来。魏锋没再出去找工作，在家待得百无聊赖，可以放心地躺在沙发上，也可以随时洗澡。更多的时候，是画画，只有拿起画笔涂鸦，他的心绪才会平复一些。但是他却觉得很空虚，看不到托娅，他变得失魂落魄。一旦托娅出去工作了，他就像没了希望一般。他呆望着天花板，十分伤感。

他隐隐地在期盼什么，当电话声一响，他都急切地抓起来，可都不是托娅的声音，总是母亲一会儿问他吃了没有，一会儿问他在干什么，尤其是母亲又谈起出版社的工作。她看着儿子去遭人家的白眼心里特别难受，她劝他接受父母的安排，安安稳稳地当个校对。

他有些烦躁，他说妈，你就别操这个心了啊！我不会走别人给我安排好的路，难道你还不了解儿子的性格吗？别说了，我挂了啊！他刚把电话挂断，电话就又响起来，响了好几声他都没接，最后还不忍心让母亲难受，便接起来，却发现是托娅。魏锋，是我。告诉你一个好消息，我被录用了，我又可以登上舞台了！

魏锋有一会儿停顿，他从未感到自己的心跳竟是如此之快，他明白自己的焦虑原来都是因为这个电话，她的声音。他说祝贺你托娅！她说我可是第一个告诉你的！他感到欣慰，这说明在她的心中，自己还有一定的位置的。他急切地说我也是第一个祝贺你的！

托娅听说剧团要聘用一个舞台美术，她就极力推荐魏锋，让他快点过来试试。魏锋禁不住心花怒放，这是他喜爱的工作。他放下电话，愣了一会儿神，心中忽然就充满了喜悦，也许托娅第一个告诉他好消息给了他安慰与鼓励。如果真能到剧团工作，那就能够天天看见托娅了，仅仅凭着这一点，他就足够快乐的了。他跑进自己的房间，找了几幅画，便往门外跑去。

托娅站在那儿，想着该不该给魏东打个电话，她真有点讨厌他阴阳怪气的样子，他说的话让她摸不着头脑，弄不清原委。可她还是给他打了电话，他说那好啊，你就又可以在大庭广众之下跟男人搂搂抱抱，当然还可以演些激情戏，好事，祝贺你！她真的不明白他是在损她还是夸她，便毫无兴致地挂了电话。

魏锋远远地出现了，他永远是那么充满生机活力，他跑向她，像飞来一般。她尤其喜欢这样的感觉。他来到面前，眼睛并不看她，但可以看出他十分兴奋。托娅领他走进舞美办公室，他先把画递过去。负责人看了看他的画，十分赞赏。他说画得不错，但我们这次招的是舞台美术，跟画油画不同。你以前做过舞台美术吗？

魏锋摇摇头。

那你看过戏吧？

看得很少。

那你肯定没什么经验了。我们这次做《猫》，是个经典剧，原来已经有非常好的设计了，但是我们还不满足，希望在原有的基础上再有一些改进，你有什么想法吗？

魏锋沉吟片刻说，我没有看过《猫》，但是我大致知道《猫》的剧情，对于现代科技手段的运用，肯定已经达到无以复加的地步了。我想既然在中国公演，就应该加上一些符合中国人口味的设计，加进东方文化的意蕴，使东方审美情趣得到最大限度的表达，比如武侠精神的介入，古典美与现代美的完美结合，充分地体现东方特色，使这个《猫》有陌生化的东西，又有熟悉的感觉。我想，这才是我们应该追求的境界。

负责人被这个大胆的想法给镇住了，他觉得这个年轻人也许就是他要的理想人选。他把一张表递给他，说你填一下这张表，把学历证明、身份证、获奖证书复印一份附在上面。

魏锋抱歉地说，对不起，我高中毕业，只有小时候得过奖。

噢，那你把你的经历填上吧。

他填写完毕交上去，负责人一看大吃一惊，你坐过牢？

是，我高中毕业那年，因为见义勇为，一时冲动，犯了伤害罪，被判十年。负责人好半天才缓过神来，为难地说对不起，你不符合我们的条件，其实你没有舞台设计经验也没关系，说不定你会搞出点新东西来。但是没有学历不行，你看看，必须大学本科学历，否则你没有资格参加应聘。魏锋真诚地说，我希望您给我一个与别人同等的机会，虽然我没有念过大学，但是这些年我从来没有放弃过自学，在狱里自己也坚持画画，请您考查一下我的能力。负责人摊开双手，说这不是我一个人说了算的。年轻人，也

133

许你的一次失误，你就要付出一生的代价。我很遗憾地告诉你，我无能为力，请回吧！

魏锋还想争辩，却被那个人推出门去。

3

魏锋和托娅坐在出租车里，彼此都沉默无言。托娅不知道该怎么安慰魏锋，他们只是偶尔地对视一下，又赶紧躲闪。

托娅觉得这次的失败对魏锋来说是一个沉重的打击，也是一次伤害。看来魏子安说得没错，魏锋想凭着自己的能力找工作，那真是比登天还难。她试图跟他说点什么，可不知从何说起。魏锋看出了她的窘态，反过来安慰她。他笑着说你是怕我吃不上饭吧？不会的，你看我这一身的力气，干什么还吃不上口饭呢？哎，我可是等着你开蒙古餐馆呢，那时我就跑腿、陪酒，胡吃海喝，多俏啊！

你还有心开玩笑呢！托娅突然十分伤感。

没办法，就这德行。别难过了，要不，我可哭了啊！

托娅终于笑了。她觉得魏锋真是条汉子，他遭到了这样的待遇，还没有任何抱怨。如果换了魏东呢？那他早就崩溃掉了。如果魏东也能像魏锋这样阳光，那该多好啊！

在家门口，他们一起从出租车上下来，魏锋十分绅士地替她拉开车门，接她下车，十分默契。这一幕被坐在车里的魏东看见，他示威般地按了一下喇叭。魏锋一惊，回头一看，魏东正愤怒地看着自己。他的心往下一沉，他了解魏东的小心眼儿。问题是他不愿意由此而惹来麻烦，不为自己，而是为托娅。

他摇下车窗，探头说，怪不得，有魏锋陪着，考试超常发挥吧！

托娅赶紧解释说，不不，魏锋也去考试了，他考舞台美术。

魏东说他怎么知道剧团招人呢？

魏锋说是托娅告诉我的，可惜了她的一片好心，人家一听我是坐过牢的，一口回绝了。这不，我就跟托娅一起回来了。

你忘记了，托娅不是你叫的，你叫嫂子！

气氛一下子紧张起来，托娅忙说是我不让他叫的，我们蒙古人不习惯那种礼节，我喜欢叫名字，这样随意一些。

没你的事儿。魏锋，你上来！

魏锋站了一会儿说，托娅，你回家吧，没事儿，我们哥儿俩聊聊。

托娅不安地走开了，魏锋上了魏东的车，坐在他的身边。魏东点燃一根烟，吐出一口说，魏锋，说实话，你是不是爱上托娅了？这句话让魏锋心惊肉跳，一时不知该怎么回答。

告诉我！

魏锋看着窗外，过了一会儿，转过头来，看着魏东，说你也告诉我，你到底能不能给她幸福？

什么意思？

我感觉你们并不幸福，不，是你不给她幸福。如果她幸福的话，我祝福你们。如果你不想让她幸福，那么我告诉你，谁都有权利爱她！

就你没有权利爱她，你是什么东西你自己心里明白！

对，我明白，我不过是个刑满释放人员，我犯了罪被判十年监禁，我就是个社会的渣滓！当年为什么没判死刑，一枪了断多好！魏东觉得自己说得有些过分了，沉默了一会儿，我是提醒你别忘了，她是我妻子，你嫂子！

你也别忘了，她不是你的私有财产，她是人，你要给她人的生活！

你在报复我，在抢走属于我的东西？

你要不珍惜，我不抢，别人也会抢。但我再说一遍，她不是东西，她是人！

癞蛤蟆想吃天鹅肉，也不撒泡尿照照自己什么德行？

魏东，没必要那么刻薄！你就是命比我好，不然谁是蛤蟆还不一定呢！魏锋说完打开车门下了车，径直走去。

魏东坐在车里，气急败坏地把一个杯子抛向窗外，发出碎裂声。魏锋的话就像火苗一样一下子把他的信心烧成了灰烬。连坐过牢的魏锋都敢跟他争夺托娅，他还算什么？他这个海归还有什么位置？这么一想，他灰心不已。他心里万分空虚，他得找点寄托，便给家里打个电话说要加班，掉转车头径直去了郊外小屋。他拉出马，骑上去，飞起来，顿觉天高地远，心情开阔。他不知骑了多久，总之一直骑到厌倦，才把马拉进马棚，喂着马料，拍着马，看马吃草，马不时地抬起头，用鼻子拱着他。他跟马说着话，吃吧吃吧，别看我，看我干吗？啊，我有什么好看的，一个鼻子两只眼睛，没什么好看的。我不如你啊，你吃得香，睡得好，跑得快，我呢？吃不好睡不着，一个废人，废物！怎么，你嘲笑我了？连你都嘲笑我了？是啊，你有资格，笑吧，笑吧！

他的电话响起，他接通后说，喂，哪位？

一个女人的声音响起来，宝马，我好想你，你在哪儿啊？

魏东说对不起，我不是宝马，你打错了。女人停顿了一下，哦，对不起。女人收了线，魏东笑笑，说一个电话，打错了，继续吃吧啊！

电话铃声又响起，他接过来，听见还是那个女人的声音：我想明白了，你是故意躲避我是吧？宝马，没有你，我怎么活下去啊……

魏东说又错了，我真不是宝马。他果断地挂了电话。

马抬起头看着他，好像在嘲笑他。他拍拍马说，吃得饱饱的，睡一觉啊！哎，我真是佩服你了，你说你连睡觉都站着，累不累啊？啊，你不累是吧，你看我给你铺了多好的稻草啊，你就躺下睡呗，那多解乏啊，刚才都带我跑了一大圈了，满身都是汗，你可真神啊，不管多累，只是我一上马，你立马又跑得跟飞似的，朋友，用一句台词说，I 服了 you 了！

他叨叨咕咕地走出去。

4

魏东走进来，打开啤酒，拿出来几个小菜，坐在大垫子上开始喝酒。他的心绪很乱，而且这一次的萎缩让他特别受打击。为什么要追问托娅以前的事情，跟自己有关吗？为什么总是担心魏锋会夺走托娅？难道自己一点信心都没有吗？他哑然失笑，他也说不清楚到底怎么了，好像全世界都在跟他作对一样，他看不到一点希望。他用手理了一下头发，发现头顶都快秃了。他曾经有一头多么浓密的黑发啊！他的眼泡因长期失眠而变得肿胀，眼神暗淡无光，整个一老头儿！这哪里是那个青春飞扬能在马上做爱能做得精彩纷呈的魏东啊！到底发生了什么事儿？到底有什么障碍是他不能跨越的呢？他为什么要虐待托娅？他不是爱她吗？爱她为什么不能给她幸福？他不停地问着自己。

电话响起来，他接起，喂，你好！

还是那个女人，我想告诉你，宝马我爱你，你听见了吗？我爱你——

喂喂，错了，你打错了。

女人说没错，你就是宝马。你想躲我，才故意说你不是。你为什么要这么对我呀？我对你是真心的，我只想在死前跟你说句话，让你知道，我有多爱你！

哎哎，你千万别自杀，千万别。有话慢慢说，慢慢说。

女人开始哭泣，宝马，我知道，你是为了另一个女人离开我的，可是这世界上，没有任何人比我更爱你。我想你，想死你了，每一分每一秒。想起你爱我时说的每一句话、每一个眼神，我就难过得不得了。这几天，我把眼睛都快哭瞎了，我什么也看不见，眼前一片模糊。宝马，没有你，我不想活了……

魏东似乎被女人的诉说所感动，尽管他不知道她和她爱的人究竟发生了什么事儿，但是在心境上他们是一致的。他便劝她说别这样，也许他不值得你这样，他想离开你，肯定会有一些迫不得已的理由，他肯定也知道你是爱她的。可能他也不是因为不爱你才离开的，这里面也许有许多不能告诉你的原因。你让自己冷静下来，好好睡个觉，明天早晨一醒来，就会发现太阳还是新的，一切都是美好的。

女人说，没有你，我活着还有什么意思呢？只要一想到你现在跟别的女人在一起，把说给我的话再送给别人，把给我的一切再给别人，我就受不了，我要疯了！

别胡想，我没跟什么女人在一起，想知道我在哪儿吗？想知道我在干什么吗？

在哪儿？

我在郊外，有一座小屋，我刚刚骑完了马，你一定不知道骑马的感觉，那就像飞一样。我敢肯定，如果你也骑会儿马，你的痛苦与伤心就全都烟消云散了。你说的那个女人就是马，我真的喜欢上它了，离不开它了。现在，我坐在小屋里，一个人喝着酒，有点寂寞，但挺快乐的。

女人停顿了一会儿，有些意外也有些不相信地说，你会骑马？在郊外还有小屋？为什么我不知道，你从来没有告诉过我啊！

那我现在告诉你了，什么也别想了，好好睡觉去。等着我，我会去接你过来，我们一起骑马喝酒，好不好？

女人半信半疑地说，真的？

真的，睡去吧，做个好梦。

他关掉手机，接着喝酒。

QQ 提示音响了，屏幕上又是那把滴血的刀。魏东一下子清醒过来，发回去问，你是谁？

索命的人。

你到底是人还是鬼？

是人也是鬼，你逃不掉了，等着死吧！紧接着大片大片的玫瑰发来。

他赶紧把手机关掉。这怎么回事啊，刚刚还是一片温柔乡，转眼便如临深渊。他开始害怕，抱着那匹马，瞪着大眼睛，一夜未眠。

5

魏锋确认自己爱上托娅之后，被吓得六神无主。他清楚自己身上的火焰，他怕那火焰烧毁了自己也烧毁了托娅。他口渴得不行，接连喝了几杯水还是口干舌燥。他的手碰到哪儿都是热的，似乎腾腾地冒着热气。他一头冲进洗澡间，接了一大盆凉水当头浇下去。天已凉了，可他热得周身是汗。一盆水似乎根本解决不了问题，于是他再接水再浇，一直浇到浑身打战，才停下来。

我得离开。一个念头涌上心头，他不能再待下去了，不能再看见托娅。他把身体擦干，穿上衣服，走出洗澡间。一家人围坐在电视机旁看电视，魏锋径直走上前说，我要去趟南方，张大炮要去做生意，我跟着玩玩儿，也顺便学学。

韩如梅说，出去散散心也好，工作的事儿不急，回来再说。

托娅感到十分突然，她惊讶地看了一眼魏锋，可是魏锋根本就不看她，而是目光直视，旁若无人。一时间，谁也没有说话，屋里一片沉寂。这倒让魏锋有些不知所措，首先是父亲没有发言让他意外。他准备回屋，魏子安叫住他说魏锋，做生意你可不是那块料，那是要冒风险的，咱们家经不起折腾了，不求你发多大财，只求你平平安安。你要不愿意干我给你找的工作，你就不干，等有合适的再说。如果你什么都不想干，只想在家待一辈子，爸也养得起你。

魏锋激动地说，我怎么可能什么也不干？那不成活死人了？我只是想试试，锻炼锻炼，出去看看，积累点经验。托娅忍不住又瞥了魏锋一眼，魏锋也正好在看她，只是他迅速地躲避了托娅的视线。托娅那一刻明白，魏锋只是为了躲开她。魏东也感到意外，坐了十年牢的魏锋想做生意，那可不是闹着玩儿的，而且现在生意多难做啊！他可不能把这事儿想得太简单。于是他说魏锋，江湖险恶，你可别看人家张大炮做生意就眼红，人家那可是摸爬滚打练出来的，你呢，你两眼一抹黑，你赔不起的……

魏东说完这句话似乎怕刺伤魏锋，接着解释说，我的意思是说你没有经验，经不起赔的。魏锋一笑，轻松地说我知道你想说什么，我在里面待了十年，一点都跟不上这个时代了。如果我现在再不加紧学，那就真的成了一个废物了。你们谁也别说了，我就是要出去闯闯，不行再说。好了，我睡了，明天一早我就走。

他的目光游移着想再看看托娅，可是却飘过去，落在了她身后的墙壁上。他抓起电话，跟张大炮通了个话，张大炮得知他终于想通了，打算跟自己出去，十分兴奋。张大炮了解魏锋的聪明，头脑灵活，如果真能把他拢到自己的旗下，那他更是不得了。他曾许多次提起过这事，都被魏锋拒绝，想不到今天他主动打电话来，令他开心。

清晨，大家还都没起床，魏锋便悄悄起床，胡乱地洗了把脸，也没有开灯，便离家而去。早餐时，韩如梅不停地念叨，忘了给魏锋带钱，也不知道他走得这么早，这出去了人生地不熟的，缺了钱怎么办呢！三十来岁的人了，连件像样儿的衣服都没有，这出门在外，想起来怪心酸的啊！老魏制止她说得了得了，他又不是三岁小孩，看你操不完的心。托娅其实很早就醒了，她听见门厅里有动静，很想跟魏锋打个招呼，可是她不能再给他添乱了。听见沉重的带门声，她的心一下子就空了。

魏东开着车送托娅去剧团，托娅似乎十分失落的样子，也不言语。魏东问，第一天上班，好像不太高兴？她说有什么可高兴的？他问有点失落？为什么？她也说不清楚。停了一会儿，魏东有些阴沉地说，是惦记魏锋吧？

托娅惊了一下，看着魏东说，你怎么会这么想？他冷笑了一下说，那很正常，我们都很惦记他。一个在监狱里待了十年的人，这冷不防走向社会，是够让人惦记的。托娅不知道怎么回答，索性就看着窗外。魏东看着她下车，向剧团院里走去，摇下车窗说，第一天来，情绪好点啊！晚上我来接你。

魏东来到办公室，刚坐下，电话响起来，又是那个女人。你好，你的酒也该醒了吧？魏东一听，原来又是那个打错的女人，便说哦，是你？你睡醒了？

女人说是啊，我睡了一大觉，刚刚醒来。谢谢你，我知道你不是宝马，可是你比宝马善良，有爱心。正像你说的那样，今天的太阳还是新的，我还得活下去。

那太好了，其实人总有一些坎儿觉得自己过不去，但是只要你想过去，就能过去。你看，你要真自杀了，我就听不见你的声音了，对不对？

是啊，人有一些瞬间迫切需要倾诉。就像昨晚，幸亏我遇到了你，你把我拉了回来。我猜你一定是个好男人，不然你怎么会对一个陌生人那么好？

应该的，换了别人也会这样的。

女人说那可不一定。就说宝马吧，我找了他整整三天，他的电话微信都让我打爆了，他连个消息都没有，好像一下子从这个世界上蒸发了。我就弄不明白，他那么爱我，跟我海誓山盟，怎么就一下子变得这么冷漠，连我的生死都不在乎，我就绝望啊，绝望得快死了。

魏东说想不明白的事情最好就放弃，不想了，知道吗？放弃也是一种美。

谢谢，我能不能这么认为，我们是朋友了？如果我再遇到一些事，我还能请教你吗？魏东说当然是朋友了，而且是生死朋友，对吧？不过谈不上什么请教，聊聊天吧，其实我也有想不开的时候，说不定你还能开导我呢！

女人一转话题，问他，哎，你说你在郊外有小屋，有马，是真的吗？是你编的童话吧！魏东一谈马便来了兴致，说，真的，这世界还有童话吗？如果你想不开的时候，就跟我去骑骑马，特别过瘾，保证你什么烦恼都没有了！

女人尖叫起来，哇，太浪漫了！我想跟你在一起一定很愉快。

是吗？但愿。

女人依依不舍地说，那……我要挂电话了，我可以拥抱你一下吗？

魏东感到特别突然，停顿了一会儿说，当然。

电话里一阵沉默，可奇怪的是，他居然可以感受到那看不见的拥抱，觉得自己的心暖融融的，一股暖流正通过虚无的空间传递过来，让他打了个激灵。他有些感动地说，谢谢。

第十三章　不可收拾的火焰

1

已经好几天了，托娅白天上班，练功，忙起来就淡忘了许多。可晚上一回到家，她看不到那双亲切而饱含温情的眼睛，看不到那个健壮的身影晃来晃去，好像生活一下子失去了滋味与依靠。他现在在哪儿？在干什么？他总应该给她一个回答，一声问候。她帮韩如梅做晚饭，忽然就有些愣神。韩如梅一说话，把她吓了一跳，差点把碗掉在地上。韩如梅看了她一眼，也没说什么。

妈妈，魏锋来电话了吗？知道他什么时候回来吗？啊，没事儿，我只是随便打听打听。韩如梅疑虑地看着托娅，这话应该是魏东问，可是魏东到现在也没有问起过，倒是这个托娅显得魂不守舍的。她便敲打她说有些事儿你还是不知道的好，因为你知道了也是没用的，还给你增加烦恼。所以以后家里的事儿，你不要参与，也不要乱打听，知道吗？

托娅低下头说，可我是这个家庭的一员，我应该关心这个家呀！

可是关心要有分寸，有的人不能关心过度，你只要关心魏东就行了，懂吗？托娅点点头……托娅心里很乱，今天练功好几处都出现了错误，挨了训。一下排练场，她赶紧奔向手机，迫不及待地看有没有未接电话和新信息，可是什么也没有，让她感到十分失落，也很后悔。在这个家里，魏锋是她唯一一个值得信任的人，可是他连个电话都不给她打，说明自己在他的心里根本就没位置，这样一想，她百无聊赖。

下午休息，明天没有托娅的戏份儿，她可以休息一天。同事约她一起逛街，她摇摇头，她什么心情都没有。她只把手机紧紧地拿在手里，好像就为等一个电话。她茫然地站了一会儿，开始一个人慢慢地走着……

这时，她的电话响了，她看看号码，感到陌生，随即她意识到是魏锋，特别惊喜，接过来，急切地说喂！

对方没有说话。

是不是魏锋？你什么时候回来？

对方还是不回答，只听见呼吸声。

我知道了，你说句话好吗？我想听听你的声音。

对方依然没有说话。

就这样，他们听着彼此的呼吸声……

2

魏锋跟张大炮来到了上海，住进了一家饭店。张大炮给魏锋订了一间套房，他有些过意不去，便说我们还是住一间吧，这样也能省点。张大炮说操，同性恋哪！哥儿们可没那爱好，你想当电灯泡啊？他当时没太明白张大炮的意思，还十分感激张大炮的慷慨，心里有些过意不去。早晨他早早地就敲张大炮的门，弄得张大炮很烦地骂他，你小子坐牢坐成精了，这么早就起来，还让不让人睡觉了！他一看时间已经快十点了，便什么也没说回房等他。过了一会儿，一个小姐忸怩地出了张大炮的房间，他顿时明白，自己真他妈的傻逼！他再也不敲张大炮的房门了！第二天，来了两位小姐，第三天来了三位。这让他目瞪口呆，他张大炮怎么能消受得了呢？

他惊异于上海的变化，简直让他不敢相信。他上次来上海还是十五年前来参加全国的一个马术比赛，也没有拿到名次。现在，他虽然人在上海，可心依然留在家里，确切地说留在托娅身上。张大炮带着他谈生意，这次做的是一批服装生意，而他对此一无所知，又心不在焉。张大炮打趣说，你是不是想女人了？他说哪里，我不过是有点想家了。张大炮说真没出息，这才出来几天就想家了。哎，你在牢里想家吗？他说怪了，那时我都忘了家是什么样儿了，家里人的形象都变模糊了。张大炮说，哎，哥儿们，我才想起来，你是不是还没见识过女人呢？他的脸一下子红起来。张大炮哈哈大笑，指着他说，这年头儿满世界都找不到处女了，今天却找着个处男，不容易，太不容易了！怎么样，也开开荤？他急忙说别别，我不能干那事儿。张大炮抽口烟，一吹烟灰说，哥儿们，三十来岁了，还没碰过女人，你说你冤不冤啊？他说那有什么冤的，我也不像你，跟那些鸡能有什么感

142

觉？哦，这么说，你碰到有感觉的了？快说说，什么样的女人？他摆摆手，没有，我不过是说说而已。张大炮说就算你有了，男人嘛，出门在外，玩玩女人有什么啊，人活着不就那点破事嘛。你干吗看得那么严重？看来你还是没活明白。我跟你说，两码事儿，这就是个玩儿。放松，这女人关你必须得过。

夜里，魏锋站在窗前眺望着上海夜景，有人敲门，他打开一看，两个浓妆艳抹的女子走进来，说是为他服务的。这时他才明白是张大炮专门给他安排的。他急得脸色煞白，说你们走吧，我不需要。女人说不需要？那钱可是付了的。他说付了我也不需要。女人说那你得给我留个字据，万一你追究起来我可担待不起。他说哪有那么多规矩啊，我老板问起来，你们就说我消费了不就得了吗？两个女人互相看看，有点不太相信。其中一个女人说，哎，你这人是不是有毛病啊？他有些生气地说你才有病呢！她们嘴角带着明显的嘲笑，退出房去。

操，连鸡都敢嘲笑我？

没错，他出门在外，他三十来岁，他从未尝过女人的滋味儿，可刚才他为什么不动心呢？跟鸡在一起就是个玩儿和放松，他有什么必要弄得那么紧张呢？他为了谁呢？托娅吗？可托娅是他哥哥的妻子，她跟自己没有丝毫瓜葛。他爱上人家那是他自己的事儿，跟托娅无关，跟谁都无关，他有必要为她守身如玉吗？可为什么他会觉得对不起她呢？为什么在他的心目中，她就像女神一样容不得半点侵犯呢？

他躺在床上，熬了一整夜，说不清哪儿难受，就是浑身火辣辣的感觉。他想念托娅，脑袋全是她的影子。她说话的声音，她唱歌的样子，她纯净的眼神，她爽朗的大笑，让他一样一样地回忆。十一月的上海下着冷雨，他这个北方人一出去就冻得不行。今天没有他的事儿，他只好蜷在床上，开足了空调，想念托娅。多么美好！

中午他一个人也没有吃饭，看看日历，他出来好几天了，连个电话也没给家里打。他给母亲的单位打了电话，告诉她自己一切都好，什么时候回去还说不清楚，让母亲放心。这个电话打完之后，他越发地难受起来，他不想让母亲宣布自己的情况，他要亲口告诉托娅。他一遍遍地拿起手机，又一遍遍地放下。他来到上海为了什么？真的是为了做生意吗？显然不是，不就是为了躲避托娅吗？可为什么越是躲避就越是躲不开，她就像个影子一样随他左右，在他吃饭的时候，睡觉的时候，走路的时候，时时刻刻都跟他在一起。而且他可以放肆地跟她说话，跟她玩笑嬉闹，不必在意身边的人，以及家里人的眼睛。所以从这个意义上说，他根本就没有离开过托娅。

他终于鼓足勇气拨通了电话，那边的铃声一响他就后悔了。他想放下，可手却黏在电话上，无法放下。他听见了她的声音，她明白是他打过去的。可是他该说什么呢？一时，他呼吸急促，心跳加速，手足无措，一句话也说不出来。他就那么听着她的呼吸声，泪水忽然就蒙住了双眼。他太想她了，想得茶饭不思，夜不能寐，想得急火焚心，肝胆俱裂。

3

在魏东的房间里，托娅为着下午那个电话也难以入眠。晚饭时，婆婆宣布了魏锋的来电内容，她差一点脱口而出魏锋也给她打过电话，可是她忍住了。她第一次说话会考虑哪句能说哪句不能说，但这就不像托娅了。她到底是谁，现在她自己也不清楚了。两个人正躺在床上看电视，魏东的电话响起，他看了看号码，接起就说，喂你好！

女人的声音响起，是我，忽然有点伤心，就想跟你说说话，不介意吧？

魏东看了一眼身边的托娅，起身说，没关系，说吧！他一边说着一边往外走去，还把房门关上了。他来到阳台上，坐在吧台边，那是托娅买来的，她喜欢夜半的时候坐在那儿喝酒，看着窗外的星星。可惜这个城市是看不到星星的，不过能看看万家灯火也是好的。

你在干什么呢？不打扰吧？

我刚才在床上躺着看电视，现在，我到了阳台上。

女人说我知道了，你刚才跟一个女人在床上，你怕你的女人生气，就到阳台上来了。让我猜猜，你穿着什么衣服？睡衣，肯定是睡衣，而且是国外的。

魏东笑了，觉得这个女人挺有意思的，便问你怎么猜的呢？

女人说我会算命啊！我算出来，你也是个挺孤独的人，一般喜欢穿睡衣的人都是孤独的。魏东试图转移话题，在这样的深夜，跟一个陌生的女人谈睡衣，好像是个危险的信号。他便问她，你说你有点伤心，为了什么？又是那个宝马？

女人一笑，好像看透了他的心思，说我知道了，你是个敏感的人，你心里一定藏着很多东西，不愿意说出来。为什么要跟我提宝马？如果我说我喜欢上一个虚拟的人，你不会意外吧？

魏东明白女人的意思，她在说她喜欢上他这个虚拟的人。他说意外倒不会，现在的网恋不都是虚拟的吗？女人直直逼问，我想问你一句话，你得说实话，你幻想过一个情人吗？她离你很远又很近，她不给你添任何麻烦，只是你心灵的一个知己，她不会介入你的婚姻却跟你贴心贴肝，你幻想过吗？告诉我。

他真让她给问住了。她说的那个情人其实谁都幻想过，那也不算是什么罪过。可是幻想总是虚的，自从有了托娅，他不再幻想任何女人，他觉得托娅已足够完美了。他说，为什么要问我这个问题？老实告诉你，我没有情人，我有一个很爱我的妻子，我从来也没想过要背叛她。

女人笑起来，笑得很放肆很无忌，她说，又测试出来了，你是个用情很深的男人。我的话吓着你了吧？别介意，这不过是个心理测试。

这个女人真是太聪明，如果他说有过呢？她可能会换一副面孔说话，可能变得柔情万千风骚无限，会来勾引他。如果他是现在这个态度，她便用一个测试把它淡化了，娱乐化了，让他没有一点负担，不留一点痕迹。看来，跟这样的女人打交道是要有一定智商的，不像跟托娅，她是清澈得一眼见底。

这时，托娅拿着一件衣服走出来，给他披上。

魏东说好啦，有事儿明天到办公室谈，我挂了。他的话是故意说给托娅听的，让她知道这个电话不过是公事。那个女人也充分理解他的用意，什么都没说就挂断了。那一刻，他有点感激那个女人。他搂过托娅说，单位的同事跟我谈软件的事。走吧，睡觉去！

托娅一点也不介意，说我是怕你冷。

4

刚才那个女人的电话使魏东莫名其妙地兴奋起来，他想着她虚无缥缈的声音，略带沙哑，十分性感。她明显是在试探他，挑逗他，想做他的虚拟情人。他的手伸出去，抚摩着托娅居然像抚摩另一个女人。这感觉让他惊讶、神奇。他的手越来越疯狂，所到之处，都留下他燃烧的痕迹。托娅也同样感到困惑。一贯对此并不热衷的魏东今晚怎么了，为什么像换了个人似的？她说你今晚有点反常啊！他说是，我就反常了，我就想干你！怎么？这有点不像你，你从来不会这么野的。难道你不是这么野的吗？她闭上眼说，我本来就是这么野的，可是我也不清楚为什么，你开始喜欢我的野，现在你就不喜欢我野了，好像那样是很让你看轻的。

托娅的话说中了他的要害。他喜欢她的放荡不羁，是因为她野性的爱激发了他沉睡的激情，使他像个男人一样去冲锋。可是她一旦成为他的妻子，他又怕她的野性是他无法把握的，就像一匹烈马，他没有本事可以驯服它，他不是个好骑手。可是今晚，他的欲望却被另一个有点野的女人给调动起来了，他感到自己的坚挺。那感觉太美妙了，好像在云端漫步，在风中飞翔。他能感觉到她的麻木，她的不配合，她的得过且过。

你怎么了？

她说没怎么，就是有点累。

他的头脑里迅速地掠过一个念头，难道她此刻在想别的男人。这念头一出现，他顿时有些萎缩。你是不是……想你的蒙古情人？她对他微微一笑，好像并不屑于回答。

那你就是……想身边的人了。

谁呀？

难道非让我说出来吗？

随你怎么想吧！

那我说对了。他把她的头扳过来，恶狠狠地看着她。可是你在我的身边，你想他也没有用。我告诉你，你永远别想跟他在一起，除非我死了。现在你是我妻子，我要跟你干，你就得干。说着，他怀着一种无限的仇恨向她冲锋，好像她就是他的猎物，他是一个猎手，见到自己的猎物他非得获得不可。他的矛举起来了，刺向她，他来得那么凶猛、狂烈，好像非得置她于死地不可，非得让她求饶才能后快一样。他刚刺进去，一股鲜血奔涌而出……

血，鲜红的血。他一下子呆住了，快速地萎缩。他从一个雄赳赳的斗士一下子变成一摊泥，他发出一声哀号……

此刻，她是他的敌人，她是那个强大的敌人，她拿鲜血跟他抗争，跟他血拼。他只有再次冲上去，把她打得落花流水，打得粉身碎骨。于是，他像疯了一样，睁着一双血红的眼睛，撕咬她、掐她、撕她的头发。她忍着，她求饶，她哭，这都让他快意，他是个强者，是个胜者。

她终于发出一声长长的哀号。

这时托娅的电话突然响起，魏东停下来，她像得到一根救命稻草，慌

146

忙拿过手机，在魏东阴森的目光中接听。又是没有说话，可她知道那是谁。她像找到自己的亲人一样，哇的一声哭出声来。电话已经挂断，可她依然觉得对方肯定能听见自己的求救声。敲门声响起，原来是韩如梅听见托娅的哭声赶来看看，可是她又不好说什么，毕竟那是两口子之间的事情，所以她敲下门就回了房，提醒他们动静小点。

谁？

托娅哭着说，我的蒙古情人。

魏东似乎清醒过来。他看着托娅，她的睡衣被他撕成碎片，她的胸前被他咬得血迹斑斑，她的头发被他撕成一堆乱草，粘着泪水，紧紧地贴在额头上。她的下身流着血，床单已经殷红一片……

我怎么了？我疯了吗？魏东一把抱过托娅，轻轻地吻着她。对不起，我真的不知道我怎么了。我刚才对你做了些什么？那不是我的本意，我怎么舍得这么对你？托娅，原谅我。真的请你……原谅我，我心里肯定有个魔鬼，是它在操纵我，是它在仇视你，而不是我。托娅，宝贝儿，你知道的，我见不得血的，我有晕血症。明天我就去看病，我一定会治好的。你给我时间，好不好？

托娅现在已经哭不出声了，只是在默默地流泪，她没有一句话，好像已经不会说话。在这个黑夜里，如果没有那个电话，她会不会被他折磨死？魏东一夜未眠，就是反复地向她道歉，求她原谅。而她一夜无言。

这个电话确是魏锋打的，他简直疯了，居然在夜里，在托娅跟魏东躺在一张床上时，把电话打到托娅的手机上。他无论如何也无法忍住自己的那份思念，他只想听听她的声音，或者是她的呼吸也行。他觉得这个夜晚如果听不到的话，他就没有一点希望了。他用颤抖的手拨她的号码，他根本不知道现在是几点，这个电话打过去会是什么后果，他什么都顾不了了，就像飞蛾扑火一样，他宁愿一死。他打过去，重蹈覆辙，刚一通就想挂断，这样至少让她知道他在想她，足够了。可是没想到托娅对着电话哇哇大哭，他一下子蒙了。他赶紧挂断电话，在这样的深夜里，托娅那种哭法说明她忍无可忍，她正在经受巨大的痛苦。他不能再等下去了，他明白他无法再离开她，不能再也看不见她，纵然是火坑，他也愿意纵身一跳；纵然是一死，他也愿意一试。他翻身而起，拎起那个塑料袋，急忙地赶往火车站，他恨不得长双翅膀一下子飞到她的身边……

他躺在火车的卧铺上，心情变得更加急躁，听着火车的车轮发出的声音，觉得那么刺耳。他呆呆地站在火车连接处，远远地望着灯火一闪一闪，想着不久就可以见到她，心里忽然滚过一股热流……

5

早晨魏东上班了，托娅才迷迷糊糊地睡了个觉，中午才起来，胡乱地洗了把脸，蓬乱着头发坐在客厅里看电视，一边看电视里的美容讲座一边吃着零食。可她的心思根本没在电视上，她的整个身体都在疼，那屈辱的一幕经常在眼前闪现。

钥匙在锁孔里转动着，托娅警觉起来，跳起来，靠在门边，屏住呼吸，倾听着……她从猫眼里看见，魏锋打开那边儿的门，进去。托娅先是惊喜，接着是委屈，她想扑上前紧紧地抱住他，再痛痛快快地哭一场。可是他进了门，也没有来跟她打个招呼，仿佛她根本就不存在一样。转念又一想，他又不知道自己在家，怎么可能打招呼呢？她在地上徘徊着，最后她忍不住给那边儿打了个电话，告诉他，她在家。

电话铃声响了，他的声音，低沉有力：喂——

她一时不知该说什么好了，她呼吸着，半天才说：是我。

接下来，他们都沉默了，谁也找不到该说的话。她多想问问他，这些天去了哪里，在外面好吗？他也想问问她，昨天夜里怎么了？是不是魏东打她了？她到底有什么委屈有什么话，现在可以说了。

但是，这些话他们都埋在心里，或许就在那漫长的等待中，已经说过了，都懂了。他听着她的喘息声，万千思念一齐涌上心头，他的泪水狂流着，觉得是那么幸福。就这样，他们谁都没有说话，就这样握着电话，足足待了有二十分钟。

还是托娅先放下的电话，她已经无法再忍受那种煎熬了。她挂断电话，扑倒在床上，把脸深深地埋下去，欲哭无泪。她急于见到他，可是越是着急，越是不能跨过那道门。她开始怨他，为什么不来看看她，或者叫她过去看看他？

这一天是如此的漫长，他们都在盼望着天快点黑下来，等大家都回来了，他们也就自然相见了。不知熬了多长时间，她的电话响起来，是他，他说我饿了，你能不能……给我弄点吃的？

这句话就像一道阳光，瞬间照亮了她黑暗的心。她一跃而起，穿戴整齐，旋即便进了那道门。他闪在门边，不敢看她，低着头。她却是看了他，

148

你都瘦了。这句话像一阵旋风一下子把他打晕了，他说话有点语无伦次。他想问她昨晚上她怎么了，可话到嘴边儿又咽了回去。他叹了口气，说你……没事吧？她摇摇头，可他从她那哀怨的目光里知道肯定有事儿。她在厨房里忙着，他站在门外，一时两个人没有话说。

他想起他还有件事可以做，一头钻进洗手间。

哗哗的水流声响起来。他见到她了，可是身体里的火焰并没有平息，而是越来越热烈。他拧紧热水，端着盆接满冷水，一盆盆地往自己的头上浇。他浑身打着激灵，可却依然浇不灭那火焰。

托娅刺刺啦啦地炒着菜，魏锋洗完了澡，湿漉漉地走出来，桌子上已经摆好了几盘菜，还有一瓶白酒。魏锋使劲儿地嗅着，忍不住抓起来一块肉放进嘴里。托娅走向电话，说你回来了，我告诉妈一声。魏锋急忙拉住她，磕磕巴巴地说别——他的手像过电一样被击了一下，急忙松开——我马上就走。

为什么？

不为什么，就是想走。

一时间，两人都不知道该说什么，魏锋埋头吃菜，他根本不知道自己吃的是什么菜，什么滋味。他的筷子就盯住一道菜，很快就见底了。

能告诉我吗？为什么不想待在家里？

魏锋飞快地瞟了一眼托娅，为了掩饰自己的窘迫，更是狼吞虎咽地吃饭。

你说呀，为什么不爱在家里待着？

不爱？哪儿呀，我是、我没有……

他想装着不在意，可是却极为难受。他干了一杯白酒，心烦意乱地站起身。托娅一步跨过去，拦住他，用目光把他钉在原地，说，魏锋，你不能走，怎么也得等家里人都回来，跟他们打声招呼再走啊！

魏锋一屁股跌回到座位上。我，我就是他妈的不该回来——

天真的托娅根本不知道他这是在掩饰自己，只觉得他出去这几天就跟换了个人似的，自己等了这么多天，难道等来的就是这个结果吗？他还不如以前呢，可以跟她平静地说说话，或者开开玩笑，哪怕是平平淡淡的，也是好的。

她问，你是怪我吗？

我哪有资格怪你？再说，你哪儿都好，我怪不着你。

那你为什么走啊？

这个家就不是我的家。

那也不是我的家。

别跟我扯在一起，我可是个杀人犯。

我从来都把你当成英雄。

他的嘴角嘲讽地一笑，英雄？说得比唱得还好听。

你以为我说的都是假话吗？

不敢。

他开始收拾自己的东西，大有马上要走的架势。她看着着急，又不好上前阻挡。她不明白他们为什么要这样对话，彼此都带着一股火药味儿。更不明白他为什么要对自己凶，难道以前达成的所有默契都被他一笔勾销了吗？

魏锋你说清楚，你是什么意思？

我没意思。你明明知道我是真心说的，为什么反倒成了你讽刺的对象了呢？你明明知道我是盼着你回来的，可你为什么翻脸就不认人了呢？我到底哪儿得罪了你？

魏锋听托娅这么说，她根本就没明白自己的心思，他现在所有的一切都不过是为了掩饰，她该知道其实是他陷进情网，无法自拔，是他用这样冷漠的方式来救出自己……

他激动地喊了起来，你是真傻还是装傻？别问了行不行，你就当我怎么样都跟你无关，就是死在外边儿了也跟你无关！

她惊住了，停顿了片刻。她的心里快速地涌上委屈，原来他就是这么看待自己的，可她就这么令他讨厌吗？她禁不住问，你真的……讨厌我？

他在心里骂她，傻瓜，我怎么能讨厌你呢？我对你什么心思，你一点都不懂吗？可他没说出口，他顺着她的意思说，你——对，我就是为了躲你，讨厌你！行了吧，你该干吗干吗去，以后我们井水不犯河水，回到你的家里去吧！

可是，是你叫我来的呀！

没错，现在，我叫你回去。

她呆呆地站在那儿，一时不知所措。他走进自己的房间，把房门啪的一声关上。他靠在门板上，喘着粗气，他无法平息自己的激情和对托娅的爱，他撕扯着自己的头发，深深地低下了头……

魏锋的表现让托娅十分伤心，原来她不过是自讨没趣，自作多情。她突然抓起酒杯，给自己倒了满满一杯，扬起头，一口气喝了下去。由于喝得太急，她呛得咳了起来，眼泪也流了出来……

她努力地回忆着他走的这些天，自己是怎样的思念。现在好不容易把他给盼回来了，可他居然如此对待自己。她想哭，可是她咽了回去，她狠狠地抹了把眼泪，鼓足勇气，起身向魏锋的房间走去。她要把所有的委屈都倒给他，要让他知道他不该那么对她。

　　托娅用力将房门一下子推开，声嘶力竭地喊出来，魏锋——可眼前的情景让托娅惊呆了，她的喊声一下子被什么割裂，瞬间就哑了。

　　魏锋像个正在忏悔或者祷告的教徒那样，跪在地上，泪流满面……他喃喃自语着，我罪孽深重我无法自拔，我不可救药，老天爷啊，快救救我吧，我可怎么办呢！我爱了我不该爱的人，可我离不开她了，老天爷，你快惩罚我吧！

　　她想上前抱住他的头，告诉他，我和你一样，我也陷入黑暗之中，我也是不可救药，我同样不知道该怎么办？可是走到他的面前，忽又停下，魏东那双愤怒的眼睛不知从哪里盯视着她，那张阴沉的脸渐渐地变得狰狞。她挣扎着，欲罢不能……

　　韩如梅这些日子来因为压力太大，总是恍恍惚惚的。因为她也快退休了，领导也尽量地照顾她。她早已不做借阅了，对电脑也不熟，就做点整理图书的工作。今天她心情一直不安，突突地跳，她又担心魏东那儿会出什么意外，她便请了假，想回家歇歇。她轻轻地打开门，看见一个大背包放在地上，心里暗喜，知道魏锋回来了，便走向他的房间。

　　魏锋跪在地上流着泪，捶打着自己的头。托娅哽咽着说魏锋，你不要这样！

　　这跟你无关，都是我自找的。你走吧，走！

　　托娅也一下子跪在魏锋的面前，拉着他。魏锋，我受不起，你快起来，快啊！

　　我本来要躲开你，可是没想到我那么想你，我度日如年，想得快疯了。托娅，我怎么办哪？

　　我也是一样，你离开的这些天，我的魂儿都丢了，我也不知道该怎么办？

　　托娅，告诉我，你怎么了？他是不是打你了，你快让我看看，你伤得怎么样？她紧紧地护住自己的身体，说你别这样，没什么，真的没什么。那你为什么哭了？你知道吗？我一听见你哭，死的心都有了。托娅，你告诉我，他为什么要打你？

　　你不要问了，我不会告诉你！

不，你必须告诉我。托娅，那一刻，你哇地哭出来，我的心一下子就碎了。我连一秒钟都没等，就直奔你回来。我就是要看看你伤得怎么样，就是要回来跟魏东说说理。他没有权利打你，他要是再打你，我就——

她一下子捂住他的嘴，急得眼泪都下来了。魏锋，别说了，千万别再说了。我没有事儿的，我好好的。

韩如梅听到他们的表白，惊得目瞪口呆。她想不到……她的头脑里一片空白，同样，她也不知道该怎么办。她想冲进去告诉他们，这不可能，魏家是不允许出这种丢人现眼的事的，她要警告他们自重。可她转念一想，魏锋三十来岁了，只遇上托娅这么一个女人，这也算是正常的反应。如果她不计后果地冲进去，把事情说破，以魏锋的性格还不得一头撞死。魏东打托娅，魏锋怎么知道的，难道他们暗中一直在联系？她越想越怕，悄悄地离开。

韩如梅走到门边，故意把门弄得很响，大声喊，魏锋，你回来了吗？

很快，魏锋和托娅从房间里走了出来，他们的眼角还挂着泪痕，神情慌张。

妈，我回来了。

怎么没打个电话？

啊，我正想打呢，我也是刚进屋。

妈妈你吃饭吧，饭我都做好了！我要去一趟麦姐那儿，晚饭不用等我了。

啊，去吧。

托娅带上门走出去。韩如梅坐在饭桌上，让魏锋陪自己一块吃。魏锋已经吃过了，可是他依然装成没吃过一样坐过来。她旁敲侧击地说，魏锋，你是不是有什么心事儿？我看你心神不定的。这句话把魏锋吓得筷子都掉了，他捡起来，说没有，妈。

韩如梅说，有些话妈可能不该说，但你是妈的儿子，妈不能不说。你老大不小了，也该处个女朋友了。这事儿你得听妈的。我们图书馆的姜姨给你介绍了一个对象，据说人挺好的，人家不嫌弃你坐过牢，是你姜姨的一个远房亲戚，乡下来的，一直给你姜姨家当保姆，人品不错，手脚也勤快，我尽快安排让你跟那个女孩子见个面。人嘛，要正大光明，要坦坦荡荡，可不能稀里糊涂地做错事啊！

魏锋心里十分明白母亲话里的意思，他站起来说妈，我知道，你也挺累的，我回房休息了！韩如梅叹了口气，心里又蒙上一层阴影……

第十四章　飞鸟和鱼的爱情

1

托娅在麦穗这儿住下了，她要躲避的是两个人，一是魏东的虐待，二是魏锋的爱情。他们俩中的任何一个都会把她烧成灰烬，她只能在麦穗这儿暂且平静一下。而魏东也觉得自己把托娅折磨得太过分了，晚上不敢回家，他怕托娅不肯原谅他，懦弱的他选择的同样是逃避。

这天，他的网络游戏《七国地图》正式上线发行，天地和公司的人狂欢庆祝，一直闹到很晚。他却没有喝酒，像一头困兽，开车在街上游荡。最后，他不知不觉把车开到了郊外小屋。

魏东拉着马遛着，隐隐中似乎有什么期待，显得心神不定的样子。他做下了错事，他知道，托娅就算是不肯原谅他，那也是他罪有应得。这个漫长的夜晚，他真不知该如何打发。他的手机终于响了，他非常急迫地接听。你好！

女人沙哑的声音传来，在这个寂静的郊外，显得十分性感。我想你了，你想我了吗？魏东掩饰着说，啊，我正在遛马呢！

女人笑了起来，这个男人的羞涩让她很有好感。现在，几乎所有的女人都不懂羞涩了，男人更是放荡不羁，什么话都能说出来，什么事都能做出来。她挑衅地说，怎么，不想正面回答我？其实你也正在想我呢！你不要说没有，我能从你的口气中感觉到。让我猜猜，你是一个什么样的人，好吗？

猜我？我有什么好猜的，一个没用的人。

女人悠闲地说，我想你是个优雅的人，你挺讲究情调的。你内心有巨大的激情，可是表面却是冷若冰霜，你把什么都藏着很深，你不喜欢张扬，

153

甚至有些不合群。你不会处理跟周围人的关系，你很孤独，是的，非常孤独，你从不轻易对人敞开你的心，随便让别人走进去。好像你特紧张，精神比较压抑。为什么不能释放一下呢？比如——

她的话让他心惊肉跳，他打断她，为什么你总想探究我呢？聊点别的话题不好吗？

因为我突然对你产生了兴趣，我每时每刻都在想象着你，这很吸引我，这种想象让我从过去的悲伤中解脱了出来，所以我很感谢你。让我猜猜你的婚姻好吗？

他急忙拒绝说，不，不，你不要说，我不想谈这个话题。

回避？这就说明你并不幸福。我能想象到，你很爱你的妻子，可是你不知道怎么爱她，甚至是没有能力爱她。你很脆弱，你怕失去她，可事实是你可能正在失去她——

他突然大声说，别说了，我不想听这些。

女人松了口气，说，那好吧，我们谈点别的。你猜我穿什么衣服？在干什么？

不……不知道。

一会儿，微信提示音响了，一具身穿丝质透明睡衣的身体呈现出来。她有着很好的身材，躺在床上，却不让他看到她的脸，但这足以让他心惊肉跳。以前我就是这么等待宝马的，可现在我在等待你。我想象着你正从楼下上来，正在打开我的房门，正在走向我……你穿着笔挺的西服，打着绛红色的领带，你有点瘦，是我喜欢的那种有质感的男人。你的眼神有点忧郁，里面却藏着一团火，你是会伤人的。我喜欢你抱着我，喜欢你亲我，你感觉到我的皮肤了吗？我很白的，哦，我觉得你的手很有力，你的嘴唇是湿润的，啊，你真的很棒……

她呻吟着，她带着他进入一个神秘的虚无世界。他跟着她的语言，想什么就是什么。他喘着气，不知羞耻地说，你说话啊，你快点说话，我听着呢！求你了，跟我说点什么，说什么都行。没错，我感到你的皮肤了，好白啊，你……

他大叫一声，迎来了自己的巅峰……

你哭了吗？

女人的声音提醒了他，他为自己感到羞愧。他快速地关掉手机，瘫倒在地上，望着天上的星星。他问自己，你快乐吗？他的回答是：空虚。是谁掏走了他的心，他的爱他的尊严？是那个虚幻的女人吗，还是他自己？

可他明明感觉到那空虚在无限地扩大，扩大，简直要吞没他。许多年来，他都是通过自慰来爱自己的，他为此感到羞耻，认为这是他无能的表现。但是他没有办法，他喜欢被自己主宰的感觉，他可以专心致志地控制和迎接自己。而事后那种绵绵无期的空虚总是那么强大地占据他，他觉得自己是一具空壳，毫无希望。他便对身体有一种厌倦、恐惧与担忧……这种情绪随着一次高潮的消失会持续很长时间。他站起身来，飞身上马，狂奔而去。

此时托娅与麦穗躺在同一张大床上，麦穗惊讶地发现了托娅身上的伤痕。她怎么也没想到，看起来文质彬彬的魏东居然会干出这种事来。她握住托娅的手，不知该怎么安慰她。她说，我得找魏东谈谈。托娅说没用的，他已经疯了。他逼我讲我以前的事儿，他喜欢我的无拘无束，可是当他知道了我跟那个蒙古男人的事后，就变得像条疯狗，他撕我咬我打我折磨我，我现在真是体无完肤。麦穗说，他有病，他患有抑郁症，我相信这不是他的本意。他那么爱你，怎么舍得打你呢？一定是他遇到了不可逾越的障碍，他迈不过去这个坎儿。那是个恶魔，他受那恶魔的操纵，他是没有办法。托娅眼睛湿了，说，魏东也是这么说，还求我原谅他。可是我一看见他就害怕，我就浑身发抖。麦姐，我真的不能再跟他在一起了，我怕他……会杀了我！

这话从托娅那天真的嘴唇里说出来，把麦穗吓了一跳。魏东，一个文弱的书生，一个胆小如鼠的男人，他骨子里到底藏着什么邪恶的东西？这跟她所了解的魏东完全是两个人。一种不祥的预感使她颤抖。她搂住托娅，不要怕，会好的，我会帮你，帮助你们，把那个恶魔从他的心里驱除出去。托娅，你看到的肯定不是魏东的本质，是那个魔鬼。给他时间，好吗？如果你不帮他，谁还能帮他呢？现在是他最困难的时候，他最爱的人就是你了，你得强大起来，拯救他。

可是谁来拯救我呢？

你可以自救的。

我哪有那么大的力量，有时我都觉得我快崩溃了！

不不，托娅，你要对爱有信心。你就在我这儿住一段时间，你们分开，静一静，我相信魏东会走出那个死胡同的。

这时托娅的电话响起来。

此刻已是深夜，魏锋坐在草地上惦记着托娅，却不敢冒失地打电话。他盯着手机，一次次地伸出手去，拨号，又一次次地放弃……他终于还是拨通了。

电话里传来吉祥三宝的彩铃声，魏锋心里狂喜。等到托娅接过后，他快速地挂断了。麦穗认为这准是魏东打过来的，掉线了，便鼓励她说你给他打过去呗！托娅摇摇头，她知道这个电话是魏锋打来的，就像远远的一个问候、一个招呼，她懂了，知道了，就足够了，她可以安心地睡下了。

我困了，我要睡了。托娅说。

2

魏东骑马飞奔在夜色里，脑海里莫名其妙地装满了那女人虚幻的影子。她若隐若现、若即若离，一会儿清晰一会儿模糊，她到底是谁呢？为什么与真实的托娅在一起，他就会变得疲软无力，而一旦被这个虚拟的女人调动起来，他竟可以拥有高潮的体验？他到底怎么了？其实是他一直在逃避他跟托娅遇到的问题，那是他无法解决的。现在，他最应该安慰的是托娅。他以折磨她为快，可是他想过她的感受吗？尤其是他以爱她的名义虐待她，这不是更可恶吗？他应该马上给托娅打个电话，告诉她那些都不是他有意做的，他不过是一时冲动，无法控制自己。可是她能接受这样的解释吗？没错，不能，连他自己都不能接受。那些他最爱的东西现在反而成了他的羁绊，这到底是为什么呢？

他一路想着，回来拴好了马，喂足了草料，走进小屋，鼓足勇气要给托娅打电话道歉，结果发现来电提示，查看了号码，都是那个女人打过来的。他犹豫再三，想着是不是打过去，终于决定还是先打给托娅。正拨着号，铃声响起，是那个女人的电话。

我知道你会找我的，我一直在等着你呢！

魏东说对不起，我刚才骑马去了，没带手机。本来骑完马会很舒服，可是今天，骑完之后反倒更加空虚。我突然明白我是这么害怕孤独，我需要跟你说说话，请原谅。

我也需要啊！两个孤独的人，都需要说话，需要互相慰藉，不是吗？

我为什么要信任你？刚才我骑马的时候一直在问，我不知道你是谁？连名字都不知道，我为什么要跟你诉说？

因为你……欠我的，命中注定你是我要找的人，所以我坚持不懈地打你的电话。你没有必要知道我是谁，但我要让你知道我的存在，而且会有一天，你还会知道得更多……

什么？什么更多？我已经知道你是存在的，跟你说话我确实可以放松一些，因为你是陌生的。陌生的就是安全的。

女人说，你真是聪明。你是一个男人，我是一个女人，知道这一点就够了。对我们来说，没有任何的枷锁没有责任没有义务没有道德，这多好啊！我们可以随便可以放松可以肆无忌惮，是不是？好了，现在，我想跟你说说我跟宝马的爱情，你想听吗？

这一夜，魏东几乎跟那女人说了一夜的话，他也不明白为什么女人对他如此信任，几乎向他倾诉了自己所有的隐私。他有些感动，他觉得自己至少是有用的。他在倾听的时候也显示出了极大的耐心，还时不时地插话，就像演一场戏剧，他是个成功的配角。如果他能有如此的耐心来倾听托娅的话，现在的结果会不会是另外的样子呢？他非常激动，包括她描述的性爱，也让他热血沸腾。与她相比，他觉得自己就是个低能儿。其实男人总是更务实，更追求最后那一刻的巅峰体验，所有的努力都朝着那一个方向。可女人不同，女人更懂得情调，更懂得享乐。他想起了托娅，有一丝愧疚掠过内心。女人问他，你走神了？哦，你怎么知道？我能感受到。你在想另一个女人。谁呀？你妻子吗？

他不能再等，他必须现在就跟托娅通话。没错，对不起，我想她了。女人说，那你赶紧给她打电话吧，我不耽误你，只是你记住，也许没有人比我更适合你，我一直都会等着你，你随时可以进来。

他马上给托娅打电话，可是打了无数遍，她的电话一直关机。他看看表，已快凌晨了，她早就关了机的，这是她的习惯。一时很失落，他摸出一根烟点着，自己到底想干什么呢？他决定，天一亮，立即找托娅向她道歉。

3

在魏东往城里赶的时候，魏锋正一个人在剧团门口徘徊着。他跟自己纠缠了一夜，母亲的话也在他耳边响了一夜。的确，母亲说得没错，他与托娅是不会有结果的。就算他们能在一起，会得到幸福吗？他真的能坦然地面对魏东吗？还有家人？不能。就算他有足够的勇气面对他人，他能面对自己的内心吗？其实当一种爱，无论多么美好的爱，一旦被人诅咒被人践踏，它就不会再美好了，最终可能被弄得面目皆非、七零八落。他和托娅之间，如果保留着这份感情的话，也许它一直都在。一旦说破了，它也

157

就没了，不在了。所以他要把这个感悟告诉她，跟她达成和解。

托娅上班去了，她跟同事走了过来，他想迎上前去跟她说句话，可是他知道要跟她保持距离。他一时不知该怎么说，说什么。他就那么看着她走过去，根本无能为力，甚至都不能说句话。一瞬间，巨大的痛苦袭向他，他那么茫然无望地站在那儿。

他想离开，抬头一看，停下了脚步，对面是那座俄式小楼，就是当年他和魏东、妈妈一起看电影的地方。十年了，好像什么都没改变，可是他还是原来的那个魏锋吗？他不禁难过起来。

当年，他就是在这个新华电影院看的电影，出来就出事儿了，从此他的命运发生了逆转。托娅走到门口又折回来了，显然她看见他了，她不忍心让他独自站在风中。他们慢慢地走近，彼此的伤感与激情，那么迅速地占据他们。

托娅问，你不是说要走吗？怎么还没走呢？

我不走了。

为什么？

我……不想逃避了，我想告诉你……那个故事。

什么故事？

有一只鸟儿在天空飞过，它的影子投射到水面上。一条鱼被这美丽的幻影震惊了，它奋力地游过来。一个在空中，一个在水里，它们彼此相望，深深相爱。但是鸟儿无法进入水里，鱼儿也无法飞到空中，它们只能彼此交出叹息。鸟儿不忍飞走，徒劳地哀鸣；鱼儿守着那个空幻的影子，却连声音都发不出来……

这个故事魏东也讲过，他是说两个世界的物种，是不可能相爱的。你也是这个意思吗？

是的，有些爱不能实现，因为……

他说不下去了，托娅被他激情的目光震撼着，她紧紧地盯着他的眼睛，彼此的目光就像子弹一样对射着，碰撞着，发出乒乓作响的声音，吓得他们魂飞魄散……他们一时都像失去了知觉，身体与精神都陷入一种虚无的状态……

他多么希望能张开怀抱，紧紧地把她抱在怀里。告诉她，他就是那条鱼，他疯狂地爱她，哪怕是她的幻影。多么希望这一刻那火焰烧毁他，哪怕是成为灰烬，他都在所不辞。他的手在剧烈地颤抖，嘴唇嚅动着，却说不出一句话。托娅在等待着，她已感受到那火焰的热度，也体味到自己的渴望。她舔着干燥的嘴唇，听见自己的骨节似乎在噼啪作响。可是他们中间隔着一条巨大的鸿沟，他们再前进一步都会毁掉。她再也无法忍受那种煎熬与折磨，她突然掉转头去，狂奔起来，一边跑一边哭着……

一只鸟儿，一条鱼，即便相爱，也无法实现。

他简直痛断肝肠，对于他的爱情，他无能为力，没有这种无力让他更痛苦的了。他觉得胃似乎在疼，或者是别的地方在疼，是五脏六腑都在疼。

魏东开着车赶来，把车停下，一眼看见魏锋站在那儿，心被沉重地击了一下。看来他先于自己见过托娅了，这让他尤其不能忍受。他都说了什么？她是否接受了他的安慰？魏东越想越气愤，他和托娅的事，用不着魏锋来插手。他摇下车窗，看见魏锋脸色很差，满脸惆怅，便嘲讽地说，来得挺早啊，比我还早。

魏锋似乎没听见，也没在意他的到来。他按着腹部，好像是腹痛，这样做能减轻一点痛感。魏东继续说，你不是做生意去了吗？怎么回来了？你应该回家才对，你是不是走错了地方？

魏锋恍恍惚惚地转头便走，也不搭话。魏东开着车，慢慢地跟在他身边。你这么关心你嫂子，我是不是得谢谢你？请你吃个早茶怎么样？对啦，你还没吃过早茶吧？要不见识见识？

魏锋只顾低头走着。对他来说，魏东根本就不存在，世界也根本不存在，他此刻心里只有一个托娅，他专注地想着她的模样、她的眼泪。魏东跟了他一段时间，发现他一点都没把自己放在眼里，有点泄气。他希望魏锋跟他打一架，打个你死我活，可是魏锋不理睬他，不应战，那么他就不是胜者。

魏东的车终于停下来，他看着魏锋继续走下去，走得义无反顾，不管不问，几次都是险象环生，被司机大骂。终于，魏锋的身影消失在人流中，什么都看不见了。他坐在那儿，让自己平静一会儿，抽了根烟，才掉转车头向剧院开去。

可是托娅以排练为名，根本就不肯见他。他呆呆地看着她跳舞，好像自己根本就不存在一样。中间王总打来电话，叫他立即回公司开会，他只好悻悻地离开。

4

魏锋不知走了多长时间，也不知走到了哪里。他来到郊区一座小镇，他茫然四顾，四面都是错落的平房、质朴的乡民。这时，有一股铁腥味儿飘了过来，他使劲地抽抽鼻子，便顺着铁味儿飘来的方向走过去……

远远望去，一片红色扑面而来，火星在四下飞溅，炉火在熊熊燃烧，一阵激越的号子声咿嗨咿嗨地响着。有那一瞬，魏锋一下子愣住了。看着这熟悉的场景，他内心里的那股激情似乎一下子找到了出口，顿时，他热泪盈眶，像找到了久违的故乡、心灵的家园。他快步地走过去。

一位老人正在掌钎，一个年轻人光着膀子，抡圆了胳膊，正在打铁……

他走进去，脱掉衣服，从地上抄起一个重磅的大铁锤，与那年轻人一起，打起铁来。他不由自主地跟着喊号子，一锤一锤重重地砸下去，砸下去。他什么都忘记了，一心扑在铁上，好像要把所有的痛都砸碎了，把所有的苦闷都发泄出来。他一口气打到筋疲力尽，才停下来。

老人夹着那通红的铁，吱啦一声放进水中，一股白烟冒出来，痛快至极。他和那年轻人一起，一人捧着一大缸子水，一饮而尽。老人拍着魏锋结实的肩膀，掐着他胳膊上的肌肉，欣赏地看着他说，好小子，是块打铁的好料儿。他问大爷，生意好吗？

老人叹口气，说哪有什么生意啊，现在谁还稀罕这玩意儿，黑不溜秋的，也不中看，谁要啊？商店里什么都有。

那你……

老人说，这是我祖上传下来的手艺，不能在我这儿失传。打了一辈子铁，不打就浑身不舒服，病就找来了。所以我这铁匠铺啊，就等于是练身子骨儿的地方，每天来这儿抡几锤，那骨头缝儿就开了，气就顺了，心就舒坦了。

那你打的这东西？

我就打着玩儿的，可也不能马虎。你看，这边儿没打好，一会儿还得重来。

这时那个年轻人说，吕大爷，我不陪你玩了，你找别人打吧，我还得上网去呢。

魏锋疑惑地看着匆匆穿上衣服走出门的年轻人。老人望着他走远的背影说，我呀是一心想把我这手艺传给我孙子，可人家死活不学啊，人家现在进城打工去了，说是给饭店跑堂的，你说哪比得上跟我学点手艺呀。说不听，没办法。我儿子在镇上开了个加工厂，挺赚钱的。你看，那座小楼就是我的家。现在是什么也不愁了，就是闲得慌，难过，浑身不得劲儿。我就把这炉子支上，谁愿意练练身板，谁就来跟我打打铁。刚才那小子，从前是个病秧子，你看现在，多结实！

魏锋看着扬扬自得的老人，感受着那份悠然自得的闲情，觉得他的话句句都说到了自己的心里。现在，他正哪儿都不得劲儿，正有劲儿使不上，他正闲得五脊六兽，他的心里正奔流着一股不可阻挡的洪流。他便说吕大爷，我想跟你打铁！

老人摇着头说，年轻人，谁还愿意打铁？这都快成老古董了，我要是一死，这铁匠铺就黄了。魏锋说大爷，我说的是真的，你要是肯收留我的话，我就住下来，天天陪你练！

老人喜上眉梢：你的话可当真？

当真！

老人一下子乐开了花，那敢情好。我是一直愁这事儿呀，就怕到我这儿，我把祖传的手艺给丢了，没传下去。我一直想找个肯跟我学的好料儿，可找不着啊。你要是真能留下来，那我可是烧高香啦！

老人在地上铺了一块塑料布，与魏锋席地而坐，拿出来一瓶老白干，就着一盘花生米、豆腐干就喝了起来……他摇晃着头，眯着眼睛，哼着小曲，十分陶醉。老人倒满了酒说，我找了一辈子愿意打铁的人都没找着，今儿个让我给碰着了，没说的，就是高兴，高兴啊！来，咱爷儿俩有缘，喝两盅！

魏锋端起酒杯说，那我就正式拜师了。师傅，从今天开始，你就是我的师傅，请受徒弟魏锋一拜！他一下子干了一盅，跪下身，给师傅恭敬地磕了个响头。喜得老人也跟着干了一杯酒，他连忙摆手说，免了免了，你能叫我一声师傅就够了，够了！孩子，看你这样儿，是城里人吧，为什么要学打铁，跟师傅说说！

师傅，没错，我是城里人，可是我从小就喜欢打铁。有一次，我被我爸打了，满腹委屈地跑了，跑到郊区看见打铁的，就跑到那儿看着。说也怪了，看着看着，我那委屈那眼泪全没了，心里那个舒坦啊就别提了！后来，我遇上了更多的委屈、不平，心里憋屈、难受，我就想这要是能打打铁多好啊。今天，我也是憋了一肚子苦水跑出来的，我胡乱地走，突然就看见铁匠铺了，师傅，不怕你笑话，我当时眼泪就下来了……

好小子，跟我一样啊，那铁就是我们的亲人，见着就亲哪！那铁就是我们的骨头，宁折不弯啊！那铁就是我们的女人，贴心贴肝啊！

师傅，你算说到我心坎儿里去了，来，咱爷儿俩干！

二人碰盅，喝得痛快淋漓……

161

一老一少都已经喝醉了，他们横卧在地上，老人已沉沉地睡去，魏锋还在不停地拿着瓶子往自己的嘴里灌着酒，直到瓶子从他的手里滑落，他也迷迷糊糊地睡着了……

5

魏锋离家出走了，电话关了机，这让韩如梅急得像热锅上的蚂蚁，不停地在地上来回地走着。无论魏子安怎么劝她，她都无法停下来。因为她知道魏锋为什么走了，他是为了躲避托娅，这孩子懂事。可也不能不往家里打个电话报声平安啊！

电话铃声响起，韩如梅像捞到救命稻草似的扑上去，抓起电话就问魏锋你在哪儿呀？妈，是我，魏东，我今晚上不回去了，加班。韩如梅说好，可是你得去看看托娅啊，她也不能总住在麦穗那儿，你是男人，不能总这么撑着，该接就得接回来啊。

妈，我的事你不用操心，我知道怎么办。

魏锋跟你联系过没有，都大半夜了，他还没回来呢。

魏东说，妈，别太操心了，魏锋又不是孩子，他是大人，他也有自己的生活，出去玩玩，不会有什么事儿的。你总不能把他关在家里，不让他接触社会吧！没事儿，妈，睡吧啊。

魏锋与托娅的事儿让韩如梅辗转反侧，她感到更加沉重。魏东的事儿还没有结果，悬着的心还没落下，现在这种时候，如果魏锋与托娅再出点什么事儿，那魏东怎么办哪？她想把这事告诉老伴儿，可是她又不敢说出来。她深知老伴儿的脾气，那还不得拿刀把魏锋给剁了？

老魏说你到底睡不睡啊？翻来覆去的，把我折腾得睡不着了！

见韩如梅支支吾吾的样子，他便说有什么事，说吧！

我是说，魏锋和托娅……

老魏敏感地问，他们怎么了？

韩如梅急忙收住话头，啊，是魏东，你看我总是叫错。我是说想让魏东和托娅搬出去住，这一大家子在一起，太乱了，人家小两口跟咱们住一起，总不太方便不是，现在年轻人谁还跟老人一起生活呀！

魏子安说他们不是住自己的家里吗？也没跟我们住一起呀，那关上门是两家人。韩如梅说那不一样，住得太近了。两个门紧挨着，就跟一家人

162

有什么区别？

魏子安说都是你，当初非让他们买邻居的房子，说热闹，还让哥儿俩有机会沟通。这回可好，住烦了，又要他们搬出去。横竖都是你了，我不管，愿搬就搬，我没意见。

韩如梅听老魏这么说，心里才亮堂了一些。她马上给魏东打电话，催他去接托娅。魏东说妈你烦不烦哪，刚刚打过电话这又来了，不用你催呀，我都在路上了。

那就好。

他见到托娅，向她道歉，他说我当着麦穗的面给你赔个不是，我那是昏了头了，觉得没脸见你了，连我都不认识自己了。我简直是猪狗不如。托娅，你原谅我这一回，以后再也不会有了。麦穗躲出门去，说你好好跟她说，他点点头。可是托娅自始至终都没有一句话，她已经了解这个男人了，她无法把握他的情绪，他好起来比谁都好，可翻脸就不是他了。她不可否认他对她的爱，可这样的爱她承受不起。她不敢看他，眼神里带着一种小兽的呜咽，那是一种受伤的姿势。

见托娅对他的话无动于衷，他不知该怎么办。他慢慢地走出去，脸色阴沉地来找麦穗。他说只有你劝劝她了，我对她没办法了。在麦穗的治疗室里，他躺下来。麦穗说魏东，你到底有什么障碍，为什么要对托娅那样？

他沉默着，不肯说出来，是他无法说出口。她说，你是我的亲人，还有什么不能告诉我的呢？也许我能帮你。他闭着眼睛，一颗泪水缓缓地流下来……她帮他擦拭着，想不到那泪水越擦越多。他握住她的手，把脸埋进她的手里。很久，他才说麦穗，我是个 ED……

她一惊，爱怜地抚摩着他那稀疏的头发，她说不要紧，这是你的心理因素造成的，没关系，让我帮你找找原因好不好？他摇着头说，麦穗，其实我为什么不肯跟你结婚，就是这个原因。我不想害你，不想让你痛苦。麦穗也哭了，她说那你就让别人痛苦，你就折磨别人吗？他说是我觉得难以启齿，我是个性无能者，说起来太丢人了，这事得从我小时候的一次挨打说起……

麦穗仔细地倾听着他的诉说，从魏子安抽打他开始，到他的自慰，到他对托娅那个蒙古情人的嫉妒，从托娅唤起他的激情使他重新做个男人开始，到他自从结婚以来就没有做成一回男人，他一股脑儿全倒给了麦穗。

她听着，深切地同情他，埋怨他为什么不早点告诉她，他说怕自己在她面前颜面扫地，怕他再也没有任何尊严，怕他从此会失去在她心中的地位。她看着身边的魏东，这个她从小就爱的男人，他就像自己身体的一部分，他心里有着这些苦这些难，她都不知道，她这个心理医生真是太失职了。她说不会，你的苦就是我的苦，你告诉我我只能替你分担，我不替你分担又有谁替你分担呢？你真是好傻啊！无论你娶了谁，你都是从前的魏东，我怎么会因为你的病而看轻了我们之间那么多年的情感呢！魏东，难道你就那么不了解我，那么不信任我吗？我就是另一个你，病长在你的身上，就像长在我的身上一样。从今天开始，我们一起努力，我们一定能战胜它，好不好？我的第一个建议就是你尽快跟托娅搬出来住，你们应该给自己一个不受打扰的独立空间。第二个建议就是你要打破那些虚幻的东西，从那些阴影里走出来，重建你的自信。第三，你还是要把你内心里真正的障碍搬掉，你还是有一件大事拦在你面前，你无法逾越。

魏东抱住麦穗的腰，把头深深地埋进她的怀里，像个无助的婴儿一样，痛痛快快地哭着……

麦穗说魏东，托娅不回去就先住我这儿吧，你还是回家吧，免得妈惦记。我会慢慢地跟托娅谈，你们两个人都平静一段时间，好不好？

魏东只好听从麦穗的话，起身走了。

第十五章　让我再打打铁

1

清晨，魏锋渐渐地醒过来，他感到浑身都在疼，口渴，嗓子直冒烟儿。他慢慢地坐起来，抓起一个茶缸咕咚咕咚地喝了一缸，才真正地清醒过来。他看了看窗外，天已微微亮了，他想起应该回家有个交代。

早餐时，魏锋回到家，一推门，韩如梅便开始埋怨他，你个死小子，还知道回来呀！魏锋搂住母亲，连声说对不起，对不起，我昨晚喝酒喝高了。这不刚刚醒来，就紧赶慢赶往家跑嘛！

老魏说没事喝哪门子酒呢？跟谁喝的，在哪儿喝的？魏锋说高兴呗，我找到工作了。魏东正低头吃着早饭，怀疑地看着他说，不错嘛，还能找到工作？韩如梅说什么工作？快告诉妈，也让妈高兴高兴。魏锋肚子咕咕直叫，也没洗手，便伸手抓了个点心，塞进嘴里说，反正就是出力气的活儿呗！老魏说我想也找不着啥好工作，扛大个卖力气还差不多。

四个人坐下来一块吃饭。韩如梅说魏东啊，你看，我和你爸都是老一辈的，有些想法跟你们都不一样，你们会受约束的。所以我跟你爸商量着帮你们租个房子，这样对你们对我们都有好处。

是我们哪儿做得不好吗？

没有没有，托娅做得挺好的，也难为她了。现在，年轻人都需要有自己的空间，谁还跟老人在一起混？我这是为了你们好。

魏锋坐在一旁，没有吭声。

魏东说妈，我知道你的心思，你喜欢我们一家人和和美美地一起生活。再说这么多年，我都没有照顾你和爸，心里一直不安宁。托娅有什么地方做得不好你说出来，她可以改的。你要是非把我们撵出去，那就是嫌我们。

165

韩如梅说哪儿能呢，妈是真心为你们好。这事儿你也不要急于决定，你和托娅再好好考虑考虑，不急。

魏锋说不用，魏东不用搬出去，我搬出去住。

你？

没错，我找的这份工作正好提供住的地方，我今天回来就是收拾东西，以后我就有吃有喝有住的了，哈哈……

韩如梅心里明白魏锋为何要搬走，他从小就懂事，就懂得体贴母亲的心。他是不想让她从中为难啊！想到这儿，她的眼睛湿了。老魏说，哎哎，有啥大不了的，值得你这样吗？不就是出去做点事，自己照顾自己嘛，要不你还总把他搂在身边，不让他出去飞吗？可她还是不舍得儿子刚刚与家人团聚就搬出去住，她恋恋不舍地把儿子送上车，千叮咛万嘱咐，让他经常回家来，冷了取衣服，馋了回来改善伙食，临别还非得塞给魏锋二百块钱不可。

魏锋在老铁匠的指导下，开始学习打铁的技术，他终于打出来个长命锁。他摆弄着，欣赏着。这也算是他的第一个作品。几天过去了，他的力气也发泄得差不多了，新鲜劲儿也过去了，他觉得光打铁玩儿是不行的，怎么养活自己呀？一个大胆的想法冒了出来。

师傅，我想用这铁匠铺养活我们俩。

老人说养活不了，现在不比过去，从前人们会来打个镰刀啊斧头啊小孩的手链啊长命锁啊，你说现在谁还稀罕这东西。你能来陪我打打铁，也就是玩玩儿，练练身子骨。我知道你也待不长的，几天新鲜就完了。

你说错了，魏锋说，这儿我留定了。你的话提醒了我，我们在这儿打铁也不是为了能打出什么东西来，像你说的就是玩玩儿。那为什么没有别人也想来玩儿呢？这城里现在什么都有，就是没有出气的地方，假如我们这儿成了一个出气的地儿，谁要是不痛快了就来打打铁，谁要是心里憋屈了也来打打铁，谁要是婚姻失败了就来打打铁，谁要是闲得难受就来打打铁，那还不得挤爆了啊！

魏锋的话让老人的眼睛一亮。

我想把这改成一个体验馆。我都分析过了，生活在城市的人，普遍压力太大，需要有一个放松的地方。可是城里那些高尔夫、娱乐场都是富人去的地方，一般老百姓也就是搓搓麻，桑桑拿，时间长了，他们也腻了烦了，他们需要有一个新的去处，可以重新找回他们年轻时的感觉。所以，这上了年纪的人为了重温过去，会来的；这年轻人为了赶个时髦赶个新奇也会来的。这儿不能再叫铁匠铺了，要叫铁艺馆？不不，对啦，就叫"东风铁艺生活体验馆"，一提起东风，人们就容易怀旧。有人来了，我们给他们一块铁，负责帮他们设计，打完以后就留给他们做纪念。师傅，我看准能赚钱！

老人一拍大腿，哎呀，高、高，太高了！小子，咱们说干就干，我明天就去镇上办手续。不瞒你说，我还有一千多块钱的存款，全拿出来，把咱这铁匠铺也装修装修，这个就交给你了。

魏锋搂住老人说，师傅，我遇到你，算是三生有幸！

说干就干，魏锋给魏东打了个电话，兴奋地说，魏东，我要开个铁艺生活体验馆，名字都起好了，就叫"东风"，咱俩名字各取一字，谐音。我正想装修呢，看看你有没有什么高招，帮我参谋参谋。

魏东有些惊讶，铁艺生活体验馆？没听说过，不过我帮你想想。对啦，那个标牌我帮你做了吧！需不需要钱，要不我也投点？魏锋说，嘿，现在我算是有后台了，等我需要时可就张嘴了。

魏锋接着又给麦穗打了个电话，他知道告诉她就等于是在告诉托娅，希望她们都能帮助他在微信朋友圈扩大宣传。麦穗放下电话，兴奋地说魏锋开了个铁艺生活体验馆，有空儿咱们也去看看，听魏锋说谁都可以打呢！她说那你没问问在什么地方啊？对啊，麦穗便回过去电话，又问了一遍。托娅觉得有些失落，他给麦穗电话居然一句话也没提到自己，这让她感到委屈。这么一想，托娅觉得思念的潮水一下子就漫过来了，她被冲击得七零八落。魏锋的形象瞬间占满了脑海，她需要马上见到他。她说麦穗，晚饭我不吃了，突然想起点事，我得马上去一趟。

她打了辆出租车，直奔铁艺生活体验馆。

与此同时，魏东正开车驶来，后备厢里拉着东风铁艺生活体验馆的门牌。

傍晚时分，托娅靠在门板上，看魏锋打铁。大冬天，他却光着膀子，胳膊抡得呼呼生响，身上脸上被炉火映得通红，他喊着号子，胸膛上的汗水像小溪一样流淌。他健壮的身体也像坚硬的铁，古铜色的肌肤散发着一股不可抵挡的活力。她看得疯狂，那一股股的热流冲破她的心脏，喷发出来。她走进去，不顾一切地从后面抱住了魏锋。

魏锋抡起的铁锤停在空中，慢慢地从手里滑落。他的身体仿佛一瞬间就僵直了，没有感觉了，那幸福的风暴席卷而过将他打晕了……过了一会儿，他才慢慢地缓过来，用刚刚打过铁的胳膊一把把托娅环抱过来。短暂的对视，好像一把火顷刻之间把他们全都焚毁，他们不顾一切地拥吻在一起……他的嘴唇就像烙铁，一下子把托娅的嘴唇烫伤，他们似乎都闻到那种焦煳的气味。他浑身战栗着，变成了一块烧红的铁，那铁水流到哪里，哪里就是一道伤口。他那么强烈地渴望与她融为一体，就像两块铁，变成铁水，不分你我。他抱起她，眼里喷着火苗，呼呼地响着。他找不到自己，他好像变得没有一点重量，怀里的托娅轻得也像一团棉花，一朵云。他已灵魂出窍他已飘然欲仙他已百无禁忌，唯一的念头就是拥有她，爱她……

这时，魏东刚好推开门，看见眼前的一幕，目瞪口呆……

一股巨大的愤怒冲得魏东双脚打战，牙齿发抖。他一下子被撕裂了，脚步踉跄，跌跌撞撞。他好像经过漫长的路才走到他们的身边，他一把抓住魏锋。魏锋像从梦境里惊醒一样，呆呆地望着魏东。此刻他的头脑里一片空白，他的身体就像一块发红的铁突然遭遇水，他听见吱啦一声，一股白烟冒起来。

啪的一声，魏东狠狠地打了魏锋一个嘴巴，畜生！

魏东像被抽断了筋骨，慢慢地软下去，一下子跪在地上，仰起头来，号啕大哭……

2

魏东飘飘忽忽地走出来，直奔向汽车，魏锋拦住他，他根本就不管，开大油门就冲了过去，差点没把魏锋撞着……

魏锋打了辆出租车，带上托娅跟着魏东的车，他生怕魏东会出什么事儿。只见那车开得七扭八歪，跌跌撞撞。他们一直跟到市区，后来就跟丢了，他只好掉头把托娅送到麦穗那儿。

出租车停下来，托娅默默地下了车，她不忍就这么走开，便回过头看着魏锋。他勉强对她笑笑，说没你的事儿，你回去吧，好好睡一觉，魏东有我呢！

可是……

别担心，坚强一些，啊？托娅点点头，走进去。他站在门前，想了一会儿，便直奔郊外小屋，他的直觉告诉他，魏东应该去那儿了。

魏东凭着本能，把车开到了郊外小屋。现在，只有马才是他唯一的安慰，也只有看见马，他才能清醒过来。纷纷奔来的马啊，又纷纷奔去，他的脑海里就像一些慢镜头一般，来来往往的都是马的身影。一个黑影闪过去，一把发亮的刀在黑暗里闪亮，马的嘶鸣声响起，那把刀刺了下去，一股鲜血喷溅出来，马哀鸣着……

魏东努力地睁大眼睛，不知道刚才闪过的景象是不是幻觉。

他走近那匹马，忽然看见那马浑身颤抖着，眼睛哀伤地看着他，它就要坚持不住了，血在不停地流淌着，流淌着……终于，马慢慢地倒下了，它依然睁着眼睛，喘着气，无望地看着魏东……

魏东完完全全惊呆了，他一下子跪下来，想用双手去抚摩那匹马，可是他十分的恐惧，手禁不住发抖。血渐渐地扩大，扩大，直到映红了天空……他终于吓垮了，旧病复发，倒在马的身边。

魏锋跑过来，被眼前的情景吓呆了！片刻后，他蹲下身，抱起魏东，不停地喊着他，魏东，魏东，你醒醒，魏东，魏东！魏东还是战栗着，极度恐惧。他抓住魏锋的手，像抓住一根救命稻草，嘴里不停地说着，刀，血，刀啊……魏锋抱起他，向小屋走去。孙大爷睡得正酣，听见有人踢门，才应声，打开门一看，是魏家兄弟，赶紧把他们让进屋。魏锋把魏东抱进来，放在床上。

孙大爷问怎么了这是？

魏锋说他被吓着了，马被杀了！

啊？他急忙走出去。

魏锋紧紧地抱着魏东说不用怕，有我呢！魏东，别怕，我在呢！

魏东周身颤抖着，牙关紧咬。魏锋把脸贴在他的脸上，内心被无限的自责与痛苦淹没了。他喃喃地说着魏东，对不起，真的对不起，你别这样，都是我不好，都是我的错，你要相信我，从今以后，再也不会出现这样的事儿了。魏东，你醒醒，你打我骂我都行，可是你得醒来，魏东——

他慢慢清醒过来，惊恐地问我的马呢？我的马怎么了？我要看看，看看我的马。孙大爷走进屋来，都是我不好，我睡得太沉了，魏东，马已经死了……

魏东挣扎着站起来，不行，我非要看看它不可，它不能死，它是我的，我的马！

魏锋阻止他说你不能再看它了，我不能让你去看，你看不了的。

魏东忽然很激动的样子，说不让我看它最后一眼，我能甘心吗？

魏锋一想也是，那马就是魏东的命根子，他无权阻拦他。他便扶着魏东走出小屋，向马棚走去。魏锋把老人打发回家，扶着魏东走进来，那匹马已经被孙大爷盖上了稻草。它静静地躺在那儿，血依然在流着。它睁着大大的眼睛，好像一直那么看着魏东。魏东突然蹲下来，伸手抚摩着那马，泪流满面。

魏锋劝慰他说，它已经死了，我们回去吧，明天让孙大爷把它埋了，我知道这马是你的命根子，可是谁也不愿出这样的事儿。

魏东大喊起来，我知道是谁干的！

魏锋惊讶地问你知道？

就是你——

我？你还没清醒吧，我怎么会杀你的马呢？

就是你，你要向我示威，想抢走我最心爱的东西，你要杀了它，就等于拿刀扎我的心，你要让我心疼，让我痛苦。

他的话让魏锋无法理解，他说真想不到，你会这么想问题。我们从小一起长大，你是知道的，我从不做暗事儿，从不做丧良心的事儿，难道你不了解吗？

魏东指着他说，我了解了，了解得够多了。你跟托娅是怎么回事儿？那也正大光明的吗？你想夺走她还不算，连一匹马一个畜生都不放过，干脆，你也把我杀了得了，别再这么折磨我了！

魏东，我正要向你解释，我跟托娅的事儿，我希望跟你好好谈谈。

别说了，没什么好谈的，你以为我欠了你的，我就得还给你？你以为你为我付出了许出，我就得加倍地偿还你，对不对？魏锋，自从你进去，我就没有一天安宁过，我背着欠你的债，背着欠这个家庭每个人的债，我小心翼翼，苟且偷生地活着，我看着每个人的脸色，连喘口气都那么难，我一天都没有快乐过。不要以为只有你付出了，我付出的绝不比你少！

这是兄弟俩第一次正面谈到十年前的那件事，以前他们都小心地绕过去，但是那件事从来都没有消失过，它就横在他们中间，成为他们的障碍。现在，能够说出来也是好的，起码可以不必再绕行了。

魏锋说，不要谈谁欠谁的，在我这里不存在。不管我付出什么，都是我自愿的，我从来没怨过你没恨过你，如果你非要那么想，那就是你心胸狭隘。无论如何，一切都过去了，希望你以后再也不要提这件事儿了，它不应该成为我们永远的阴影。

过去了？你认为真的过去了？没有，永远都不会过去。你知道，这件事又被重新提起，托娅开始背叛我，我的马离我而去，我不知道明天还会发生什么。魏锋，你好歹毒啊，你夺走我这两样最爱的东西，就等于置我于死地。

魏锋一拳打过去，魏东倒在地上，他爬起来，进行还击。两个人扭打在一起，你来我去，难解难分。魏东也不知道是哪里来的力气，他把所有的痛苦与怨恨都积攒到了一起，现在他要完全地发泄出来。从小魏东就不是魏锋的对手，甚至他连动一下魏锋的能力都没有，可现在，他发疯地反击，他要把从小到大积郁的能量都释放出来，把那些压抑都释放出来。他们不知打了多久，从马棚里打到外边，又从草地上打到小树林旁，一直打到筋疲力尽，直到打不动了为止，终于气喘吁吁地躺在地上

两个人望着满天的星星，那满天的星星有多久没有看到过了？他们已经记不起来。小时候，哥儿俩多少次看过星星，争论过星座。那时总是魏东得胜，他的严谨和他的好学使他学识渊博。

现在，坚硬的北风吹过，就像一把把刀子刮过他们的脸。魏锋哼起一首小时候他们最喜爱的歌《小白菜》。

小白菜啊，叶儿黄啊，三岁上啊，没了娘啊……

魏东也跟着哼起来：小白菜啊，地里黄啊，三岁上啊，没了娘啊……

魏锋唱着唱着哭起来，说那时我们一唱这首歌就掉眼泪，就可怜起那个没娘的小白菜，我们不知道她在哪儿，是不是还受后娘的气，听说三十晚上把好吃的东西放在窗台上，心里想让谁吃就能吃到，我就把妈分的大苹果放窗台上，你呢，就把你最爱吃的大红枣放窗台上。我们撑着不敢睡，就等着那东西被拿走。可是一直等到天亮，那些东西还在那儿。

是啊，它们没被拿走，从来都没有被拿走。有时候我会看见它们，好好的，都在。

魏锋说小时候，妈经常把一块豆腐分三块，咱们和麦穗三个一人一块，我总是第一个吃完，眼巴巴地看着你们吃。魏东说我吃豆腐最慢了，一点点地吃，看着你特别馋的样子，我就特别得意。

有一次咱们玩儿碰花瓶，咱们家邻居的小强子总欺负你，我就故意使大力气把他一头撞飞，他头上磕出了血。为了这，爸把我暴打一顿，还罚我一天不给饭吃。你就把地瓜藏在怀里，偷偷送给我吃。魏东说那时你太淘了，总是惹祸，但在我心目中，你是我的主心骨，有你给我撑腰，我才不怕那些孩子。

有一次你写作文写到了我，老师叫你在课堂上念，我记得很清楚，你

说，我的弟弟叫魏锋，他虽然只比我小十分钟，但却像我的哥哥，当我受了欺负的时候，他总是第一个站出来为我出气，当我受了委屈的时候，他总会为我抱不平。我有这样一个兄弟感到很幸福。那天，我趴在桌子上装睡觉，其实我一直在流泪……

魏东伸出手，慢慢地握住魏锋的手。魏锋，从小到大，你总是把最好吃的东西给我，把最喜欢的东西也给我，直到现在。

魏东，你是我的骄傲，不是我给的，而是你应该得到的。现在依然是，因为你太优秀了，哥，他第一次这么叫他，叫他心头一热。哥，忘了刚刚发生的一切，我保证一切都过去了……魏锋叫得魏东的心暖洋洋的。魏锋说哥，我永远都是那个魏锋。二人的手紧紧地握在一起。魏东说走，喝酒去！

两人起身，往小屋里走去。这一夜，哥儿俩一直喝到天亮，把小屋里藏的酒全部喝光。他们试图找回过去的感觉，他们曾经是一个人，在外人看来，他们什么都是一样的。可现在，他们已经是两个人，有着不同的想法不同的性格不同的经历，除了那一张脸外，他们什么都不相同了。但是这一夜最大的收获就是魏东表面上原谅了魏锋的不理智，也相信他是一时冲动，更相信他从此跟托娅一刀两断，一切都还能回到以前的生活中去。但是，他真的相信吗？

3

可是那匹马是谁杀的呢？为什么要杀马？显然，这是为了让魏东心疼，这是在刺伤他的心。现在，哥儿俩可以平静地讨论这个事实了，虽然魏东回忆这个过程无比恐惧，但在魏锋的鼓励下还是慢慢地说下去：他似乎看见了一个黑影儿，在黑夜里闪出，一度他以为是自己杀了心爱的马，可是他没有刀，是如何杀得了的呢？魏锋突然想起那把刀呢？我要看看刀。魏锋出去到现场找到了那把刀，这让他一下子回忆起在魏东婚礼上收到的快递，刀形一样。而魏东见到刀后也脸色大变。你见过是吗？魏东问他，他点点头，这就是QQ上常出现的那把滴血的刀。会不会是一种巧合？魏东摇头说绝对不会。要不要报案呢？魏东奇怪地拒绝。他的心里隐隐有一种莫名的感觉，有一双幕后的眼睛一直都在注视自己、监视自己，他无法逃离那种被透视感，这也是他特别恐惧的根源。

魏锋把那匹死马埋葬了，把这把刀的事情告诉了麦穗，她面无表情地说，魏东是个病人，你不要相信他的说法，他有幻觉幻听，也许这就是他编造的一个假象。但愿如此。

魏锋开始他独特的营销策略，他突然发现了微信的能量，是他这个脱离社会十年的人根本无法想到的。他通过手机网络研究了一周如何做电商，以他的聪明很快就找到了自己的方案。不同的是，他先卖一个理念，而并非打铁的产品，那就是绿色的生活方式。怀旧加新奇，让老一代能够通过打铁回味过去的生活，还能让新一代寻找到独有的刺激方式。开始时麦穗是持怀疑态度的，现在的人们大多追求现代生活方式，谁还会走进那原始的铁匠铺去体验古老的技艺呢？托娅只是默默地关注着他的每一个行动，当然还有麦穗，她们为他扩大朋友圈，转发微信。东风铁艺生活馆开业了，在经过一个月的冷清之后，突然就在微信上火爆起来……

4

一个月的思念，把托娅折磨得脸色憔悴，见到麦穗后，禁不住浑身发抖，两眼僵直。麦穗抱住她问你怎么了？托娅，告诉我，出了什么事儿？她也不说话，只是不停地发抖。麦穗把她扶到床上，让她躺下来，给她喝了杯水，不停地安慰她。

告诉我，发生了什么事儿？

托娅已经平静下来了，说麦姐，我有件心事，说不出，我都快憋死了！

跟我说，还有麦姐呢！我能帮你的。

托娅呆呆地望着前方，连转都不会转了。她的手紧紧地握着自己的衣服，很久才说，我爱上……魏锋了。麦穗瞪大眼睛，尽管她一直有些预感，但她不愿相信。现在，一切都变成了现实，她说不出一句话。

真的，我发现我爱上他了。开始的时候，我就觉得跟他在一起很放松，很开心，我不必想一句话该不该说，也不必顾及他什么感受，说错了话也没关系，就觉得他跟我特别像，他像我们蒙古男人，透明、健康、乐观、不小心眼儿，不计较，所以我跟魏东的一些不快就都在他那儿得到化解。后来他去南方那些天，我什么都干不了，我想躲避他，可是我发现没有用，越想躲越躲不开。我想接近他，渴望他，那天夜里魏东折磨我，是他打来电话，我只有一个念头，就是想跟他诉苦，跟他……今天我去铁艺生活体

173

验馆找他了，我一看见他，整个心全碎了，稀里哗啦地，一塌糊涂……

你觉得魏锋什么地方吸引你？

我不知道，就觉得跟他在一起踏实，不用费心猜测，有安全感，没有负担，比较透明，比较阳光，也很放松，这是我要的感觉。他是个男人，一个大男人，一条汉子。他敢做敢当，他……

可是他什么都没有，还坐过牢，而魏东受过最好的教育，体体面面，什么都有，你想过这些吗？

托娅急切地说，不对，你说的完全不对。一个人的价值并不是用身份来定论的，你知道吗？跟魏东在一起，我很害怕，他心里有一种可怕的东西，阴森森的，我说不清到底是什么，但我能感觉到。可以说直到现在，我都不真正地了解魏东，他心里藏了太多的东西，就像在黑夜里，我看不见也摸不着，你了解那种恐惧吗？

可他是真的爱你，当初他不顾一切地娶你，不就是为了爱吗？你这么做就伤害了他，他是个十分自尊的人，你等于杀了他，你知道吗？托娅，我从小就跟魏东在一起，我了解他，他多情、自卑、敏感、脆弱，他要对谁好都能把心掏出来。你说的可怕的东西是什么，你告诉我，我们一起帮助他，因为他爱你！他不能没有你啊！

难道爱就是折磨吗？这样的爱我宁愿不要。

无论什么原因，你都不能伤害一个善良的人……

托娅争辩说，我不想伤害魏东，我知道他是爱我的。可是我必须得忠实于我的内心，否则就是对魏东更大的伤害，你觉得不是吗？

托娅，我希望你冷静一下，这件事先放一放，你现在太冲动了，会做出一些丧失理智的事来，答应我，努力使自己平静下来，不要急于做什么决定，好吗？

托娅点点头，麦姐，我说了这些，你会不会讨厌我？

傻瓜，你把我当成朋友才说这些的，我怎么会讨厌你呢？

现在，魏锋与托娅正在一个十字路口，他们需要冷静地处理一下，所以，麦穗决定找魏锋谈谈。

5

麦穗来到东风铁艺生活体验馆的时候，想不到生意竟是那么红火。许多城里人开着车专门为打铁而来，有老人，是为了怀旧；也有年轻人，是为了寻找刺激，找到一个宣泄口。

魏锋在热情地招呼着客人。一对年轻恋人进来，魏锋拿过来专门给客人准备的旧时衣服，带大襟的褂子，抿裆的裤子，白肚子手巾。

那女孩一看，惊叫起来，这什么呀，整个一偷地雷的。

魏锋说，嘿，不是找感觉吗？一穿上就有感觉了。

两个年轻人手持一把小锤，穿着旧时代的褂子，作秀般地叮叮当当打着铁。最后，他们打出了一个不伦不类的东西，男孩儿看着禁不住笑起来。那女孩累得一屁股坐在地上说，不好玩儿不好玩儿！

一对老人走进来，笑着说，现在这年轻人，哪儿吃得了这种苦。

男孩儿问大爷，您这么大岁数了，还来打铁，还能打得动吗？

老人说打不动了，就是来找找感觉，我像你这么大的时候，那一口气能打一百下。算起来，我有五十多年没打铁了，老了，不行了。

老太太说他就想这口啊，有时做梦就梦见打铁，这不是吗，一听还有地方打铁，就嚷嚷着要来。他远远地看见这炉火，听着这打铁的声音，闻着这铁腥味儿，那就激动得不得了，年轻时的事儿全想起来了，跟我叨叨个没完没了啊。

吕师傅说跟我一样，就好这口，来吧，老哥儿们陪你打！老人便开始准备。

麦穗走进来，一把拉住魏锋，魏锋惊讶地问你也来打铁？麦穗说我来打你！她照着魏锋就是一顿拳打脚踢……魏锋一边躲闪着一边说，哎呀多少年没挨过你的打了，小时候你可是没少帮着妈教训我啊！

麦穗笑了，你还记着小时候的事儿，看来我真是打不动你了。魏锋说，打吧，这面是铁，那面是钢，今天你要能把我打倒，我管你叫姑姥姥！还有劲儿吗？你呀应该先练练打铁，然后再来打我。就你这点劲儿，也就能绣绣花描描眉什么的吧。

麦穗说什么时候有空儿，我想跟你谈谈。他脸色阴沉下来说，是为魏东来的吧？不，是我自己来的。他洗手后擦干，带麦穗走进屋里，关上门。他把一把铁钎交到她的手上，说麦穗，你打我吧！

她放到一边说，你自己交代吧，还用我问你吗？

魏锋一下子沉默了，半天才说，麦穗，我觉得你更应该关心的是魏东，他最听你的话，你曾说过他有病，你想办法帮他治治吧！他整夜地折磨托娅，你看没看见托娅的伤？没错，我是畜生，可他也不是人！为什么要那么对待一个女人，一个单纯可爱的女人。我知道，你们都会指责我，我活该，可是你们为什么不指责魏东啊？他假借爱情的名义就可以随便地践踏一个女人吗？如果托娅幸福，我什么都不说了，我也不会那么强烈地想保护她，想爱她。可问题是她不幸福，岂止是不幸福，她简直就是生活在地狱里，你知道吗？

这么说，你这样做是要救托娅了？

我也不知道算不算，但最起码让她感觉到还有人关心她，还有人爱她。我就不明白，爱一个人怎么忍心打她，怎么忍心让她受伤，怎么忍心让她哭？我不明白这是什么样的爱，爱在哪里？我知道她是魏东的妻子，可是我身不由己，我疯了癫了傻了，明明知道托娅是我嫂子，可我就是爱上她了。麦穗，我没有办法，我管不住自己了，我求你，你有什么好法儿帮我想想，你是医生，你总有办法的。

麦穗叹口气说，魏锋，你知道你这么干的后果吗？

魏锋说知道，我什么都考虑过了，可我就是顾不了。我明知道那是个火坑，可我非得往里跳；我明知道那是刀山，可我非得上。我心里明白，什么都明白，你要讲的大道理我也都会讲，可那是理智。一旦到行动上，就什么都不管用了。

麦穗说，那你打算怎么办？

我跟魏东都谈过了，我做了伤天害理的事儿，我该遭天打五雷轰。我已经保证，我跟托娅一刀两断，再怎么想她，我也不会再做让魏东伤心的事儿了。

我就知道你是条汉子，会说到做到。

可是麦穗，我还是得求你帮我。

怎么帮？

魏锋从怀里抽出一把刀，闪着寒光。他交到麦穗的手上，麦穗吓得缩回去手不敢接住。麦穗，这就是那把杀了马的刀，是它杀了魏东最心爱的马，现在你就用它把我阉了吧！

麦穗惊得目瞪口呆，你说什么呢？

魏锋说，我有一千个一万个理由告诉自己别那么做，可是我为什么管不住自己啊！为什么啊？我觉得就是这东西惹的祸，我管不住的就是它！我曾经无数次要自己动手，可是我……不是个男人，我下不来手。来，你把它帮我割了，让我永远都不再想女人！

他嘶喊着，攥着麦穗的手。麦穗说魏锋，你冷静点，快放下刀，你听我说。他们俩争抢之中，那刀扎进了魏锋的身体。麦穗惊呆了，叫了一声。魏锋站在那儿，突然笑了。他说，麦穗，我是疯了，我什么都没有，一个穷光蛋一个蹲大狱出来的渣滓，有什么权利追求幸福，我这种人，连活着都不配，还配爱一个女人吗？

血呼呼地冒出来，作为医生的麦穗终于镇静下来，她急忙帮他脱下裤子，发现那刀扎在他的大腿根儿上，她才松了口气。她帮他拔出刀来，用布条为他止住血。她要带他去医院，他说没事儿，看来是老天不想让我成残废，扎偏了。

麦穗看着脸不变色的魏锋，觉得他真是响当当的男子汉，难怪托娅爱上他。他坚持不用包扎，说这点小伤算什么，养几天就好了。麦穗拧不过他，只好转身往外走，她说魏锋，别忘了你说过的话，我知道你会很痛苦，这样也许对你是不公平的，因为我了解你，你的爱是真诚的，爱本无罪，你也用不着太自责。我只需要你唤回理性，理智地对待这场爱。

她走出铁艺生活体验馆，见那位老人刚刚打完铁，他喘着粗气，眼里都是激情，乐呵呵地说舒坦，真舒坦儿！老伴儿，过两天咱还来。老太太说你看，还打上瘾了。我看哪，你干脆也搬这儿来得了，天天打，省着住在城里，看着什么都不顺眼。老人说你还别说，这真是个好主意，赶明儿，我就来这儿买个小院，平时种点菜养点花，每天来这儿打打铁，能活一百岁！

她站在门前，看着充满活力的人们，想着魏锋那股子血性、那股天塌下来也能撑起来的劲头，居然有些感动。也许魏东缺少的正是这种精气神儿，这股从生命里迸发出来的激情与快感。他被扭曲了，被压抑了，成为一种变态人格。她想，哪天她一定要把魏东也带来打打铁，让他坚硬起来！

第十六章　电话情人

1

魏东等在剧团门口，他希望能跟托娅交流一下，他们不能总这样处于分居状态。再说他真的太想她了，连梦里都是她的身影。是他做得不好，是他的错。在麦穗的开导下，他明白如果不是自己的疏漏，托娅不对自己失望的话，也不会出现这样的问题，所以他要尽力弥补，夺回托娅的心。

这时他的手机响起，他接通电话，你好！

那个电话情人的声音，怎么没精打采的，跟老婆吵架了？

唉，一言难尽哪！

女人说，忘了那些不开心的事儿吧，我给你说个笑话。说，在大沙漠中，有三个人艰难地行走，他们实在太渴太饿了，马上就要死了。这时出现一个神，对他们说，现在你们想要什么就能得到什么。第一个人说我想喝水，立即他就喝上了水；第二个人说我想吃点东西，他也马上就得到了食物；第三个人说我想要一座金山，他马上就成了富人。另外两个人对富人的财富很眼红，神说你们还有一次机会。两个人商量让富人先说，富人说我想要点水喝，第二个人说我想要座金山，他们俩都立即实现了愿望。第一个人说让他们都回到过去的沙漠里吧！于是三个人都死在了沙漠里……

魏东听完了，说不好笑，但挺有意思的。

她说给你最后一个机会，你要什么？

我要一个女人。

让她陪着你死？

不，我是害怕孤独。巧了，刚才你说的那情景总是出现在我眼前，好像是一种幻觉，不同的是我一个人，就要死了。

女人说有一件事儿在缠着你，让你摆脱不了，能跟我说说吗？他看见托娅走出来，便说对不起，我挂了，改日再聊。他匆匆地挂断，喊道，托娅！她停下来，他说上车吧，我们也该好好谈谈了。

托娅虽然不情愿，但她也知道，他们不能总这样对峙。于是她上了他的车，二人来到一间酒吧。服务生上了酒，他们对坐着，一时都不知说什么才好。魏东说托娅，这段时间我工作压力比较大，可能忽略了你的感觉，对不起。我们的确出现了问题，而我总是采取回避的态度，其实是我害怕失去你，我们早就应该好好谈谈了。

谈吧，你想怎么办？

魏东说刚才我说错了，不是我们出现了问题，而是你出现了问题，你能给我一个解释吗？

托娅觉得到了这种时候，他还是钻牛角尖，纠缠这种细枝末节。她说爱不需要解释，就像当初你坚持要娶我一样，我相信你父母可能也要求过你解释。可是你没有，我们照样结婚了。

那是因为我们相爱，而现在，我还在爱你，可是你——

托娅打断他说，再谈谁背叛谁是没用的，问题是我们之间到底怎么了？我们该解决一些什么问题。他说很简单，你就是喜新厌旧移情别恋了，你还有什么可说的吗？

她感到不快，他根本就不是来谈的，而是来兴师问罪的。她说魏东，我从草原来，我发现我跟你隔着太多的阻碍，我一点不知道你在想什么，你心里装着什么，你的眼神让我害怕。尽管我不知道你有什么阴影，但我希望你告诉我。对我来说，草原上的风再大，也阻隔不了鸟儿回迁，草原上的夜再黑，也阻挡不了太阳升起。我就是不想做个旁观者，我要分担你的痛苦。

我有那么痛苦吗？我有那么可怕吗？我是魔鬼还是……我看你是在强词夺理，好像问题都出在我身上，而你是好人一个。托娅，还是多从自身上找毛病，不要转移话题。

托娅说魏东，我不是强词夺理，在我们蒙古人眼里，爱是无罪的。对我来说，我爱了，我从不后悔，也不打算忏悔。但我可以放弃，重新回到过去的生活中，虽然这有点难，但我会努力的。

魏东对托娅的不忏悔十分愤怒，他一拍桌子，又不好在公共场合发怒，只好咽下这口气，无可奈何地说你没有错，都是我的错，行了吧？我想请求你回到家中，我有义务让我父母开心，我不想让他们为了我们的事而难过，怎么样？

可是我不想看你的脸色，更不想再受你的折磨。我看如果继续下去的话，我们还不如趁早好合好散吧！

这句话对魏东来说如同五雷轰顶，他害怕的就是失去她。他一下子变得软弱下来，一把抓住她的手。托娅，别这样，哪有两口子不闹点矛盾的，不要轻易就说分开。想想我们当初多不容易啊，我对你的爱没变，能不能让一切都过去，我们重新开始？就像我们刚刚认识那样，我希望我们彼此都重新发现。你再给我一次机会，好不好？

托娅见魏东态度缓和下来，心也跟着软起来。毕竟她也有错，他无论怎样对她的爱是真的，而自己说到底还是伤害了他。她也看见麦穗一直在给他做治疗，麦穗还说现在是他的病情关键的时候，需要她的配合。他们这是在一起拯救魏东。如果在他困难的时候离开他，那不是一个蒙古人应该做的事情。所以，她同意跟他回到家。如果他能好起来，她也会感到欣慰。

2

周末，魏锋回来了，他显得特别兴奋，有些神秘。他原来想把铁艺馆边上的废弃厂房买下来，变成铁艺馆的一部分兼画室兼卧室，也就是说，他将集打铁、画画、生活于一体，不仅可以扩大打铁业务，还可以重拾画笔。

魏锋想跟魏东借两万块钱。魏东一听这纯是他突发奇想，刚刚能吃上饭就想高口味了，那画家多的是，怎么你就能卖出去，不务正业。魏锋说你不知道，那地方气氛太好了，把我刺激得灵感大发。我有种预感，如果我也能在那儿画画的话，肯定能画成。

而魏东认为他在胡闹，不能借！他失望地走出来，他知道，如果他向父母开口，无论是什么事，他们都会答应的。可是他不能利用父母这种负罪心理，两万块钱不是个小数目。他叹口气，算了，想不到满腔热情迎来一盆冷水。我还是好好地打我的铁吧，看来我天生就是打铁的料儿！

一天，魏锋正指导着客人打铁，快递员把一个特快专递交给他。他接过来，打开，一把钥匙掉了出来，里面还有房契。他捡起来，有些纳闷。他看微信，上面写着：魏锋，这是借你买画室的钱，我已经给你买好了，你应该成为一个艺术家，而不是一个铁匠。

他闭上眼睛，不知道该怎么感谢托娅。她的两万元钱让他离自己的梦想更进了一步，可是他不知道这将给托娅带来什么样的麻烦。

当口无遮拦的托娅十分兴奋地告诉魏东，她帮魏锋买下了那个厂房时，魏东问她，是他求你的？她说不是，是我自愿的。你有病吧！他愤怒地吼道。她争辩说魏锋一直想有个画室，可是他现在根本没有钱，我只有帮他了。魏东勃然大怒，你想得挺周到啊，你还在惦记他。他凭什么让你买，你们是什么关系？

就凭你是我的亲人，他也是我的亲人，为亲人做点事儿，应该的。

可是我们没义务花钱供他胡闹？别忘了，我们现在还是夫妻，就算你想干什么，至少你也应该跟我商量商量！

我拿的是我自己的钱，没必要跟你商量。

你自己的钱？我告诉你，你的钱也是我的钱，我的钱也是你的钱，那是我们共有的财产，你懂吗？

托娅说，我不明白你们兄弟俩为什么要分得那么清，好像他是你的仇人一样？为什么？我原本是个外人，我还能为他做点什么，为什么你就看着他不管，你还有没有一点兄弟情义？你是冷血吗？他爱好艺术，他也有天赋，我们应该帮助他实现自己的理想，可是你……

魏东的微信响了一声，他看了一下，披上衣服就往外走。

托娅问，你去哪儿？

我出去散散步。

托娅忧伤地看着他急急忙忙地走了出去。

魏东走出家门，下了楼梯，忙把电话打过去，解释说，刚才我不方便，现在好了。女人说，你好像心情又不好？

魏东说，啊没什么，听到你的声音就什么都好了。

女人开始挑逗他，你现在在什么地方？房间？好像不对，路上？对，应该是外面，我听到了呼呼的风声。魏东心情好多了，说是，我在外面，随便走走。你呢，在哪儿？

女人在黑夜里传来温柔的声音，是那么缥缈，令他陶醉。她说我就在你身边啊，我正挽着你的胳膊，我们就像一对恋人一样依偎在一起。真的，我无数次幻想过这个情景，你搂着我，你的大手十分有力，我喜欢。我们就这样一直一直走下去，永远也不分开。

谢谢你在我身边。

女人说，你感受到我的体温了吗？很热的，像只小火炉。

哦，我也暖起来了……

那，抱着我吧，把手给我，你摸到什么了？

托娅撩起窗帘，往外看着，惊讶地看见魏东正站在夜色里打电话。

魏东现在只有跟这个电话情人才能找到感觉，可是跟托娅，也许是心里存着那可怕的记忆，甚至不敢轻易碰她。确切地说他是怕自己的阴影，怕他在最快乐的顶峰跌落下来，怕自己对她的报复。他好不容易算是暂时挽回了婚姻，他不能再轻易地失去。

他打了快一个小时的电话，不知不觉地走出了很远。他挂断电话，发现心情居然一下子开朗起来，无须质疑，那个虚幻的女人或者说是那段虚幻的爱情给他带来了生机。有时他是自责的，觉得背着托娅跟另外一个女人调情，是不对的。但有时他又安慰不了自己，那些不过是虚的、假的、不真实的，是看不见摸不着的。只要他没有像托娅那样，实实在在地接触另一个人的身体，那就不算是背叛。然而这真的就不是背叛吗？到底是肉体的出轨可怕，还是灵魂的出轨更可怕？想到这里，他不禁颤抖了一下，远远地望着那些或明或暗的窗口，他被一种莫名的恐惧淹没了……

3

在剧团门口，魏锋等在那儿，有些惴惴不安。他刚刚从麦穗那儿出来，他向她汇报了这些天的情况，他的伤已经好了。麦穗笑他说，你可真是个铁人，以后我叫你魏铁人得了。他轻描淡写地说，这点小伤，不算事儿。看来是天意，那一刀扎偏了，活该我当不成太监，那我就还得像个男人一样地活着。他把托娅为他买了个画室的事告诉了麦穗，他说我想谢谢她，可是不知该怎么办。麦穗说，看你，跟托娅以后还是一家人，不能总不见面吧！你只有恢复了跟她的正常关系，那才是你真正地放下了。我建议你还像以前那样，该见面见面，该说说该笑笑，这样倒有利于你克服内心的欲望。你总该知道欲盖弥彰的道理吧？

他笑了，还是你成熟，怪不得魏东都快把你叫妈了。他快乐地走出去，来找托娅。她看见了他，站住，对他微笑着。他说，我想请你吃饭。

怎么，你赚钱了？

不多，只够吃小吃的，不过希望你别拒绝。

托娅开心地笑起来，好哇，今天有能力请我吃小吃，我相信明天就有能力吃饭店了！二人转身走着。魏锋支支吾吾地说，托娅，今天我去画室了，非常有感觉，我今天来找你，是想当面说一声谢谢！等我有了钱，一定还你的！

托娅轻快地说，好哇，那你得赶紧挣钱，我可等着你还哪！她的话让魏锋感到轻松，没有负担。可是他不敢看她，有些僵直地走着。只见她欢快地说，我真有些饿了，快点走吧，吃他个风卷残云！

在小吃街，灯火辉煌，人山人海。魏锋和托娅逐个地吃着小吃，从一个摊位到另一个摊位，像两个贪吃的孩子，吃得十分开心、快乐……

而此时魏东正在打电话，现在他是抓紧一切机会与那个虚幻的女人通话，那几乎成了他唯一的交流方式。他对麦穗什么都坦白了，只有这个电话情人，他埋在心里。他想独自享用，他不想在麦穗的干预下，失去她。

魏锋和托娅一直吃到肚子快爆了，才停下来。我们回家吧！还是两个人，坐在一起，魏锋清楚地记得每一次坐出租车时的感受。他的手是渴的，渴望着触摸，碰撞，渴望一把抓住她的手，那种电流便直通全身，让他热血沸腾。可是今天，他的手仿佛不是自己的，它完全地麻痹了。他坐得离窗子很近，一直看着窗外，希望可以消解自己的紧张与激动。可是当他想起麦穗的话，要跟托娅建立起正常的关系，要像什么都没有发生时一样，他便主动地往里挪了挪。但是他找不到该说的话，刚才那谈笑风生一时都散掉了。

喂，说话呀？

我给你讲个故事吧？

好啊好啊，讲吧。

他艰难地讲起一个故事，慢慢地讲得流畅了。因为托娅睁着那双大眼睛，总是问，真的吗？他学着她的腔调，真的吗？两个人便笑，他说有人跟你说过吗，你的眼里空无一物。

真的吗？

真的。

你的意思是不是我像个傻瓜呀？

差不多吧！

托娅笑了，真的呀？

他调动着自己所有的能耐，使一切都恢复到以前的状态，那是一种既亲切又不失礼貌、既友好又保持着距离的感觉，托娅开心地笑，毫无遮拦。只有他的心里隐隐地有一种痛，这个女孩儿，如果谁忍心伤害她，就是天理难容！

很快就到家了，二人下了车，魏锋说你先上去吧，我去小卖店买点东西。托娅嘴里哼着歌，一步两个楼阶地上去。无论如何，一切都回到了以前的轨道，她还可以见到魏锋，这对她来说已经很开心了。她推门而入，我回来了！魏东措手不及，连忙把电话挂断。

看着托娅一脸的欢乐，魏东问，怎么这么晚才回来？

托娅开口就说，我跟魏锋吃小吃去了，哎，太好吃了，把肚皮都快撑爆了！哪天咱们也去吃吃吧！他一听又是魏锋，心里不快，也不好表现出来。魏锋又约托娅了，他大概是好了伤疤忘了疼。魏东阴阳怪气地说有人陪着你吃就行了，我就免了吧！怎么，你不高兴了？魏东说没有，我哪能不高兴呢？不就是两个人手拉着手，亲亲密密地出去吃点小吃吗？挺好的。

托娅愣在那儿，不知道该说什么。

魏东的手机收到了微信消息，他看了看，起身便走。他刚走出自己的房门，魏锋刚从楼下上来，手里拎着东西。二人相对，一下子愣住了。他先开口说，谢谢你照顾托娅，她吃得挺开心的！魏锋说今晚我请客，为了谢谢她。我看太晚了，就回来住一宿。

回来住几宿都欢迎，托娅一见到你就高兴。他打开门走出去，魏锋愣愣地站在那儿。魏东的话里明显带着刺儿，不软不硬，正好卡在要害处，让他咽不下吐不出。

魏东出了门，下了楼，一心一意电话约会去了。魏锋往门里一望，托娅跑出来，也跟着魏锋进了门。母亲应声而出，哎哟这可有日子没回来了，来让妈看看，这铁是不是把人都打瘦了？

妈，你看，我又结实了！说着，他展示胳膊上的肌肉给母亲看。

韩如梅笑说，又黑又瘦，像个小鬼儿似的。还没吃饭吧？妈给你热去！

托娅抢着说，不用了，妈妈，我们刚刚吃过小吃的。

魏锋想制止托娅，可是已经来不及了。韩如梅脸色微变，你们？吃小吃？

托娅说是呀，是魏锋请我，他开始赚钱了。哎妈妈，那小吃好吃极了，改天我请客，请咱们全家人去吃，怎么样？韩如梅不高兴地说，我不去，我嫌那些东西脏！说完，她转身回了自己的卧室。托娅呆呆地站着，看着魏锋，我说错了什么吗？

魏锋只好说，没、没有，她累了，你也睡吧！他转身走向自己的房间。托娅却没有走的意思，她坐在沙发上，打开电视，喊着妈，今晚有射击比赛，可棒了，你快来看哪！

韩如梅听见她叫自己，尽管不情愿，还是走出来，两个人一块看。那个选手每打出一串子弹，托娅都拍手称好，好像打枪的人就是她的兄弟姐妹。她还不忘一杯杯地喝茶，弄得韩如梅很是看不惯。

间歇的空档，她走进洗手间，想不到魏锋正在里面洗漱。她看见他，呆立在那儿。他刷牙刷到半道，停在那儿，任凭嘴里的泡沫掉下去……他用目光安慰她，她想回避，却是来不及了。她说，哦对不起，我不知道你在这儿。她转头往回走，魏锋叫住她，声音是那么的含混不清却热情如火，托娅……

她停住脚步。

他说你先用吧！

他慌乱地擦擦嘴巴，就往外走。他的身体碰着了她的身体，他们同时感到了那种颤抖，不知怎么就把杯子摔在地上，他们同时蹲下身去捡，他们的手碰在一起，二人全都惊呆了……

什么声音，怎么了？是母亲的声音。

他们像受到重击一样，慌忙地站起身。韩如梅已经来到他们的面前，惊愕地看着他们。妈……是打了一个杯子。托娅低着头直奔门口，开门出去。韩如梅用怀疑的目光看着儿子，上下打量他。他说妈，我睡去了，便匆匆地走出去。她望着儿子的背影，长叹一声，不知道该怎么办。

4

托娅悻悻地回到自己的房里，可无论如何，魏锋回家来住都使她感到兴奋，愉悦。也许他们不能说一句话，甚至连看一眼都不可能。但是她只要知道他就在隔壁，就在她的身边，就满心都是快乐。她习惯地拉着窗帘望着窗外，发现魏东正站在一棵树下，打着电话。她觉得魏东最近越来越神秘了，总是接到一些莫名其妙的微信和电话，而且一聊就没有完，还怕自己听见，总是避着她。以一个女人的敏感，她知道，他出现了情况。

托娅独自躺在床上，睁着眼睛睡不着。她回想着刚刚那短促的一碰，她顿时像起了火一般，激情四溅。她仔细地抚摩着刚才与他相碰的皮肤，竟有一股电流通过，迅速地传遍全身。

门开了，魏东悄悄地回来。托娅一伸手，把床头灯打开。她看着他脱

185

衣服，上床，躺下。黑暗中，她问，你是不是有外遇了？

魏东有些惊讶，有些意外，差点没坐起来，没有啊！

你有，告诉我。

真的没有，我不过是出去散散心，这屋里挺憋闷的，你别瞎想。

我没瞎想，我从不瞎想。可我是个女人，凭着我的直觉，我知道你有外遇了。你应该坦白地告诉我，没关系的，我丈夫有人爱，那是我的光荣。

魏东摸不着头脑，你在说什么呀！别胡思乱想了，睡吧啊，我再工作一会儿。

托娅不吱声了，躺下去装睡着。魏东起床，打开电脑，用QQ找到那个女人继续聊天。他第一次在他老婆的身边，在这个漆黑的夜里，心惊胆战地、放荡不羁地跟陌生女人调情。他觉得实在是太刺激了，托娅随时都可能起来，查看他的QQ，他就像一个偷情的人，知道危险就在身边，却甘愿冒死一般。他们说的话露骨极了，令人面红耳赤。他第一次使用了诸如"小妖精、小骚货、小贱逼"这样的字眼儿，他骂她，什么脏骂她什么。他搜肠刮肚，一股脑儿把三十年来从未骂过的话全都骂出来。他们开始对骂，他想不到自己文质彬彬的，居然藏在心里那么多脏话，它们句句像刀，字字像剑，不刺破对方的要害誓不罢休。他卸掉了所有的伪装，不再是什么知识分子，不再是什么谦谦君子，他现在就是个无赖是个地痞是个满肚子坏水的小混混，他什么都不在乎什么都能放下，什么崇高什么道德统统见鬼去吧！他骂得痛快淋漓，骂得浑身颤抖，骂得天昏地暗，骂得恣肆汪洋……他在这叫骂中突然迎来了他的快感，它来得那么突如其来，那么迅猛狂烈，那么惊天动地。他想大叫起来，想大声哭泣。可是托娅就在背后，他不知道如果她看见他此刻那丑陋的面孔、那龇牙咧嘴的丑态，该会怎么骂他瞧不起他。

他下了线，伏在桌子上，压抑地颤抖着。这羞耻的快感，压得他抬不起头来。这快感本应是托娅给他的，她具备了所有他需要的特质，她的原始情态、她的天然性感、她的狂野个性，都是他的救赎。可是到底是谁破坏了这一切，让他再也无法找到？

他释放以后，整个身体处于一种修复的状态，按说可以睡个好觉了。可是那种巨大的空虚依然吞没着他，使他无着无落。难道他以后就要靠这个来满足自己吗？他越想越烦。

清晨，一家人围坐在餐桌前吃饭，只有魏锋还没有动静。托娅也吃不好饭，不时地张望魏锋的房间，实在忍不住了，便说妈妈，我去叫魏锋吃饭。

魏东瞪了她一眼，说你就把自己顾好了就行了，管那么多干什么？

托娅一本正经地说，不吃早餐不行，会得胆囊炎的。

韩如梅说，魏锋打铁挺累的，咱们吃完都走，让他在家安安静静地多睡一会儿吧！正说着，魏锋推门走了出来。托娅兴奋地说，魏锋，快来，我们正说你呢！他打个哈欠说，你们先吃吧，我得精神精神。

母亲说魏锋，你怎么不多睡会儿，反正你也不像我们急着上班。他说妈，我还得赶着去收拾房子呢！老魏疑惑地问，什么房子？啊，我还没来得及说呢！我买了一间大画室，挺棒的，这几天铁艺生活体验馆的事就交给我师傅了，我想尽快把房子收拾出来。

母亲兴奋地问你买画室了？接着她又疑问重重，那你哪儿来的钱哪？托娅刚要说话，被魏东捅了一下，她止住了话头儿。魏锋说，我借的。妈，不用愁，我现在开始自食其力了。铁艺生活体验馆虽然赚不了大钱，但温饱没问题了。如果慢慢地生意好起来，我就能赚些钱了。另外，我有了自己的画室，说不定也能赚钱呢！

韩如梅高兴地长出了口气，哎呀那可太好了！我们魏锋终于熬出来了。

老魏说，别高兴得太早，你这是万里长征刚刚走出第一步。

韩如梅说能走出第一步就不容易呗！魏锋啊，你收拾房子这段时间就住家里吧，买个料之类的也方便点儿，别再来回跑了，在家也吃得好点，啊？

哎——

托娅的脸出现喜悦的神情，好像一下子看见了希望。她突然变得欢畅起来，主动地帮着韩如梅干活儿，有时嘴里还哼着歌儿。晚上，魏锋开门进来，托娅欢快地看着他。韩如梅走出来一看，哎呀，这满身的尘土，像个泥猴一样，去，洗个澡！魏锋看也没敢看托娅一眼，便快步地走向洗手间。托娅追过来，说我新买了洗发液，特别好，你就用这新的。她指给他看，还有浴液，是法国产的，味儿特别好。

他机械地点头，不经意地一抬头，看见托娅火辣辣的目光，一下子被电伤了一样，愣愣地站着。韩如梅偷偷地看着他们，见此情景忙喊，托娅，炒菜了！

托娅惊醒过来，慌忙答应，来了来了。

他关上洗手间的门，脱掉衣服，站在水龙头下，任凭热水狂热地浇着他的身体，以消除那种如火的欲望。

魏锋浑身散发着热腾腾的蒸汽，坐在餐桌前。托娅把菜都上齐了，韩

187

如梅拿来一瓶酒说魏锋，干活挺累的，喝杯酒，解解乏。托娅忙给他倒上，递给他，可是她的手是抖的。韩如梅注意到了这一点。

魏锋伸手去接，其实他的手也是颤抖，结果两个人谁也没有拿住杯子，杯子掉在了地上，发出清脆的响声。

两个人都傻眼了。托娅急忙蹲下身去捡那些碎片，魏锋站起身要走。

韩如梅说哎，你干什么去？他说，我不饿，你们先吃，等会儿我再吃。韩如梅叹了口气，唉——

魏锋被煎熬着，他坐卧不宁，不时地侧耳倾听托娅房里的动静，一会儿又在屋里面徘徊。托娅烦躁地听着音乐，其实她根本没有听进去。她干脆把音乐关了，跳上床一头蒙上被子。魏东打来电话说，托娅，我今晚不回去了，我去骑骑马。

托娅好像特别欢畅地说，哦，好吧！

她可以自由了，可以跟魏锋待在一起了。可是什么理由呢？她想了半天，一跃而起，走到书架前拿出一本书，光着脚走出门。她看见韩如梅就坐在沙发上守着，却还是大胆地走过去，大声喊着他，魏锋——

魏锋听见托娅的喊声，精神为之一振，支棱起耳朵。托娅已经推门进来，魏锋，这是你一直想要的那本书，我给你送来了。魏锋一下子愣住了，不知道怎么应对。托娅径直走进屋里，放下书。哎，房子装得怎么样了？哪天我去看看。

魏锋拿起书随便地翻动着，紧张得声音颤抖，啊，还好……不用看，我自己能行！屋子，好大……真好，真的……

那我能帮什么忙吗？

没、没有，你忙你的，再有两天，就完了。

我已经想象过许多次了，你的画室一定是最有特点的，比那些我看到过的都棒！

那是……啊，也不一定……他们的，也有特点。他显得语无伦次，其实他根本就不知道自己在说什么。

我突然有个幻想，在你的画室里支个蒙古包，那就是你的卧室，肯定跟他们不一样。魏锋这回听进去了，说，真是好主意，也算是圆了一回我没有去过草原的遗憾吧！这时魏锋渐渐地恢复了自然，放松了一些，跟托娅聊得越来越高兴。

其实那也不难实现。有些东西说有就有了。比如这个大画室，我连做梦都没想到，现在它就真真实实地在那儿，这多亏了你呀，托娅，你不知道这个画室对我的重要性，它带给了我心灵的自由，谢谢你！

你已经谢过了，以后别再提这事儿了，我不喜欢把谢字总挂在嘴边，因为我们之间不需要，对吗？

魏锋笑了说，那好，我保证不再提了。我现在特别有想法，就想马上在画室里画画，你知道我特别想画的是什么吗？

还没等托娅回答，韩如梅愤怒地推开门，阴沉着脸站在门口。

妈，你有事儿？

韩如梅说有事儿，托娅，你回避一下。

正在兴头上的托娅只好不情愿地走了出去。韩如梅把门关上，严厉地喝道：跪下，你跪下！魏锋被这突如其来的呵斥弄蒙了，不知所措。

韩如梅说我让你跪下！

魏锋不想伤母亲的心，便缓缓地跪了下去……

韩如梅说，你给我发个毒誓，你不会做对不起魏东的事儿，也不会做对不起全家的事儿！

魏锋为难地说妈，你这是干什么呀？干什么，你心里明白。魏锋，你是要伤咱们全家人的心哪，你太让我失望了。今天，你面对我，面对老天爷发个誓，快呀！魏锋说我不发，那是没有用的。妈，我有理智，我知道该怎么把握自己，你就放心吧！

韩如梅说我不能放心，我只有听到了你的誓言，我才能放心。做了缺德事儿，是要有报应的！魏锋一下子站起来，气愤地说妈，你不要逼我，我不是个孩子，你逼我也没有用！他一头冲出门去，韩如梅追了出去。

魏锋，这么晚你上哪儿去？

托娅也走出房间，惊恐地看着眼前发生的一切。魏锋根本就不顾母亲的阻拦，打开门拂袖而去。韩如梅一下子跌坐下来，气得浑身发抖，脸色苍白。

托娅不合时宜地问，妈妈，你怎么了？

韩如梅一把推开她，自己缓缓地站起来。她想搀扶也被韩如梅拒绝，忍着伤心，一步步地走回自己的卧室，很快就关上了房门。托娅站在门外，还想敲门安慰一下她，可是最终她放弃了。她不知道魏锋跟母亲闹什么别扭了，他那么生气地离开。但她想多半跟自己有关吧，不然韩如梅为何那么粗暴地对她呢？

韩如梅躺在床上，翻来覆去睡不着，想了一夜，决定提前退休。她要看着自己的儿子才能放心，否则她真担心会发生什么事情。而魏家真的再也禁不起任何折腾了。她把这种想法告诉老魏，当然她不会说出自己真实的想法，理由也不过是一些表面的，诸如自己近来身体不好，总让单位照顾着也不好意思，自己先退了还能腾下来岗位让年轻人上，再说，家里更需要她，一大家子的人，光家务和一日三餐就够她一个好人忙活的了。还没等她说完，老魏便同意了。

魏东心里却明白母亲为什么会做这样的决定，他在感激母亲的同时，希望与托娅好好谈谈。他一直抱着一丝幻想，希望托娅能亲口告诉他，那一切都是他的猜疑而已。是的，如果不是托娅，换一个女孩，她绝对这样跟他说。可是不幸的是，托娅就是托娅。当她告诉他我没有办法，我真的爱上他了，我根本管不了自己时，他一下子蒙了，他求她，说那不过是受了魏锋的引诱，不过是一时冲动，其实你还是爱我的。托娅摇着头说我不会说假话，他没有引诱我，真的没有。魏锋是个真男人，他坦坦荡荡，是条汉子。

为什么？

我能一下子走进魏锋的心里，而你不能。你太曲折了，太复杂了，让我费尽思量，却还是不懂，你让我感到压抑可怕。他有男人的气魄，像我们蒙古男人，有点天真，温情，又敢做敢当。

他什么都说不出来了，痛苦占据了他。魏锋开始报复自己了，他抢走了托娅。有那么一刻，他觉得自己什么都比不上魏锋，连自己的老婆都守不住，真是太没有用了，活着还有什么意思？他一连好几天都活在消沉之中，什么兴致也提不起来。把自己杀掉，把托娅让给魏锋，这种念头不时地冒上来。可是他爱托娅，他无论如何都说服不了自己放弃她，他不能就这么认输，他要把托娅重新夺回来。

第十七章　触手都是闪电

1

魏锋从此开始白天打铁、晚上画画的生活了。他站在已经装修好的画室中，突然激情奔涌，灵感如潮。他挥毫作画，画了一幅巨大的托娅画像，他一气呵成，浑然天成。等画完了，他扔掉画笔，一下子躺在地上，四肢展开，胸脯起伏……

他觉得灵感就像决堤的洪水，那么幸福地淹没了他。而他清楚这灵感之泉来自哪里。他思如泉涌，一幅接一幅地画着《生命系列》。

他见托娅手里提着盒饭进来。

她打着伞，却已经淋湿，她满面雨水地对他微笑，他看得都呆了，竟忘了接过她手里的饭盒。她看着魏锋桌子上放着的方便面和矿泉水，便调皮地笑着说，我一猜你就是这么对付的，你好几天没回家吃饭了，我给你弄点汤补补。

托娅已经感觉到婆婆对她的冷漠与敌视，她也明白因何而起。但这些对她来说都没有她的心灵重要，她不会违背自己的内心，装作对魏锋视而不见。是的，她做不到。所以她不顾一切地为他炖了汤，送到铁艺馆来。

魏锋不敢看她，转过身去继续画画。托娅一抬头，那些以她为模特儿的巨幅画像十分高大，扑面而来，一下子强烈地震撼了她。她呆立在那儿，一句话也不说，就那么看着魏锋充满激情地画画。

这是她第一次走进魏锋的画室，她惊讶地发现原来魏锋真的把她的幻想变成了现实，他的卧室果真是座蒙古包。她走进去，看见格局和许多摆设都是严格按照蒙古包设计的，她不禁在心里赞叹，魏锋是个懂得浪漫的人，他把蒙古包搬来了，就等于把大草原搬来了，他太伟大了！

托娅便一幅幅地看画，其中有一幅《春》是画托娅在春天的草原上骑着马的情景。她摇着头说不是这样的，没有这么用劲儿，这绷得太紧了，缺少那种透明简单的感觉。春天的草原就像少女，是鹅黄色的，风微微地吹着，小草可爱地探着头，马儿也是不紧不慢地走着，就是特别放松特别随意特别自然，而不像这个，好像满怀着心事儿……

魏锋被托娅的几句话点拨到，他说，准确，非常准确！我一直找不到它的毛病在哪儿。说着，他抓起那幅画，便撕碎了。

你说的那种感觉我明白了，只是找到它却很难。

托娅说不难，你看着。

她脱掉外衣，在画室里跳起《春之舞》。她的每一个动作，每一个举手投足都是那么准确地表达新生命，那种生机，那种可爱与调皮，那种自然与舒展……

此刻，魏锋可以大胆地看着她。她柔美的曲线在起伏，她像精灵一样旋转着，她在靠近他。一条河流欢畅起来，它流淌着，流到哪儿哪儿就崩溃。他努力地躲避着，修复着，希望自己能绕过去。当她离他越来越近，他已经听见自己溃败的声音，觉得那两条河流已交融到一起，你中有我我中有你。他想他已被什么撕开，他们互相缠绕着、拒绝着、内疚着，其结果是更加不顾一切地融合着，延伸着，痛苦而绝望，纵情而悲伤……

一个罪恶的漩涡扑面而来，把他们一下子打碎。就在她即将舞到他的怀里时，那条激情之河突然断裂，肆意奔流。他的嘴唇一下子起了火，他要烧毁她，他要没命地、贪婪地、忘我地烧毁她。可是当他贴上去时，却发现自己的嘴唇是僵硬的、冰冷的、麻木的。她奋力地挣脱，他们撕扯着、翻滚着，像一团纠缠的火焰。有一种什么东西缠绕着他们，捆绑着他们，使他们欲爱不能，欲罢不忍。仿佛一些罪恶，引诱着他们又鞭打着他们。最后魏锋惊恐地发现，自己根本无法爱她，因为那种罪恶感，一下子捆住了他的手脚、他的心。

他清醒过来，他答应过母亲，他绝不冲破最后一道防线，否则他会全线崩溃。他突然羞愧难当，推开托娅，一头冲出门外……他一头冲进雨中，缓缓脱掉衣服，野狼一样地哀号着，奔跑起来。

他幻想自己一丝不挂，似乎一下子摆脱那些尘世的负担，他就是天地间的精灵，他在跳着自己的舞蹈。他要以他的赤诚、他的纯洁融入这苍茫天地，变成那一粒尘埃一滴水一抹空气，从此消失得无影无踪……

他喜欢这废墟一样的气息。这绝望，让他无处奔逃。他跪下来，面对苍天，任凭雨水冲洗着他的身体。此刻他不知道，那道无形的防线已经高高筑起，永远地挡在他与托娅中间。他就算是用尽此生的力量都无法逾越……

他把自己浇湿，希望能大病一场，或者高烧一场，把体内那些积郁的东西逼出来。可是他连感冒都没有得。当魏东的电话打来约他时，他知道，他必须对魏东有个交代。

2

魏锋疾步走进酒吧，找到魏东，坐下来。他知道他要承受什么了，目光坚定。这是个环境幽雅的地方，是魏锋在牢里梦想过的地方，他在小说里读到过，他喜欢那朦胧的灯光，若有若无的音乐，更喜欢那喁喁的私语。这是个谈情说爱的地方，适合情侣。现在，他来不及感受这第一次走进酒吧的气氛，心情便沉重起来。

服务生给他上酒，哥俩儿喝了一阵子闷酒，才开始说话。

魏锋，别忘了你在马棚里说过的话。这种提醒其实是在责问魏锋，他说我没忘，所以我在努力忘掉自己。

但是你没有兑现你的承诺！

魏锋说如果我没有兑现的话，我早就带着托娅远走高飞了。

魏东大吃一惊。魏锋说，我还没有问过托娅会不会跟我走。这句话才可以挽回一点魏东的面子。他宁愿相信托娅不会跟弟弟走。他突然不知该跟弟弟说什么，他最想问的那句话，此刻他如此害怕。他想亲口证实魏锋对托娅不过是好感而已，那样他心里就会亮堂许多。

很久，魏东才问，你爱她吗？老老实实地回答我。

魏锋毫不犹豫地说爱，我爱她，我非常爱她……

魏东受到了强烈的打击，他一时无法缓过神来，显得手足无措。他端起酒杯，毫无酒量的他居然一饮而尽。他喃喃地说着不，不，你不爱她，你只是为了跟我赌气，你要夺走我最心爱的人，你要报复我——

不，不是报复，是爱情。

魏东一下子哑言，他知道自己此时毫无力量与魏锋对峙。魏锋就像一座山矗立在那儿，而自己则像一条河水环绕着它。水永远是无法撼动山脉的。他的手摸索着自己的手机，他希望此时能有个微信进来，最好是带点色情的，多少可以安慰一下他。是没有，什么都没有。那个虚幻的女人，你此刻在哪儿？为什么我需要你的时候你不在？

好，好啊，谢谢魏锋，你跟我说了实话。

我从来不会说谎的，尤其是在感情上。

是啊，你挺爷们儿的，我崇拜你了。来，敬你一杯。

二人碰杯，魏东豪气万丈地喝下去。他把杯子放在桌子上，给托娅打电话，叫她来一趟。魏锋制止他，却没用。魏东太想证明自己了，他喝了点酒，神智不太清楚，他天真地想让托娅来当面对质，他太想听到托娅当着魏锋的面说，她爱魏东，她一直都爱他。他把这个看成是他最大的成功。

托娅不知道是什么事情，只发现魏东喝多了，说话时舌头都硬了。她打车赶来，一见是哥儿俩都在，心里立即明白一二。魏东见托娅就像抓到了救命稻草，有点迫不及待。

托娅，你来了，就等着……你呢！你告诉他，你爱的是我。

她抢下他手里的酒杯，你没有量，就不要喝了。

我让你告诉他，当着我的面。

魏锋说，魏东，别逼她了，我希望我们哥儿俩的事不要让她为难。

怎么，你不好……开口是吧？你不是对我……说过无数……遍吗？你忘了……我可没忘。在腾格……里，你说过……在马上……你说过在……帐篷里……你……还说……过……说——

托娅扶起他，你喝多了，有话我们明天再说，啊，我们回家吧！

魏东耍起赖来，一下子跌坐在地上。你不说……我就、就不走。

你不走，我走！

魏锋转身要走。魏东便大声说你没有……资格爱……她，你没有能……力爱她，你什么都……不能给她，你以为你……是谁？白马……王子？我告……诉你，托娅……是我的，永远是……我的，就你一个……蹲过大……狱的，一个穷、光蛋，你也想……一步登天？那是癞……蛤蟆想吃天……鹅肉，休想！

魏东的醉话十分刺伤魏锋，他嚅动着嘴唇，想说如果是你坐牢的话，那么想吃天鹅肉的就会是你！他站在那儿，停留着，痛苦占据了他的整个心灵。他大喊，服务生，上酒！

托娅着急地说，你不能再喝了，你们都不能再喝了！

你别管！他拿起酒瓶，一口气干掉五瓶啤酒，他也醉了。他笑着，对魏东说，你说得没错，我就是一只癞蛤蟆，那天鹅肉不是我想吃就吃的。

魏东，你有理由瞧不起我，你是海归，是博士；我是什么东西，扔在大街上就是只过街的老鼠，人人喊打。

魏锋这么一说，魏东心里痛快了不少，指着他说，你自己也承认……了是吧！

是，我早就承认，我早就知道自己是个什么东西。托娅是你的，永远都是你的，你放心，我不过是想想而已，你担什么心呢？啊，你那么优秀，我连给你擦屁股你都不用是不是？

魏东心花怒放，吼道，兄弟，来来，干一杯！

他们又喝，一直喝到两个人都酩酊大醉，趴在桌子上睡着了为止。托娅只好叫了保安帮忙，才把他们弄回到铁艺馆里。因为这个样子回家，韩如梅和魏子安肯定发火，如果哥儿俩再有言语冲撞，更是无法收场。

在那个蒙古包里，哥儿俩睡得深沉。托娅却毫无睡意，她静静地看着这两个一模一样的男人，为什么都在自己的生命里面？他们如果变成一个人该多好啊，也不至于把她夹在中间，进退两难哪！

半夜时，魏锋要吐，她拿着脸盆接着。可是魏锋就是吐不出来，他哽咽着，我快要死了，托娅，我——

别说话，快吐出来，就好了。

我心里有团火，烧得我快死了，托娅，谢谢你。我不能爱你，我爱却不能爱，不能不能……我们之间隔着千山万水，我们越不过的。魏东说得没错，你永远都是他的。

你别说了，你喝多了。

我没喝多，我心里明白。我让你走，你就走，我不需要，我什么都不需要，你快走哇！其实从他把托娅叫来逼她时，他就后悔了。魏东不是别人，而是他的哥哥，他没必要跟他较劲儿，谁胜谁败那么重要吗？他也能了解魏东的痛苦，所以他顺了他的意愿，他贬低自己，抬高魏东，目的就是为了让魏东好受点。不管魏东的话如何过分，他都咽下去了。

3

魏锋折腾了大半夜，不知道什么时候睡着了。托娅也累了，她偎在沙发上也睡了。等她蒙蒙眬眬地醒来时，发现魏东正满屋地看呢！

他阴阳怪气地说对不起，打扰了你们的好事！她觉得自己尤其不能忍受他这样的语气，便不想理他。他看着白色的蒙古包，一股醋意涌上心头。他说不错，挺有想法的啊，真会讨你的欢心，看来你们在这儿肯定是找到了家的感觉？她说你想说什么就直说吧，我不习惯你这么绕来绕去的，我听着头晕。他说看来，你们是要把这里当成新房，一切都布置成蒙古包的样子，让你有一种回到草原的感觉，真是用心良苦啊！

她反击说魏东，你误会了，魏锋只是为了标新立异才搞成这样的，这是他追求的理想，你不能拿这个来说事儿。他一下子就翻了脸，我不想说了，什么都不想说了，我只问你一句话，你是跟我回去，还是留下来陪他？

托娅想都没想说，当然是跟你回去！

魏东心下一喜，看来关键时刻托娅还是向着自己的。可是他说出来的话却是变了味儿的，他也不明白自己为何会那么说，而不能真实地表达自己的情感。

舍得吗？你没看他醉成那个样子，等着你的照顾，你就忍心把他一个人扔在这儿吗？托娅不愿意再听魏东的挖苦了，她率先走出门去，魏东也跟了出去。

天黑了，夜风吹来，打在脸上很硬。托娅在前面走着，魏东跟在后面。他越想心里越不是滋味儿，他最怕的就是他们俩失控，一想到自己昨晚醉得如同一摊烂泥，他们做什么自己毫无感觉就特别难受。他努力想抛开这个缠绕他的念头，却怎么也挥之不去。他便追问不止，越是追问，他就越是痛苦，越是痛苦就越要追问下去。托娅认为他无聊透顶，根本就不理他的茬儿。可他认为她这是做贼心虚，她害怕了，便变本加厉地讽刺挖苦她。直到她怒吼你侮辱了我，我拒绝回答。

魏东的倔劲儿上来了，她越是这样，他就越是纠缠不休。结果一辆车飞速地开过来，托娅为了躲闪，一下子滑进了正在施工的一条深沟里。托娅受了点皮外伤，魏东回到家给她做了简单的处理。

魏东有些心疼，他关切地坐在她的身边，本来是想问候她，结果话一出来就变成了伤害。他说用不用给魏锋打个电话，告诉他你受伤的消息？

托娅摇摇头。

他叹口气说，他不知道也好，要是知道了，还不得心疼死？托娅不想再听他的阴阳怪气，翻个身，把背冲着他。他抽出烟，抽个不停。他想借此平静一下自己的情绪，他明白内心里那簇妒火依然在烧。沉默了一会儿，他突然爆发，抓起她问，你还没回答我呢！你们之间到底发生了什么事儿？不行你非得告诉我不可，不然你休想逃过去！

托娅被他抓起来，心烦地说，我不是都说了吗？我们什么事儿都没有。魏东进一步地引导她说，他趁着酒劲儿胆子大着呢，他怎么可能那么老老实实？她说他就是对我关心点儿，真的什么都没有。他摇头说不可能，他又不是木头。你跟我说也没关系，只要你说了实话我能原谅的，我最痛恨的就是骗我，我知道，你不是那样的人，你从来不会隐瞒，说吧！

我真的没什么可说的，你就饶了我吧！

他怎么能饶了她？他想饶她都不可能，虽然这不是他的本意。他对她不肯当着魏锋的面说爱他耿耿于怀，他记在心里，刻下了印记，他就不会再放过她。

我怎么饶你？看看你自己做的事儿！他到底有什么魔力，啊？你们是不是在密谋私奔啊？我告诉你，你们俩要走，我不拦着，我放你们走，给你们自由，怎么样？用不着藏着掖着。

托娅真的太累了，她不想纠缠着这个问题不放，她主动求和。她说我求你别说了，我想再眯会儿。等我醒了再谈行不行？

不行！想睡觉也行，说出事实真相，我马上就叫你睡，否则你就别想睡。

你到底想怎么样啊？你想折磨死我怎么着？

说对了，我就是要折磨你，是你先折磨我的。

我怎么折磨你了？

你背叛你的丈夫跟人私通，还不够吗？

魏东，你说什么呢？我要真跟他私通，我还能躺在你的床上吗？

是你嘴硬，不肯承认是不是？你瞒不了我的，就你那点心眼儿，还能骗过我吗？托娅实在无法忍受了，她跳起来，好，你不让我睡，我走，我不睡了！我这就私奔去！

他一下子慌了手脚，忙上前按住她……

睡觉你不让，走你也不让，你到底想怎么样啊？她哭起来。他看着她哭心里忽然有一丝快意，他要让她痛苦，为她的爱付出代价，他才会找到一些平衡。这个夜里，她不知自己是怎么忍过来的，无论他说什么，她就是打定主意一言不发。她忽然想家，想大草原，想母亲那平静的笑容。如果她能抛下这个城市的一切，回到家，回到母亲的身边，也许什么都会好起来。她已经有两年多没回家了，的确，作为大草原的孩子，除了草原没有任何地方可以替代她心目中的家。她只有回到那里，在天高地阔、风吹草低、走马平川的时候才是自然的、快乐的。所以，她决计悄无声息地回趟草原。

4

天亮了，魏锋醒了酒，慢慢地回忆起昨晚上发生的事情。他开始坐立不安，惦记托娅。他明白自己肯定给托娅闯了祸，魏东不知要怎么折磨她。他想画画也无法画下去，几次抓起电话想给托娅打电话，又都放下。他不停地在屋里徘徊着……

他终于鼓足勇气给托娅在微信里留了言，他向她道歉，为他昨晚的冒失与醉酒，并保证以后再也不会发生这样的事儿。听见他的安慰，她眼里充满了泪水。许久她才在微信里说，没有以后了，我想出去冷静一下，你不要再找我了。

魏锋紧张起来，问她去哪儿，她却没有了回音。他看着对话栏里的一片空白，突然一跃而起，冲出门去……等他赶回家时，对着那扇门，他不知该不该敲。最后，他打电话给托娅，可是她的手机已关机。他知道，她不想再跟他联系了，也许她将在他的生活里消失。想到这里，他的心忽然就空了，一切都被她带走了。他的眼前一片黑暗，什么都看不到。他发疯地走着，一股巨大的激流冲荡着他，使他无法找到发泄口。他觉得自己快要爆炸了，那股能量左冲右突，他必须找到一种方式，把那股能量释放出来。

托娅的突然失踪使魏东蒙了，她不在家，不在剧团，也不开手机，他有一种不祥的预感，她可能真要离开自己。这种念头简直让他发疯。他开着车来到铁艺馆，停下车跑出来，用力地踢门，嚷道，魏锋，你给我滚出来，你躲哪儿去了，你给我出来，出来啊！

魏锋就像没听到魏东的呼喊，他举着铁锤正在打铁。每锤都像重重地砸在自己的心上，他要让自己疼痛，便知道自己还没有麻木。他看着火星迸溅，备觉热血奔流，他真想一锤把天地都砸个窟窿，才能痛快一些。他正打得不可开交时，一把被魏东抓住。

你把托娅藏哪儿去了？

不知道。

你不想告诉我？别忘了，她现在是我妻子，你没有权利这么对我！

魏锋举着铁锤，红着眼睛说，我再告诉你一遍，我不知道！说着，他往手心里吐口唾沫，又要抢锤。魏东一把抓住他的锤，说不可能。她去哪儿你怎么可能不知道？肯定是你一手策划的！你想夺走她也没必要这么干，这太不仗义了!

魏锋喊道,你松开手啊,我真的不知道,你冷静点行不行?好好想想她都能去哪儿?魏东,我是什么性格你还不了解吗?明人不做暗事,我要真想跟她好,用不着躲躲藏藏的,我就明着来了。

魏东一下子泄气了。他把魏锋的大铁锤抱在怀里,腿突然就软了,好像有泪水在眼里盈动。他喃喃地说她走了,她离开我了,我可能再也找不到她了。

魏锋觉得大哥此刻竟然是那么无助,他把铁锤抽出来,重新给他握住,他说魏东,你打会儿铁,就什么都好了。魏东摇摇头,眼睛直直的,他的嘴里嘟哝着,也听不清他到底在说什么。他看着那红红的铁,傻了一般。

魏锋见此情景,捡起大锤,往手心吐了口唾沫,冲着那发红的铁块便抡起来。顿时,叮当声起,铁花四溅。他不知打了多长时间的铁,所有的力气都用尽了,他才停下来,心里似乎好受了一些。

魏东就那么呆呆地看着他,茫然无措。这时,他不知怎么,心里有一种旋律在激荡着,那是他追求托娅时学唱的蒙古歌谣。他情不自禁地唱出声来。魏锋听着这歌声,眼前顿时浮现出大草原。他的眼睛一亮,说,魏东,她会不会回家了?呼伦贝尔——

这句话提醒了魏东,他像抓到救命稻草似的,撒腿就往外跑。

第十八章　草原上纵马

1

　　托娅确实回了老家呼伦贝尔。现在她坐在老乡的勒勒车上，迎着扑面的微风，使劲地呼吸着清新的空气。她不时地下车，采下野花，再跳上车。无边的草原就像翠绿的地毯，马儿慢慢地走着，像她一样，患有怀乡病似的。她一眼望见那条闪亮的河，弯弯曲曲一直伸向天边。一只苍鹰在头顶盘旋着，不时地发出一声苍凉的鸣叫。草原张开了她宽厚的怀抱，紧紧地把托娅揽入怀中。沉默的赶车老人一言不发，他任凭马儿走着，它认识回家的路，不用吆喝。远处是零零散散的蒙古包，提着奶桶的蒙古母亲，成群的牛羊散落在草地上，她心情开朗起来，开始哼唱一首草原童谣《放羊》：

　　　　马兰花，开山旁，我帮爷爷放绵羊。
　　　　马兰花，花瓣长，我采马兰喂小羊。
　　　　马兰甜，马兰香，小羊吃了不找娘。
　　　　马兰绿，马兰黄，秋天小羊变大羊。

　　哼着哼着，她突然泪流满面。
　　这就是她的家乡，她梦中的草原。那美丽的风光和自然的天地一下子变得如此的祥和，就像一剂良药使她平静。她觉得内心那些纠缠全都解开了，那种所谓文明的生活，那个无限喧哗的城市，都是不属于她的。她只要回到这片土地上，才能尽情地舒展自己的身心。
　　母亲还是发现了女儿的悲伤，她说我的孩子，你走之前不是这样的，你的眼睛里全是蓝天，你的笑声比河水还响，你的歌比清泉还甜。可是，

200

这次你回来……不对，孩子，有什么委屈跟我说说……

托娅竭力抑制住自己的情绪，强颜欢笑。她不想再让母亲为自己担忧，作为一个蒙古人，一辈子无论遇到什么事儿，他们都是那么乐观，顺其自然。如果她没有走出大草原，她也会像母亲一样听天由命，一生快乐知足。可现在她不同了，城市改变了她的命运，她不知是幸还是不幸。现在，她喝了母亲煮的奶茶，吃了手抓羊肉，气就顺了，心情也好起来。说来也怪，一回到草原，那座灯火辉煌的城市、那段悲喜交加的生活都好像是前世一般，变得那么遥远而模糊。

她早晨起来，帮母亲挤奶，上午去帮父亲放牧，与小侄子在草地上打闹，晚上帮母亲做晚饭，一家人围坐篝火旁，说话聊天，什么烦恼都没有了。她开始怀疑自己是否真的生活在另外的地方、另外的天地，好像从未离开过这里。她的身心开始滋润起来，舒展起来，就像那一望无际的小草，在春天的怀抱里，一直伸展开去。

让托娅没有想到的是，在她回来的第三天，魏东竟风尘仆仆地赶来找她。后来母亲回忆起当时第一眼看见魏东的样子，那完全是一个病人。当他得知他找到了托娅的时候，他一下子累倒在草地上。谁也不知道他究竟走了多久，才会走到这大草原深处。是托娅跑出来，和母亲一起把他架进蒙古包的。他看着她，一言不发，嘴角是微微的笑意。她一看见他那焦急的眼神，干枯的嘴唇，蓬乱的胡须，心便软了。她给他倒奶茶，给他吃羊肉，可他什么都吃不下喝不下，他说他只想睡觉。

接下来魏东狠狠地睡了个长觉，他睡得天昏地暗，似乎总有一个梦境，他拉着托娅过河，过不完的河，他总是在一回头的时候看不见托娅，可他的手里明明是拉着她的。他就着急地喊她，可嗓子却是哑的，无论如何也喊不出声来。多少次，他急得快要崩溃了！等到他终于可以喊出来时，他的梦也醒了。他看见眼前有好几个身影在晃动。

他醒来了！母亲惊喜地说。

这时他才可以吃东西，喝奶茶，渐渐地恢复了体力。他和托娅似乎都忘记了以前发生的事，好像他们就是一对来草原旅游的恋人，偶尔借住在蒙古包里。她把他介绍给家人，这个叫魏东的人就是她的丈夫。他礼貌地给他们鞠躬，分给他们礼物。对于草原人来说，无论是谁，只要来到家里，那就是客人。托娅也秉承着这种传统，无论她跟魏东有什么不快，她都会热情地待他。魏东被这淳朴的民风所打动，看见托娅不再那么尖锐，而是变得平和多了，觉得希望又重新回来了。

这是初春的草原，心急的迎春花已经开放，星星点点缀满了大地。魏东和托娅在草原上散步。初春的草原虽然有点凉意，风也有些硬，但闪烁的星光、空旷的夜色使他们特别放松。

魏东没有跟托娅谈回去的事儿，他就是静下心来陪她。虽然他们心里都知道，有一种隔膜一直都在，但他们谁也不想捅破它。

哎呀一颗流星！

天空中一颗流星拖着尾巴划下去。魏东也禁不住赞叹起来，真是太美了，难怪你留恋草原。托娅说在这里，天大地大，什么烦恼全没了。总有一天，我会回来的，我就是属于草原的……

这是托娅的心里话，这次回来，更使她坚定了自己的决心。只有草原才能无私地奉献出自己的怀抱，才能让她找到家的感觉，才能使她完全地回归自我。他发现她就像个一直生活在草原的小姑娘，而完全不是那个音乐剧演员，不是那个化着妆在灯光下歌唱的人。这片草原本就是属于她的，而自己不过是个过客、一个局外人。连她家那条狗都对自己充满敌意，时不时地竖起耳朵，怒目而视。他们谈的都是托娅过去在这里的往事，一段一段，让魏东重新了解她，认识她。他越来越觉得她过的是一种健康的生活，简单、明快、自然。而他不是。虽然他接受过完整的教育，看似令人羡慕，可他的内心是不健康的，当然也包括身体。他被那种百曲千折折磨得千疮百孔，毫无生机。

白天，他跟着托娅去放牧，他们统领着一大群牛羊，跟着它们漫无目的地走着，飘过丘陵、漂过河流。她放声歌唱，偶尔会听到遥远的地方传来的回应，每次她都特别兴奋。一队蒙古小伙子骑马从他们身边经过，他们都是红红的脸庞、明亮的眼睛，他们对托娅远远地吹口哨，她也回敬他们。那一刻，他真担心，托娅会跟他们走掉，骑上他们的马，一去不回。他也本能地想起她说过的那个蒙古情人，她回来会不会又见过他了？这样一想，他的心情一下子沉下去了，眼睛也变得混浊起来。

你怎么了？

他努力地压制着自己的欲望，情绪一落千丈。他对自己说，千万不能说出来，否则所有的努力都会付诸流水，托娅可能会永远留在这里。不谙世事的托娅根本不会想到他心里正悲伤涌起，她还兴致勃勃地大谈蒙古男人，她的目光跟随着他们的身影，一直到消失在地平线。自从他来到草原，他和她似乎改变了身份，不再是夫妻，也不是恋人，就是两个一块放羊的牧人。她好像挣脱了某种羁绊，又回到了她简单放肆的性格里面，口无遮拦，没心没肺。

托娅帮母亲挤奶，开心地说笑着，小侄子小乌日格欢快地围绕着他们跑来跑去。魏东坐在蒙古包前，看着这一家老小生活的情景，也禁不住开心起来。小乌日格时常跑到魏东的眼前，用摔跤前的礼仪向他挑战，他只好应战，与小东西摔起跤来。小乌日格一点也不含糊，逗得托娅和母亲大笑不止。

就在他们看着这一幕的时候，魏锋已经站在了托娅的背后。等到魏东终于假装被摔倒，小乌日格取胜时，托娅发现了魏锋，她一下子惊住了。

那一刻，魏东内心掠过一丝阴影，他认为魏锋来就是跟他争夺托娅的。而且，魏锋根本没有资格来，他算是她的什么人？他如何向她的家人解释。想不到托娅大叫，快来呀，魏东，弟弟来了！魏东爬起来拍拍身上的尘土，哥儿俩面对面地站着，谁也没说话。母亲热情相迎，草原的风是从哪儿吹来的，一下子给我们带来了两位远方的客人，萨仁吉昌——萨仁吉昌——

父亲应声而出。

母亲让他快去看看乌日勒的羊宰得怎么样了，告诉他又有客人上门，快着点。父亲去拉马。小侄子也不缠着魏东摔跤了，他撒着欢儿跑了，他要告诉他的小伙伴们，家里又来了城里的客人。

2

魏锋被让进蒙古包里，母亲先简单地招待一下。吃饭时候，托娅面对两个男人，挥洒自如，好像她跟他们就是朋友一样，没有任何的障碍。此刻的气氛让三个人都松了一口气。晚上睡觉的时候，魏锋发现自己与魏东睡在一起，他有点抱歉，说，你不该跟我在一起。

那我跟谁在一起？

你知道。

难道这不正合你意吗？

不，我就是放心不下，不仅担心托娅，也担心你。

你怕我会被狼吃了吗？可惜草原现在已见不到狼了。不过我可告诉你，你关心得太晚了，她什么事儿也没出，我们都好好的。

见到你们我就放心了。他说的是你们，这多少让魏东感到舒服一些。他说我明天就回去，你们在这儿多住些日子，把心情和身体调养好了，再回去。这话说得让魏东温暖，他不再说话。一会儿工夫，魏锋便已入眠。

第二天一早，魏锋就要走，托娅全家都挽留他。她快活地挑战说，我说过，我们仨一起到草原骑马，以前以为是个梦想，现在突然就能实现了，怎么样，要不要骑一回？骑了马也不白来一趟？

魏锋一下子兴奋起来，是啊，在草原骑马不一直是他的梦想吗？现在人已在草原，为什么不骑一回，或者说是飞一回呢？当然，来草原就得骑马，那才叫过瘾呢！魏东，你呢？骑不骑？魏东也被他煽动起来，说当然骑了，魏锋，这回我们也体验一下真正的飞翔。

托娅大叫起来，太好了，父亲，那匹烈性马呢？我要骑。

父亲慈爱地笑着，把一匹马交给托娅，又给魏东、魏锋每人找来一匹好马。三个人上马，托娅一马当先，向着广阔的草原深处，奔驰而去。

三匹快马风一样席卷而来，快如闪电。托娅兴奋地大声尖叫，魏东、魏锋也跟着狂吼。他们山呼海啸，急流狂涌，天大地大，恣肆狂奔，一直跑到无边无际。

在草原骑马很快就能找到纵横驰骋的感觉，那是不用设计的，不用费心的，你尽可以信马由缰，跑到麻木。他们从这里跑到那里，跑了半天好像还在原地，依然是一样的草原，一样的河流，一样的风景。

要不要歇一会儿？托娅问。

魏锋说，不要不要，我还没骑够呢！

魏东说，歇一会儿吧，马跑累了！

托娅一勒马头，马慢了下来，打了一个回旋停住。魏东和魏锋也跟着停下马。三人躺在草地上，把马放开，让它们自由吃草。马儿打着响鼻儿，摇着尾巴，悠然地走到河边去了。看来它们对这场奔跑也是感到畅快无比的，因为马也是挑主人的，遇到投缘的，怎么都行。他们互相看着，彼此的眼里都闪烁着激情的火花，看来是大草原化解了他们内心里积郁的东西，让他们得以释放。

怎么样，跟在跑马场一样吗？她歪着头问，起身梳理马毛。

魏东说太不同了，在草原骑马才叫真的骑马，而在跑马场上那就是玩儿，根本找不到这种飞的感觉。魏锋说我还是第一次在草原上骑马，太刺激了，托娅，我真羡慕你的家人，每天都这么过瘾，这才叫活着呢！他突然担起心来，说这草原太大了，没有边儿啊。托娅，我们不会迷路吧？

托娅笑起来，好像嘲笑一个无知的孩子一样。她说你以为我们骑马也要带地图吗？草原上人眼睛都是雪亮的，草原上的马永远不会忘记回家的路。

魏锋说托娅，将来有一天，我活不下去了，你帮我介绍一下，让我来帮你父亲放羊得了，我真喜欢这里的生活。托娅取笑他说，魏东，你看他这样子，像个羊倌儿吗？魏东嘲讽他说，他放羊啊，肯定是骑羊找羊那种的，你信得过他？

去你的，我还没笨到那种程度吧！歇了一会儿，他们重新骑上马，开始往回走。马在草原上信步而行，他们看着周围的风景，不紧不慢，慢悠悠地走着。

托娅开口便唱，她唱了一首又一首，听得魏东、魏锋陶醉不已。放眼望去，珍珠般的羊群，星星点点的蒙古包，绸缎一般的河流，都是那么令人心旷神怡。他们俩也不由自主地跟着她唱起来。歌声穿过蓝蓝的天空，穿过飘移的白云，散向无边。他们似乎都听见了自己的回声，是空旷的，也是曲折的。她知道魏东五音不全，但她也不像平时一样嘲笑他，而是纵容他唱，哪怕唱得不搭调，她都开心地哈哈大笑。

就这样，魏锋又留下一天。

3

晚上，托娅哥哥杀了羊，备了酒，准备狂欢一夜。篝火在熊熊地燃烧着，托娅一家人围坐在一起，还有当地的一些蒙古牧民，都穿着鲜艳的民族服装，赶来欢迎他们。他们围着篝火边唱边跳，边喝着酒，十分热闹。

托娅和魏东、魏锋受到热烈气氛的感染，也禁不住与牧民跳起舞来。魏东和魏锋似乎已经忘了他们之间的恩怨，尽情地享受着这种热情。牧民们把酒坛子搬来，给每个人倒酒，魏东刚喝了一碗，就有些晕了，很快就倒了下去。乌日勒赶紧把他背进蒙古包里。

魏锋与牧民们一样好酒量，他一碗接着一碗，跟着牧民们唱歌，喝得豪气万丈。父亲说托娅，弟弟可是比哥哥有酒量啊，他喝酒的样子有点像你哥哥！

魏锋拿酒来敬托娅父母，感谢你们的盛情款待，我永远忘不了这草原之夜。托娅父亲伸出大拇指，称赞他说你就像我们草原的雄鹰！魏锋还没忘了他的戏言，说如果有一天我来帮父亲放羊，母亲不会拒绝吧！

托娅母亲说不会不会，蒙古包的大门永远向你敞开着，草原上的骏马永远等待着好骑手。魏锋谢过父亲母亲，一口干下，赢来一片掌声。

因为魏锋明天要赶路，托娅提出提前散了，让他早点回包里睡。他意犹未尽地回到蒙古包里，但见魏东睁着眼睛并未睡着。其实他有些嫉妒，嫉妒魏锋的酒量、感染力。

你不觉得你有点喧宾夺主了吗？

魏锋问，什么意思？

你是不是打算留下来，成为一个牧羊人？但是托娅会跟我回去的。

我真的喜欢上这儿了，也许有一天，我真会来做个快乐的牧羊人。

魏东说你别打岔，我不想在别人面前跟你闹僵，但并不意味着我宽恕了你的行为。你为了勾引别人的妻子，千万里地跑到草原来，大有取而代之的气概。但很不幸，我跟托娅已经和好了，你的阴谋破产了，你还赖在这儿有意思吗？

魏锋马上明白了魏东的意思，自己这个电灯泡确实有点太亮，他的心里涌上离意。我来这里确实有些唐突，我真的是怕托娅出什么事儿，我不是有意要成为你们的障碍。可到了这儿，我发现我喜欢上草原了，但你放心，无论我多么喜欢，草原都是不属于我的。我马上就走，立即就走。

你能甘心吗？能死心吗？

魏东，我们都看见了大草原，它真的是一望无际，坦荡自如，这也是我们俩过去的心愿。现在，我的心愿实现了，当我躺在草原深处，我的心升起一种从未有过的温暖，那是对人对所有人的仁爱与宽容，我希望你也跟我一样，重新看待自己的过去，让那些发生在我们之间的不快都烟消云散吧。魏东，我祝福你和托娅！希望你们在这儿找回幸福和爱情。

魏东听着弟弟的话，看着他一脸真诚，他相信魏锋的祝福是出于真心。魏锋说完便起身，临走前还说了句，我等着你们的好消息。

魏锋星夜兼程赶回城市，草原使他重新认识了自己。看着魏东与托娅在一起，他的心里也会涌起一种难言的滋味。在这里，一切的紧张都得到了舒缓，一切的烦恼都得到解脱。想来也怪，他可以完全忘记过去的生活和过去的自己，好像是个崭新的人。不只是他，魏东也变化巨大，他也不再跟他斤斤计较，不再患得患失。他们一同挣脱了城市的阴影，回到大自然当中，一切都得到消解，那种和谐的情感又回到他们当中。他一遍遍地问这到底是为什么？如果所谓的文明不仅破坏了人类赖以生存的自然环境，还破坏了人类赖以生存的情感世界，使人类更加贪婪、抑郁、多疑或者疯狂，那么他真的要质疑文明了。魏东就是最好的例证，他受的教育最完善，他的知识储备最丰厚，但就是他的精神最脆弱，甚至不堪一击。是什么改变了他认识世界的方法，包括爱情？比如他总是习惯百曲千回，总是不能直接抵达事情的核心，而托娅则顽强地保持着自己天性里的自然，她习惯用简单的思维看待世上万物，用最简洁的办法解决最复杂的问题。显而易见，她比魏东更有力量，更能切中要害，直抵心灵。也许人类就应该属于这里，人类的情感就应该是这样的，直接、自然、本能。草原那么广阔，她可以容纳下百川细流，也可以容纳下万物生长。相比之下，他太渺小了，就像一粒尘埃、一个过客。托娅的胸怀就像那草原一样宽广，她应该得到幸福和快乐。只要她好，他就什么都好。一个是他的同胞兄弟，一个是他挚爱的女人，他没有理由横在他们中间。这样一想，他反而解脱了。在回来的火车上，他很快就睡着了。

4

托娅的出走和两个儿子相继追去，使韩如梅如坐针毡。她平时也没跟托娅家里联系过，托娅的电话处于关机状态，她无法了解他们的情况，使她彻夜难眠。她已经提前一年病退，本以为可以在家里震慑魏锋和托娅了，她该不错眼珠地盯着他们，以防意外。可是想不到他们一下子躲到天边去了，她就是有天大的本事，也是鞭长莫及啊。

老魏见她茶饭不思，两个儿子和托娅都不知去向，便追问不休，他们到底怎么了？去哪儿了？发生什么事了？她不得不把真实情况告诉了老伴儿。老魏一听顿时火冒三丈，反了他了，他绝对不能容忍家里出这种丑事。她担心三个人天高地远的，会出什么大事。他气得嘴唇直哆嗦，都死外边才好呢，死了干净！

盼星星盼月亮，终于算是盼回来了一个。魏子安和韩如梅把他叫住，把房门关上，神色十分严峻。他知道他受审判的时候到了。老魏问他，知道我们找你什么事儿吗？魏锋说知道。老魏一拍桌子，知道？知道还恬不知耻地追到人家家里，你太不自重了，你丢了魏家人的脸，这等于打你大哥的嘴巴，你知道吗？

韩如梅也劝他说孩子，妈知道你心里委屈，可再委屈也不能干这样的事儿啊，我全都看在眼里了。魏锋啊，你也老大不小了，什么事能做什么事儿不能做，你得有个估计！魏子安说，俗话说，朋友妻不可欺，何况托娅是你嫂子，你他妈的怎么能干出这种下三烂的勾当？

爸妈，你们想错了，我和托娅是清白的，不像你们想象的那样！

你还敢说清白？浑小子，你拍拍你的良心，问问你自己，你该不该干这样的混事儿？你让我这老脸往哪儿搁啊？这要传出去，家里出了这么个孽种，你爹还不得有个地缝儿就钻进去？

魏锋说我明白了，你们原来就是为了你们的脸面着想。可我不用，我只对自己的感情负责。既然你们问了，我也就不隐瞒了，我爱上托娅了，如果她不是我嫂子的话，我就让她离婚，把她娶过来！

魏子安暴跳如雷，吼道你这个浑蛋，你这个遭天杀的东西，我打死你算了！说着，他从腰间抽出皮带就举起来。韩如梅急忙抱住他的胳膊，央求道老魏啊，别这样，快放下！

不行，这个孽种不能留着，我非打死他不可，你躲开！

魏锋怒视着父亲，一动不动，这更加激怒了老魏。魏锋说妈，你退后，让他打吧，来吧，这面是铁，那面是钢，打吧！魏子安把皮带抽打到儿子的身上，魏锋没有一点躲闪。他说不错，你是父亲，但你没有举鞭子的权利，没有对这个家庭施暴的权利！该住手了，这个家已经被你打得七零八散了，每个人的心里都有创伤，你为什么不反省反省？

魏子安没有料到儿子说出这样一番话，惊愕地看着他，停住手。魏锋继续说，我要告诉你我为什么惹了那么大的祸，你在我心里留下的伤痕太深了。那天我看见一个醉鬼追打老婆，我的眼前本能地浮现出你的形象，我那么厌恶那个男人，那么同情那个女人，就像同情我的母亲一样，所以我才出手相助。

魏子安更加惊愕，手里的皮带颓然落地……

韩如梅说魏锋，别再说了。

魏锋说不，妈，难道你不知道吗？你这么多年来的软弱助长了他的威风，我要说。不要以为我爱上了一个不该爱的人，我就得对你们下跪。我不，我可以放弃爱，但我有捍卫爱情的权利。正因为托娅是魏东的妻子，所以我才放弃，我才决定牺牲。我说完了，我走了！

魏子安气得直哆嗦，脸色惨白，指着他说我我、我没有你这个儿子，你这个浑球，不孝的东西，从此你是你我是我，我们恩断义绝！

魏锋头也没回，一头冲出去。

魏子安一下子变得特别无力，差点倒下去，韩如梅扶住了他。

　　大草原真的给了魏东与托娅一片广阔的天地，他们骑马放羊，月夜看星，似乎渐渐忘记了曾经的不快。魏东在这儿完全地放松了自己，不再去想什么设计、什么业绩，他的眼里只有草原和托娅。他在一点点地修复他们的爱情，重新唤起那种激情。

　　现在，他们坐在草地上，面对着满天的星斗，久久地看着。

　　她说我就喜欢这么看星星，小时候我一坐就是半夜，听说天上有多少颗星星，地上就有多少双眼睛。我看着这些星星就等于看见了无数双的眼睛，它们眨呀眨的，好像跟我说着什么。她教他看北斗七星，看牛郎织女星。那一道天河，好像劈头倾泻下来，一直到把他们淹没。

　　又一颗流星划落下去。

　　托娅每次都会保持着激情，尖叫起来，呀，又一只眼睛闭上了。可能又有一个人死去了。不过飞着死也是挺幸福的事儿呀！

　　魏东看着托娅天真无邪的眼睛，看着她无忧无虑的样子，似乎开始理解她了。他觉得自己跟她真可以说是天上地下，一个没有到过大草原没看过星星的男人，怎么配说爱她呢？他在这里重新认识了她。她就像一只小鸟，应该永远像现在这样无忧无虑。而他忽略了她的天性，他想她大概就像小鸟关进笼子里一样无奈，她渴望着飞翔，却没有了翅膀。

　　他拉住她的手，说我理解你不那么容易，但请你给我时间，让我给你幸福，好不好？她说幸福就是现在这个样子，就你和我，什么都不用想。他点着头说我懂了，以前我总想拼命赚钱，给你创造更好的物质条件，可是你不需要那么多的物质，你只需要简单透明，快乐健康。对不起，我没有给你你想要的东西，以后我会努力的。她有点感动，说，那我们继续看星星吧！

　　他忽然觉得刚刚认识托娅时的那种感觉又回来了，她是那么单纯可爱，他禁不住看她星光下的脸庞和眼睛。她有些羞涩地低下了头。他说托娅，你真的很美，你知道你什么最迷人吗？

　　她笑了，说你以前说过的，但我不告诉你。

　　他说你不说，我可要说了。让我在星光下看看你最美的地方，怎么样？

　　哎呀你真是坏死了，简直太坏了。

他抓住她，他不知道自己从哪来的那么大的力量，他感到一股激流正从骨骼深处升起。这种感觉已经久违了，他太珍惜它了。他要借着它的力量实现自己。他扯开她的衣服，她白得刺眼的胸乳，像黑夜里的两朵花苞，散发出一股清香的气息。他捧起它们，迷醉地嗅着。他微闭着眼，享受着那美妙的感觉。他像个迷途的饥饿的孩子，一下子找到了母亲的乳房，他吮吸着。那一刻太甘美了，好像所有的星星都闭上了眼睛，所有的风声都屏住了呼吸。他喃喃地说托娅，你还是那么好，那么美。

托娅此刻心情复杂不堪。这个低下头深深亲吻自己的男人，让她感到迷惑不解。他有时像个天真的孩子，有时像个暴君，有时深情脉脉，有时又破碎不堪。到底哪一个才是他，她是无法看透的。因为他的怯懦，他那么自卑，她相信他的焦虑他的暴躁跟这个息息相关。虽然她不像以前那么爱他了，他折磨得她快要发疯了。但是此刻，当她看见他像个婴儿一样迷醉，像个羔羊一样无助，她的心一下子就软了。这个男人毕竟是她的丈夫，或者曾是她深爱过的男人，她有责任重新唤起他的能力，帮助他找回自己的尊严。一个女人如果能唤醒一个男人的欲望，让他重新飞翔，那该是多么美好啊！此刻，圣母般的托娅用尽她所有的爱、恨、同情、悲悯，开始帮魏东寻找……

呵呵，他多么忧郁啊！他的眼睛像夏日里的迷迭香，散发着一种令人窒息的气息。他的手指是多么缠绵啊，像河床下的水草。她不由自主地抱紧他，像抱着一只小小的羔羊。她的手指梳理着他，给他安抚与镇静。她不由得把自己的脸贴在他的脸上，她轻声说赐给他力量吧！

托娅，你真好。

魏东，愿天神赐给你男人的力量，愿你像雄鹰一样，像骏马一样。

托娅，我快要飞起来了！

哦太棒了，让我带你飞吧。你看多远的天空啊，有星星有月亮，还有我和你。

是啊，我和你，永远的魏东和托娅。

来吧，魏东，你行的，你是最棒的。

真的吗，在你的眼里，我还行吗？

真的，你看，你行的。

魏东真的觉得自己是行的，就像一条河水突然涨潮了，他被撑得满满的。来吧，我的女人，我的宝贝儿我的心肝我的……他忧伤地抬起了头，他几乎是用尽了自己，他被她召唤起来了。他像个威风凛凛的将军，他举着他的剑，那把伤感的剑，开始了他的冲杀……

他伏在她的小腹上，泪流满面。

托娅，是你救了我。

不，是你自己。

你还是那么好。

是你自己好。

他说我真是太幸福了，我几乎快要晕了。

魏东，你真的太棒了，非常好。

他受到她的鼓励与赞扬，一下子振奋起来。

真的，你好得不得了。想不想，再来一次？

我还能……行吗？

肯定能行！

于是，东风正劲，星光灿烂，魏东再次冲锋。奇怪的是，这次他居然没有一点障碍，他顺风顺水，马到成功。他像一个得胜的骑士，骄傲地拥着他的女人。他觉得此刻他是世界上最幸福的男人。

谢谢你，托娅。

为什么？

因为你就是我的老师。

怎么可能呢？我不过是个牧羊女罢了。

不，你就是我的救星。

说着，他感激地伏下头，亲吻她的每一寸肌肤。他要把自己感恩的心情通过吻传达给他，他吻得专心而细致，深情而陶醉。他不停地问她好吗？她说好。他问可以再重点吗？她说你吃了我得了。

这美得炫目的星夜，给魏东注入了无限的力量。他开始觉得热血奔流，一股男儿气概重新荡漾在他的胸中。他在黑夜里奔跑着，大声地喊着，我又是个男人了，我是个男人了——

他一直到跑不动了，才跪下来。他仰望星空，感谢上苍。他俯首大地，感谢女人。他把脸埋在自己的手里，幸福得微微颤抖。

托娅远远地打量着魏东，她觉得他似乎又变回了那个朝气蓬勃的男人，那个令她崇拜令人着迷的男人。在她的心目中，魏东应是这样的，他应该是自信的，而不该是犹疑的；他该是坚定的，而不该是彷徨的；他该是大度的，而不该是狭隘的。也许这个才是真正的魏东，也才是她爱的魏东，但是现实里的那个魏东到底是谁呢？为什么他有时让她不敢相认？

第十九章　别问我是谁

1

托娅的剧团一再地催促她回团排戏，她也住了半个月了，团长说那个A角不一定总给她留着，如果她再不排练，只有换人了。那一夜她陷入矛盾之中。她知道，音乐剧的梦想一直都在她的生命里面，她为了这个角色，等了多久才得到的啊？如今真要放弃的话，就等于以前的一切努力都付诸流水。她甘心吗？魏东到了草原后，手机一直处于关机状态，他刻意地忘记那座城市、那个公司和那些人们，等到他开了机，公司的未接电话都快让手机瘫痪，尤其是那个虚幻的女人，在微信上给他留了言，她也在紧张地不断追问他去了哪里，为什么失踪了？他急忙给王总回了个话，王总把他骂了一顿，叫他立即返回。他也急得成了热锅上的蚂蚁。但是他拿定了主意，如果真能挽回托娅，他情愿放弃一切。他说托娅，如果你决定回来放羊，那我就跟你回来。

那天夜里，魏东一个人坐在草地上，女人的电话来了，他犹豫再三才接听了。女人开口就避头盖脸地骂他，你他妈的跑哪儿去了，连个招呼都不打，你他妈的就是个王八蛋！他听着不吭声，他确实把她忘掉了，完全沉浸在与托娅的爱情之中。女人骂够了他，停下来，半天才问，你是不是与她和好了？他回应是。女人突然坚定地说，那是假象，你们不可能和好的，因为你原谅不了你自己的罪恶，因为你自卑，你认为自己配不上那姑娘。你看着吧，用不了几天，你就会重新陷入过去的痛苦之中，你只有死了才能赎罪！

你是谁？

魏东突然感觉脊梁发冷，为什么这女人能够看透自己的内心？难道她了解他的秘密？女人突然不说话了，接着把电话挂断。他感到恐惧，这世上除了家人，还有人会知道他的隐私吗？

一直心花怒放的托娅，突然有一天沉默了，她看着熟悉又陌生的草原，到底哪里才是她的归宿呢？夜里，她在梦里演剧，那个流光溢彩的舞台上，她唱着那首如梦如幻的《回忆》，听见如潮水般的掌声，她泪如雨下……

醒来的时候，她还在哭。魏东问她怎么了，她说我们该回去了。

他风风火火地赶到公司开会，一进屋，王总就劈头盖脸地怒斥他一顿，说你以为自己是什么啊？不就是海归吗，遍地都是。你要不想干了吱一声，不要耽误了我的正事儿。现在你开发的软件正是关键时刻，你却连声招呼都没打就没影儿了，什么事儿呀？

对不起，我家里出了点事儿，我必须得处理。如果因为我给公司造成了什么损失的话，我愿意承担一切责任。王总说我们的游戏已经发行一些日子了，据统计，玩儿的人太少，这是我们的第一款游戏，开局不利。据调查反映，说我们的游戏太难了，趣味性不够，里面的一些幽默不符合中国人的口味儿，所以才受到冷落。你是不是在国外待久了，都忘了我们中国人是怎么幽默的了？

魏东脸色一阵白一阵红的。

魏经理，你给我们解释一下，你这个游戏软件到底有什么优势？

众人都窃窃私语，众说纷纭……

魏东说我们的软件没问题，我认为我综合了国外游戏的所有长处，在画面处理、色彩运用、故事结构，还有兴趣点上，都已经做到了极致，至于不受欢迎，我认为是玩客们还没有认识它，也许有了一段时间之后，局面会好转的。

你所说的一段时间是多少时间？我要的是准确时间。你把这套游戏说得那么好，言外之意就是中国人都是智商低下，玩不了你搞出来的东西对吧？看来我们只有打入国际市场喽！

有人窃笑。

魏东争辩说不是那个意思，我是说我们应该加大力度开发市场，做些相应的宣传，让玩家们认识到它的非凡之处。

王总最后给他一周的时间，拿出一套方案来，要尽快走红，马上见利。散会了，偌大的会议室里只有魏东一个人还坐着，他的情绪低落到了极点。他起身回到自己的办公室，坐着发呆。他的目光落在一封信上，打开一看，是一张传票。原来张宝珍已经起诉。他手里的传票落到了哪里，他一点都不知道。他刚刚找到的自信顷刻间烟消云散。

原来不过是一场梦而已。他喃喃地说着，满脑袋混乱。他不知坐了多久，也不知什么时候回的家。

托娅回来给魏锋打了一个电话，魏锋很开心也很自然地跟她说了很多话，当然是关于草原的一些话题。魏锋终究还是明白，魏东才是她的丈夫，他甚至有些后悔追她到草原，有点身为局外人的落寞。但是正是这次他到了草原，才有了这样一个开阔的胸怀。他想了很久，理智又重新回到他的心中。他在离开草原时说的话是发自内心的，他希望他们幸福。

你为什么突然走掉？

托娅，只要你能幸福，我就什么都好了，你懂吗？

不懂。

托娅，魏东还是非常爱你的。

那你呢？

我会把爱埋在心里，记住，我将永远是你的草原。

电话挂断了。托娅感念魏锋的胸怀。她知道，自己等于又选择了一次。尽管她希望那个人是魏锋，但是善良的她还是不忍心伤害魏东，她对他毕竟负有责任，她热切地希望通过自己使魏东男人起来，坚强起来。女人就是男人的学校，她已经开始尝试她的教育了，并已初步成功，对此她满怀信心。

托娅热情地迎接魏东，她期待着他们的生活能有个重新的开始，希望能迎来春风细雨、春华秋实。但是她没想到，他们才刚刚回来，魏东又变回了原来的他。

魏东的眼前全是那张传票，它就像只猛兽一样，张着血盆大口要吞噬他，他极度地恐惧。他发现自己的力量太过微薄，无法与那种强大的恐惧相对抗。他就是一个俘虏，一个被缴了械的人，他任其折磨，却是毫无抵抗的能力。这种时候，他的眼前总是出现马的形象，那马是高昂的、俊美的、飘逸的，它总是从虚无之乡奔来，又向乌有之镇奔去。他一次次试图被它带走，可是那马匹总是一闪而过，稍纵即逝。有时，是马群，惊天动地而来，烟尘弥漫，他被裹挟其中，感觉被马蹄捣烂，不留一点痕迹。

他开着车一个人在街上转悠，不愿回家，因为他无法面对托娅。可是开着开着，大街上的汽车全都变成马匹，一匹一匹朝他横冲过来。他吓得面如土色，左冲右突，终于停在路边，浑身都被汗水浸湿。他趴在方向盘上，一时茫然无措。电话响起来，一看号码，是那个神秘女人打来的。他像抓住了一棵救命稻草，迫不及待地想听她说话。她责备他把她给忘了，露骨地表达对他的想念。他没怎么回应，只是静静地听着她讲，其实她说什么自己一点都没听进去，他的眼前依然是那张传票，黑暗、恐怖、压抑。她一再追问你怎么了，遇到什么事儿了，告诉我你心里的秘密，好吗？他没有回答，默默地挂了。

他回到家时已半夜，可是托娅还在等着他。

你怎么了？

她看着他。他目光游离，神情倦怠。

你是不是太累了？

他像没听见她的话，手好像不是长在他的身上，他东摸一下，西碰一下，心思不知在哪儿。她给他喝水，他却拿不住，像个孩子一样手不太听使唤，结果水洒了一身。

魏东，你到底在想什么呢？

不知道，我现在什么都不知道，你不要再问我了。

托娅希望通过身体把他唤醒，她信任自己的身体。她在大草原已经深深地印证了这一点。她温存地搂过他，抱着他的头。她轻声说魏东，告诉我，发生了什么事儿？为什么你一到家就马上变了一个人？他慌乱地摇着头，说我是个废人、没用的人。为什么会这么评价自己呢？你是个有能力的人，难道你看不到自己的优点吗？他凄然一笑，托娅，你嫁给我其实是嫁错了，我就是个废物，我连个男人都做不成。

不，你很棒，你忘了草原上的你了吗？她试图使他振作起来，不断地鼓励他。可是他突然大发脾气，你不要枉费心机了，看到我这个样子你一定很开心是不是？她惊呆了，她说我为什么要开心呢？我很痛心，你不知道吗？魏东，我以为我们在草原都克服掉了那些障碍，尽管我到现在也不知道我们之间的障碍是什么。我看到了一个焕然一新的魏东，你坚强自信，你是个真正的男人，你让我十分惊喜。

可是有人比我更好。

她明白他在指魏锋，她有些无奈地说，魏东，到底让我怎么说你才满意？你不是都看到了吗？在草原，我重新选择了你，不是吗？尽管魏锋也追到了草原，但是他悄无声息地走掉了，这说明他已经退出。到了现在，你为什么还要这么说？

托娅，我不知道我怎么了，我完全看不到路了，我的眼前全是黑的，心更是黑的。托娅，你不能不要我，托娅，我现在只有你了。她紧紧地抱着他，说我在，我在这儿呢！我不会离开你的，你放心好了。我要你，始终要你，好不好？

他把头插进她的腋下，无声地哭泣。

从此，魏东又重回老路，整夜失眠，焦虑不堪，疑神疑鬼。他和托娅刚刚建立起来的信任又面临崩溃，他又无法对她讲明原因，他怕极了，心惊胆战，草木皆兵。他的眼前总是出那幅画面：一个醉鬼，一把刀，一个倒下去的身影……他清楚地明白，他正一步步地走向死亡。

他一遍遍地问自己，活着有什么意义呢？为谁而活呢？反正是一死，那么早死与晚死又有什么区别呢？无非是多浪费一些粮食和一些时间，无非是再多承受一些痛苦，那么何必呢？早点结束不好吗？

有时，他站在公司二十五层的大楼上，看着悠然的白云飘过，使他想起草原的幽野星空，也许那才是他的归宿。他总会有一种冲动，纵身一跃，就能扑进那美妙的世界，一切的烦恼与痛苦都烟消云散了。有时他站在窗前，心想只要一步，就一步，他就能跨越生死的界限，到达无限。他甚至可以看到一种种幻景：七彩霓霞，风轻云淡，一匹带着翅膀的马儿飞来，带上他飞走，飘然欲仙，真是太美了……

2

此刻，魏东躺在麦穗的躺椅上，表情僵硬呆滞。他已经很长时间没来麦穗这儿了，偶尔通个电话，麦穗感觉他的状态还好，就没有多问。可是他走进来的样子真的把她吓了一跳，她觉得那就是一具行尸走肉，没有灵魂。他简直就是飘进来的，像一片落叶，没有一点重量。

麦穗坐在他的身边，给他削苹果，对他说一会儿吃完这个苹果，你先睡一觉。

不用，我睡不着，我每天都睡不着。

想什么，告诉我？

很乱，有时候刚刚合上眼就做噩梦，吓得不行，醒来时一身的冷汗，像水洗过一样。我的心跳得太快，有时觉得都快跳出喉咙了，都快碎了。麦穗，我是废人，一点用都没有，活着就是浪费粮食。

你单位工作的压力是不是太大了？

你说我怎么那么没用？干什么都不行，工作不行，做丈夫不行，做兄弟不行，做儿子不行，做朋友也不行，我真是觉得这辈子活得太失败了。

麦穗说那只是你个人的感觉，事实不是这样的，你可是我们魏家的骄傲，而且做着最尖端的工作，你怎么可以那么妄自菲薄呢？谁都会有压力，你要勇敢一些，没有过不去的河，对不对？

她把苹果给他吃，他接过去，咬了一口，又吐了出来。她接过去，丢进垃圾桶。他开始呕，干呕，说不清为什么会恶心难受，觉得要把五脏六腑都吐出来才好。麦穗为他捶着背，他呕了半天，却什么东西都没有。折腾了半天，他才平静下来。她让他睡一会儿。他忽然说麦穗，你能不能……抱抱我？

这是多年来魏东第一次这么要求她，他乞求地看着她，满眼的惶恐。她心里一热，这句话传达给她的信息是，她在他的心里依然有地位，他还需要她。她眼睛一热，点点头。他像个孩子偎在她的怀里。

麦穗，我很害怕，我心里全是恐惧，我只有两个支撑，一个是我的马，另一个是……他没有说出口。麦穗用手搂着他的头，安慰他说马很通人性吧，另一个应该是女人，她是谁？肯定不是托娅。

魏东说只可惜，我最喜欢的那匹马被人杀了，死了，多好的马啊！这个杀手他恨我，要夺走我最心爱的东西！

麦穗说这完全可能是个意外，你没有必要钻牛角尖，事实可能根本不像你想的那样。你又没得罪人，为什么要恨你呢？魏东，你心里到底有什么阴影压迫你？你说出来好吗？你说的那个恨你的人可能就是这个阴影，或者是一个事件，使你一遇到事儿就往坏处想，特别容易走极端。

魏东就像根本没有听见麦穗的话，继续自言自语地说一个情人，电话情人，她不知道我是谁，我也不知道她是谁。我们就是打电话，打电话，她可以温暖我，可以体贴我，这是我在人间的最后一点温暖了……

麦穗很意外，他在现实里无法实现的东西，便转而寄希望于虚幻之中了。他不知道那更是不能依靠的东西。她爱怜地拍着他的肩，轻声说你没有一点安全感，你又想找到，所以你就把这个虚幻中的女人当成你的寄托了，因为她安全，甚至不知道你是谁。因为你可以放心，无所顾忌。但是你应该面对现实，你为什么不能把托娅当成这个女人呢？她是真实的，就在你的身边，你看得见摸得着，多好啊！

她离我越来越远了，那些星星还在闪烁着，一些在划落，一些在死去。我不知道明天会怎么样，还有后天，我好害怕。麦穗，别离开我，麦穗……

217

我在呢，我一直都在。先不要说了，什么都不用想，现在，你是不是又看到星星了？它们就在不远处，离你那么近，你一伸手甚至都可以摸到它们。没错，它们都是你的朋友，远远近近地看着你。你看，星空多么灿烂啊，银河就在眼前，你可以数数它们了。一，二，三，四，五……

他跟着她数星星，似乎也真的可以看到。那个广阔的草原，无数的星星，是那么安慰他。还有麦穗的怀抱，是这样踏实可信，他像依恋母亲一样依恋着她。他喃喃地求她，抱着我，抱着我。

放心，不用怕，有我呢！

她轻轻地拍着他的背，他终于在麦穗的怀里睡着了……

3

韩如梅听说张宝珍已经起诉的事，一下子就蒙了，一种大难临头的感觉让她不知所措。如果魏锋顶罪的事败露，这不仅意味着魏东面临十年牢狱之灾，她与老魏及魏锋都犯有包庇罪，刑期大概三到十年不等，这些法律条款她都已了解得清清楚楚。她心里只有一个念头，那就是不惜一切代价保住魏东。她打电话到腾格里俱乐部找张宝珍，希望再跟她谈谈，却被张宝珍拒绝。张宝珍眼看着魏家已成惊弓之鸟，觉得离自己的设想越来越近了。当听到韩如梅说要跟她私了时，她激动不已，可是她依然装得镇静、冷漠，她不能这么轻易地答应，因为她一定要坚持下去，直到达到她想要的条件。所以她只对韩如梅说，我说过了，你不要找我了，我们只能在法庭上见。无论韩如梅如何哀求，她都说你就死了这条心吧！

韩如梅听着电话里的忙音，呆愣着……

她不能再等了，第二天悄悄地来到张宝珍家，表达了愿意倾家荡产补偿包家的损失，只求张宝珍高抬贵手，撤销起诉，放过魏家，魏家会祖祖辈辈念您的好处，谢您的恩德。张宝珍说不用谢，我什么都不要，欠债还钱，杀人偿命，古来传下来的规矩，没什么商量。韩如梅苦口婆心地劝她，你再好好想想，我们给你造成的损失已经无法挽回了，可是你和你女儿还得生活啊。就算我儿子进去了，你们也得不到任何好处，还不如为娘儿俩今后的生活做点打算呢。

包小芸坐在一旁，一听韩如梅的话，顿时横眉竖目吼道，住口！你知道吗？我是个没爸的孩子，我是个被欺负的孩子，我本来学习很好，却被送到了乡下，我没有上大学，现在跟我妈一样只是个保洁员，这些都是你儿子造成的，你怎么能补偿得了……

张宝珍说是呀，孩子能活下来就是万幸，她只有一个想法，就是为父亲讨回公道，让真正的凶手落入法网！我们娘儿俩的决定都说完了，你再在这儿赖着也没意思了，我们根本没得商量，你走吧！

韩如梅绝望地走出张家大门。

大雨倾盆，仿佛天空塌了一般，韩如梅行走在雨中，面对天空，泪流满面。苍天哪，请你睁开眼睛吧，让我替我儿子赎罪吧，别再惩罚他了，他还年轻，他不能再出事儿了。老天爷，我知道我们魏家罪孽深重，我愿意付出一切，只要免了我儿子的罪过。你睁开眼看看我吧，可怜可怜我这个当妈的吧！

雨一直在下，韩如梅的身上早就淋透，脸上是雨水还是泪水，她根本不知道。她还在喃喃地说着，我们有罪，我替我儿子谢罪吧！老天你把我收了去吧！让我以命抵命，我只求一死。都是我不好，我没有教育好我的孩子，我的错由我来负责吧！

韩如梅绝望了，被雨淋得精透，一下子迷路了。她想不起来自己该往哪个方向走，也记不起来任何亲人的电话，在大雨中茫然无措地走下去……一家人四处寻找，还报了案。苏宁也加入到魏家的队伍，最后还是他在河边找到了韩如梅。

韩如梅病了一场，神志一直不太清楚，还是麦穗天天陪在她的身边，一点一点地唤醒她。麦穗认为韩如梅在用回避的方式来自救与拯救儿子，她的头脑中有一种屏蔽功能，希望把这件事给忘掉。

魏东看着母亲的样子，痛苦不已。自从他回来，全家人都刻意地回避着十年前的那件事，那场伤痛。他们为此付出了十年的代价，希望从此能云开雾散，阳光灿烂。可是谁也没想到，一场山雨欲来风早已满楼，魏家再次风雨飘摇。他已经害了弟弟，现在，他不能再害母亲。他颤抖着说妈，你千万不要再出什么事儿了，谁的罪谁要赎，就算是你赎了也没用的！如果你真的有个好歹，儿子还能活吗？那不就等于也要了儿子的命吗？我知道，全家人为了我，坐牢的坐牢，得病的得病。如果你今晚醒不过来了，儿子还有什么脸活在世上？肯定会毅然决然地跟你去了。妈，我求你了，我想好了，让我接受惩罚吧，这是我早晚都要接受的，大不了像魏锋那样，再坐十年牢，这样，我的心就安了。十年后，我们一家人就可以心安理得地过日子了。

麦穗唤醒韩如梅，决定带她出去旅游换换心境。她说妈，咱们去一趟云南，可以到丽江、香格里拉，还有泸沽湖的女儿国。如果那儿好的话，咱们就不回来了，在那儿定居。听说有不少人都选择那里呢！那儿的天永远都是蓝的，水永远都是清的，花儿永远都是开的，那儿家家流水户户有花，真是人间仙境。

韩如梅说要真有这样一个地方，我们就不回来了。魏子安说麦穗，你带她走吧，只有你能让你妈开心。魏锋说那你的诊所……麦穗说不要紧，我找个朋友替我看些日子，妈不能再拖了，她已经到了崩溃的边缘了。

4

麦穗带韩如梅乘飞机来到云南，她们先到了昆明，又到大理、丽江、香格里拉。在阳光灿烂的高原上，韩如梅暂且淡忘了那些不快，开始变得快乐起来。她跟着麦穗去玉龙雪山，住在丽江的百姓家里。他们悠然自得的生活让她十分羡慕。她有时坐在流水旁，一坐就是一天，有时看着那些叫不上名来的花，跟自己说着话。毫无疑问，她的心灵得到了山水的安抚。麦穗的话语也像涓涓的清泉，滋润着她的心。

她微闭着眼睛，被阳光抚摩着，十分惬意。

人群中一阵骚动。一个人奔跑着，几个人在后面穷追不舍。他们纠结在一起，你推我搡，乱成一团。韩如梅紧张地看着，不禁紧紧地抓住了麦穗的手，脸色苍白，开始颤抖。麦穗急忙拉起她，快速地离开。

美丽的山水并没有使韩如梅摆脱噩梦的纠缠，尤其是这个打架的场景再次把她带回十年前的现实里面，她的梦里总是闪过那惊心动魄的一幕：那群人中有魏东和魏锋，他们被裹挟着，不由自主地推来推去。忽然，魏东捡起那把刀刺进了那个醉醺醺的男人的胸膛……

韩如梅吓得叫了一声，嘴巴飞快地翕动着，喃喃自语。无论麦穗怎么叫她，她都听不见。她大声地喊起来，魏东，你放下刀，你不要杀他，快点！魏东，你不要杀他，放下刀，你快呀，放下刀吧！麦穗摇晃着韩如梅，妈，你醒醒，你怎么了，你醒醒！

韩如梅似睡非睡地说，我看见了，是魏东，是魏东杀了人，魏东，魏东啊！

妈，你胡说什么呢，妈你吓着了吧？你快点醒醒啊！

220

韩如梅终于醒过来，她惊坐而起，满头大汗，她惊恐地问，我怎么了，我刚才说什么了，啊？我说什么了？你快告诉我。

　　也没说什么，还是说那个打架的事儿。

　　我好像做了个梦，梦中有魏东有魏锋，还有我。好像又回到了过去那时候，他们纠缠在一起，打呀打呀，我怎么也拉不开。她忽然像想起刚才的梦境，急忙问，麦穗，我是不是说梦话了？我在梦里都说什么了，你快点告诉妈，别让妈着急行不行啊！

　　麦穗沉吟了半天，不知道该不该把她的梦话告诉她，看着干妈那焦急的目光，她只好如实相告。你说看见魏东杀人了！韩如梅大吃一惊，啊？我是那么说的吗？我真的说了吗？

　　麦穗点点头。

　　韩如梅一把抓住她，急于辩白，那不是真的，麦穗，妈是在做梦，梦都是反的。比如你梦见了死人那就是活的，梦见了魏东那就是别人。你千万不要相信妈梦里的话，啊？

　　妈……

　　韩如梅十分自责地说你看看妈，真是老了，不中用了，梦里还乱说话，这幸亏是跟你住在一起，要是跟别人哪，那就不得了了。你说我怎么会做这种梦呢？

　　麦穗安慰她说，嘿，梦就是梦呗，不用想它，做完就算了。

　　韩如梅试探着问麦穗，你最近没听苏队长说什么吧？

　　麦穗摇摇头。

　　韩如梅开始哭泣。她的泪水顺着皱纹缓缓地流下来，她哭得没有声音，只有肩头在微微战栗。麦穗抱住干妈，把头靠在她肩上，不停地拍着她的背。妈，别想得那么坏。既然我们心里都对魏东有信心，相信他，就没有什么可怕的，对不对？

　　后来，不知过了多久，韩如梅才安定下来。她握着麦穗的手，睡着了。麦穗在灯下看着干妈那张苍老的脸，仔细地玩味着她的话，不由得陷入惶惑之中。

　　第二天，韩如梅说什么都要回家，马上回去。麦穗拧不过她，只好依她。

　　麦穗把干妈送回家，魏锋不明白为何这么快就回来了，便担心地问起来。麦穗说本来我们玩得挺开心的，可是就因为一件事败坏了她的情绪，然后就一切都改变了。

　　魏锋惊讶地问什么事？

那天我们坐在阳光下看花，忽然一伙人打了起来，打得很凶。妈就受不了了，非常恐惧，吓坏了。我把她带回到房间里休息，她才缓过来。夜里，她一直在喊，是魏东杀了人，是魏东杀的人。我使劲地摇晃她，她才醒过来，她说她做了一个梦，接着就非常自责，说那梦都是反的，还打听苏宁是怎么说的这个案子，天一亮就非得回来不可……

魏锋呆立在那儿。

麦穗一路上都在疑惑，她从心里不愿相信这是事实，但是从这件事重又提起，到魏东的种种表现，现在又听见干妈的梦话，她陷入困惑之中。她说魏锋，你告诉我，妈说的是真的吗？

魏锋坚定地说没有的事儿，这完全是妈的主观臆想，就像她说的一样，那是一个梦。难道你还相信一个梦吗？麦穗，妈为了我坐牢这件事儿，精神受了刺激，有时候变得不清醒不理智了，你是个医生，你完全能理解一个人处于这种状态下说出的话。至于她打听案子，那是一个母亲出于本能的反应，天下哪个母亲不护着自己的孩子呢？

魏锋说得没错，这些道理她都懂。不过，她仍然觉得干妈心里有事儿，而且是大事儿，那件事儿像一座山一样压着她，她什么时候能搬掉这座山，什么时候才能真正放松，否则大家所有的努力都是徒劳的。

魏锋说妈最信任的人就是你，如果真的存在一座大山的话，那也要靠你来帮她搬掉。我们是无能为力的。麦穗，其实这也是最让我心痛与无奈的事儿，我只能看着她而不能帮助她，我为这件事儿很痛苦。

苏宁得知韩如梅清醒了，便赶到魏家，开门见山地问林伯母，我听到您口口声声说，替您儿子赎罪，为什么？

由于我儿子的缘故，张宝珍的丈夫死了，所以我儿子有罪。

可是您儿子已经受到了惩罚，十年的牢也坐了，您不应该再怕。可是据我观察，您非常害怕，一次次地求张宝珍放过您儿子，今天又要以命抵命，难道您心里真的有愧吗？

这句话一下子击中了韩如梅的要害，她的心不禁收紧。她知道现在她的每句话都十分重要，都关系着魏东的命运，她不能有一点闪失。她想了一会儿，才镇静地说不，魏东虽然没有坐牢，但我这当妈的心里明白，他比坐牢还要痛苦。他不能再受折磨了，我求张宝珍放过他，就是求她别再提这件事了。我可以给她补偿。苏队长，你帮帮我，从中做个调节，我想跟张宝珍私了。

既然你心里没鬼，你干吗要跟她私了？

我赔不起，这件事在我们全家人心里都像个阴影一样，我们家每个人都得了病，我们宁愿花钱消灾，只要以后别再提这件事，就是我们全家人的福气了。

我想没这么简单，您心里肯定知道这个案子的真相，您不可能不知道。我想，事实终归是事实，就像纸是包不住火的。如果您想掩盖真相，那结局无疑就是引火焚身。林伯母，假如您真的知道，我劝您还是说出来，自首是可以争取宽大处理的，做伪证是违法的。还有，杀人案是不能私了的。就算死者家属不再追究，警方也不会放弃破案。我作为一名警察，既然接了这个案子，就必须维护法律的尊严，一定要弄清楚才能结案。我走了，您再好好想想……

苏宁在这个时刻来询问韩如梅，让麦穗十分愤怒。她质问他，为什么如此步步紧逼？这是我的工作。可她是个病人，她刚清醒过来。她作为公民、见证人，她配合调查是义务。讲法律就不讲人性吗？法律是无情的。

麦穗最后丢下一句：你也是无情的！

苏宁望着她的背影，心里一阵难过。在情与法之间，他无法选择情而只能选择法，这是他的职责。

5

魏东听说母亲刚出去三天就回来了，他没敢回家，觉得无法面对她。王总让他做的计划书他一个字都没有写，他也试图去做，可是双手按在键盘上，却忘了怎么打字。他坐在电脑前，无论打开哪个网页，上面写的全是起诉书。突然，那把滴血的刀又出现在 QQ 里，明晃晃的，还带着血腥味儿。下面一句话足以让他心惊肉跳：你逃不了了，死期近了！

是的，调查正在进行中，他终归要重新接受审判。他想到了他的马，在困境里，马是他唯一信赖的朋友。魏东恍恍惚惚地来到马棚，耳边杂乱地回响着一些声音。

麦穗说，你没有罪，你是清白的。

托娅安慰他，你很棒的，大草原不是已经证明了吗？

魏锋的声音说，托娅是你的，永远都是你的。

父母的争论声，魏锋没有一点悔过的意思，还理直气壮的，好像他勾引托娅对了，我们全错了，真是岂有此理……我们耽误了魏锋一辈子，我们有愧呀!

我有愧吗?他问自己。他骑在马上飞奔,这个问题还萦绕不散。如果有愧的话,魏锋这么做,我有没有理由痛苦?硕士、IT精英、海归、囚徒、说谎者、杀人凶手,这些词交错地闪烁着,把他的脑子都挤爆了。他无助地喊着,让我清静一会儿吧,我求你们了,我快要爆炸了!可是没有用,它们像蜂子一样,嗡嗡乱叫,肆意飞舞,随时蜇他,他觉得自己已体无完肤,到处都痛。他的马载着他自己跑了回来,他下马,拴好。看着马儿那温柔的眼睛,对他亲热地打着响鼻儿,他抱着马头,突然呜呜地痛哭起来……

电话响起来,他一看,是熟悉的号码,知道又是那个电话情人,便接起来。喂,你好!女人问他怎么了?你哭了?他的心顿时平静了很多,好像找到了一片湖面,很安慰。他说我很郁闷,很难受,刚刚骑了马,心情也没好转起来,看来我是不可救药了。你在我身边就好了,我们一块骑骑马……

女人说不对,只有距离才能产生美,我离你很远也很近,我都能听见你的呼吸,听见你的心跳,我知道你心里想什么,要什么,难道还远吗?

魏东停顿了一会儿说,我想见到你,我很想你。

女人说NO,NO,你不觉得我们这样很美好吗?我们只有想象,空间太大了,你把我想象成什么样都可以,我就是你的美人,你就是我的偶像,我们没有失望,没有琐碎,只有完美只有浪漫,多好啊!

可是我需要你。

女人的声音暧昧起来,我也需要你,来吧,让我们相爱吧,你可以抱着我吗?

那些往事的蜂子试图还要蜇他,他努力地驱赶着它们,他下意识地说来吧,快点。那你抱紧我,听见我的呼吸了吗?摸到我的皮肤了吗?我白吗?我的肤色是特意晒出来的,你喜欢白色还是橄榄色呢?来,我们回卧室吧,我的床很大很舒服,床头灯是橘黄色的,据说这种颜色能使人产生安全感。现在,我借着月光,正好可以看清你的脸了,哦,你很性感……

那些蜂群终于慢慢地淡了,淡了,消失了。他被她的语言引导着,走出了那片沼泽和混乱,他的脑海里出现了一个画面:一片无际的海水,波澜不惊,它好像是从虚无中引发出来的,渐渐地淹没了他。他很想解脱,挣开,但是被淹没那一瞬却有种快感,它来自一个神秘的深处,深不可测,捕捉它似乎也非常艰难。但是他抓住了,它就慢慢地向他的身体扩散,从皮肤开始，渗入骨骼。还有一座巨大的沙堡，也被海水侵蚀，快速地消失。他慢慢地沉入下去，好像进入一个深邃的隧道中，那里有点恐惧又有点迷人，但他很放心，如入无人之境，他可以放肆地大声喊叫，可以说些不堪入耳的话，可以由着性子乱叫……

那一刻，真好。

短暂的那几秒钟，他完全忘了蜂群、海水、刀，他处于一个真空的状态，好像已经飞起来了，正从高处坠落，飘飘的，轻轻的……

死亡不过如此，他想。

那么，你可以说出你的秘密了吗？女人问。

好，我说……其实我就是……

马匹传来一声响鼻儿，那么响亮，他一下子惊醒，慌忙把电话挂断、关机，身上吓出一身冷汗，他差点犯了不该犯的错误。

第二十章　催　眠

1

　　托娅拼命地跳了一天的舞，躺回到床上，身边是空的。在草原，她又重燃爱的希望，觉得跟魏东是可以恢复到最初的。但是当他一回到城市，一切又都改变了模样。她无法想通到底是什么又把魏东推回过去的沼泽之中？她不甘心，不想千辛万苦刚刚找回的爱重又陷入冷漠，陷入无底的黑洞中。她不知道家里到底发生了什么事儿，她多次问起，大家众口一词都不告诉她。她觉得十分孤独，这个家从没有把她当成家人，有什么事也一直都瞒着她。

　　开门的声音，魏东终于回来了。她跳起来，亲热地迎上去。可是魏东却推开她，显得兴趣索然。他一头扎到床上，闭上眼，很累的样子。她问他，昨晚你去哪儿了？怎么连个电话都不打回来？他说我去骑马了，信号不好。他明显在说谎，她说不对，我给你打电话，一直占线。

　　你监视我？

　　怎么是监视你呢？我想问你能不能回来。我在单位练功太晚了，想让你来接我，可就是打不通你的电话，到了半夜，你还在跟人通话。我压力太大了，单位逼着我，推着我，我快要撑不住了，打打电话，聊聊天，多少能放松一点。

　　托娅心里一痛，她觉得那个跟他通话的人应该是自己，而不是别人。可事实恰恰相反，他最需要的人并不是自己。她幽幽地说我知道你在跟谁通话！魏东一愣，看来这个看似天真的托娅也并不是好糊弄的。他说你怎么知道，连我都不知道。

　　凭一个女人的直觉。说着，她主动靠近他，搂住他。他被动地承受着她的爱抚，没有任何反应。她亲昵地说以后别跟她来往了行吗？他突然涌上一股快意，推开她说，你吃醋了？你嫉妒了？你终于也尝到了这种滋味，不好受吧！

你是想报复我吗？

随便你怎么想好了，反正你没权利干涉我的自由。要想干涉我的话，你就先把自己的屁股擦干净，否则就别来指责我。托娅停下来，呆呆地望着他，有些委屈地说，我们在草原上不是已经谈好了吗？我们应该有个新的开始，为什么又重提这事儿？

我是想原谅你，我也说服自己原谅你。可是我一想起来你跟魏锋怎么样，我就恶心得想吐，你以为我们真的还能重新开始吗？你玷污了我们的爱，亵渎了爱的神圣！

托娅睁大眼睛看着有些发疯的魏东，心如刀绞……她沉默了很久，终于再次问他，魏东，我想问你件事。我们已经和好了，为什么一回来你又变成这样？我觉得你心里一直有件事瞒着我，而且这事对你非常重要。我是你的妻子，是你的亲人，有什么事不能跟我讲呢？我也好为你分担。看到你这么痛苦、消沉，我很难过，我们好不容易才找回的感觉难道就这么再次失去吗？

魏东心里一沉，他最怕的就是托娅会追问不休。在他看来，她是个单纯的姑娘，她没有心计，透明、阳光，她似乎不太深究他深层的感受，这使他一度感到庆幸，他很容易就能转移她的注意力。可现在，她也在改变，她变得不那么简单了，她也开始察言观色，追究他心里的痛苦。他没好气地说，你不用问了，什么事儿都没有，以后你最好少问我的事，跟你没关系。

怎么没关系？那跟谁有关系？难道跟你的情人有关系吗？

魏东被激怒了，没错，跟谁都有关系，就跟你没关系。

你不把我看作是你最亲近的人吗？

我没有亲近的人，我六亲不认。

那你想怎么样？

我想死了算了，我这种废物活着就是浪费，等我死了你就称心如意了。

托娅的眼里慢慢地涌上来一层泪雾。她想不到魏东会这么说，说得如此的绝情。她说看来日子是真的过不下去了。他说那你走哇，你不就想离开吗？走，走吧！

那好吧，我们的问题根本没有得到解决，还是分开一段时间吧，也好彼此冷静冷静。她起床，穿好衣服，便往外走。魏东在那一刻后悔了，为什么他说出来的话总是跟自己的内心不一样？他根本没有再跟她分开的意思，他只是不知道面临着如此的困境他该怎么办？他焦虑不安，他茫然无措，他想挽留她，又放不下自尊，只好看着托娅走出家门。

他随手抄起床头柜上的一个相架摔在地上，发出破碎的声音。

是的，旧案重提、婚姻危机、事业停顿，魏东陷入空前的困顿之中。千头万绪，他几乎无法理清，巨大的恐惧又压迫着他，使他喘不上气来。王总再次追问他的解决办法，因为一周的时间就快要到了，可是他竟然无计可施。急躁的王总把他训斥一番，说他堂堂的海归派做事就这么眼高手低，大跌眼镜，一切不过是头上的光环而已，并不见得有真正的本事。他也做了最后的承诺，再给他一周时间，如果还想不出更好的方案的话，他会引咎辞职。

2

那天夜里，魏东独自走着，精神恍惚。不远处的墙角处，一对青年男女正在热吻，他仔细地看着，看着，眼前似乎浮现出魏锋和托娅……

魏东努力地摆脱眼前的情景，却是挥之不去。这件事像蛇一样缠着他，时时噬咬着他的心，使他心痛欲裂。他强烈地想喝酒，想醉个人事不省，就可以暂且摆脱一下烦恼。于是他拐进了小酒馆。

魏东在小馆里喝到半夜，直到服务员把他请出去。深夜里，他像个无家可归的流浪汉，不想回到托娅的身边去，因为那就意味着现实。他只是摇摇晃晃地走着，居然本能地来到了说吧诊所前。他定睛望了望，嘴里念叨着说吧说吧，是时候了，说吧说吧！

麦穗发现魏东醉得东倒西歪还摸进了自己的诊所时，心头一热。他喃喃地说着喝酒好，酒好啊，醉了就什么都不知道了。酒好，真好……

她扶着他，跌跌撞撞地往里面走去。麦穗把魏东安顿下来，用毛巾给他擦了脸，泡了香浓的茶为他解酒，并埋怨他喝得太多。她看着他那恍惚的眼神，忽然觉得自己可以挽救他。这种念头让她兴奋，她决计用催眠法帮他走出深渊。

你现在闭上眼，深呼吸，跟我来，数到十下再睁开眼睛，好不好？来，跟我数啊，一、二、三、四、五、六、七、八、九、十，好了，怎么样？

他果然好多了，其实看到她的身影时就好多了。她总会在他最难的时候出现，简直就是上天为他安排的。

现在你看到了一片海水，还有沙滩，阳光很好，你就躺在海边，海风轻柔地吹着，一切都那么放松，再放松……

他轻轻地呼出一口气，微微闭上眼。

你就快要看到那个压迫你的东西了，快了，它就要出现了，出现了。

他扭动着，似乎一直在躲闪，在逃避。

其实，它已经出现了，你看到了，请你说出来，说出来就好了。

是一片阴影。

很好，阴影是模糊的，也许是你主观意愿的模糊，其实你知道它是什么，只是你不想说出来。

它很可怕，它要杀了我。

没那么可怕，是你吓自己，告诉我，它是什么？

是……一把刀。

还滴着血，是吧？是它要砍你吗？是你在逃跑吗？这把刀从哪里来的，它为什么在砍你？你为什么要害怕它呢？

因为，因为……

告诉我，说出来就好了。

因为……我是凶手，那把刀它在……报复我……

他说出来了，他浑身大汗淋漓，突然之间像虚脱了一般。他喃喃地说是我捅的那一刀，是我，而不是魏锋，我害怕这个真相，我害怕承担罪责，我害怕我这辈子会被毁掉，我害怕……魏锋和托娅，他们，所以报复我……我想忘记他们，可我无法忘记。我想原谅他们，可我无法原谅。

魏东，托娅是你爱人，你应该信任她，而不应该猜疑。对于婚姻来说，猜疑是最大的敌人。

我不信任她，她在骗我，魏锋也在骗我，全世界都是我的敌人。魏东现在是严重猜疑，失去了安全感。麦穗说不可能，最起码你还信任那个电话里的她吧！他不屑地笑了，就她，她是谁？她在哪儿？麦穗，除了你，没有人值得信任，连我对自己都不信任，电话里的那个人是虚的，而你是真实的。

麦穗感到温暖，也许人生中这种困难时刻的相知比爱情更珍贵。她感动地握着他的手，轻轻地按摩着，让他放松。她说，你是不是想跟我说什么？你不相信自己，肯定是因为你对自己失望过。你做过什么错事儿，不要紧的，找到根源就没事儿了，可以重新建立起信心。说吧，魏东。

我是对自己失望，非常失望，甚至到了绝望的边缘。我是个罪人，是个有罪的人，谁都看不起我，谁都可以轻贱我，谁都对我充满敌意，全世界的人都想杀我，我还不如先把自己杀了算了！

麦穗大吃一惊，魏东出现了自罪妄想。她见过无数的抑郁症患者，很大一部分都有这种自杀倾向。她一个一个地帮、一个一个地拉，每一次从死神的手里拉回来一个，她都会被自己感动。可是现在面对她最心爱的人，她怎么会无能为力呢？

她说魏东，看着我，你没有罪，我可以做证，你不是个罪人。你不是相信我吗？那就听我的话，认为有罪那完全是你自己的幻想，也没有人要杀你，你更不可以自杀！因为，我们都需要你，都……爱你。

魏东突然抱住麦穗泪流满面，他听见她说，都爱他，这句话他可以理解成是她爱他，这让他感到欣慰与满足。面对麦穗，他早就应该完全地敞开自己的心扉，告诉她一切。可是为什么一直瞒着，是他不想毁了自己在她心目中的形象吗，还是自己没有勇气面对？

不是幻想，麦穗，是真的，我杀了人，我是凶手，是我干的！虽然我没想杀她，可人死了。麦穗目瞪口呆，那种不祥的预感终于得到了印证，她浑身微微发抖。很久她才说魏东，你不清醒了是吧？你是在说胡话是吧？记住这种话以后不可以随便说的，那是要负法律责任的，你懂吗？

他说是我，真的是我，不是魏锋。他替我顶了罪，所以他恨我，他要夺走我所有最心爱的东西，包括托娅。他要报复我，他应该报复我，我是罪有应得……他说出了隐藏在心里的痛，终于说出来了，他感到是那么放松，一下子满身大汗，就像蒸了回桑拿。他虚弱地瘫软着，好像顷刻间得到了解脱。

不，不，魏东，你喝多了，你出现了幻觉是不是？魏东，无论怎么样，我都信任你，不可能的，绝对不可能的。

魏东听着麦穗发自内心的声音，他欣慰不已。他终于明白，就算全世界都抛弃他，麦穗也不会。她是真的爱他。他爱惜地抚摩着她的头发，微笑浸在泪水里。麦穗，别这样，十多年了，我好像活了几辈子那么累，不敢触碰那件事，不敢提及，不敢跟你说。可是我要早点说了多好啊，我要早点担起我的罪多好啊！麦穗，你不是一直想让我给你一个交代吗？那就是我以一个戴罪之身，无法面对清清白白的你。我现在明白了，我说把你当妹妹看，那不过是借口，是我为自己找的一个理由。其实，是我在你面前自惭形秽，是我不想玷污了我们爱的纯洁，是我不配。对不起，让你替我担惊受怕。你在我心里，就是爱人，永远的爱人。不是我有意要伤你，是这罪藏在那儿，让我不敢面对你，不敢爱你。

别说了魏东，别说了。你说的是梦话，对不对？你发烧了是不是？魏东，你病了，病得不轻。

不对，麦穗，我今晚说的话都是真的，我的病根儿就是这个。

不可能，我不相信，绝不相信。

是真的，麦穗，假如这十年，你一直跟一个凶手在一起的话，你会是怎样的感受？她不敢想，那个柔弱、善良、胆怯的魏东，怎么可能是凶手？她蒙了，愣在那儿，一片空白。

停顿，可怕的停顿。时间在嗒嗒地走着，仿佛除非一切都静止了。一扇窗口的灯火寂灭了，一条河流的波光消失了，一朵玫瑰的芬芳飞散了。她努力地让自己回来，回到这个残酷的现实里面。魏东，她深爱的人，一直爱的人，她自信了解他的灵魂。那么她爱他那些黑暗的瞬间吗？就算是他的善良偶尔崩溃，她还爱他的崩溃吗？

麦穗，我说了，一切都结束了。我以前对你的伤害都是刻意而为，因为我想让你彻底忘了我，永远忘了我。我该走了，到时候了，我真的该走了，麦穗，我的麦穗，请你记住，我……爱你。

思绪慢慢地回来，麦穗一下子泪如泉涌，她的牙齿不由自主地咯咯磕动，嘴唇轻轻地颤抖。她转身望着窗外，点点滴滴的灯火明明暗暗，那些往事，它们还都活着，有着自己的温度与热度，她感受到了。这句话她等了十年，他都不肯说。现在他说了，够了，她心满意足。

他欲转身离去，却不忍离开麦穗，她的身上记载着他的青春时光、他的所有往事。他看见她孤单地颤抖，像一只受伤的小鸟儿。爱怜重又充满他的心，他忍不住为她擦去泪水，从后面轻轻地环抱住她。他们谁也没有说话，就是默默地感受着彼此的呼吸、战栗，望着漆黑的夜幕。她多想永远留住这一刻，就这样无言相对，脉脉深情，所有的话都像说完了，所有的人生也都像过完了。是的，这是她无数次梦想过的情景，这个世界，只有他和她，天荒地老，海枯石烂。

他轻声说，等我把公司里的事处理好，我就可以走了。

去哪儿？

自首，坐牢。

不——她喊出来，这不是真的，是你的病态，是你在混沌状态下说的幻觉，我太了解了，你怎么可能杀人呢？绝不可能！你出现了自罪幻想，这些罪恶都是你杜撰出来的，根本就不是真的。

他看着她，心里忽然就亮了，是的，每一个人都必须对自己的行为负责，必须为罪恶付出代价，否则就会永无宁日。可为什么自己刚刚省悟？他第一次了解到自己的勇气，长叹一声。她转过身来，轻轻地抚摩着他的头、他的鼻子、他的脸。

魏东，我会帮你，你要挣脱那些黑暗的瞬间，我有能力帮你。

他微微一笑，笑得天真无邪，像婴儿一般。有着如此笑容的人怎么会成为凶手呢？她看得心痛。

这个夜晚，魏东似乎一下子过完了一生，把他隐埋在心里的隐秘说出来，而且一吐为快。现在，他没有什么可以担心的了，他如释重负，长长地喘上来一口气。他微微地闭了眼，静静地体味一下与麦穗在一起的感觉，似乎重又有了力量。他睁开眼睛，慢慢地转身，寂寞地转身，往外走去。他顿觉浑身轻快，脚步如飞，心情畅快。

她看着他，似乎看到一个不同的魏东，尽管他是飘忽的，但是他依然还是属于自己的。她叫了他一声，他停住，没有回头。他慢慢地消失了，她想追上他，可又放弃了。她要追回什么呢？她不知道。

她不愿意相信他的话是真的，可是今晚，魏东似乎是清醒的，尤其是最后那一番话，逻辑性极强，根本就不像是一个病人所说。他告诉她自己的爱，她在心里反反复复地回味着，很温馨很甜蜜。不论魏东对她有过多少伤害，只这一句话，就把一切都抵消了。一个强烈的愿望由内心生出：她要救他，她不能任由他这样下去。她决定先弄清他目前的病况，看他是不是存在幻觉。如果他说的都是事实，那么她也把此看成是他的新生，因为他也许可以摆脱抑郁症，开始一个坚实的人生。

至于是否应该把这个结果告诉苏宁，以提供一些线索呢？她陷入纠结之中……

3

第一次走进魏锋的画室，麦穗禁不住为这里浪漫的艺术气息感染了。魏锋太有创意了，他简直就是个天才。魏锋带她看了自己的画，让她大开眼界。他告诉她铁艺生活体验馆生意越来越火，养活自己一点问题都没有。现在，他已开始卖画了，虽然价格不高，但他自信会越来越好，而且他已还了托娅借给他的钱。

他们聊了一会儿，很自然地聊到魏东。她说他昨晚喝醉了，去了我那儿。我突然有许多疑问，想跟你说说。魏锋，你真的爱上托娅了吗？魏锋毫不犹豫地说真的，我很爱她，爸都跟我断绝了父子关系，家里全乱了！

那你打算怎么办？

魏锋沉吟一会儿说，把爱埋在心里。事实上我已经这么做了，从托娅回来，我再也没有见过她。当然，这不是见不见的问题，其实如果我能正常地见她，恢复到自然而然的关系，那才是真的放下了。我在努力，我说到做到，你相信我吗？

麦穗说当然相信。可魏东说看见你们怎么样是真的了，不是幻觉？

我向他保证过，虽然我爱托娅，但我决定放弃，我绝不会再伤害他。所以他说的肯定不是真的，我保证。我可以感受得到，这件事对他的伤害太大了。魏锋，我们都了解他，他不是一个特别大度、特别想得开的人，甚至可以说是个比较计较的人，他不太容易原谅别人，更不容易原谅自己。

你想说什么？麦穗，我不想说对不起，因为我认为爱本身是无罪的。

可他认为自己有罪，他还说起当年那个案子，人是他捅的，而且是故意伤害，说是你替他顶了罪，现在你在报复他——

魏锋腾一下站起来，不容置疑地说，他胡说，你不要相信他！你是个医生，你肯定有自己的判断，他精神出现了障碍，他是胡言乱语，你千万不能轻信他！看见魏锋如此激烈的反应，麦穗这才松了口气。她多么希望魏东真的是病态，他的话不过是幻象，她不相信他会杀人。她说这下我可以放心了，他一直患有抑郁症，我也一直在引导他，如果他再存在妄想症，那可就不好办了。

4

苏宁通过查阅当年的检验报告，发现魏东、魏锋兄弟二人的血型相同，从刀尖上沾上的血迹看，刀在刺入死者身体之前曾沾染 A 型血，可以判断出刀伤过兄弟两人的一个。但是刀柄上的指纹却是错综复杂，如果能鉴定出最后一个握刀的人也许对案子有帮助。因此他对指纹又做了一次检测，结果令人很失望，最后一个握刀的人，是魏锋。他决心找到当年的目击证人——卖西瓜的老头儿。

这时他的电话响起，麦穗约他见面。

在一家餐厅里，麦穗告诉他魏东精神上出现了问题。他大感惊讶。她说可想而知，这个案子对他造成的影响和压力，他已经处于崩溃的边缘，并且出现了幻觉自罪妄想。你知道吗，这是精神病的前兆，我都不敢想下去，太可怕了。

幻觉？自罪妄想？说清楚点。他说。

他很恐惧，他有关系妄想，总是说看见他老婆跟别人如何如何，还认为自己有罪，说人是他杀的，而且有人要杀他，流露出悲观厌世的想法。苏宁精神一振，他自己说是他杀的人？这条线索很重要。

麦穗这时出奇冷静，她是经过慎重的思考才告诉他的，没错，她用催眠的方法诱使他说出了所谓的"真相"，但他是否是在病态的状况下说出来的令人质疑。你想，哪个杀了人的人主动承认是自己干的？没有，就像每个精神病人都不会承认自己有病一样。我的意思就是说，魏东如此状态下说出的话不能相信，除非你找到更有力的证据。

你爱他，这我知道，可是不能因此而掩盖他的罪责。麦穗，难道你认为我尽职尽责是在逼迫一个人吗？那你就错了，而且是大错特错！魏东在你的眼里是个病人，我知道你在尽一个医生的职责；而他在我这里则是一个犯罪嫌疑人，我也在尽我的职责，希望我们不要互相干扰，好吗？

自从苏宁因为魏家的案子认识了麦穗，他真的爱上了这个善良的姑娘。但是他知道，魏东是无法从他们的生活里消失的。他横在他们中间，无声地抗拒着。他知道，他永远无法越过魏东靠近麦穗，而麦穗也本能地拒绝他的爱。

对不起，苏宁，我只想陈述事实。

我知道，我了解你的愿望。请相信，法律是公正的，我们绝不会冤枉一个好人，真相永远都只有一个。他站起身，发现麦穗原来清瘦了很多。临走，他安慰她说，我知道，你承受了太大的压力，我很抱歉，但这是我的职责。麦穗，你多保重，我希望能看到你快乐起来。

苏宁带着他的助手小李经过千辛万苦找到了卖西瓜老人。

老人叫吴满仓，住在一条曲折的胡同里。他回忆起十多年前的那起伤害案，痛苦地说就怪我卖西瓜，要没有那把刀，就不会出事了。从那以后，我再也没卖过西瓜。但是他说的过程跟韩如梅说的大致相同，根本没什么新的线索。这让苏宁再次失望，他只留下自己的电话，希望他想起什么再联系自己，便离开吴家。

苏宁反复看着那张尸检报告单，已看了三天。灵感说来就来了，他终于理出了头绪。从这个报告单上看，刀刺进胸口是垂直方向的，第二刀则改变了方向，向心脏下方倾斜，倾斜度达45°。如果面对面刺入的话，伤口根本不可能倾斜，据证人描述，当时魏锋一直处于跟死者正面冲突的状态，魏锋刺入后，因为他是个右撇子，刀的方向应该是由死者的左胸进入，向右倾斜，或者直入。唯一的可能就是魏锋不慎刺入后，站在一旁的魏东左手持刀，再由右往左刺入，而且魏东正好是左撇子。这个设想一出，他立即兴奋起来，现在要查的就是刀柄上最后一个指纹到底是谁留下的。

这时吴满仓提供了一个新的线索，他回想起当时的情况，那刀刺进男人的胸口时，那男的没什么事儿，还想拔刀呢。后来，另一个小伙子抓住刀把儿，还想把刀拔出来……

案子终于有了眉目，苏宁高兴之余，与小李子吃了顿面条，当他发现小李子也是左撇子时，想起在张宝珍家看过的一张照片，照片上就是死者吃面条，用的也是左手。所以仅仅凭魏东是左撇子还不能就认定是他补的第二刀，可死者怎么会给自己补一刀呢？第二刀是倾斜的，如果是魏东补的第二刀的话，他的个头与死者相当，面对着面，刀刺进去应该是直行的，不可能是斜的。

苏宁放下筷子，没有吃饭的心情，马上又去找法医。

5

魏东也终于想出了挽救游戏的好办法，他雇用了几个大玩家，很快就吸引了无数的玩家。王总拿到最新调查报告，兴奋地对魏东说，《七国地图》何止是上升，简直是狂升啊！你看，我们的《七国地图》已经成为最受欢迎的网络游戏，有这些网站要购进，你看看！

魏东面无表情地听王总说着，好像这事与他无关一样。王总畅想着未来，照这个势头发展，用不了一个月，我们就能把本赚回来。魏东，你现在马上着手，进行续集的创作，名字我都起好了，就叫"七国风云"。有了这套游戏打底，我们很快就将雄霸中国网络游戏，我的理想是要成为霸主，怎么样，有信心吗？

他点点头，看着王总雄心勃勃的样子，终于可以松口气了。

晚上，魏东独自坐在一家小餐厅里吃饭，本想为自己庆祝一下，安全渡过难关，可是忽然觉得没有了心情。他不愿回到那个家，托娅自从那天跟他吵架之后，一直住在剧团的宿舍里。他知道，她在躲他。几次他想给她打个电话沟通一下，可是又无从说起。他说什么呢？她已有所觉察，追问不止，他能告诉她自己是个罪犯？不能，他不能接受自己在她面前从一个IT精英变成一个罪犯。

魏锋自从那次被父亲打骂过，就再也没有回过家。而且他说到做到，连托娅的电话都没有接过。他下定决心，要从他们的生活中消失掉。其实老魏心里也想魏锋，只是不好说让他回来。他偷偷地给他买了些最好的颜料。可韩如梅要提起魏锋，他就大骂不止，大发脾气。

韩如梅惦记魏锋。原来热热闹闹的家，好像就散了。托娅走了，魏东也不常回来了。魏东还好，可以下馆子。魏锋就不行了，他自己又不会做饭，肯定天天糊弄顿儿。她便炖了鸡汤悄悄地送到铁艺生活体验馆。

韩如梅走进来，看见儿子光着膀子在火光的映照下抡着大铁锤，眼角一下子就湿润了……魏锋忽然发现了母亲，愣住了，放下大锤说妈，你怎么找到这儿来了？韩如梅抹一把眼角的泪水，一把按住儿子的双肩，说让妈看看，又黑又瘦，是不是一直都没吃好？魏锋笑着说妈，我结实着呢！你看看！他做出一个健美的动作，展露出他的肌肉块儿。

魏锋把母亲带进里面的休息室，看着母亲打开暖瓶盖，找来一只碗，倒出来鸡汤，端给他，看着他喝。

好喝吗？

魏锋点点头，一下子哽咽，没有说出话来。他转过头去，忍住眼泪，一口气全部喝下去。他关切地问家里又出了什么事儿吗？韩如梅便把家里的情况说了一遍。魏锋又忍不住问，托娅好吗？

韩如梅叹口气说，魏锋啊，不是妈说你，你不应该那么关心托娅，不怪你大哥生气，这事儿放在谁的身上都会生气的。妈求你了，以后别再关心托娅了，别再掺和他们之间的事儿了，好不好？

魏锋点点头。

韩如梅说回头你找你大哥聊聊，把话说开了就好了。你们俩都是我儿子，一个手心一个手背，我不想看着你们弄成这样，你不知道我心如刀绞啊！儿子，你比魏东小，你就主动找找他，跟他好好说。他跟托娅这么僵，心里也不好受，你就别憋着劲儿了，行不行？

行，妈。

儿子，你回家吧，别听你爸的，他也在气头儿上，说的话不算数的。其实他心里也惦记着你，我看见他给你买了一大堆的颜料和画布。他这个人你也是知道的，就嘴硬，打死不会承认自己有错。你是小辈，别跟他计较，该回家就回家，叫他一声爸就什么事都没有了。

妈，我知道了。

魏锋送母亲出来，韩如梅走出几步又回来，叮嘱他说干活儿悠着点儿，别把身子骨累着，钱是慢慢赚的，不能一口吃个胖子。她刚走了几步又返回来说儿啊，吃点好的，隔三岔五地吃点肉，别舍不得，没钱的话回家拿！

魏锋说妈呀，我能照顾自己，你还当我是孩子啊？

韩如梅笑了，走了。突然又站住了，跑回来说，哎呀我又忘个事儿，剩下那点鸡汤你得热了再喝，可不能喝凉的，对胃不好，时间长了容易得胃病。还有啊，早餐一定要吃啊，不吃早餐会得胆结石的，哪天回家先给妈打个电话，妈好给你做好吃的。

魏锋终于看着母亲心满意足地走了，他怅然在看着她的背影，她已有了微微驼背的迹象，她走路的样子完全像个老人。可是她才五十四岁，是生活压垮了她。他还发现母亲的白发更多了，当风再次吹起时，他强忍着差点再次落下泪来……

第二十一章　撕　裂

1

魏东选择在郊外小屋里跟魏锋相见，因为这里有马，他一看见马，心里顿时就亮了。他带来了酒，这些日子，他经常渴望喝醉，因为酒可以麻醉他的神经，使他得到暂时的解脱。

魏锋来了，他推门而入，坐下来也陪着魏东喝。酒过三巡，魏锋抢下魏东手里的杯子，说魏东，你不能喝了，再喝就醉了。他说我就是想醉，醉了好啊，就什么都不想了，都不会想了。

沉闷了很长时间，魏锋说魏东，其实咱哥儿俩早就该好好谈谈了，一切都过去了，别再生我的气，原谅我好吗？

魏东不肯答话。

我给你带来了伤害，我很抱歉，现在我平静下来了，知道自己以后该怎么做。大哥，你放心吧，我会永远退出，绝不再向前半步。魏东好像自尊心受到了挫伤，他愤怒地说你以为是你退出，是你让着我的？

魏锋愣住了，他没想到魏东竟会如此想问题。他连忙说不不不，我没那个意思，我是说……希望你们俩好，希望你也原谅托娅，都是我的错，让这些都掀过去吧。魏东说你来求情，也替她求情？没这个必要吧！就算她向我求情，也轮不到你出面。你以为世上什么事儿都能原谅吗？你觉得你杀了个人就说声对不起就完了吗？

说到杀人，他们俩忽然全都沉默了。这个词就像一道闪电，瞬间击中了他们的心。多少年来，他们都小心翼翼地绕过这个词，其实是想绕过内心里的那道伤痕。现在，它被最忌讳的魏东说出来，连他自己都惊住了。

还是魏锋先开了腔，魏东，十多年来，我们俩都没有好好地聊过那件

238

事，好像我们俩都想绕开。其实我们无法绕开，说开了就什么都好了。我们不能再让它折磨我们了，包括我们的家人，当然也包括托娅。你爱她，就别再折磨她了。你爱我们这个家，就不要再折磨家人了。

魏东激动起来，大声说，我折磨她？是她折磨我，是所有的人都折磨我！不要以为你替我顶了罪就完事了，我的罪还在，我一直都背着，从来没有放下过。我恨你，恨爸恨妈，是你们让我一生负疚，让我永远背着这个债，永远无法坦然地生活。你们不是为了我好，你们是害了我！

魏锋特别震撼，他从未想过，魏东竟然会这么想问题。他从未指望过魏东感恩于他，因为这是他甘愿的，因为他爱大哥。现在都反过来了，好像都是大家的毛病，是所有人都错了。那么，他的付出也是无用的。

魏东，是我自愿的，我自愿为了这个家付出，我无怨无悔。不错，我的青春没了，我可以说一事无成，我没有受过高等教育，找不到好工作，更没有爱情。但是如果这一切换不来这个家的幸福，换不来你的成功的话，那我的十年牢岂不是白坐了？那我的这场付出还有什么意义？

魏东觉得魏锋是在邀功，他确实有功劳，对这个家有付出，但这对自己来说是又一场责难。当事情发生时，他没有权利选择。他也没让魏锋顶替自己，他是被动的，或者说是不情愿的。这一切都是家长的安排，并非他所愿。他嘲讽地说，没有白坐，现在你就是这个家的功臣，你应该得到你要的东西，你有这个权利。因为我们全家人都欠你的，尤其是我更欠你的。我明白，如果你想拿我的命我都应该给，别说你要我的爱情了！

这句话刺痛了魏锋，现在，他们俩之间好像在做一场交易，拿魏东的罪过交换他的爱情。魏锋愤怒起来，抓住他打过去，大吼道你浑蛋！你有了那么好的爱情不懂得珍惜，你还叫什么男人？

魏东也不甘示弱，他也回敬魏锋，就你像个男人，尤其像个蒙古男人！我什么都不是，我就是个废物！两个人你来我往撕扯在一起，像小时候一样，魏东从来都不是魏锋的对手。他被魏锋压在身下，这让他羞愤。三十年了，魏锋一直都压他。小时候，魏锋用力量压着他，后来用那罪责压着他，现在用往事压着他，让他永世都不得翻身！他奋力地挣扎，他使出了浑身的解数，他踢他抓他挠他咬他，他要把这些年的压抑一股脑儿全部释放出来。他终于将魏锋的手刮伤，鲜血流了出来。魏东停住手，看着那鲜血，惊住了。

魏锋发现自己受伤，紧急用手巾缠住伤口。他看见魏东又处于发病的边缘，呆呆地看着，像个木偶一般。他才觉得是自己过分了，不该刺激魏东。他忙安慰他，转移话题说没事儿了，什么事儿都没有，魏东，你的新游戏带卖得怎么样？

魏东还不能一下子从刚才的恐惧中解脱出来，呆望着，牙关紧咬。魏锋一下子抱住魏东，轻轻地拍着他的背安慰他说，没事了，哥，没事儿了，你看着我，什么事儿都没有。

这是魏锋第二次叫他哥，他们一般大，只差十分钟，魏锋从来都叫他魏东。可今天，他叫自己哥让他感到突然，一股热流涌上心头。魏东终于克服掉了刚才的恐惧，他清醒过来，一下子抱紧魏锋，喃喃地说兄弟……我没事。

哥，什么都过去了，好吗？魏锋双手捧住魏东的脸，像小时候那样，左右地摇晃着，还把他的嘴夹扁。过去了，没事儿了，哥，知道我在狱中最想什么吗？我最想吃包子。小时候，你总是偷偷地把包子让给我吃，一嘟噜肉馅的包子，吃得满嘴流油，那个香味儿啊，到现在还没散。哥，你说你让我多吃了多少包子啊！

魏东突然痛哭流涕……

魏锋，其实我很绝望，托娅是个好女孩儿，我越想好好对她，就越做不到。我好像没有能力爱了，我丧失了这种能力，我又不愿放弃，魏锋，你说我怎么办呢？

魏锋搂着魏东的肩说，那只是你自己的看法，在我心目中，你是最好的最棒的男人，你有一颗善良温情的心，又有很好的事业，谁能跟你相比呢？没有。你太有这个能力了，只有你才能给托娅幸福。我发誓我再也不会让你受到伤害，再也不做让你难过的事情。原谅我，哥，原谅我的一时冲动，头脑发热。还记得我们在草原上谈的话吧，事实上，我已经做到了。哥，托娅是你的，永远都是你的，别再怀疑她，也别再怀疑自己的能力。你们在一起会幸福的。

魏东点点头，说来，哥敬你一杯酒。

哥儿俩再次干杯。

魏东说今晚真高兴，魏锋，我好像又找到了当年的感觉。说实话，你一直都是我的依靠，我真的挺崇拜你呢！你一直都在保护我，还记得咱邻班的二黑吧，他总是欺负我，每次都是你揍到他不敢造次，为这个，你没少挨爸的胖揍。

魏锋说你错了，其实是我崇拜你，你聪明绝顶，成绩又好，什么都懂。还有，我就觉得我们俩是一个人，他打了你就等于打了我，你哪儿疼我就会哪儿疼。真的，哥。魏东笑了，说我们俩怎么在这儿互相吹捧呢？来来，再喝一杯。哥，你不能喝酒，你的酒我替你喝了。以后我们俩还是一个人，不管多老，我们都是一个人。你快乐了，我就快乐；你难受了，我也跟着难受。我们俩有心灵感应，因为我们是双胞胎。

二人喝得痛快。

魏锋说哥，托娅是爱你的，她一直对你抱有希望，她从来都没有放弃过你。如果不是这样的话，她早就离开了。你为什么没有自信呢，你总是觉得我在抢她是吗？因为你认为我心里不平衡，会嫉妒你的一切，哥你错了，大错特错了。你一直在监视我们，你从一开始就不让我们正常地交往，这使我们之间失去了自然和谐相处的氛围，你越是这样，我就越是觉得好奇。你知道吗，我是从同情她开始的，我觉得你那么对待她就是不公平的。你为什么不能对她好点？如果你们幸福了，我也就幸福了。

我也想好好待她，可是你不知道，我有很多结都没有解开，不光光是你，还有别的。比如她的蒙古情人，一想起来我就心如刀绞，就情不自禁地折磨她，心里才会觉得好受点。我……

他没有再说下去，他还是不愿意在弟弟面前承认自己的失败，而这正是他和托娅婚姻的关键问题所在。他对她的肉体和精神的双重折磨又让他们走到一个边缘的境地，他们十分危险了。可是他的自尊使他没有说出来。

我不知道你都有什么障碍，这好像应该是麦穗能够帮你解决的。但是我只告诉你哥，你要真的爱她，就爱她的一切，包括她的经历。不然，那就不是真爱。她有没有蒙古情人那还是她过去的事情，你有什么权利干涉她的过去呢？你不能把她看成是你的专属品，你的私有财产。你爱一个人，就要给她充分的空间，她在有比较的情况下选择你，那才是觉醒的爱，否则就是糊涂的爱，一旦有个风吹草动，她的爱就会不坚定。还有，我现在考虑清楚了一个问题，当一个人婚姻不顺的情况下有了外遇，那是不可靠的，那不过是为了弥补婚姻生活的不满足，那也不是真正的爱情。我想通了，托娅在婚姻里遇到了问题，她处于无法解决和茫然无措的状态下，所以她现在的情感是盲目的，未觉醒的，不过是在寻找一种安慰，一个出口。她真正爱的始终都是你。

你说的有道理，魏锋，我们哥儿俩交流得太少了，你应该早点跟我讲这些道理。所谓当局者迷，我大概就是个迷失者。我想好了，失去托娅全都是我的错，我会承担这个责任。

沉默。静静的郊外弥漫着一种清香的空气，一些不知名的野花正在散发芬芳。林子里有着小鸟孵化的声音，那毛茸茸的叽喳声令夜晚更加安谧。不远处，土拨鼠在张望他们，走走停停。那匹马甩着尾巴，驱赶着夏夜里的蚊虫。萤火虫提着小小的灯笼，漫无目地飞着。

过了一会儿，他突然说，我有一件事一直放心不下。

你说。

魏东的目光变得忧伤起来，沉吟了片刻，他才说，一个是我的马，现在只剩下一匹了，另一个就是托娅，我最放心不下她了。万一我有个三长两短的，我真的希望你帮我照顾，拜托了。

魏锋惊讶地问，你这是什么意思？一种不祥的预感袭上魏锋的心头，三长两短指的是什么，他不敢想下去。

我说过，我还背着罪，有罪就得受罚，这是天经地义的。

不许你这么说。我也说过，一切都过去了。

你还没回答我？

我不能回答你。

你不是说过，我们俩是一个人吗？

没错，马我收下了，可是托娅是你的，永远都是你的。二人沉默了。窗口是敞开的，夜风顺着窗棂吹进来，带着树木的气味儿。哥，你回去马上去把托娅接回家，好好待她，我衷心祝你们幸福。

魏东再次举杯，好兄弟，干！

这一夜，兄弟俩躺在郊外的小屋里，喝得大醉。他们断断续续地回忆着童年少年，每一点细小的事情都被他们无限放大，从中感受到那种温暖与爱。他们还把所有唱过的歌又都唱了一遍，什么小白菜啊、祝酒歌啊，唱着唱着便笑，笑到最后再哭，他们似乎都触摸到了内心里的柔情。那就像是一条河流，一旦触动，它就奔流不息。同时，他们也像是告别，他们心里都很清楚，也许魏东将接受命运应有的惩罚。但这只是魏锋的想法，他根本不知道魏东的告别将是完全彻底的。

2

很快就要开庭了，魏东在顽强地抵抗着那种末日感，一切都快结束了，他想。他常常在黑暗与绝望里放弃，觉得自己一无是处，百无一用，连深爱着的托娅都无法相处下去。虽然魏锋的退出对他来说是个好消息，但是他如鲠在喉，觉得是魏锋又让了他一次，又对他有恩一回，他的自尊心再次受到打击。但是魏锋给他的温暖是真的，他决定做最后一次努力。

魏东与托娅进行了一次长谈，他认认真真地向她道了歉，并对自己的内心世界做了自我剖析。托娅觉得他从未像今天这样真诚、坦荡，把一些从未说过的话，也都说得十分透彻。而且他说这是魏锋让他做的，他们俩已经握手言和。他把他们的谈话一五一十地跟她复述了一遍，保证在他有生之年好好爱她，绝不再让她受委屈。

托娅其实挺想家的，外面再好总归不是自己的家。她愿意再相信他一回，愿意再给他一次机会。魏东及时地把这个好消息告诉了魏锋。魏锋很替他高兴，便答应他也会回家，一家人在一起吃个团圆饭。他到市场买了鱼，让商贩收拾干净，兴冲冲地装进袋子往家走去。

魏锋开始帮母亲做晚饭，魏东和托娅回来了，托娅看见魏锋，兴高采烈地打招呼。魏锋没敢看她，只顾低着头干活儿。她便去接魏锋手里的鱼，可是魏锋躲闪着。在争抢中，托娅发现了魏锋手腕上的伤口，惊叫起来，不由分说地拉起魏锋就走，魏锋不肯，跟她撕扯着。站在一边的魏东看在眼里，有些生气，便说行了，该干吗干吗去，他又不是孩子，你怎么那么多事儿呢？

托娅愣住了，松开了魏锋的手。魏锋想解释，又不知该说什么。幸好韩如梅叫他，他答应了一声，回到母亲身边。韩如梅把一捆菜扔给他，他开始择着菜，可心里便有了不快。看来魏东还是不能面对，他说哥这儿有我呢，你带托娅回屋休息一下吧！

魏东与托娅回到房间，他气得脸色苍白，不肯说话。他努力地克制着自己的情绪，他也知道，她无非是对魏锋热情点儿，他为什么就忍受不了？他跟魏锋说的那些话呢，都跑到哪儿去了？为什么这时候一点都派不上用场？他看着托娅那受了委屈的样子，心里也不免疼痛。

托娅觉得自己并未做错事儿，魏锋受了伤，想帮他上点药，这有什么不对吗？他至于就那么不高兴吗？但是她没有争辩，她知道只要一开口，他们必定又是一顿恶吵。

她只好走出去，来到魏子安的身边，见公公不高兴，便逗他开心。她非要问他为什么不开心，魏子安说我老了，什么用也没有了。其实这不过是个借口，他知道就快要开庭，也许魏东躲不过这一劫，也不知如何对托娅交代。他与韩如梅都小心地躲避着这个事实，多次想跟托娅说明这件事，可如何开得了口呢？托娅说在我们草原，无论父亲多衰老多贫穷，他都是我们的太阳、我们的神。你看这个。

说着，她从脖子上拎出来一个羊骨做成的小饰物，告诉他说，这是我父亲给我的礼物。我父亲是个沉默的人，有时甚至还挺软弱的，我们的家平时都是我母亲操持，所以我们有些看不起他。但是有一年冬天，草原遭遇了暴风雪，我被大风雪卷走了。是我父亲走了一天一夜找我，把冻僵的我抱回家，救活了我。所以，在我心目中，父亲永远是站在身后的人。您也是，就算将来您退休了，回家了，很老了，但您也是我心里的太阳。

魏子安被托娅的话感动了，他喃喃地说托娅，谢谢你这么看我。

这是魏子安第一次肯定她，让她也十分开心。

他说我已经退休了。

托娅尖叫起来，太好了，以后所有的时间都是您的了。您可以陪妈妈四处走走，愿意的话，到我们大草原去，看看蓝天、牛羊，您就什么烦恼都没有了。您要真想去的话，我请假带你们去，我教您骑马，只要一飞起来，您就觉得天大地大，什么痛苦啊伤感哪，统统都见鬼去吧！

房间里传来托娅银铃般的笑声，魏东赶来制止她，魏子安说托娅好啊，托娅是开心果呢。让她说，我爱听呢！

韩如梅走进来，看来还就得托娅劝你，起来吧，吃饭！

托娅扶起他，吃饭去喽！

在饭桌上，魏子安郑重地说到时候了，我回家来，好好陪陪老伴儿。

众人面面相觑，都没有反应过来。托娅快活地说好哇好哇，爸爸，您该跟妈妈一起好好安度晚年，不是说朝阳虽美，夕阳更红嘛！韩如梅终于舒了口气，哎哟老魏呀，你终于是想开了。我呀就怕你过不了这一关，舍不得那工作，现在好了，我可以放心了。

魏东说爸，我教您学开车，等您学会了，我给您买辆车，您就带着我妈，走遍中国。魏锋说我给你们当保镖，兼生活助理，如果遇到了歹徒，我就啊哈……他比画着，不小心把那伤口又划开了，血流出来。

托娅急忙跑回房间去找绷带、止血药，跑出来，要给魏锋上药止血包扎。魏锋推开她，她却坚持给他包扎。在他们推推搡搡之中，魏东抢下止血药和绷带交给母亲。托娅似乎这才惊觉，她又做了错事儿，便走回自己的房间。

魏东跟进来，气呼呼地责问，你还长没长记性啊，跟你说过多少回了，你怎么就记不住呢？在父母面前，你跟他拉拉扯扯的像什么话，你让我的面子往哪儿搁？你让父母怎么想，过了，太过了！

托娅说我不过是关心关心，又有什么了不起？我怎么就丢了你的脸，伤了你的自尊心？正因为是在众人面前，我才会认为我跟魏锋的一切都是见得人的，都是正大光明的。我要真想做偷偷摸摸的事儿，我怎么会在你的眼前做呢？我们草原上的女人，从不会欺骗别人，不会表里不一，不会说话不算数！既然我说了要跟你好好相爱，就绝不会再有二心！

够了，多么美好的表白！可惜我不相信，你毁了我对你的信任！毁了我们的爱情，甚至毁了我！还说什么正大光明，说什么说话算数，你就是在骗我，你一直在欺骗我！托娅想不到他会这么刻薄，她说你侮辱了我。我们草原上的女人，从不隐瞒自己，直来直去，天神在看着我们，说了谎骗了人会遭报应的！

好，那我就告诉你，魏锋的伤是我打的，保不准哪一天我会失手杀了他，那就是你的报应！托娅惊讶地看着魏东，他怎么会说出如此言重的话来？他会杀了魏锋，天哪，太可怕了！她惊叫着说魏东，你在说什么？你糊涂了吧。你不能失手，他是你弟弟，如果你要报复的话就冲着我来好了。

魏东伸出手，狠狠地打了托娅一个耳光。

两个人同时惊呆了。

魏东与托娅的争吵一直传到外面，魏锋想去制止，被韩如梅拦住。直到魏东一头冲出来，冲出家门。

魏东，魏东，这么晚了你去哪儿？

魏子安吼道，叫他滚，这个浑球！

母亲追出来，可魏东已没了踪影。这一次家庭聚会，也许是最后一次团圆，本来希望可以回到从前，可谁想到却是如此的不欢而散。魏锋不知该说什么，早早便回了自己的房间，关上门，悲从中来。

3

托娅呆呆地站在客厅里，不知该去哪里。韩如梅劝她说，别理魏东，他过一会儿就回来了，夫妻俩哪有不磕磕绊绊的呢？没事儿，你先休息吧！托娅回到房间，她非常压抑，想痛哭一顿觉得无法发声。韩如梅明白魏东因为什么跟托娅争吵，又为什么冲出门去。她叹息一声，难过不已。她假装着收拾厨房，却支棱着耳朵听着动静，她不能再让魏锋做错事儿了。

魏锋躺在床上，翻来覆去无法入眠。他有时侧耳倾听着隔壁的动静，有时坐起来，无法使自己安静下来……他实在放心不下托娅，便走出房间想看个究竟。

他走出房间，直奔洗手间去了，过了一会儿，他从洗手间里走出来，直接叫过来托娅，托娅委屈得哭起来。他故作轻松地说没事儿了，哭什么鼻子啊，太难看了。韩如梅看不得他们有任何的交集，大喝一声，魏锋！韩如梅彻底失去了控制，突然大放悲声。家门不幸，家门不幸啊！魏锋魏锋啊，你怎么就不听劝呢？你这是要气死我呀！

魏锋理直气壮地说妈，您也太夸张了吧？怎么就家门不幸了？托娅受了委屈，魏东打了她，难道我们全家人都看着不管吗？谁都不能安慰一下她吗？难道我们不是一家人吗？

可她是你嫂子！

没错，就因为这个，我才跟魏东说好了，我已经退出来，我放弃了。我希望他们能幸福，这也是我们全家人的心愿。可是魏东他干什么了？他有没有能力给托娅幸福啊？他折磨她还不算，还动手打人，难道您就这样纵容他吗？就因为他是您的儿子您就视而不见吗？难道你还想让我们家再出一个魏子安吗？

魏锋的话一下子把母亲问住了。一提起打老婆，使她不能不想起魏子安，自己就是他拳脚下的受害者。但是无论怎么样，魏锋都没有权利干涉魏东与托娅的事儿，他只能是个旁观者。

那也不需要你来安慰她！

魏锋说事实上，我要不安慰她，就没有人安慰她。妈，您也是女人，为什么您不来安慰她，不为她做主，您的悲剧还要在她的身上重演吗？

魏子安听着魏锋的这些话，气得浑身颤抖。孽子，我还轮不到你来教训，先看看你都干什么见不得人的事儿吧！托娅争辩说爸，妈，你们误会了。我们真的是清白的，我已答应魏东好好过日子，我跟魏锋都做到了。

韩如梅指着她说，你还敢说你做到了？

魏子安痛苦得一句话都没说，悲愤之中他返身去找刀，他喃喃自语，刀呢，刀在哪儿，我要亲手杀了这个孽子！韩如梅一见情况不好，立即跑出来阻拦魏子安。她抱住他，却被甩出去很远。他怒吼道，你把刀给我！我要杀了他！

魏子安突然一脚踩空，跌倒在地。韩如梅急忙让他们快跑，他们一起冲出家门。魏子安忽然觉得自己一点力气都没有了，手和脚都是软的，即便是给他一把刀，他也没有能力握住了。他颓然地看着掉在地上的刀，痛苦地闭上眼。

今天发生的事情，其实不过是个导火线，除了托娅不明内情，他们中的每一员都在为即将到来的开庭而惊恐，那就像个火药桶一般悬在他们的头顶，就等着有一点星火点燃，而魏锋手上的伤正好充当了一回引子。

魏锋和托娅走在街上，觉得空气都凝滞了，天空好像要压下来，让他们透不过气来。雨积在不远的地方，闷热压着他们。真想大喊一声，或者大哭一顿，让那暴风雨来得更猛烈些吧，让内心的郁闷一股脑儿全部都爆发出来吧！

我送你回剧团吧！

她点点头。

对不起。

对不起的是我。

不要挂在心上，也许过去就没事了。

我知道，雨要来了。

魏锋把托娅送到剧团宿舍，他莫名地觉得她的脚步是坚定的，没有一点犹豫。他突然有一种不祥的预感，觉得托娅与魏东这次是真的走到了尽头。

4

此刻，魏东恍恍惚惚地开着车，从一条街到另一条街，茫无目的。恐惧再次压垮了他，不仅是失去托娅的恐惧，还有对开庭的恐惧，或者说到底还是对开庭的恐惧……直到他一抬头看见麦穗的说吧诊所时，才像清醒了一些。他把车停下，向诊所走去。

魏东跟跟跄跄地走进来，脸色阴沉，目光散淡。他一屁股坐在椅子上，喃喃说着，我完了，彻底地完了。说着，他呜呜地哭了起来。我打了托娅。麦穗给他擦着泪水，安慰他说，别哭，事情也许不像你想的那样，托娅也许会原谅你的。他摇着头说不会了，她再也不会了。我为什么要打她呀？我从来没打过人哪，可我为什么要打托娅呀？我是那么爱她，我怎么舍得打她呢？你说我这是怎么了？我的手怎么了，为什么会动粗啊？

无论麦穗怎么说，他都坚持说不可能了，真的不可能了。他停顿了一会儿说如果我坐牢了，我就不想活了。

麦穗明白魏东真正的恐惧在哪里，可是她要如何帮他解开呢？几乎就是不可能的，唯一能等待的只有审判结果。现在跟他说什么都没有用，唯一能做的是让他先镇静下来，睡一觉。她便起身给他倒水，在水里加一点安眠药，递给魏东，帮助他喝了下去。

魏东终于平静下来，渐渐地睡着了。麦穗把他摆放成舒服的姿势，又给他盖上毯子。她给魏母打了电话，告诉她魏东在她这里，让她不要担心。麦穗回卧室睡下，希望魏东早晨一觉醒来，再跟他细谈。谁知道当她清晨起床时，魏东已经走了。她急忙给魏东打电话，结果却是关机。怅然之中，她发现他给她留的一张字条：麦穗，我没事儿了，是时候了，一切都该有结果了，谢谢你给我的安慰，如果有下辈子，我会好好爱你。另，我今天会把一百万转入你的银行账户，请你把这些钱亲手转交给张宝珍，不要让任何人知道。魏东即日。

第二十二章　人间蒸发

1

魏东天没亮就醒来了，他觉得这是世界末日，悄悄地走出诊所，摸黑来到办公室，精神恍惚地坐在椅子上，好像与这个世界是无关的。他就这么呆呆地坐着。早晨有人上班来，麦穗的电话也打进来了。他努力平静地告诉她没有事儿，不用惦记，什么都过去了。秘书走进来告诉他王总要看第二套游戏的设计方案，他答应下班前交稿。秘书退出房间，他打开手机，一条微信跳出来：九点我在办事处门口等你，我们离婚吧。是托娅发来的，他的头轰的一声炸响了，眼前一片黑暗，什么东西都看不见。他最害怕的事情终于还是发生了，出庭、离婚都赶到了一天。他咽了好几口唾沫，头疼得不得了。他抓起电话给托娅拨号，希望听到她的声音，听着对方手机来电的响声，托娅却不肯接听。他心情更加灰暗，情绪一落千丈。

魏东正在翻箱倒柜地找东西。那些旧日的灰尘飘起来，都染着快乐与忧伤。那些往事，悲的、喜的，都还在。但是它们会死去的，犹如他会死去一样。他终于翻找到一本书，里面夹着一封信。他手指颤抖着抚摩它们，像安抚自己一样。他喃喃地说，过去了，都过去了。他好像刚刚安定下来，任凭他的电话响着，好像根本没听见一样。

他拿着那封信展开，又添了几个字。秘书推门而入说，有你的电话。他才像惊醒过来，不由自主地哦了一声，伸手就去抓办公桌上的电话。秘书提醒他说在外面呢！魏东这才跟着秘书小姐走出去。

喂！

他一听声音是那个电话情人，想不到那个人连他的办公室电话都知道，可他心里顿时觉得安慰了许多。女人只问他，你怎么了？他支支吾吾地说我没怎么。女人说我有感觉，觉得你不太对劲儿，你需要我吗？

你等我，就这样！他转身走回来，把那本书装进包里，匆匆地往外走去。他直奔他的车，坐在里面，突然觉得那么孤独，好像这个世界把他遗弃了。托娅这回动了真格要抛弃他，像抛弃一条可怜的狗。父母跟他隔着千山万水，永远都无法走近他。他给麦穗带去那么多的伤害，他已无颜再无耻地向她倾诉自己跟另一个女人的故事。魏锋则对他步步紧逼，他不动声色地就夺走了本该属于他的一切。现在，他是个孤家寡人，孤立无援，他多想有个依靠啊！他强烈地涌起想见那个女人的愿望。因为从明天开始，这里的一切都将不再属于他。

他九点钟来到了民政局，托娅已等在那里。他看着她的眼神就觉得他们完了，再没有挽回的余地了。来时的路上他还想，见了她就跟她道歉，请她原谅。可现在真的不需要了。他懵懂着跟着她走，魂在身外，很快就办好了离婚手续。在民政局门口，他只求她不要把他们离婚的消息告诉父母，他们会承受不了。她点点头，很快就消失在人流中了。

我想见你。我想见你。我想见你。当他连续三次在微信里重复着这句话，仿佛抓到了一根稻草。那女人终于说话，你终于联系我了，我已经三天没听见你的声音了，我想你。

我想见你，现在。

不行，说好的，我们不能见面的。

就这一次，是第一次，也是最后一次，不然我会不甘心的。

你知道吗？我们彼此都留着空间，挺好的，一旦失却了这个空间，就不那么美好了，请原谅！

他固执地要见她，告诉我，你住在哪儿，也许我只要看看你住的地方就行了，告诉我……

如果我住世界的另一端呢？

那我走遍万水千山也要见到你。

女人沉默了一会儿说，好吧，那我在花园酒店等你，你开了房给我发微信。

2

魏东的车缓缓地开进花园酒店停车场，走进去，开了一间套房。现在，他万念俱灰，唯一剩下的心愿就是见到这个虚幻的情人。也许只一眼就足够了，也许他们会有一个不可知的未来。谁也不知道他是否等来了那个虚幻中的女人，更不知道他们都谈了什么做了什么，只是很快他就从花园酒店里开车出去，失魂落魄地，觉得自己是个与其他人都无关的人，就像一叶浮萍，任其漂零。他由着性子走，不知不觉之中，又来到郊外小屋。

现在想找魏东的不只是魏家和麦穗，还有苏宁。他急于找到他跟他核实一下当时的情况。可是他没在单位，也不在家，便向麦穗问起魏东的行踪。麦穗如实地把魏东与托娅吵架的事告诉苏宁，并说魏东没什么异样。也许他出去散散心，晚上就回来了吧。他只好来剧团找托娅。他详细地了解了魏东近来的情况，问得托娅一头雾水。苏宁要求她一旦有他的消息马上通知他，有一个案子需要他的配合。

托娅惊愕得目瞪口呆。

苏宁已经走了，屋里就剩下托娅一个人。她呆呆地坐了一会儿，给魏锋打了个电话，她急于知道魏东到底跟什么案子有牵连。魏锋知道再也瞒不了她了，便答应等她下班到剧团来接她。

托娅在门口徘徊着，魏锋下了出租车，跑过去，他们面对着面，一时无话可说。夜色里，两个人沉默地走着。托娅忍不住问魏东的事情，他到底犯了什么案子，为什么不能告诉我？他斟酌着怎么开口，托娅急了，难道事到如今你还想骗我是吗？我们蒙古女人可以死，就是不能骗人和受骗，我最憎恨的就是骗子！

魏锋停下来，看着黑夜里的路灯一一地亮了起来，轻声说托娅，其实这是个太沉重的事情，我是怕你承受不住才没敢告诉你。并不是我们全家人都有意要瞒着你，而是我们都不想让你受到伤害，因为我们不知道这事会给你带来什么。想到这些，我都感到可怕。

在昏黄的路灯下，在夜风的吹拂中，魏锋把事情的来龙去脉细细地讲了一遍。托娅一直没有插话，只是安静地听着。他不知道她会做何种反应，他说这件事我终于讲出来了，现在我心里觉得放松了不少。

托娅的眼里慢慢地蒙上了水雾，她一时弄不清楚那里面都含着什么。是委屈？是愤怒，还是悔恨？她突然叫道你让我每天睡在一个凶手的身边，太可怕了！这么长时间你都在装傻装糊涂？别以为我会被你舍身顶罪的行为而感动，别以为我会认为你多么伟大，多么无私。恰恰相反，我会认为这正是你丧失原则失去正义的表现，我讨厌你，讨厌一个虚伪的骗子！

托娅，我不是有意要这样做的，事情就是赶到这儿了。

251

魏锋，你想错了，你们全家人都想错了。我们蒙古女人敢做敢当，敢爱敢恨。这不过是魏东的一时冲动或一时失手，那说明不了什么。如果我爱他，绝对不会因为这事就不爱了。可是你们全家老少一心地隐瞒我，叫我无法接受！

托娅发疯了般地走着，魏锋不停地拉她，她一再地挣脱，他一再地拉住她。他不停地向她解释着，她则不断地指责他，怒斥他。他们就这样纠缠着，诘问着，欲说还休，欲罢不能。

托娅，托娅，你别那么冲动，你听我说。我不说，是迫不得已，我有苦衷啊！

无论什么苦衷，都不是一个人丧失原则的借口。如果这件事不败露的话，你是不是打算瞒我一辈子，让我永远被蒙在鼓里？

托娅……你让我怎么说啊？我是心甘情愿顶罪的，现在大家都已经习惯了，他是留洋归来的精英，而我是刑满释放人员，我牺牲自己成全了全家人，可现在我突然揭穿这件事，大家会怎么看我？那我就是个小人，就不是个敢做敢当的大丈夫，难道让你让我置于不仁不义之地？难道我的罪就白受了，还要把全家重新送进地狱？

虚伪！你就为了你那点可怜的仁义，眼睁睁地看着我受骗吗？你为什么不把我救出这个陷阱？为什么还要跟他们同流合污？为什么还装模作样地劝我回到他身边？

难道你认为这是我愿意的吗？托娅，你根本无法理解，我的整个青春是怎么毁掉的。我付出的不仅仅是十年的青春，还有我做人的尊严、我一生的名声，可我为什么要忍受这一切？你根本就不明白，我本该也跟你们一样，坐在大学教室里，可是我从天堂被打入了地狱，我能够做的就是承受，接受与自救。我不求你的理解，但我求你宽恕我，宽恕我的无奈与无助，宽恕我……

托娅仰起头来，面对天空叹道，我的天哪，太可怕了，你为什么要这么安排我的命运？我的天哪，你为什么看着我受难而不救我啊？好在，我自救了，不然我真不敢想……

你自救了？什么意思？

没意思。

魏锋努力地控制自己的情绪，他只能眼睁睁地看着她蹲在地上，号啕大哭。她浑身都在剧烈地颤抖着，像一只受了伤的小兽。

3

魏东跌跌撞撞、失魂落魄地来到郊外小屋，他把孙大爷打发回家，便开始狂饮，不胜酒力的他很快就云山雾罩了。喝到疯狂处，他又想给那个女人打电话，可对方手机停机了，这让他感到愤怒。他疯狂地骂着那女人，用尽了所有脏话，他想不到自己也是可以说脏话的，而说了脏话之后居然也是可以很快意的。

他不停地发微信。

托娅，对不起，虽然我伤害了你，虽然我们不在一起了，但是我爱你。记住，托娅，请再做一段我妈的儿媳妇，别让她伤心。他得不到托娅的回复，又输入道，我所有的财产，一套房子、一辆车、百万存款，你和我父母平分。我永远都爱你。他又喝了些酒，继续输入，麦穗，你在我身边就好了，我可以在你怀里睡一觉。你说过醒来天就亮了，可现在全是黑暗，全是。他还给魏锋发了一条信息，记住我叮嘱你的话。

不幸的是，托娅根本就没有理会他的微信消息。麦穗匆忙之中没带手机，手机安静地躺在办公桌上，提示音一遍遍地响着。此刻魏锋回到画室，也没有多想，随便回了一条：别瞎想，你快点回家吧，托娅在等你。

魏东似乎失去了最后的信心，他用力把手机摔到墙上，手机碎裂。他站起来，拿着啤酒瓶，跌跌撞撞地走出小屋，想看看他的马，往马棚走去。

他抱着马，拍着马的头说来来，只有你陪我了，来吧，喝点，喝醉了就什么都忘了！他拿着酒瓶子给马灌酒，马伸出舌头舔着。他终于醉倒在马棚里，在倒下去的那一瞬，他似乎看见蔚蓝的天空……

一匹白马长着翅膀，在无垠的天空中自由地飞翔，而他就骑在那匹白马上，不停地飞啊飞啊……

4

麦穗知道苏宁去过魏家了，怕干妈受不了，便急忙打车来看她。而让她感到意外的是韩如梅坐在沙发上，面容平静，如释重负，似乎一下子变得坚强起来。她帮干妈撩起蓬乱的白发，想说什么又不知从何说起。

孩子，这一天终于来了，妈这颗悬着的心也终于落地了。

妈你在说什么呀，你可别想不开呀！

十多年了，我几乎被这件事压垮了，孩子，妈不是故意瞒着你呀，现在我终于可以把这件事的真相说出来了。魏锋拉架的时候，我就上前劝阻，可是那男人突然抄起了刀，乱挥乱砍。我看见他把魏东的胳膊砍伤了，他胆子小，虽然也偶尔上上手，可却吓得就在一边儿看着。我抱着那个男人的腰，魏锋跟他抢着手里的刀。混乱之中，那把刀落在地上，魏锋已经把那酒鬼从后腰抱住了，抱得死死的，他根本没有能力再发威了。魏东不声不响地捡起刀来，直对着他们，手哆嗦着。他是想吓唬住那男人，可男人是醉了的，哪还顾得了那么多，嘴里不停地骂骂咧咧。魏东手里的刀也不知怎么就刺中了男人的胸口。我们都懵了，魏锋还想把那刀用力拔出来，慌乱之中，魏锋往前推那醉鬼，他重心不稳，扑倒在地……两个孩子都吓懵了，拔腿就跑。我也不知道是谁报的警，120来了，那男人被送到了医院。回到家，在你爸的逼问下，魏东承认是他干的。可是魏东已经考上大学了，不能耽误他的前途啊，你爸就让魏锋去自首。魏锋说反正他也没考上，最多劳教几个月就出来了，明年再考也不迟。就这样你爸带着魏锋投案自首，争取宽大处理。可是没想到，那男人到医院没抢救过来，还是死了。

妈，你为了这件事，一夜白头。以前我只是听说过，但那天我亲眼见了，当时我特别震惊，你一下子老了十岁。

韩如梅接着说在这之后不久，魏锋就被补录，收到了师大美术系的录取通知书。我悄悄地把它保存起来，一看着它呀，我就难受。这件事压在我心里，愧疚与不安折磨着我，我没睡过一个安稳觉啊！魏东是我儿子，魏锋也是我儿子，手心手背都是肉啊，你说让我这个做母亲的怎么办呢？这就像一块大石头压心上，怎么也挪不动。我无法原谅自己，是我害了两个儿子，如果当初我说出真相，至少魏锋就不会有这十年牢狱之灾。魏东到头来还是逃不掉法律的制裁。妈糊涂啊，妈害了两个儿子！

麦穗很是动容，于情于理，谁又忍心责怪一个母亲呢？只是法律无情，那是容不得半点虚假的。

韩如梅说直到今天，苏宁来了，他跟我把案情都讲清楚了，压在我心里的大石头搬去了，以前我总是自私本能地想保护魏东。可是我错了，一个人有了罪就得受到惩罚，否则他的心就会不安宁，我是亲眼见了魏东的良心受着怎样的折磨，让他担起他的罪，对他是有好处的。而且，我也做好准备了。麦穗问什么准备？韩如梅说，我和你爸，也准备去坐牢。当

254

然还有魏锋，就看法院怎么判吧！

麦穗没想到韩如梅会这么想，这让她感到意外与欣慰。看来这十年的结终于还是由她自己解开了，她一直试图找到根源，可她找不到。麦穗问，我爸呢？他怎么样？

魏子安遇到事一下子就蒙了，他平时的那些强硬一扫而光，脆弱得一下子垮掉，病倒在床。麦穗走进来安慰他，他只说欠魏锋的太多了，他唠唠叨叨像个老人一样，再也没有了往日的威严。

韩如梅倒出了她一肚子的苦水，事实既成，我们怎么能葬送魏东的大好前程呢？只能将错就错，让魏锋一个人扛了吧。魏子安说我们一直掩饰真相，一直想让魏锋接受现实，我们这是聪明反被聪明误啊，现在好了，两个儿子都让我们害了。把魏锋叫回来吧，我们得亲口说对不起。等魏东回来了，也得让他当着全家人的面，谢过魏锋，这样也好让魏锋心里好过点。

麦穗给魏锋打电话叫他回家，他说今天正在画一幅画，明天要交画。她说一直联系不上魏东，她有点担心他会出什么事儿。魏锋说他一定又去骑马了，让他散散心也好，明天回来就什么事儿都没有了。说到明天，他突然停下了，因为明天对全家人来说都是个不可逾越的坎儿。

麦穗留了下来陪伴魏子安夫妇。她手机没电了，又没带充电器。

忽然间家里的电话响起来，传来张宝珍的声音，我是张宝珍，我同意撤诉了，我不再追究了，但你得答应我的条件。

什么条件？

你得赔偿我三十万。

韩如梅一震，三十万，原来这个女人一直吊着胃口，就为了这三十万啊！她说不可能了，他要有罪，就让他受到惩罚吧。张宝珍一听，惊得目瞪口呆，好半天才缓过神来，说，大姐，你看这事儿闹的，我没想把你儿子送进去，真的没想，天地良心，那就降十万、二十万怎么样？

大妹子，现在不是钱就能赎他的罪了。

张宝珍慌了，她忙恳求说大姐，以前我可能对你态度不太好，你别生我的气，咱们好好商量商量行不行？韩如梅说这不是你和我就能商量的事儿，跟你追究不追究压根就没关系。

那你怎么还一次次地求我放手呢？

那时我想不通啊！现在通了，如果魏东真有罪，就让他伏法吧，你丈夫的在天之灵也得到安慰了。

韩如梅已经放下电话，张宝珍一下子傻了，好半天，她才放声大哭起来……

5

孙大爷回到郊外小屋已是早晨，想给马上点料，走进去一看，那匹马躺在马棚里，马身上插着刀，鲜血淌了一地……他惊呆在那儿，蹲下身，试了试马的鼻息，倒吸了口冷气。

他赶紧掏出手机打给魏东，可对方已关机。

麦穗刚从魏家回来，给手机充上电翻看手机，发现了魏东给她发的微信：麦穗，你在我身边就好了，我可以在你怀里睡一觉。你说过醒来天就亮了，可现在全是黑暗，全是。

麦穗目瞪口呆，头脑一片空白。她赶紧给魏锋打了电话，魏锋说你先别着急，我去个地方，等我电话。魏锋在路上给托娅打了电话，托娅，魏东跟你联系过吗？他说给我发过微信，怎么了？你先别着急，人联系不上了。她赶紧翻看微信，看到了那段留言，她心里一个念头一下子升起来，他这是给她留的遗嘱，他不在了。她赶紧风风火火地赶到马棚，看见魏锋正与孙大爷交涉。魏锋摸着那匹倒在血泊里的马，又细细地询问了昨晚孙大爷与魏东分手时的情景。他也有种预感，魏东出事儿了。别找了，她说，他走了。为什么你这么说？他已跟我诀别了。

魏锋打电话报警。

麦穗长久地听着微信里他的留言，喃喃地说这一天还是来了。是的，她预感到会有这么一天，她在努力地延长它，她希望这一天永远不要到来。终于等来了魏锋的电话，他说魏东不见了。她感觉自己有些站不住，她扶着墙，自言自语地说你好傻啊，魏东，你好傻。为什么要这样？你不是都想好的吗？接受法律的制裁吗？不就十年吗？我会一直等着你！怪我，全都怪我，为什么就昨晚我没带着手机呢？难道真是天意吗？魏东，魏东……

她一步一步地往门外走去，她就像个盲者，好像什么都看不见，她摸索着，还是走错了门。患者跟她说话，你要去哪儿啊？她一点都没有听见，继续深一脚浅一脚地走着。一个正在进门的患者帮她找到出去的门。

麦穗恍恍惚惚的，她有点忘了自己想去哪儿。她站在阳光下，茫然四顾。她努力地睁大眼睛，似乎看见魏东正微笑着向自己走来。她不顾一切地迎上

256

去，她想紧紧地抱住他，再也不让他离开。可是一个患者上来扶住她，问她你想干什么告诉我，我来帮你。麦穗好像这才明白过来，她说给我打个车。

患者为她叫来一辆出租车，扶着她上车，没想到她根本就抬不动脚，一下子绊倒在马路牙子上。患者把她拉起来，终于送上了车。

司机问小姐，去哪儿？

我想不起来了。

那我往哪里开呀？

我忘了路，你先开着，我慢慢想……

车启动了。窗口的风吹送过来，吹拂着她的头发，她才感到脸上有一丝凉意。她一摸，不是别的，是眼泪。她一点不知道自己是什么时候掉下来的眼泪，她这才感到痛，心尖在痛，针刺一般，刀割一般。她的魏东还会回来吗？

麦穗从出租车上下来，走向楼梯。她总是抓不住扶手，脚飘忽忽的，最后她干脆坐在楼梯上，极度压抑地哭了起来。你好傻呀……我好后悔啊，我为什么没带手机呢？我要是在你身边，你就不会出事儿了。

她哭了一阵，擦干眼泪，站起身来，继续上楼。因为现在还不是她哭的时候，她还是魏家夫妻的依靠，她不能先垮掉了。魏东一夜未回，韩如梅如坐针毡，她总有一种不好的预感，儿子一下子崩溃掉了。可老魏认为儿子不过是像麦穗说的那样，出去散散心，很快就回来了。

魏子安听见有人开门，惊觉起来，可能是魏东回来了吧！可是进来的人却是麦穗。他们发现她的脸色不对，嘴唇似乎颤抖着，眼角也有泪痕，便问她怎么回来了。她努力地镇定自己，说我不知道……怎么跟你们说。

他们呆住，是不是魏东出事儿了？出什么事儿了？

魏东不见了……哪儿都找不到。我想他可能是出去散心了，没事儿的，说不定哪一天他就回来了。韩如梅突然明白过来说，他是一个人走了。我得看看魏东，魏东啊，你等着妈，等着妈啊！

第二十三章　失踪之迷

1

当一家人赶到郊外小屋前时，韩如梅远远地看着警察的身影，警灯在不停地闪烁，她预感到魏东可能……她不敢想下去，她不知自己是怎么走的，腿是往哪个方向迈。只有老魏大声喊着，魏东，魏东——

一个警察对马的尸体与现场进行拍照。苏宁蹲在角落里，研究着空酒瓶、摔碎的手机、凌乱的物品，发现有陌生人的脚印，又发现了一把刀……魏锋说这刀我认识，它曾经杀过魏东的另一匹马！他冲着警察大喊，是谁干的？到底是谁干的？警察说结果还需要进一步勘查。

是谁杀了我的儿子？魏子安大叫。

现在还不能下定论魏东被杀，苏宁说，初步判定这里发生过厮打。

托娅脸色苍白，却一句话都没说出来。魏子安用锐利的目光逼视着她，韩如梅双眼僵直，似乎已经呆傻。魏锋读懂了父亲眼里的疑问，他迎着那目光，与父亲对视了一会儿，直到韩如梅说，活要见人，死要见尸，他才惊醒过来。

妈，魏东没事儿，他现在就是隐在某个地方，他看着我们，我能感受到。

韩如梅摇着头。

魏东的东西整理好交给魏家人，引起一阵骚乱，魏锋最先冲上前去，抓住了一个杯子。这是魏东与他喝酒用的杯子，他大哥魏东用过的杯子。无论他们在情感上有什么纠葛，都改变不了亲兄弟这个事实。他几乎就是自己，自己几乎就是他的翻版。世上另一个他如果走了，他能真切地感受到那种疼痛，撕心裂肺一般，心中的支撑一下子就断裂了。他跪下去，泪水横流。

魏子安也颤抖着，混浊的双眼慢慢地涌上泪水。他尽可能地控制自己，不让泪水落下来。韩如梅终于哇的一声哭出来，喊着魏东啊，妈来了，你躲到哪里去了？是谁害了你？魏东啊，你怎么这么狠心扔下妈就不管了，你不是说要给妈买辆车的吗，我还想走遍中国呢，你怎么说话不算数啊！

麦穗再也无法控制自己的悲痛，她陪着母亲哭起来。在这些人中，只有她的身份是比较尴尬的，作为魏东的前女友，她对他的爱是那么深厚而坚定，但有托娅在，她又怎么能尽情地表达自己的悲伤呢？她无法忍住自己的伤心，哭得一塌糊涂。

魏东啊，你从小就是最心疼妈的，你怎么忍心把妈扔下呀？你这个不孝的东西，你要有个好歹，你让妈怎么活呀？你这不是要妈的命吗？

韩如梅的哭诉使在场的人无不动容，纷纷落泪。只有托娅一点眼泪都没有，她说妈别这样，事情还没有定论，你们哭得太早了吧？如果魏东真的是走了，也没必要这样大哭大叫。对待死者，她有自己独特的方式，她认为哭声会打扰死者的安宁。这一点被魏家人注意到了，尤其是韩如梅，她无法理解一个女人面对丈夫的突然失踪一点不急，竟连眼泪都没有，这让她怀疑她对他的感情，怀疑她还是不是一个有血有肉的女人？她开始指桑骂槐地说，是哪个狐狸精害的你？魏东，你告诉妈，妈绝不会轻饶了她！魏东你在哪儿呀？

警察把马的尸体抬走。

魏子安怒视着跪在地上的魏锋，骂了一句，你这个丧尽天良的浑蛋！说着，他打了魏锋一个响亮的耳光。魏锋愣了，捂着脸。韩如梅面对着托娅大喊，我知道是谁杀了他，那个狐狸精就是你！托娅很意外很惊愕，她像受到了致命的一击，身体禁不住摇晃了一下，险些跌倒。

托娅说妈妈，你糊涂了吧？

我很清醒，魏东出事儿，我什么都明白了。可惜晚了，你太狠毒了，你还我的儿子，还我的儿子！麦穗紧紧地抱住母亲，说妈，妈你不能随便乱说的。妈，你冷静点行不行啊！我儿子没了，我怎么冷静？我冷静不了，还我的儿子，我要我活蹦乱跳的儿子……

场面一下子有些控制不住，苏宁见状急忙上前把韩如梅拖开，他劝慰道，阿姨，你这个结论下得太早了吧，魏东的马被杀并不等于他也被杀。那他在哪儿呢？你告诉我，我儿子呢？几个警察把他们拖上车，强行带离现场。而托娅说我不走，我要在这儿待会儿，我要跟魏东待一会儿。

装模作样！韩如梅恨恨地说。

警察和魏家人都已经离开了，只有托娅还孤零零地站在那儿。

她来到马棚前，看着那一摊血迹，禁不住悲从中来。魏东，我知道你为什么那么痛快地跟我离婚了，原来你要走了。对不起，昨晚我没有理会你的遗嘱，可我记住了你的话。现在老人家都很伤心，我不会告诉他们，我们已离了，不会让他们更伤心。我也知道你为什么选择这儿，你要跟你的马在一起。在我们草原，我们都相信人死了就是骑着白马飞到空中去了。你现在是不是正在空中飞着，你听见了我的话吗？如果死对你是种解脱的话，我希望你安息。

她似乎看见了那马儿仰起优美的脖颈，对着苍天发出悲鸣。

天黑了，她决定为魏东守着这匹马的灵魂。

2

魏子安和韩如梅都像失语了一样，一句话都不会说了。他们的面前还摆放着魏东和魏锋小时候的照片，魏东忧郁的大眼睛正看着他们。

麦穗安慰他们说我总觉得他有自己的想法，他决意要走，我们谁也拦不住的。可是我总觉得他并没有走远，他就在离我们不远的地方，这样的结局对他来说是好的。爸，妈，我们尊重他的选择吧！

韩如梅拼命地摇着头。魏子安突然抓起照片，一边撕碎一边骂，你这个没良心的东西，也不打声招呼就走。要知道这样，我还不如不养你呢！麦穗抢过他手里的照片，说爸，别撕，应该留着。爸，你冷静点，啊，我们应该让他心安，这是我们唯一能做的事情了。魏锋想说什么，又不知从何说起。

说，你把他埋哪里去了？你杀了他，还让他死无葬身之地吗？我们想给他烧个纸都找不到地方吗？

你们……你们……太不理智了！

我理智不了，你这个浑蛋，你会遭报应的！滚，滚得远远的！魏子安用手捂着心脏，麦穗见状急忙把药片塞进了他的嘴里，说爸，你平静一下，躺一会儿啊！麦穗劝魏锋回避一下，等他们冷静下来再说。他们现在已经听不进去任何话，要给他们时间。魏锋没再说什么，转身离开这个家，走了出去。

魏锋独自走着，一切都变得那样冷清，他不知道该往哪里去。这突如其来的变故使他有苦难言，为什么他们会一口咬定是他干的呢？他怎么会杀害他的亲哥！他越想越委屈。他开始惦记托娅，不知道她此刻在哪儿，怎么度过这最黑暗的时刻。他给她打电话，可电话是关着的，这让他更加不安。他跑到剧团寻找，可是托娅没有回来。他胡乱地走着，有点发狂。

现在，他到哪儿都找不到托娅，那就只有一个地方了——郊外小屋。他要陪伴在她的身边，他不能把她一个人扔在那荒郊野外，便拦了辆出租车，疾驶而去。

麦穗安顿下老人才回到诊所，是韩如梅坚持让她走的，他们想清静一下，好好想想儿子。她疲惫不堪地走回来时，发现苏宁正在等她。两个人站在路灯下，沉默了一会儿，不知道从哪儿说起。

苏宁说麦穗，发生了这样的事儿，很抱歉，我们都无能为力。也许魏东有自己的活法或死法，我们只要尊重他的选择就行了。

麦穗不能开口。

我能了解你的悲伤，也了解魏东的失踪对你来说意味着什么。可是你自己就是个心理医生，你应该十分理智而清醒地面对事实。现在在你们家，你已经成为你父母的支柱。如果你精神垮了，他们也会垮掉的，所以，麦穗，魏家需要你坚强你明白吗？

我好后悔啊，如果我能在他身边，就不会出这样的事儿了。可是我偏偏就不在，偏偏就没带手机，至少我给他回个电话，他也不至于走上绝路啊！

你的意思是……他曾经给你打过电话？

是啊，昨天晚上，我因为惦记我父母就回了家，恰恰手机没电又忘带充电器了。早晨回来我发现了他给我发的微信，我就知道出事儿了。

麦穗给苏宁听那段微信语音：麦穗，你在我身边就好了，我可以在你怀里睡一觉。你说过醒来天就亮了，可现在全是黑暗，全是。从这条信息看，他确实很绝望，但是请你别再自责了。对魏东的失踪，你有什么看法？

麦穗说我想他是绝望了。

你是说他有可能是自杀？

是，种种迹象表明，他就是自杀。

也许麦穗的直觉是对的，很多事情，女人的直觉一直都是准确的。但是他是警察，不可以靠直觉办案的，他要的是证据。而且他已发现现场遗留下来的痕迹，所以他有理由相信另一种可能，那就是他杀。那么谁最有杀人动机呢？正像魏子安夫妇表达的那样，魏锋具有作案嫌疑。那么韩如梅为何又一口咬定是托娅呢？他开口相问，没想到麦穗拒绝回答。她心乱如麻，这种时候她没有心情回答他的问题。

261

他看着她茫然的眼神、悲伤过度的脸，觉得自己真的不能再刺激她了。他说麦穗，你没事儿吧？

她对他摇摇头。

让我陪你共同渡过难关吧！

谢谢！可是我需要安静，一个人。

他点头，默默地转身。是的，她需要独自地面对魏东的意外，她不该受到打扰。现在，他所有的关心对她来说都是多余，对她最好的安慰也许就是让她独处、安静。

现在，最重要的就是要找到魏东，哪怕是尸体。苏宁的判断是，马棚边就是一条河，如果他的尸体没有被深埋的话，就是顺着河水流走了。

3

这个夜晚，两个女人都是无眠的。一个是麦穗，另一个是托娅。麦穗很想守在那个郊外小屋里，魏东是从那里消失的，她想静静地跟他说些话，作最后的告别。可是她清楚自己的身份，她不过是他的前女友，有托娅在，她是没有资格去那小屋的。她只能在自己的家里，坐在他曾坐过的躺椅上，回想与他在一起的点点滴滴。他的体温好像还在，她的话语犹在耳旁，可是他却消失了。她把他的照片抱在怀里，一个人狂哭，一直哭到没有了声音。他的话似乎在耳边回响：等我处理完公司的事，我就可以走了。记住，我一直都爱你……

魏东，你早已想好了吗？要走，是你自己选择的吗？

蒙眬之中，她似乎听见他的声音：是的，是我自己要走的。

你为什么那么傻？

是我累了，走不动了，我需要休息了。麦穗，别难过。一个挣扎的灵魂得到自由和安宁，难道不好吗？她一下子清醒过来，魏东，是你吗？你回来了吗？你还有什么话要跟我说啊？

一片沉寂，没有回声。原来这不过是她的一个梦而已。但这个梦却安慰了她，也许以这样的方式结束确是他的心愿。假如他如愿以偿，那么她为什么还要为他悲伤呢？她起身，放了音乐，都是他们曾经喜欢过的，一首，又一首，她相信他会听到的，会得到安宁的。

托娅一直相信一个人死后，他的灵魂是不散的。她坚信在他的小屋里，他依然还在。她，一匹马，一个灵魂，是可以相处一夜的，没有打扰，这也是她能为他做的最后的事情了。

她没有哭，并不是不难过，而是蒙古人一直都是自然地面对生死。生是重的，死是轻的。人一生下来就向着死亡走去，而死则是重新回到大自然的怀抱，死是另一种生。人既生，墓无形。所以，她在看到魏东的"遗物"时，没有眼泪。现在，她不过是不愿让他的灵魂感到孤独，希望陪他最后一程。

这一夜，她用族人特有的方式为他虔诚祷告，她跪在天地之间，从满天星斗一直到月下西天。她感到他站在她的身边，用忧伤的眼睛看着她，偶尔会仰望星空。天蒙蒙亮的时候，她起身，心里涌上一种安宁之意。她伸出手似乎抚摩到了马儿修长的脖颈，用嘴唇亲吻它的脸。马儿眨动着眼睛，是湿润的。

马儿，让我们一起驮着他的亡灵，蹚过那条河，把他送到彼岸去吧，让他的灵魂得到永远的安息……

此刻，托娅坚信魏东就附在马上，用他最喜爱的方式奔向他的安魂之地。她幻想着拍拍马儿，飞身上马，马儿嘚嘚嘚地跑着，不紧不慢，好像魏东对这个世间的态度，既是去意已决，又有留恋的回望。

她骑着马飞驰着，一边跑一边大喊——

魏东，你要走大道，你要奔亮处，

你要小心魔鬼射出的箭，

你要躲开那些陷阱，

遇到水你就游过去，

遇到山你就飞过去，

遇到火你就跳过去，

魏东，你要走得稳，飞得快，不停留，不徘徊……

4

魏东失踪案现场勘查报告如下：

魏东，男，三十岁，软件工程师，天地和网络科技有限公司业务经理。

初步认定，魏东于××××年××月××日晚九点至十点之间，曾大量饮酒，现场遗留空酒瓶12个为证。魏东的马被刺死，现场发现一把刀，血液分析结论，有马血也有人血，人血与魏东血型吻合。其他情况还有待进一步调查确定。

据现场勘查发现脚印，穿37码鞋，胶鞋，身高应该在一米六至一米六三之间，体重60公斤左右，发生打斗。

刀柄上的指纹有死者的，也有另外一个人留下的。

小李子把魏东生前最后一天的通话记录单子打印出来，其中发现了一个出现最多的电话号，这个人具有的嫌疑最大。可当他查到电话号码时，已经停机，开卡人是个农民工，早已经回到乡下种地，排除作案可能。

魏东真是活不见人，死不见尸，居然人间蒸发。

苏宁继续他的排查工作，对于一个人的失踪，首先会从他的身边人做起。这次也不例外。这也许是残忍的，等于是怀疑人类最值得信赖的亲情。但是亲情也有崩溃的时候，这就是人性的复杂。就像一座水库蓄满了水，柔情依依，可一旦溃了堤，就会不可阻挡。接手魏家这个案子，使他进一步深入到每个人的内心，越往里走，他越觉得深不可测。他到底能看清什么呢？如果真像韩如梅说的那样，是魏锋与托娅合伙杀害了魏东，那么他就会看到人性里面最黑暗的角落。这类案件常常令他齿寒，对人、对所有人的信任会也随之崩溃。他多么希望这一切都不是真的，但是职业的要求，他必须从魏东的家庭入手。

当然，麦穗也有嫌疑。她是魏东的前女友，她一直都爱着他。可是他却抛弃了她，娶了别人，她有理由恨他。这种由爱生恨的案例比比皆是，毫不稀奇。没错，他也了解麦穗的善良和她心胸的宽广，但是这并不能说明她就没有犯罪的可能。罪犯并不是天生的，也并不都是生来就恶。他询问了麦穗当天晚上的行动，她知道这种时刻迟早都会来的，她有理由认为这是对她爱情的玷污，但是她能够理解苏宁的做法。因为她是心理医生，没有什么是不可能的，包括自己。

麦穗把她那晚上做的事情做了详细的回忆，一一写在一张纸上。魏子安夫妇可以证明，她一直都在他们家里，跟他们在一起。就是说她排除了作案时间。但是他追问她为何没有带手机？这是件不正常的事情，她也许就是为了避免他向自己求救，故意把自己从这个事件里脱身出去。她说那完全是个意外，她到现在还后悔这件事，如果手机在她身上，她看见了

264

他的信息，可能她就会挽救他的生命。

他看着她痛不欲生的模样，真的不愿再去触痛她。但是警察办案时是不能掺杂个人感情的，也许因为他喜欢她，便愿意顺着她的思路设想问题，那会严重地妨碍他的思路。就算她没有时间作案，她会不会雇凶杀人呢？然后把自己伪装起来，让他找不到一点破绽？

一切皆有可能。

他再次问到那个敏感的问题，魏子安夫妇为何一口咬定是魏锋和托娅作的案，难道他们有什么证据在手吗？凭他的经验，如果只是猜测，一般做父母的又怎么可能指认自己的儿子犯罪呢？麦穗沉吟了片刻，她知道现在必须向他坦白真相，否则对案情不利。

麦穗便把魏家夫妇如何怀疑魏锋与托娅私通的事情说了一遍，这无疑给他破案增加了一条新的线索。但是麦穗极力替他们辩解，认为他们是痛失爱子，一时糊涂。这一直是他们的一块心病。其实魏锋和托娅相爱，本身就违背了中国传统的伦理道德，任何做父母的愤怒都可想而知。这样的推理似乎合乎情理，他们为了扫清障碍，达到在一起的目的，合伙杀了魏东。但是这未免太简单化了，一是托娅来自大草原，她爱恨分明，不会藏着掖着，她更擅于直接表达自己的爱憎，她认准的事情她会无所顾忌，根本没有必要非杀了亲夫不可；二是她太了解魏锋了，他是个有正义感肯于承担责任的人，也是个敢爱敢恨、敢做敢当的人。她能够相信他会干出把他心爱的人抢到手的事儿，但她绝不相信他为了达到这个目的而不择手段，甚至丧失人性。

世上有多少不合逻辑的事情啊！谁的心里都会有瞬间的黑暗，这是人性的必然。他听着她说了很多，对魏家每个人的分析，她是那么富于洞察力与理解力，她是个合格的心理专家。但他能感受到这件事给她带来的痛苦，他发现她明显地瘦了，面无光彩，两眼深陷。一种隐隐的痛悄悄地爬上他的心头，他真希望自己能帮她解除伤痛，替她分担痛苦，但是从何做起呢？

能不能……一块喝杯咖啡？

她摇摇头，还是那句话，现在，我只想一个人静静地待着。

他理解，那种痛需要她一个人慢慢地消化掉，她有这个能力。

那好，如果你有什么新的线索和想法，就给我打电话，或者也可以找我散散心什么的，我随时恭候。

他离开麦穗的心理诊所，心里反而更加乱了，好多条线索搅在一起，无法理出头绪来。第二个传讯对象当然就是魏锋和托娅了，而且要快，以防串供。

第二十四章　杀死恶魔

1

事实上自从魏东出了事后，魏锋就再也没有跟托娅见过面。他非常惦记她，但是他也非常明白，托娅作为一个蒙古族人，她的生死观跟自己和自己的家人是完全不同的。他并不认为这是托娅的无情无义，而恰恰相反，正是她豁达的人生观的表现。人死不能复生，为什么活着的人还要纠缠不休呢？

苏宁对他们的询问是在刑警队进行的。

苏宁单刀直入地问魏锋，我再问你一个私人问题，你真的爱托娅吗？

是，我很爱她。

魏东对这件事是什么态度？

他当然很生气，很愤怒。

你们俩因为这件事吵过吗？

吵过，而且吵得很凶，有一次在马棚里，我们俩还动了手。但过后我们都很后悔，我们便发誓要忘了这件事儿，就像过去一样做对好兄弟。

事实上你们没有忘记，谁都在内心有一个阴影，它压迫着你们，使你们再也不会回到从前了，对吗？

我没想过，是这样。

苏宁为魏锋的坦诚而震动，他没有一丝的隐瞒与躲闪，正像麦穗说的那样，他敢于承担。

那你……恨他吗？

魏锋愣住了。

回答我，恨他吗？

魏锋想了一会儿说，有点，但我很快就能说服自己。

266

魏东出事那天晚上，你跟谁在一起？

跟托娅。

你们都做了什么，在哪儿里，有什么证明？

我去剧团找的托娅，跟她一起在街头散步，各自回家，没有证明。

苏宁感觉到魏锋非常从容，坦诚，没有一丝恐惧的成分。他的话多半是脱口而出，并不需要思前想后。他清晰地回忆了魏东失踪的那天晚上，他跟托娅在一起的情形。他说那完全是因为苏宁找过托娅，使她陷入无法形容的悲愤之中，她打电话找他，希望了解事情的真相。他觉得事情已经到了这个地步，他有这个权利，也有义务告诉她。他便去接她，他就是把他和魏东那件陈年旧事全部都说出来。她特别激动，觉得自己受到欺骗，不能接受跟一个凶手一起生活这么久。她大哭不止，他安慰她。最后把她送回宿舍。

他的陈述没有一点犹豫，让经验丰富的苏宁认为是真实可信的。他随后传讯了托娅。在走廊上，托娅与魏锋遇见。他们停在那儿，彼此对望着，什么也没有说，似乎又什么都说过了。

苏宁问萨仁托娅，作为魏东的妻子，在魏东出事儿的前前后后，我们没有看到你流泪，难道你真的一点不难过吗？为什么？

托娅反问他，你怎么肯定魏东死了？

只是一个假设。

一个人的生老病死都是天定的，命定的，谁也逃不脱的。一个人的死对于那个死者来说并不一定就是痛苦，也许还是一种解脱。我们每个活着的人都无法左右这件事，这大概也是天意，对这种命运里的事儿我们蒙古人从来都是顺从天意，给死者祝福，祈求他的灵魂得到安息，而眼泪和哭声会干扰了他离开的脚步。她停顿了一会儿，接着说这件事说起来很痛苦很痛苦，但我从来不隐瞒我的感情和想法。我知道你要问我什么，我跟魏锋擦出了火花，我感觉也许他更适合我，他宽容大度，很男人很豪放，而魏东却太细腻太敏感，与我这种在草原上长大的人有着天壤之别，我一点都不明白他在想什么。但是我们都在努力地克制自己的情感，并且真的已经平静下来。我希望真正地被魏东接纳，跟他好好过日子。可是这事儿已经成为魏东内心里的一个阴影，我发现他根本就无法再信任我。魏家一直都在隐瞒真相，让我稀里糊涂地跟一个凶手结了婚，当我知道时真是怒不可遏。

是你找魏锋吗？你找他干什么？

是的，我找他了解事实真相，我最不能容忍的就是受到欺骗。

你们去了哪儿？

就在街上，我很激动，根本没想自己在哪里。本来魏东打我，已经让我非常伤心。现在又知道他在骗我，我真是心灰意懒。我们在街上走了大概两个小时，后来魏锋把我送到剧团宿舍。

你说了你跟魏东离婚的事了吗？

没有，魏东让我暂时保密，目前还没有人知道我们已经离婚。现在老人这么伤心，我希望警方也能保密。

办完手续后，魏东跟你联系过吗？

联系过，他疯狂地给我发微信，可我心情太差，没看他的微信。

他写了什么？

写的是遗嘱，财产分配。办手续时，我们根本没谈分割财产，我也从来没想到要分割他的财产，但他在微信里给了我交代，我和他父母平分，但我想好了，我放弃。

据我们了解，你跟魏锋在一起的两个小时无法证明，你怎么解释？

我就是心里难过，跟他在一起，好像有点安慰。天地证明。

苏宁问你恨魏东吗？你想过如果没有他，你就可以名正言顺地跟魏锋在一起了吗？

托娅反问道，为什么要恨？爱不成，也不会成恨。何况魏东始终都是爱我的，这一点我十分清楚。

苏宁和小李站在窗口前，望着托娅的身影。小李认为这个蒙古女孩儿是挺清纯的，确实找不出什么破绽来。可苏宁不那么看，他认为往往越是单纯的人越敢于冒险，她和魏锋确实具备作案的动机，不可以掉以轻心。

一位警察走进来，告诉苏宁已经查到了跟魏东通电话最多的这个人，她叫包小芸，二十三岁，张宝珍的女儿。包小芸与魏东的通话十分频繁，有时一天最多达几个小时，看来二人关系密切。这个新发现让苏宁十分兴奋，立即传讯她。

张宝珍带着包小芸来了。包小芸低垂着头，一言不发。苏宁说张大姐，我们想了解一些情况，本月 22 号晚上，你和包小芸在哪儿？

张宝珍一听马上蒙了，赶紧解释说，你看看这事儿闹的，我们可没想害人家孩子啊！说心里话，我们只是想趁机讹老魏点钱，改善一下生活，真没想害他啊，你看这事是咋说的？

你就告诉我，那天晚上你们在什么地方？

在家呀，那还能在哪儿？我女儿也在家，这我可以做证。

包小芸，你在哪儿？

包小芸呆滞的目光似乎动了一下，不出声。

张宝珍连忙说，小芸这孩子命苦啊，从小就没跟我这个当妈的享着福，十二岁又没了爸，是在乡下长大的。这好不容易回了城，大学也没念着，当了宾馆的服务员，好歹也能养活自己了，这也不知怎么就……我这命怎么就这么苦啊！

苏宁认真地观察着包小芸，包小芸根本不看他们。他心里掠过一丝疑惑，他提高嗓门叫了一声包小芸，把包小芸吓了一跳，还没等他问，包小芸就说不不不……知道。

你去没去过郊外的一座小屋？

她摇头。

那你见过马吗？一匹又高又壮的马。

包小芸眼睛一亮，接着又黯淡下去，还是摇头。

苏宁问那她的病是怎么得的？

张宝珍回忆起一个晚上，小芸下班回来了，跟我说起要买一件牌子裙子，我一听就火了，这刚吃上饭就想牌子了，没看牌子想你没有？我就劈头盖脸把她一顿臭骂，她哭着，就睡着了，谁知一觉醒来就这样了……

张宝珍说那天她一把把她前夫的遗像摔碎在地上，大放悲声，你这个死鬼啊，都是你害的我。我竟然想讹人家钱，我是不是亏了心了，把孩子害傻了？我这是不是贪心不足遭了报应了？

苏宁觉得包小芸这病得有蹊跷。她与魏东频繁通话，魏东离奇失踪，她又离奇得病，这其中难道有什么联系吗？

2

疲惫的麦穗躺在床上，伤感之中，又拿起手机翻看着那条微信，看着看着，她突然发现还有一条信息隐在下面：

我要杀了那个强大的东西，那个恶魔，我要杀死它！

她十分震惊，她马上给苏宁打电话说苏宁，我发现了一个重要的线索。

苏宁说你等着，我马上就到。苏宁以最快的速度赶到诊所，看到了魏东临死之前发的那条信息。他放下手机说这个恶魔到底指的是谁？

麦穗回忆起魏东曾经说过，在他心目中一直有个强大的东西让他无法逾越，我也曾试图帮他解脱出来，可惜一直都没有成功。他觉得她提供的这条信息很有价值，不过他还要她继续帮助破译。

你是心理医生，也许你的推断比我们更准确。苏宁迟疑了半天才又开口，麦穗，说心里话，我一直不太理解你跟魏东的感情，你们既然有那么深的感情基础，他为什么要娶别人呢？而你对他的负心一点都不计较？这有点不太像爱情，真正的爱是排他的，是自私的，不可能看着所爱的人跟别人相爱。你一点都不忌妒？

这很容易理解，就像你妈，她因为某些迫不得已的原因曾经抛弃过你一段时间，难道你能说她就不是你母亲了吗？如果她需要你，你会因此而不帮她，离开她？

这怎么可能是一回事儿呢？

道理是相同的。苏宁，我不期望别人的理解，我只希望自己能为他做点什么，有时候付出是快乐的，相反，一味地得到却是负担。

麦穗，你真是我见过的女孩儿中最独特的一个，你跟谁都不一样，你简直就是宽容与仁爱的化身，你就像谜一样，让我敬畏，同时我也对你越发感兴趣，我想知道你到底为什么会这么看待情感？

因为一个人要懂得爱的真谛，那就是给予，而不是得到。你爱了，你就期待有所回报，那不是真正的爱。你爱了，你感到快乐了，你的回报就是爱本身，这种爱才是博大的，才不会伤人，才是美的。

他很感动，为麦穗。他觉得世上难得有这样的人会这样看待爱。他们相对而坐，苏宁心里升起一种无限甜蜜的感觉，那是一种敬爱。尽管他知道，她可能永远都不能接受他，她心里永远都会被魏东占据，但他会不会也像她一样，依然坚守呢？

麦穗把魏东以前的病程记录拿出来，交给苏宁说，你自己看吧。苏宁，这些天晚上睡不着觉，说我也把这些病历仔细地研究过了，我认为魏东说的那个恶魔指的就是抑郁症。许多年来，他一直都在同抑郁症做斗争，可以说抑郁症是他最大的敌人，他一直没办法战胜。我了解他的痛苦，很可能他在最后的时刻会有幻觉，会把抑郁症想象成某个人，他同恶魔搏斗的时候，会被所谓的恶魔杀死，同时也会认为自己无用而把自己杀死，以得到解脱。

他认真地翻看着，说你是站在一个医生的角度来分析病情的，而我必须站在一个警察的角度取得证据。不过，你提供的观点对我很有启发，也可能是我通向成功的一条道路，也许条条大路通罗马，而我只能走一条路。

他们一起走出诊所，麦穗说她这段时间已搬回去住了，两位老人需要她。他说我能送你吗？她点点头。

他们停下来，已经到了魏家的门前。他说你瘦了，她凄然一笑。他说，我想魏东不想看到你不快乐。她叹息一声，苏宁，不要说了，我知道你很关心我，但是我的问题还得我自己解决。相信我，我是心理医生。

麦穗，我需要你的帮助。

麦穗停下来，看着他。

我似乎找到了案情的突破口，那就是包小芸，死者的女儿。她曾在魏东失踪前与魏东联系紧密，一个多月前，突然病了，神志不清。

麦穗的脑子飞快地转动，恍然大悟，我知道她是谁了？

谁？

魏东的虚幻情人，我早已隐隐地感到魏东被一种虚幻的情感控制着，但我一直找不到证据，现在我明白了，这个人就是包小芸。可是，包小芸不该与魏东有情感瓜葛吧？她应该恨魏东才对，毕竟她的父亲是死于魏东之手。我是说包小芸应该这样认为。

苏宁，包小芸做她仇人的情人，这看似不符合情理与逻辑，但是世上的事情往往不都是合情合理的，最没有逻辑的事情可能就是真相。

麦穗的话让苏宁一下子茅塞顿开，他说麦穗，这个不合理之处可能就蕴藏着真相，你说得对。我能否请求你，帮助包小芸进行心理治疗，现在只有你能够唤醒她。

麦穗点点头，我试试看吧。

他看着她一转身消失在楼洞里，心里怅然若失。他办了无数的案子，只有这个案子错综复杂，却在这复杂之中让他洞见美好的人性。从情理上讲，他相信麦穗的判断，魏锋和托娅都是善良的人，但是他的工作要求他抛弃这些感性，他一定要弄个水落石出。他已经证明了一次，魏锋与魏东都是清白的；他要再一次证明，魏锋与托娅也是清白的。而证明的突破口，便是包小芸。

3

魏子安见麦穗来了，急切地想表达什么，说出来的话却是听不太清楚。

见母亲担心的样子，她说妈，你不用太担心，我爸是因为受到强烈刺激，暂时性失语，等过一段时间他自己平静下来，你要多跟他说话，逼着他说，就会慢慢好的。

韩如梅叹息着说，你说他一辈子要强，这一遇上事儿他先垮了……

他内心脆弱，那些强大都是表面上的。慢慢来，别急。妈，我觉得应该让魏锋和托娅回来，事情还没有最后结果，这样下去也不是个事儿呀！魏锋那天去我那儿了，他瘦了很多，心理负担特别大，我怕他……

韩如梅不肯回答。

麦穗接着说还有，托娅还是魏家的儿媳妇，我觉得失去了魏东，她也一定很难过。现在就让她出去住，总觉得不那么合情理，让外人看见了，还以为我们欺负人家呢！妈，你一向是心肠最软的，万一不像你想象的那样，他们两个都是无辜的，到那时你后悔就来不及了。

韩如梅内心里很复杂，还是不肯答应。她的心七上八下的，一会儿觉得就是魏锋干的，一会儿又觉得不是，想来想去也想不出个所以然来。

麦穗劝她说妈，这些年，先是魏锋坐牢，魏东出国，现在终于都回来了，魏东又不在了，我们一家再也不能分开了，你说是不是？再说，你也不能凭着主观想法就断定是魏锋和托娅吧？如果真是那样，到时候你再把他们撵走也不迟啊？要真是那样，也用不着你撵了，他们可就有地方去了是不是？

韩如梅虽然不说话，可心里已被麦穗说服。是啊，她怎么能再失去唯一的儿子呢？以前那么对待魏锋，都是一时冲动。她还无法从失去爱子的巨大悲伤中解脱出来，她不顾一切地替大儿子讨回公道。可是她当时没有想到，她这么做伤害了另一个儿子的感情。现在，她冷静下来，难道真的像麦穗说的那样，她想失去唯一的小儿子吗？

麦穗明白了母亲的心事，她是不好放下面子承认自己的失误，可她心里是柔软的，是牵挂的。那只有她替母亲来做这件事了，到铁艺生活体验馆请魏锋回家。

麦穗来到铁艺生活体验馆的时候，魏锋正在打铁。他发现，打铁已经成为他最好的药，无论是他痛苦的时候、悲伤的时候、失望的时候，只要一打起铁来，就什么事情都忘得一干二净。失去魏东和被父母误会的痛苦，使他天天泡在铁艺生活体验馆里，跟那些铁打交道，心里敞亮了很多。

麦穗的到来使他感动，她永远都会体贴别人。他拿着一块通红的铁伸进水里，听着那吱啦的声音，看着那冒起来的白烟，说，麦穗你看我这一身的肌肉，现在真是劲儿有地方使了。

魏锋，看你打铁打得起劲儿，没做病吧？

他笑了，怎么会呢！我这人没心没肺，生活还得继续，铁还得照样打。

还行，不像爸似的，一下子就倒下了。

爸怎么了？

爸患了失语症，不会说话了。

啊？我想回去看看他们又不敢。这个时候回去，他们非杀了我不可。

爸妈也一时糊涂，受到这么大的打击，蒙了，你别往心里去。现在，他们冷静下来，心里也明白自己说错了，可是你想让他们跟你认错啊，那是不大不可能的，尤其是爸，从来都是不服软的。

可是这人命关天的事儿，他们怎么能乱说呢？

你可以想象，这件事儿对他们来说打击实在太大了。他们的内心一下子崩溃了，别说是说出这样的话来，就是再做出更出格的事，都是可能的。

魏锋关切地问那妈呢？又犯病了吗？

哎奇怪了，妈以前动不动就犯病，可是出了这么大的事儿，她反而比爸坚强，一次病都没犯过。我怕她熬不过去，我搬回家住了，天天陪着妈，让她不至于感到冷清。可是妈比我想象的要好多了，我真是谢天谢地，如果妈也像爸那样，我们怎么办哪？

麦穗，就你最知道心疼父母。没说的，我们都得承担，我有什么理由不回去呢？即便被赶出来，我也得回去。走，我这就跟你走……

他换上衣服，就与麦穗走了出去。

他们路过托娅的剧团，他迟疑了。麦穗明白他的心事，其实我们也该请托娅回家的。这正中魏锋下怀。他已经很久没见过她了，他日夜惦记着她。他说那我们请她跟我们一起回家吧。麦穗沉吟片刻说还是你去请她吧，我在这里等你。

4

魏锋见到托娅的时候，她正独自坐在宿舍里发呆。暮色已降临了，可她不想开灯。今天是周末，能走的人都走了，只有她无处可去。她心里有点怨魏锋，难道他真的一点都不挂念她吗？所以，当魏锋突然出现在她面前的时候，她惊喜交加。可是他们真的不知该说什么才好，所有的痛苦、埋怨、伤心、愤怒都交织在一起，让他们五味杂陈。他热烈而愧疚地盯着她，她低着头，慢慢地，眼里涌出了泪水……这是自从魏东出事儿后她第一次流泪。

一种陌生的气息飘浮起来，好像他们都已不是过去的他们了。是的，是魏东带走了往日的气息，他们熟悉的一切。魏东又把冰冷的陌生的气息留下，让他们无法相融。

对不起。

她挑衅地问他，为什么？

他也不知道为什么会这么说，魏东的消失难道是他的责任吗？

我是说，让你受委屈了。

委屈？那你不是也跟我一样吗？

没错，现在讨论谁的责任似乎为时太早，也没那个必要。魏东横在他们中间，使他们欲近不能，欲罢不忍。

魏锋试着说，现在我们需要共同面对。

可是我已经没有力气了。

不，你有，我相信你。这个时候，我们应该互相鼓励，把这个难关渡过去，对不对？麦穗就在外面等我们，我想好了，我们越是逃避，越显得心虚，为什么不能理直气壮地面对呢？我们要坦荡荡地回去，我们问心无愧，怕什么呢？

可是，我总觉得，魏东他……

她提起魏东，他心头一颤。现在，魏东就像一堵墙挡在他们中间，使他们无所适从。长久的沉默，快要窒息的沉默。魏锋艰难地绕过魏东和那强大的阻力，他说我知道你有顾虑，但是躲避也不是最好的办法，我知道你是勇敢的，我自信我也是。你一个人在外面漂着，到底也不是个事儿，我会惦记你。只要你能在我眼前，就算是不能说话也是好的，行吗？答应我回家住，如果真的不能适应，你再走也不迟，好不好？

这是自从魏东出事以来，她听到的最温暖的话了，没有人信任她，更没有人安慰她。她心里明白，只有魏锋才是她真正的依靠。可是出了这样的事儿，她还能依靠他吗？

他不由分说，拉起她就走。她感受到了他的力量，让她顺从。每个女人都希望被一种强大的力量牵引着，驱动着，托娅也是。她喜欢那种不需要自己思考甚至有点被迫的意味，跟随着一种力量前行。

可让麦穗想不到的是，魏子安见到魏锋和托娅同时出现特别激动，他想努力地喊出声，却阻塞在胸腔里，无法爆发出来。他用手指指着他，张大嘴巴，痛苦万状地大骂不止。这情景让魏锋也始料不及。他呆愣在那儿，想对父亲说什么却同样地无法发声，他发现自己也处于失声的状态。

托娅有点蒙了，她解释说自己不过是回来取换洗衣服的，马上就走。魏锋制止她说下去，他像是安慰也像是鼓励地拍拍她的背。托娅实在无法忍受这样的气氛，她转身离开，进房间收拾东西。

是什么剥夺了他们父子之间的亲情？是怀疑，是愤怒还是恨？魏锋低下头来，把手放在胸口上，他觉得那儿是那么疼痛。韩如梅试图让丈夫安静下来，可他接着却突然昏倒。

麦穗急忙帮着急救，折腾了半天，老魏才缓过来。韩如梅让魏锋赶紧离开，老魏已不能见他。是的，他已成为卡在魏家的一根鱼刺，让他们欲吐不能，欲咽难忍。他无法理解连魏东是死是活还没有定论时，父亲为何会一口咬定是他作案？被挚爱的亲人误解与怀疑让他难过不已。他看着母亲的白发，只是沉默地走掉。

令他们想不到的是，韩如梅却留下了托娅，她说现在托娅还是魏家的媳妇，就得住在魏家，没理由住宿舍。不知情的人还以为是她这个当婆婆的不对，儿子不在了就把媳妇赶走了，她担不起这个骂名。其实韩如梅忽然想通了，把托娅赶到宿舍里住，魏锋又住铁艺馆，这不等于是为他们制造机会吗？想到这里她禁不住后怕，所以她非得把托娅留在家里不可，她得时时刻刻地盯着她。无奈之下，托娅只好暂时留下。

魏锋走出家门，身心才放松了一些，一个人在街头盲目地走着。

这个家不再收留他了，十年来，即便是坐牢，他也认为牢里囚禁的只是他的身体，他的心灵依然保存在家里，在他的亲人们身边。可现在，他被彻底地驱逐出去，成为一个真正意义上的孤儿。

我不过是个孤儿。他轻声说。

尽管，他的凶手罪名已被洗清，但是他无处可归。他是个被家庭、被社会、被爱完全抛弃的人，他的精神无所归依。这个世界的一切好像都跟他没有关系，他是孤零零的一个人。他站在夜色的街头，一时茫然无措……

第二十五章　崩　溃

1

　　魏东失踪案陷入了困境，苏宁召开了案情分析会。他说通过这一段时间的调查取证，我们都对魏东失踪案有了进一步的了解，魏东曾因怀疑妻子托娅与弟弟魏锋通奸而动手打了托娅负气而去。当天夜里在他的前女友麦穗的诊所里住了一夜，说了许多悲观的话，临走前给麦穗留了言。第二天，曾到单位上班，表现怪异，一直翻找什么东西，接到一个女人的电话后匆匆离去，先到民政局与托娅办理了离婚手续，然后到花园酒店开了房，一小时后离开。通过我们的传讯得知，魏锋和托娅当天晚上约会，有两个小时的时间无人证明他们做了什么，而这期间正是魏东死亡的时间。我得到一条最新线索，魏东在失踪之前曾经给麦穗发过一条信息，声称他要杀死那个强大的恶魔，请大家发表意见，这个恶魔指的是什么？可能是他最恨的人，之所以能称为恶魔，可见他仇恨的程度。我觉得他也许会恨自己，有的人会很讨厌自己，称自己为恶魔也是有的。现在又出现了一个线索，据我们了解，包小芸是死者的女儿，今年二十三岁，与魏东保持了长期的网络虚拟情人关系，一个月前突然精神出了毛病。魏东失踪前曾开房的酒店正是包小芸所供职的花园酒店。还有一点可能请不要忽略，魏东最恨的人当然还有魏锋，因为魏锋抢了他的妻子，他最心爱的女人。

　　大家纷纷发表看法。

　　苏宁说我看了有关魏东患抑郁症的所有病历，他的心理医生认为魏东的抑郁症与他失踪直接相关。据不完全统计，现代都市人都或多或少地患有这种疾病，这可以说是现代文明带来的一个副产品。而魏东的抑郁症已经十分严重了，它折磨着他，使他对自己丧失信心，产生悲观厌世的情绪，最后的结果是导致自杀身亡。

小李说据现场勘查与足迹、刀具血迹分析来看，现场的人就是包小芸，她为什么在魏东出事儿后就疯了？这一点很值得怀疑。包小芸一个女孩儿，她是如何与魏东搏斗的，又是如何把魏东杀掉，然后又被毁尸灭迹的？这怎么想都不通，包小芸哪有这样的力气，除非还有一个第三者……据张宝珍供诉，包小芸是因为买牌子衣服与母亲发生口角之后，受到刺激得的病，可这个理由显得有些牵强，现在最重要的是让包小芸开口说话。

如何开口，这还得看麦穗的本事。

另一个侦查员又提供了一段视频，魏东失踪的前一天，曾去过花园酒店，而包小芸恰恰就是这家酒店的服务员，但查看了当天的监控，只看到魏东进去开房，却没有看到包小芸进那个房间。

苏宁布置任务，要查出包小芸当天所有的行踪……

2

在苏宁的动员下，张宝珍领着包小芸来到了麦穗的说吧。包小芸极其紧张地观察着四周，看见里面有治疗室、按摩室、睡眠室、发泄室等，停下了脚步。苏宁安慰她，放松点，我们就是说说话聊聊天。

麦穗出现了。苏宁为她们做了介绍，麦穗热情地伸出手，包小芸却阴沉着脸，目光游移。麦穗说小芸，你跟我来吧，我给你做个按摩。张宝珍说她不是来按摩的！麦穗说到我这儿来的，都得先做这个按摩。来吧小芸，你会很舒服的。麦穗把包小芸拉进了一个房间。

门合上了，包小芸一进来，禁不住一下子愣住了……只见屋里的男男女女，个个面带忧郁。麦穗附在她的耳边，轻声细语地说，来，放松，放松，跟我深呼吸，现在闭上眼，冥想，大海，白云……沙滩松松软软的，你就走在上面。你前面出现一个人，那个人正走向你，你们面对面了，能感到彼此的呼吸，你们都是孤独的人，你们需要抱在一起，彼此安慰……好，好。

一对对的男女自然而然地拥抱在一起，像久别的亲人一般。开始是一些细小的哭泣，慢慢地，人们放声大哭，惊天动地，天昏地暗，哭得个个像个委屈的孩子。麦穗张开怀抱一下把包小芸抱住。包小芸慌乱地推开她，不不，我不需要……

277

No，我们都是孤独的人，焦虑的人，委屈的人，被压抑的人，失恋的人，寻找的人，即将分手的人。别害羞，来，贴着我的胸口，我们都是需要安慰的人……

包小芸被麦穗抱着，试图挣脱。可是麦穗却越抱越紧。别挣扎，放松，放松，你这么焦虑很危险的……渐渐地，包小芸慢慢地放弃了挣扎，她感到了莫名的安慰、温暖，她不由自主地抱紧了麦穗。

几个正在哭的人突然放开对方，大张着双臂围上来，包小芸试图冲破围困，却被好几个男男女女紧紧地抱住，鼻涕一把泪一把地抹了她满脸满身。渐渐地，包小芸被那种情绪感染了，安静下来，也大张开嘴，跟着莫名其妙地哭了起来……

包小芸哭得浑身瘫软，有气无力，当她被麦穗架着回到治疗室的时候，她浑身都湿透了，满脸都是泪珠。

你是个缺乏安全感的孩子，你总是怀疑真情不存在，你对谁都设防，谁对你好，你也不会相信对方是真的。你总是质问，为什么霉运总会落到你的头上？为什么你是这世上最倒霉最无辜的那一个？

包小芸用充满警惕的目光看着麦穗，不答话。

刚才我们拥抱过了，你浑身的每个关节都很紧，你处于内敛状态，通俗点说就是拒绝状态。你不喜欢让别人接近你，你也没有过这样的经历，所以我判断你可能受过侵害。无论是身体还是心灵，你收得太紧，因为你对外界极其不信任。你缺乏爱护，缺乏肌肤的接触，但你内心渴望爱。

包小芸有点震惊，她看着眼前这个女人，上下打量她一番。

你特别自卑，你一根筋，什么事一竿子插到底。你想证明给别人看，你特别在乎别人的评价，对你不利的言论对你伤害极大。你可能还容易放弃，你没有勇气坚持……还有，你心里有一个阴影，它十分巨大，影响着你的生活，你把受到的所有痛苦都归结于这个阴影，你十分仇视它，同时你又经历着情感的煎熬，你又爱又恨，你总在纠结中，自我的纠缠中，找不到出路……

麦穗的话让包小芸口服心服，觉得自己一下子被她击中，但她不愿承认。

包小芸起身，大步往外走，可是麦穗观察到包小芸走路的姿态都是飘的。

包小芸！

她停住脚步。

我可以肯定，你心里有一份美好的爱，但你无法面对，你还没有从这段情感中自拔出来，你想扼杀它却根本不可能。我可以帮你的，无论是一段什么样的情感，无论它是否符合道德，我都认为它是无罪的。我等待你来找我，请相信我是个忠实的听众，同时也是个最好的朋友。我能帮你，相信我……

张宝珍见女儿出来，急忙上前扶住，她一回头的瞬间，目光充满了惊恐与躲闪，这让麦穗心里一震。她上前对张宝珍说，张阿姨，我希望能给你做个心理测试。张宝珍慌乱地摇头拒绝，我做什么测试啊，我又没毛病。张宝珍带着女儿匆匆逃离。

苏宁送走了张宝珍母女，走进麦穗的治疗室，问她怎么样？她说包小芸现在还是拒绝状态，要让她开口还需要时间，我感觉张宝珍是可以开口的，但是急不来。

苏宁点点头，叹息一声，我有耐心，可以等待。

3

魏锋想起魏东叮嘱自己的事情，到了该处理那间马棚的时候了。他独自来到郊外小屋，给孙大爷结了最后一个月的账，他专门出去割了新鲜的青草，最后一次放在原来马吃草的地方。他站在那儿，似乎又看见那匹马在孤独地吃草。回想着不久前他还跟魏东在这儿骑马，畅谈，喝酒，一时伤感起来。

不知什么时候，托娅尾随而来，站在魏锋的背后。

魏锋一惊，你……怎么来了？

我也来跟它告别。

二人默默地看着那马棚，谁也不看谁，不敢对视不敢再说话，因为他们都感受了彼此的伤感。在这特别的情境下，在这个有着无限回忆的马棚里，在魏东悄然离去的地方，他们的情绪十分复杂难言。

魏锋再也无法忍受下去，他转身离开。托娅追出来喊道，魏锋，你别走。他停住脚步，迟疑着。托娅说我想跟你好好谈谈，也许这里没有人监视我们吧。他走近她，看着她；她也勇敢地抬起头，看着他。魏锋突然鼓足勇气说，托娅，现在就你和我，魏东的眼睛就在这儿，他看着我们。我想问问他，他不在了，我们应该怎么办？

279

他怎么了，是死还是活？

是我们合伙杀了他。没错，爸妈说得没错。是我们合谋杀了他！是我们把他推进了绝望的深渊，是我们不顾他的感受暗中相爱，我们是罪人，是凶手！他说完这些话，情绪低落到了极点。

两人怒视着，好像彼此仇恨，全都保持着沉默。

托娅突然冲过来，掐住魏锋的脖子，歇斯底里地叫道，杀人犯，你这个杀人犯！

魏锋愣住，一时不知道该怎么反击她。托娅喊着就是你，你怎么下得了手，他是你哥啊……她突然失去了重心，一下子跌倒在魏锋的怀里。

他趁势抱住她，恶狠狠地说，没错，他是我哥，我能杀了他也能杀了你！

杀吧，杀吧，杀了就一了百了！

你以为我真的下不了手吗？你别逼我。

你又不是没下过手，来吧，来啊——

他看着她，痛苦得脸都扭曲了，看起来是那么凶恶。他的双手紧紧地掐着她的脸，那鼻子、那嘴唇、那明亮的眼睛，他觉得都是那么陌生。他从未好好地看过她，这些从过去到现在从未属于过他。一种毁灭感涌上手尖，为了报复她，他想破坏那张脸。可当他的手用力的时候，却一点力气都没有，你这个傻瓜，你这么说，你想干什么啊？

我想让你难受，其实你已经难受了。

我难受，你就高兴了吗？

有点。你恨他，从你被关进监狱里的那天起，你就恨他了。要是没有我，你还只是恨，不会杀了他。可有了我，你就更恨他，就杀了他。我要替他报仇。

好，好，夫仇妇报，天经地义。来吧，当着魏东的面，杀了我！

他把一把刀塞进她的手里，他的嘴角闪出一丝微笑，那是解脱般的笑容，看起来是那么迷人。你选吧，是一刀了断还是千刀万剐？他脱掉自己的衣服，露出那健壮的古铜色的肌肉，他的腹肌、胸肌、肱二头肌，都在阳光下闪着微茫的光。

她举着刀，对准他。我不能让你如愿，我要让你知道，马不是你的，我也不是你的。

很好，刺吧，现在我看清了，你就是个毒妇，你能杀我就能杀他，是你杀了他！

托娅愣住了，不知所措地看着魏锋。现在，他们居然彼此如此仇视，都想用最恶毒的语言打击对方，都想置对方于死地而后快。

真的吗，魏锋，你说是我？

她的手软了，刀子掉在地上。魏锋说我知道是你干的，你还记得公安局调查出来的那个细节吧，魏东离开单位前接到一个女人的电话。

不，不是我打的……

可你可以随便找个什么女人替你打电话。

对，我是可以随便找个女人打电话，可惜我没有。是你约他出去，再雇个男人跟着他把他杀了。对不对？

我没找什么男人杀他，我为什么要杀他？

你爱我，我也爱你，你为了我们，你要清除这个障碍，你要摆脱他！

你倒打一耙？好了别喊了，是的，我很快就明白了，你不会这么干的，即使你不爱魏东，我相信你也不会这么干的……

我们怎么了？为什么要这样？为什么要彼此打击，彼此伤害？这样我们心里都会好受些吗？

托娅却出人意料地说不，我爱他，现在我才发现我是爱他的！

魏锋震惊了，托娅此刻说出的话也许才是真的。他的手缩回来，觉得无处可放。他自己都觉得多余，这个小屋应该是托娅与魏东的才对。他是什么呢？不过是个刑满释放人员。他怎么能跟魏东相比呢？

我知道你爱他，你跟我好也不是因为不爱他了，而是他逼你，你用我来打击他，报复他，我只是你利用的一个工具而已。但你是个善良的人，你还有我，都干不出杀人的事来。否则，我是不能和一个谋杀亲夫的人好的。

听着他的表白，托娅心里一阵疼痛。她也不知道为什么，她竟如此地想伤他，让他也痛苦，也许只有这样才是对自己的补偿，对魏东的交代。她说，对，我也不能和一个谋杀亲兄的人好，我——

我都说过了不是我，你怎么还那么说呢？那天我不是一直跟你在一起吗？

你可以雇人啊，你进过监狱，你认识那么多亡命徒，你能雇女的打电话也能雇男的杀人，还故意缠住我造成你不在现场的证据。

哦，你的想象力实在太丰富了，佩服！不过太荒唐，简直太荒唐了，是他欺骗了你伤害了你，只有你会杀他！

他同样侮辱了你毁灭了你，把你成为人上人的野心家变成了一个阶下囚，你恨他，所以你就先勾引他老婆，让他受辱，再要了他的命——

魏锋举起手，却没有打在托娅的身上，而是转回来，打在自己的脸上。他疯了一般地打自己，一边打一边号啕大哭。

托娅吓坏了，她急忙上前抱住他，抓他的手，结果两个人咒骂着厮打着，骂尽世上一切能骂出口的话，彼此骂得体无完肤骂得天昏地暗骂得精疲力竭，直到躺在地上，连说话的力气都没有了。

他们望着天，好像一下子把自己都消耗尽了，不存在了一样。只有魏东的眼睛依然在飘浮，在飞舞。远远近近的树木站立着，静默着，偶尔会有一只鸟儿划过天空，发出凄厉的叫声。现在他们才发现，积郁在内心里的浊气需要这样的释放，觉得心里好受多了。

从此，你我互不相欠了。

从此，我们两清了。

我们可以走了。

是啊，魏东，我们走了。

他们缓缓地走出小屋。夏天的郊外到处弥漫着清甜的气息，可能是青草吧，或者是树林。点点的野花默默地开着，不远处的河水哗哗流淌。别了，这个曾经让他们魂牵梦萦的地方，让他们纵横驰骋的地方，也让他们断肠的地方；别了，小屋，别了魏东，别了，白马……

4

包小芸一连好几天都无法入睡，整个人几乎就要崩溃掉了。张宝珍心疼自己的女儿，只好又把她带到麦穗的说吧，只希望能让女儿睡着。

一首缠绵的情歌响起来。

现在，你在这首歌中，走回过去的时光。你想象着，那是一条窄路，可能只够你一个人通过。你不知道路的前方是哪里，你只发现路边开着各式各样的花儿。你走着走着，这首歌就传来了，好像很远，远在天边儿。你越走越空旷，天特别蓝，没有一丝云，歌声中出现了一个身影，你太熟悉了，她像个仙女，穿着飘飘的白裙，她带着你飞起来了，你觉得那么轻，像羽毛一般……

包小芸真的睡着了。

麦穗终于坐下来细细地看着眼前这个包小芸。她是个小眼睛小鼻子小脸的女孩子，长得说不上漂亮，却很清秀。她的皮肤有点粗糙，显然是没有好好保养。尤其是她的手满是老茧，不像城里女孩的手那么细腻。她把包小芸安顿好，走出来，张宝珍看到女儿睡了，这才松了口气。

谢谢你，麦大夫，我真不知该怎么办了，一个人怎么能受得了好几天不睡觉？

麦穗把张宝珍带进另一间安慰室，她说其实你也应该睡一觉，你并不比你女儿好多少。你真能让我也睡着吗？真的。麦穗用催眠的方法很快就让张宝珍也睡着了。这一觉睡得昏天黑地，待到张宝珍醒来时，已是深夜。她的状态一下子好多了，脸上也有了光泽。

麦穗为她准备了食物与水，她真的有点饿了，说实话她已好多天没吃过像样的饭了，心里仿佛燃着一团火。她狼虎咽了地吃了一顿好饭，麦穗趁机与她聊天，两个人越聊越近，待到她吃完，她已经开始信任麦穗了。

我猜你这么多年带着孩子一定吃了不少苦头吧？

一说起往事，张宝珍一肚子的苦水开始倒出来了：

麦医生，我活得苦啊，命不好，小芸也跟着我吃苦遭罪，活得不像个人样儿。是我对不起孩子，一想起小芸，我就心如刀绞。我前夫老包虽说爱喝酒，一喝醉就打我，但清醒的时候对小芸却是宠爱有加，从未舍得打过她一下。老包去世那年，孩子才十二岁，刚刚小学毕业。她根本不知道失去父亲意味着什么，我没正式工作，老包一走，我们家陷入困境，我根本就养不起她。后来我就把她送到乡下姥姥家，而姥姥是与舅舅一起过的。那些年我一点都不知道她是怎么熬过来的，她其实就是舅舅家的一个仆人，天天要看着舅妈的脸色过活。她不仅承担了舅舅家的一切家务，还要受舅舅家的大哥和妹妹欺负。他们想方设法侮辱她，把她看成是自家的累赘。她无数次想跑回城市找我，而每次逃跑都会被她舅舅抓回去，舅妈会把她一顿痛打。姥姥根本保护不了她，只能流着眼泪叹息着，这可怜的孩子啊，啥时候是个头儿啊？我送她走的时候说一旦我找到了工作就接她回来，可我后来实在没路可走就改嫁了，夫家还有个与我女儿一般大的女孩子，坚决不同意我接她回来，她就是个多余的人。舅妈没怎么让她上学，她只能看着大哥与小妹背着书包上学，而自己只有做不完的家务。而大表哥根本就不是读书的料儿，初中毕业就不念了。而她经常感受到来自大表哥的异样眼光，她莫名地惊恐与害怕，却无法躲避他。直到那个十三岁的夏天，她被大表哥给占了。

这些是小芸告诉你的吗？

283

张宝珍摇摇头，不，她从来不提乡下的生活，这是她姥姥告诉我的。这些年来我也一直都不敢提，就像扎在喉咙里的一根刺，挑不出来也咽不下去。

对不起，我能问一下细节吗？比如她和大表哥……

这个我也无法知道太详细，就是他们有一年夏天一起在地里锄草，大表哥突然就……她把这件事告诉了姥姥，期望姥姥能为自己主持公道，没想到姥姥却只说，这是她的命，还让她不要说出去。然后舅妈威胁说，我们家把你养大了，你也该报答一下吧！舅舅家太穷了，农村娶个媳妇是笔不小的费用。她便听见舅舅与舅妈商量，不如就让小芸嫁给儿子，不用花钱就可以娶进媳妇。从那天开始，大表哥似乎得到了父母的默许，把她当成了自己的媳妇，可孩子还没长成呢。

所以她心里全是恨，恨舅舅一家，恨你，最后恨的对象转移到了那个杀死父亲的人。她会不会认为，如果父亲活着，自己是万万不会落到那个乡下，万万不会受到那种侵害？

是啊，她已经把父亲那点毛病全部忘掉，剩下的全是父亲的优点。

那小芸是什么时候回来的？

她十八岁时，舅舅家就给他们完婚了。听说那天她和大表哥一起赶集置办结婚用品，趁着大表哥放松了对她的警惕，她跑出来了。她经过千辛万苦，找到了我。我一见孩子那个样子，简直就是个要饭花子，觉得万分自责，我没有尽到一个母亲的责任。我坚持要把女儿留在身边，我的第二任丈夫坚决不肯，就这样我们离了，从此我们娘儿俩相依为命。虽然生活艰难，但小芸已经十分满足。舅舅与舅妈曾经找来，要求娶走小芸，被我一口回绝。舅妈要求赔偿这些年抚养小芸的费用，我说你们选择吧，第一你们放过小芸，从此我们两不相欠；第二，我要把你们告上法庭，你们的儿子强奸幼女将会被判刑坐牢。舅舅与舅妈一下子傻眼了，只好灰溜溜走了。

你觉得小芸要报复社会吗？

不，她是个知足的孩子，能吃饱喝足，不受人欺负就行了。

她恨魏东吗？

张宝珍一下子警觉起来，急忙说，你别提那个名字，我不想说他。

这时，包小芸醒来，站在门前，冷眼看着她们。

张宝珍急忙上前打招呼，醒了？

别再说我！包小芸终于开口，满眼敌意。

麦穗说我希望帮助你，你需要先解决心理问题，其次才是情感问题。

我没有情感问题。她大步走开。

你有，小芸，你在逃避不是吗？可你逃避不了。

可笑，别总自以为聪明，总想偷窥别人的内心，我怎么想的与你何干？

尽管，包小芸的敌意未消，但她开口说话还是让麦穗感到欣慰。她们走后，她向苏宁做了汇报。也许，他们离真相不远了。

第二十六章　每个人的深渊

1

魏锋把托娅送回家，一进门，韩如梅就用那种审视的目光看着他们。他不等母亲发问，抢先告诉她，我们去郊外那座小屋了，把剩下的事处理完了，孙大爷辞退了，工资也结清了。总之，什么都处理好了。

你们是一点念想都不想留了？

妈，该忘掉的就得忘掉，免得触景伤情。

是啊，我看你们是挺高兴的啊！

他们不想再跟她多说，免得说错了她又要发火。剩下韩如梅站在房中间不知怎么办才好，她想象着他们去魏东的郊外小屋能做什么，她不相信他们只是为了处理后事。她推门走进来，指责魏锋说，我告诉你，你们跑到魏东生前的屋子里鬼混，要遭报应的！老天可是睁着眼呢！

魏锋面对母亲的责难，不知怎么回答才好。

韩如梅进一步说，你杀了他还不算，你还要侮辱他，你还让他死都不得安宁，你太让我失望了！魏锋气得喊了起来，你凭什么这么说我？你有什么证据？你这完全是诽谤、诬陷！

这时魏子安听见喊声也走进来。韩如梅说我还冤枉了你是不是？别忘了你大哥他尸骨未寒，你这么做对得起他吗？

魏锋说我怎么对不起他了？我自认为我够理智的了，不然我就娶了托娅，我就跟她结婚了！

韩如梅一听气得嘴唇开始哆嗦，说不出话来。半天才指着他说，大逆不道，大逆不道啊！魏子安极度悲愤，站在那儿，老泪横纵。

魏锋有苦难言，无法发泄自己的痛苦，冲出家门。他不知道，父母何时才能弄清真相，还他清白？他的胸口堵着什么，不吐不快。他叫了车，径直开向铁艺生活体验馆。

老铁匠正悠闲地躺在床上听着半导体，门被一下子撞开，魏锋站在门前。老人兴奋地坐起来，魏锋可是有日子没回来了。他发现魏锋表情十分痛苦，肌肉微微地颤动着。他给他倒水，他摇摇头。他问他是否吃饺子，他依然摇头。

那你怎么了？有什么事儿说出来。

魏锋似乎无法开口说话，他的嗓子里好像有一团什么东西在那儿堵着，他发出呜噜呜噜的声音。

老人似乎一下子明白了，他一定是哑巴吃了黄连有苦说不出。老人转身捡起一把一百斤重的大铁锤，交到他的手上，说孩子，有话就跟铁说吧！

老人捅旺了炉火，从里面拿出一块发红的铁，给他掌着钎。魏锋操起大锤，一边哭喊一边猛砸。老人附和着，跟魏锋一起喊着号子：

太阳从西——往东落啊——

听我唱个——颠倒歌啊——

天上打雷——没有响啊——

地下石头——滚上坡啊——

江里骆驼——会下蛋啊——

山上鲤鱼——搭成窝啊——

魏锋直累得再也抡不动大锤了，仰面躺在地上，喘着粗气，再也爬不起来了。老人烫好了酒，给他们每人都倒了一盅说小子，喝了这盅酒就好了。魏锋端起酒盅一饮而尽。老人问怎么样，心情痛快了点吧？

魏锋点点头。

老人说我一看就知道，你是为了女人才不痛快的。肯为女人折腾成这样的，那都是有情有义的汉子，是真汉子！想当年你师傅我也跟你一样。那女人叫小米，长得那个俊哪就别提了。那时我是个穷光蛋，小米她妈却把她嫁给一个老华侨了，我是硬生生地看着小米被汽车接走的，听说小米嫁的那个男人比她大三十多岁，还嘴歪眼斜，是个脑血栓后遗症，据说婚后可以带她出国。我那心哪像被谁剜了去的疼，我跟着娶小米的那辆小汽车跑了很久，累得趴地上起不来了……回来我就打铁，打得天昏地暗，打得胳膊全都肿了……这个铁匠铺当时已废弃很多年了，是我又把它捡起来

287

接着打，就为了个痛快……唉，这爱女人跟打铁没什么两样。

师傅，还有酒吗？

有，有，我给你烫去。

2

在麦穗的心理干预下，包小芸慢慢地恢复中，她越来越信任麦穗了。这天，苏宁终于传讯了她。苏宁开门见山地问她，你认识魏东吗？小芸故意装糊涂，摇头。一个跟你几乎天天通电话的男人，你敢说你不认识他吗？

苏宁拿出证据，一把作案的刀，一连串打印出来的通话记录。

虽然，机主不是你的名字，而且在魏东出事儿之后，你就把电话停机了，可是有证据显示，这个电话就是你打的。包小芸停顿了一会儿说，是我打的，可那个人是我相好的，我根本不知道他就是魏东。

那把刀上存有你的指纹，你怎么解释？

那是我送给他的礼物。

一把刀当礼物？包小芸，我们已经掌握了大量的证据，你就算是不提供口供也一样定你的罪，如果你能主动坦白作案细节，主动认罪，对你的判刑是有好处的。包小芸不再说话。

当年魏东的鲁莽使你失去了父亲，这些年你一直在穷困与自卑中挣扎，你被赶到了乡下受了肉体与精神上的双重屈辱，你把这一切都归结于父亲的早逝，你失去了父亲保护才导致这样的结果，所以你对魏东恨之入骨，一直伺机报复。

我没报复他，别忘了我是他的情人。

那是假的，是你为了掩盖你的不可告人的目的，是为了接近你的目标。

不，不——

你终于查清了他在郊外租了房子，还租了两匹快马，看着他这么享受生活，就更刺激了你的报复欲望。你对那个郊外小屋与马棚已了如指掌，你曾杀了他的一匹马以威胁他，可这远远不够。22日那天晚上，你带了刀来到马棚，伺机对他的另一匹马实施报复，没想到魏东出现，你想躲已经来不及，这时你干脆就一不做二不休，突然冲出来把他杀了。

包小芸头直冒汗，眼睛直直的，陷入到极度的恐慌之中，再度闭口不言。

苏宁只好再次传讯张宝珍，他说，你说谎了，你女儿的病不是因为买名牌而是因为魏东。想清楚，做伪证是要负法律责任的。她沉默半天，哭了，终于交代出当时的情况。

22号当天晚上，小芸回家神色慌张，满身是血。她瞪着双眼，极度的恐惧，不停地说死了，死了……她拍着小芸的脸，她好像也没有什么反应。她只好把女儿的衣服换了，把包小芸搬上床，把她的脸擦干净，把那身血衣藏起来。她说她杀了那匹马，她杀了他的命根子。她牙齿磕动着，浑身发抖。她绝对不会杀人的，她还是个孩子，她……第二天，你就向我们通报了结案，魏东并不是凶手，我回家告诉小芸你没杀人就对了，案子结了，魏东不是杀人凶手，我……这孩子受到刺激了，一下子，就这样了。

包小芸被再度带进审讯室，突然暴躁不止，大声喊着，是我杀的，我杀了他，呵呵，我报了仇了，我为我爸报仇了！

你是怎么杀的魏东？

我就拿着这把刀，我追到了马棚，我已经杀过他的马了，我打算再杀一匹。我就是让他难受，让他生不如死。可是他往下抢我的刀，我们俩争抢起来，没错，他当年就是这么杀的我爸，现在我也这样杀了他。我把那刀插进了他的胸膛，他死了，哈哈他死前还一直乞求我，不要杀他不要杀他，可我还是杀了他！

那他的尸体呢？

我抛尸河里了，早顺着河水流进大海了，让鱼吃了。嘿嘿，吃得干干净净，一根毛都找不着，别找了，你们找不着了，哈哈哈……

包小芸精神重又陷入崩溃状态，一会儿哭一会儿笑，反复无常。

苏宁立即带人突搜了张宝珍家，并在水缸底下挖出带有血迹的衣服。衣服里忽然掉出一本书，是一本俄国作家陀思妥耶夫斯基的名著《罪与罚》。上面的每一页都有魏东用小字写的日记，其中一则这样写道：

> 我是个有罪的人，而我活着不是为了逃脱罪责，而是为了自我惩罚。这比死还要难受，比坐牢还要折磨。几年前我父母帮我逃脱了罪责，却给我的心灵戴上了枷锁，生不如死，我活得何其沉重，何其痛苦？

苏宁翻到最后一页，那儿有魏东最后的记述，字显得歪歪扭扭：

> 今晚，我已经走到了生命的最后时刻，我这个无用的人、这

个戴罪的人，到了该结束的时候了。让被我杀死的人地下安息吧，让那两个相爱的人好好相爱吧！让我接受最后的惩罚。

苏宁陷入了沉思……

3

包小芸承认是自己杀了魏东，并沉尸河中，这让魏家相信，魏东真的是死了。

厅里摆放着魏东的遗像。哀乐响起来，魏家人，还有魏东的同事朋友来一起追忆魏东。麦穗扶着韩如梅和魏子安，缓缓地走进来。身边是魏锋，后面跟着托娅。人们看到白发人送黑发人的场面，更加忍不住悲痛，顿时一片哭声，泪雨纷飞……

这时，麦穗再也无法忍受失去魏东的痛苦，她冲开人群，扑倒在魏东的遗像上。她忘掉了还有托娅，还有那么多的人在看着她，她顾不了那么多了，她只要跟他告别。麦穗热泪滚滚，边哭边小声呢喃着，这些话似乎只是跟魏东一个人说的，也像是自言自语。韩如梅不让人们打扰她，只有这个做母亲的才知道，麦穗对魏东的感情有多深多厚。

魏东，你说过，你当我是妹妹，那我就是你最疼爱的小妹，我从小就受你的恩惠、你的娇宠，你有好吃的东西给我吃，你有好玩儿的让给我玩儿，你给我当马骑，背我去看戏，你是我最亲最亲的人哪！魏东呀——我爱你，我一生一世地爱你，能够看着你就是最大的幸福。可你为什么这么狠心，说走就走了？你让我以后怎么办哪？那天晚上你给我留短信，我为什么没带手机啊？魏东，在你最困难的时候，在你最需要我的时候，我为什么不在你身边呢？我不能原谅自己啊！魏东，我要是跟你在一起，你是不是就不能死了？魏东，我的心永远都是你的，你这一走，带走了我的全部，我活着没有意义了，魏东，你听见了吗？我的心从此就死了，会跟你在一起。魏东，那个世界多冰冷啊，以后谁再陪你说话，你有了心事谁给你劝解，你为什么就不等等我，等我跟你说说话，就什么事都没有了。魏东，无论你娶了谁，我都知道，你最亲的人还是我。我最亲最爱的人走了，我到哪儿找你去呀？你听见我在叫你吗？你听见了吗？你说话呀，你快说话……

290

麦穗哭得泣不成声，悲痛欲绝。

魏锋上前来往下拉她，可是怎么也拉不开。韩如梅和魏子安的手紧紧地握在一起，他们目睹了麦穗的悲痛和泪水，心里感到又欣慰又难过。欣慰的是他们没有看错，麦穗最爱的人就是他们的儿子。难过的是天人永隔，他们再也不可能重续前缘了，麦穗再也不可能做他们魏家的媳妇了。

有人问这人是谁啊，怎么哭得这么伤心？

有人说这是魏家的干女儿，跟魏东一起长大的。我们以为是魏家的儿媳妇呢！

这时，突然歌声响起来，压住了麦穗的哭声。大家不由自主地把目光投向了托娅，只见托娅面容安详，没有一滴眼泪。她深情地为他唱一首歌《安魂曲》：

> 请赐给他以永远的安息，
> 愿永恒的恩光照耀他。

托娅的歌声把魏子安夫妇震怒了，他们怎么也没想到，托娅作为魏东的妻子在这种情形之下，她非但没有眼泪，竟然还唱歌。魏子安大声吼道不许唱！

为什么不许唱？

韩如梅指着她说你、你、你连一滴眼泪都不掉，却在这儿唱起歌来？我问你，你为什么那么高兴？你，你到底安的……什么心？

托娅平静地说，因为我不相信魏东死了！他活着，他不过是不想跟我们在一起生活了，他去了另外的世界而已。也许你们认为用眼泪送他最好，可是我认为用歌声送他比用眼泪更好，他听见歌声会很开心地生活。

魏锋急忙向她示意，可托娅根本不听，她坚持用自己的方式与魏东沟通。魏子安忍无可忍，再次喝道，你给我住口！托娅停顿了一下，还是唱。固执的托娅认为魏东此刻不需要哭声，而需要歌声。她不会屈从于别人的看法与阻挠，她要把她最美的歌声、最美的笑容送他，因为这也是魏东最喜欢的。

魏子安怒吼着，把她轰出去，轰出去！

盛怒之下，他突然上前去往外推托娅，魏锋上前拉着父亲，韩如梅也参与其中，麦穗也都被裹进来，一家人乱成了一团……托娅孤独地被推出了房门，她站在小区的空地上，仍然坚持把歌声送给魏东，她目无一切地唱着，唱着，她相信魏东一定能听到。她的歌声穿透了整个天空，在哀乐声中缭绕不散。她的歌声穿过所有人的心灵，在靠近天堂的地方深情回荡。

4

开完了魏东的追思会，魏子安一下子垮了，患了失语症。韩如梅坐在床边上，一动不动。屋里静悄悄的，只有麦穗陪伴着他们。刚刚的追思会上，韩如梅眼前总是出现婚礼的场景，好像她的儿子又骑着白马从她的面前飞驰而去。现在，她终于明白过来，魏东是真的走了，再也不会回来了。她突然伸开双臂，紧紧地抱住麦穗，泣不成声地说魏东没了，魏东不在了。

妈，别哭了，魏东要是看见你这样，会心疼死的。

麦穗，是托娅杀了魏东！还有魏锋，他也有份儿！

妈，你不能随便乱说的。

我没乱说，就是她……

妈，你现在说什么话是要负法律责任的，你看见了吗？你有什么证据？

我要是有了证据，我就去举报，不过你们等着吧，很快就会有结果的。

麦穗心痛起来，她知道母亲刚刚体会到失子之痛，以前的一切她还犹如梦中。她急于要为死去的儿子讨个公道，但是她不能就这么一条道跑到黑啊！她说妈，你好糊涂啊！你这样做不是害了魏锋吗？你是不是想让两个儿子全没命啊？不用你说，警方就会怀疑他们的，更会调查的，用不了多久，就会真相大白。现在魏东已经不在了，你还想让魏锋也不在啊？你心里是这么想的吗？

韩如梅十分震惊，她没想到魏锋也会没了。

麦穗说如果魏锋和托娅真的干了这种事儿，那他们最终也逃脱不了法律的制裁。妈，我问你，真是这样的话，你怎么办？你会大义灭亲，上庭做证，亲手把他们送下地狱，还是沉默不语，不予追究？你想怎么样啊？

韩如梅突然连哭都哭不出来了，她完全地傻了，根本就没有想到这样的后果。她开始浑身颤抖……麦穗抱着母亲的肩头说妈，以后别说这种话了，不管怎么说，你现在还有一个儿子，你不想连他也失去对吧！何况你不能凭着你的猜测就认定是他们干的，万一你冤枉了他们呢？

韩如梅含着泪不说话。

妈，我有一种直觉，魏东是自寻短见。这些年来，他一直患抑郁症，时好时坏，情绪也极其不稳定。我也一直在帮他恢复，他曾经流露出悲观厌世的想法，就是这次我最后见到他，他留给我一张字条，上面写的仍然是跟我告别的话。所以我的判断是有根据的，而抑郁症的最后结果往往都是自杀。

他为什么要自杀？不可能？他已经相当成功了，别人没有的东西他全有了，他怎么可能想不开呢？

那只是表面现象。越是在别人看来成功的人，越有可能患抑郁症，因为他的压力就越大。你看那些没钱的人、出苦力的人都乐哈哈的。而抑郁症就是那些生活比较优越、工作比较好的阶层才容易得的。魏东性格内向，不善表达，有什么事儿都闷在心里，从小就比较压抑。魏锋入狱这件事，他心里的压力太大了，他没有一天是开心的。再加上案子重又被提起，他有可能入狱，他无法面对这个残酷的现实啊，所以他有可能把死当成一种解脱。

魏子安想说什么，却什么也说不出来。韩如梅愣在那儿，看着麦穗，我怎么不知道呢？麦穗说他隐藏得很深，其实他已经很严重了，他前些时候就流露过自杀的倾向，我一直在努力帮他。爸，妈，是我不好，我作为心理医生，没有挽救他，这是我的失职。

魏子安强烈地想表达自己的想法，却越是着急越是说不出来。

韩如梅说不可能，绝对不可能！你不要替魏锋开脱了，就是他伙同托娅干的。

爸，妈，你们好好想想吧，凭着你们对魏锋的了解，应该有个判断吧！

麦穗的说法给了他们强烈的震动。自杀，魏东会自杀？他凭什么要自杀？如果不是魏锋刺激他，如果不是托娅背叛他，他好好的事业，好好的家庭，为什么就自杀了呢？他们不相信，不可能相信。

5

韩如梅旧病复发，又开始织那件没织完的毛衣，一边织一边往自己的身上缠着毛线。她这样做可以减轻一些恐惧感。自从魏东走后，魏锋就回到家来住，希望可以给父母一些安慰。可是魏子安夫妇根本不领他的情，见到他就是横眉竖目，那目光里透着冷漠、痛苦和仇恨。他试图向他们解释，可是他发现自己越描越黑，索性他也沉默了。现在，母亲视他如洪水猛兽，处处都防着他，好像他随时都可以加害于她。他悄悄地靠近母亲，试着帮她解开。可是当他的手刚一触碰到她时，她的身体一阵痉挛，惊恐万分。

你不要碰她！魏子安叫道。

妈，我发誓，我没做过伤天害理的事儿，你应该是了解儿子的！

麦穗，你叫这个人滚，我们不想见到他。他站在那儿，突然觉得自己快成了丧家之犬，可怜巴巴地乞求父母的收留。麦穗劝他还是回避一下的好，现在魏子安和韩如梅的情绪都很激动，他们一时还转不过弯来，要等到事情有个水落石出时再说。

魏锋想说什么但是咽了回去，他慢慢地退出房间，走上清冷的大街。他被赶出了家门，一时痛上心头。父母眼里的敌意使他心灰意懒，到底还有什么是可以信任的呢？街头传来若有若无的歌声，使他黯然神伤。如果说，十年的牢狱他都没有消沉过，是因为他清楚自己在父母心目中的清白，他承载着一家人的喜怒哀乐，尤其是承载着魏东的成功。可现在，尽管那莫须有的罪名根本不存在，但另一个莫须有的罪名却牢牢地印在他们的心中——他伙同淫妇谋杀了亲兄，这比那个失手杀了醉鬼的罪名更令他心碎。

魏东，你为什么要这样？我们不是已经说好了吗？过去的都过去了，我们还像以前一样，还是一对好兄弟。可是你违约了，你半道抽身而去，你让这个家一下子陷入了深渊，你让全家人一下子陷入了黑暗。你看见我们的悲伤了吗？你看见了妈妈的白发和眼泪了吗？魏东，你好狠心哪！

魏锋，别这样。麦穗追上了他，在他茫然无措的时候，她的安慰就像一道阳光照亮他一样。他的鼻子有些发酸，他知道那是被理解后的深深感动。相信法律，总有一天，结果会有的。爸妈也是一时的气话，你不要放在心上。他想对她努力一笑，以表明他能够以轻松的心态面对。但是她看见了，他的笑却比哭还要难看。其实作为魏东的知己或心理医生，他知道她内心里承受的痛苦比他们都要深重，可是她永远都把自己的悲痛埋在心里，支撑着每一个人活下去。

麦穗，不用担心我，其实我应该给你一些安慰才对，我知道，你最痛苦。

别那么说，当你爱一个人的时候，无论他怎么对你，都跟你的爱无关。你只要知道你的爱还在你的心里完好地保存着，就足够了。其实爱真的不是索取，而是付出，甚至付出就是你自己的需要。

我们魏家都应该好好谢谢你。

是的，麦穗是魏家的依靠。在所有人心目中，她就是他们的亲人。魏锋苦笑一声，有的罪能被人看到，有的罪隐在暗处。他说我怎么会无罪呢？我有罪，我的罪是爱，我的罪就是爱上了一个本不该爱的人。

　　麦穗问他，那你想怎么办？他沉吟着，痛苦袭上心头。他说现在最重要的是等待案情大白，否则这种罪比让我死还难受。我答应过魏东，托娅属于他，我不会食言的，我说到做到。

第二十七章　水与火的纠缠

1

当麦穗把她的判断告诉苏宁的时候，他正处于纠结之中。因为又一次提审时，包小芸激动大哭，喃喃自语，她舍不得杀掉他，她下不了黑手，她对不起父亲……他能否相信一个精神崩溃的人的说法？不能，他警告自己。尽管包小芸认罪，案子可以结案，但疑点太多，现在的案件凭的是证据而不仅是口供。而麦穗认为魏东就是自杀，因抑郁症而自杀。这让苏宁想起那本书、那段话，反复琢磨，似乎麦穗说的是有根据的。至今不见尸体，包小芸的说法颠三倒四、反复无常，她无法解释既然恨魏东，为什么又要勾引魏东？看来这些还需麦穗破解。

现在，包小芸只信任麦穗一个人，只要一见到麦穗，她的情绪就会安静下来，有时还能聊聊天说说话。

有一天，包小芸突然说其实我也想有一间小屋，有一匹马。麦穗顺着她的意思说，最好在郊外，有点像童话，还能骑马，那可是太浪漫了。这话有人也这么说过，他说他孤独，是个被遗忘的人，有匹马在那儿安静地吃草，马儿咀嚼的声音很好听，他被遗弃了，难道你也遗弃我吗？我说没有，其实……我有罪，麦医生，我没有杀他，我是爱上了他……

这让麦穗大吃一惊。爱本无罪啊？你为什么要这么说？

包小芸沉默了，再不说话。麦穗陷入了心理分析的困境。一个女孩子爱上她的仇人，为此而自责自罪，结果她纠结不已，不断地说服自己又颠覆自己，所以她崩溃了。

麦穗终于理清了思路，包小芸就是典型的由被害者转变为加害者，她原以为自己为了复仇为了正义要折磨仇人，惩罚仇人，不知不觉中自己也成了施暴的人，无论是以恨的方式还是以爱的方式。

魏东向你说过他是凶手吗？

是的，他亲口说的。在马棚里，他打电话跟我说的，说他不配，他不配得到爱，他有罪，他是个罪人，所有人都在心里暗暗地嫌弃他。我大吃一惊，问他有什么罪？他说我能想象到你的惊讶，还有鄙视、厌弃，我能看到你的表情了。哈哈哈，我看到了，如果我告诉你我杀过一个人，你会怎么样？这是我第一次跟一个陌生人说出这件事，我保证我再也不会说了。快十年了，它都快把我压垮了，我背着这个罪，这笔债，真是生不如死啊！那年我才十八岁，我就杀了一个人，因为那人在打他老婆时特别像我父亲，我一直想杀死那个强大的东西，那个恶魔。可想不到那种强大的东西从未消失过，依然压迫着他。他还说你不用害怕，我就是想杀那个恶魔，它一直折磨我，它毁了我。你来帮我好吗？求你来帮帮我，我没有勇气下手，只有你能帮我，能给我勇气。

小芸，有些恨其实不作用于别人，而是给自己增加的负担，你在恨的同时，心里也就慢慢地长出了一个魔鬼，当你把那魔鬼放出来的时候，你也就成了凶手。不是吗？你一直在惩罚魏东，可到头来你惩罚的难道不是自己吗？你看看你变成了什么样子？一个青春少女该有的欢乐你都没有，不要说这是魏东掠夺的，是你自己剥夺的。不是别人的罪恶就可以成为你施暴的借口。

可是没有魏东，我父亲就不会死，我就不会被抛到乡下受尽屈辱。

小芸，你知道吗，魏东没有故意要杀你父亲，那不过是一场混战，他当时年轻冲动，一时激愤，把刀插进你父亲的身体，但，他没想要你父亲的命，那只是个意外的结果……

包小芸一下子陷入疯狂状态，尖声喊叫，痛苦不堪。

2

托娅发现自己怀孕了，突然之间与魏东又有了联系，这也改变了她跟魏锋的关系。正像魏锋说的那样，她发现魏东一直都存在，时时刻刻可以出现在她的生活中。她面对魏锋的时候，他就会拦在他们中间，所以她觉得自己根本不可能逃脱魏东。都说爱就像一场火灾，铺天盖地。但是魏东更强大，他总是那么蛮横地横在他们中间，让她觉得自己是那么无能为力，那么弱小，她的爱是那么卑微……

现在，托娅独自走在路上，她回想起在草原上他们激情相爱的那一幕，把手放在腹部，喃喃地说我不再是一个人了。我怀着幸福的小羊羔，我已经是个小母亲了。她迫不及待要把这个好消息告诉魏锋，好像他应该跟她分享这个快乐一样。魏锋风风火火地赶来，当他亲耳听到托娅怀了魏东的孩子时，他呆住了。她伸出双臂，像个孩子一样无辜、单纯，透明。他被她的样子感动，她想用自己的拥抱来给他一个惊喜，可他的喉结上下滚动着，伸出的手突然停住，僵硬而神经质地把手缩回。

你不高兴吗？

哪里，我怎么可能不高兴呢？他想笑，笑她孩子一般的执拗，突然又感到悲哀，因为魏东无时无刻不在跟随着他们。他有点可怜巴巴，又温柔地说原谅我，托娅，原谅我……

魏锋是兴冲冲地来找托娅的，他幻想着他们又回到从前，坦然地说话、调笑，根本不用有任何顾忌。可是他无论如何也没想到，他得到的却是她怀孕的消息。他一时有点无法接受，他想说些恭喜之类的话，可是话到嘴边，却无法说出。

魏锋，你不高兴吗？

不不，哪里……我是，有点不知该说什么……

他知道自己在掩饰，心情一下子落到低谷。他强颜欢笑，装作很兴奋的样子说，魏东要是知道这个消息，该多高兴啊！那你打算……怎么办？

对于我们蒙古族女人，孩子就是天神的礼物，杀了孩子会触怒天神，要遭天谴的。

可是你一个女人，怎么带这个孩子啊？

带孩子没有问题，魏东不在了，我会给孩子找一个父亲。

他的心咚的一声跳了一下，敲得他发抖。无疑由自己来给孩子做父亲再合适不过了，可是父母那一关能过吗？自己这一关能过吗？还有魏东那一关能过吗？他一时思维混乱，不知所以。

我明白了，我突然知道，其实横在我们中间的不是你父母，而是魏东，他真的时时都在，但是我可以告诉你，我曾是魏东老婆——可现在不是，他会希望我给孩子找个爹的。

你们离了？什么时候？他那么惊讶，仿佛这件事应该跟他商量似的。

就在魏东出事儿的那天，是他不让我说的。现在家里这个状况，我还能说吗？

那你至少应该告诉我呀？

你是谁呀？为什么要告诉你？我说了又能怎么样？我是魏东前妻这个事实无法改变，你永远都逃脱不了你的内疚。

她说得没错，魏锋痛苦地揪着头发，魏东根本无法逾越。

你走吧，我不想再看见你了，你让我安安静静地活下去吧，求你了，别再打扰我了，再这样下去，我会被折磨疯的，你走啊！

他独自走在风中，远远近近的灯火像一只只眼睛，让他不敢面对。他到底有什么障碍呢？托娅是魏东的妻子，她为他怀孕生孩子再天经地义不过了，他怎么像一下子吃了只苍蝇一样，难受不已呢？他的心里是不是希望这个孩子是他的，那样的话，托娅和孩子才真正是属于自己的。为什么他还是不能超越占有的心理，他说过魏东把托娅当成自己的私产，现在他爱了，他也把她当成自己的私产吗？

那一夜，他几乎未眠。他能想象一个单身的女人，怀着身孕，该如何面对？还有将来的孩子，她又如何面对？孩子不能没有父亲，托娅也不会只守着孩子，她现在是需要他的时候，可是他却退缩了，他让心里那点私欲占了上风，他会让托娅瞧不起的。他爱她，为什么不能接受她的一切呢？何况这个孩子是他哥哥的，难道不比别人的孩子更让他疼惜吗？他内心激烈地冲突着，他爱她，当然包括魏家的孩子。他真的不放心把她的孩子交到别人的手上，他希望魏东能给他力量，让他鼓足勇气完成魏东的愿望，替他抚养孩子。

他几乎在一瞬间做出了决定：跟托娅结婚，做孩子的父亲。

天一亮，他便回来，敲响托娅的房门，他一脸倦容地说，托娅，我们结婚吧！

她有些意外地看着他。

现在你是两个人了，我不想再偷偷摸摸地来往了，我想我们应该光明正大地相爱，托娅，我要娶你，我们结婚吧！

他突然紧紧地抱住她，温柔地说我爱你，我不能离开你，我求你，为了我们的爱，跟我在一起吧！托娅开始还在挣扎，在魏锋越来越紧的拥抱中，她似乎失去了挣扎的能力……

3

魏子安经过这段时间的平静，再加上麦穗每天都来给他做心理疏导，他在慢慢地恢复。那天晚上麦穗买了菜，给他做了最爱吃的清炖鱼，还给他烫了一盅酒。韩如梅说老魏啊，你也该醒醒了，难为麦穗每天都来看你，陪着你，你总得有点起色吧！

麦穗走到他的身边，说爸，你看，这是你最喜欢的酒盅，还是当年你下乡带回来的呢，用它喝杯酒，好不好？

他终于说了一句：好啊！

韩如梅惊讶地问老魏，你会说话了？

好！

麦穗兴奋地叫起来，干爸真会说话了，干妈，干爸他好了！

哎呀老魏啊，你可把我们吓坏了，我还以为你变成了哑巴呢。

麦穗说应该把魏锋找回来，让他陪我爸喝一盅。

魏子安使劲地点头说好，好。

麦穗趁热打铁，一看父母都没有拒绝魏锋回来的意思，便打电话叫他。魏锋回到家里，陪父亲喝了酒。虽然气氛还未恢复到以前的程度，但终归是开始融洽了。吃完晚饭，大家坐在沙发上看电视，这个场景已很久不曾在魏家出现了。韩如梅还端了水瓶，沏了茶。麦穗见魏锋回来是既成事实，想让他们在一起多沟通一下，便借口诊所有事提前走了。

大家有一句没一句地说着话，魏锋把托娅怀孕的事情说了，魏子安和韩如梅大吃一惊，继而是惊喜、欣慰。韩如梅颤抖着说东儿，你听见了吗？你有儿子了，我们魏家有孙子了。

魏锋说爸，妈，我跟你们商量个事儿。魏东虽然不在了，可他留下了个孩子。不管怎么说，这总算是我们魏家的血脉，我希望爸妈看在孩子的分上，让我和托娅结婚吧！毕竟是一家人，孩子不能没有父亲，而让我做孩子的父亲总比别人好吧。爸，妈，接受托娅吧，我求你们了！

魏子安和韩如梅心情十分复杂，他们先是惊愕，接着是惋惜，然后是失望、拒绝。魏东生死不明，你们就急着要结婚，这让我们魏家的脸往哪儿放？托娅她还是魏东的老婆！

不不，她不是，她已经……他停住了，这种时候，说出那个秘密是一种残忍。

你不要用孩子来威胁我们，她怀孕是她的事儿，跟我们没关系！

妈，那孩子他姓魏，他是你的孙子，怎么能说没关系呢？

魏东的孩子？拿什么证明是魏东的孩子？我看，说不定是个孽种！我们魏家祖祖辈辈光明磊落，一个说不清身份的孩子，凭什么让我们认他？

爸，妈，你们不能这样血口喷人！如果魏东地下有知，他也会对你们这种态度感到气愤的。不管你们承认不承认，孩子都是魏家的。你们这种态度，总有一天会后悔的！

韩如梅说，我们用不着你来教训，你自己干了什么事儿你心知肚明，少在这儿假装仁慈。你还知道魏东地下有知？你要知道，就不会这么做了。

魏锋气得不知说什么好，他想过父母的态度，但是他没想到他们可以这么说。他愤愤地说你们侮辱了我！韩如梅追上来，不依不饶地逼问他，托娅怀孕，你怎么知道？你给我说清楚！

我不跟你们说，你们一点道理都不讲，我不想再费口舌了。我只是告诉你们，你们同意也好，不同意也好，反正我跟托娅结婚结定了，我要替魏东把那个孩子养大成人！韩如梅说，你不怕遭报应？

我真心地爱托娅，现在她需要有丈夫，她的孩子需要有父亲，我怎么就过分了？我怎么就非得遭报应呢？我认为这是正大光明的事儿，是老天都祝福的事儿，怎么你们非得颠倒黑白呢？我就弄不明白，你们放着好好的孙子不要，非得把他推出门去，你们到底怎么了？糊涂到这个份上？

你还把不是当理说，这种丑事要是传出来，你还让我怎么活呀？难道天底下就一个女人，就一个托娅？你娶谁不好，怎么非得娶她呢？

对，我就要娶她。我爱她，也爱她的孩子，我非她不娶！

现在我明白了，以前我还总是半信半疑的，原来你和托娅串通一气，为了能在一起，你们就想方设法害死了魏东，是你们合谋杀了他啊！情急之下，魏子安居然说出一连串的话，非常流畅。

魏锋一愣，接下来便是愤怒，他气冲冲地说，你说对了，是我干的。我就觉得魏东在那儿碍眼，很明显，有他在，我和托娅就好不了，我干的，行了吧？你们终于满意了吧！去吧，告发我去吧，把我抓起来，处死好了，这样你们就高兴了，就解恨了是不是？

他一边说着，一边抓起一个旅行袋，里面胡乱地装上几件衣服，背起来就走。他咚咚地走出去，沉重地把门带上，把韩如梅吓得一激灵。

魏子安残存的一点希望最后破灭了，他一下子跌坐在床上，痛苦不堪。他一直不肯相信魏锋会丧失理智谋害亲兄，很显然，他们还有了孩子，他无论如何都不能接受。

301

4

魏锋却说到做到，他把托娅死拉硬拽拖到了自己的铁艺馆。他几乎是把她绑架来的，因为他们中间总隔着一层什么，彼此又都较着劲儿，如果他不动用"武力"的话，她是不会就范的。

托娅生气地说你疯啦，你也没问问我愿意不愿意？他说我就是疯了，我就是要绑架你。以后我们就是要捆绑在一起，无论是下地狱，还是上天堂。

可我是个孕妇，你知道我怀着谁的孩子！

当然，我知道，你怀着魏家的骨血。

可他是魏东的！

也是我的。

那不一样。

一样。只要我爱你，就爱你的一切，当然包括你的孩子。为了爱你们，我们就必须结婚，永远在一起。

她有些感动，她庆幸自己没有看错，魏锋，一个顶天立地的男子汉，值得她付出此生。在蒙古族人看来，魏东不在了，嫁给弟弟魏锋，这再正常不过了；可是到了魏家，却是天地不容、大逆不道的事情。她无法理解，为什么为了一个死去的人，要折磨活着的人？

可父母不答应的，所有的人都不会答应，是我想得太简单了。

我不管。

他们会更加怀疑。

让他们怀疑吧，我只能说他们猜得没错，魏东就是碍我们的眼，有他在，我们就好不了，所以他必须死。

天哪，你怎么可以这么说呢？那不是往自己身上揽罪名吗？

你以为不这么说我们就没罪了？

他们愣住了，我们有罪，他们何罪之有？

爱之罪。没错，我们好了，不仅好了，还有了孩子了，罪上加罪。

可那孩子是魏东的，你该说清楚。

说不清楚了，越说越像。是我们杀了他，我们一起干的！

真的吗？我们真的杀了他？

对，是我们干的。我不过是为了魏东克制我自己，为了那句承诺而疏远你，有用吗？你说有用吗？我越想疏远我的心，结果离你就越近。你难道不也是一样吗？我们装着看不见对方，装着冷漠，但我知道，我们已经沸腾。我们不论怎么样，他都不会相信。还不如就实话实说，我替魏东顶罪，而他平安无事，有妻有事业，你们俩在一起狂欢，我能听得清清楚楚，我这心能平衡吗？我要不把属于我的女人抢回来，我还算什么男人？我已经什么都没有了，事业前途全没有了，我不能再丢了我的女人，可魏东不死，你还是他的。

对，你说得没错，我也是这么想的。那一阵子，魏东看我一眼，我都心惊胆战，好像我真的做过什么对不起他的事似的。后来我明白了，我是心里这么想过，我在精神上背叛他了。他那么折磨我，是因为他心里难受，我不忍让他难受，杀了他，他就不再伤心了。

所以他死于谋杀！

是他逼我们这么干的。

那天我们相约在一起，不过是为了掩人耳目。我知道他在哪儿，那郊外小屋弥漫着一股神秘的气味儿。一到那儿，他就会特别激动，就要喝酒。你知道他哪儿有量啊，喝一点就东倒西歪了，他就要到马棚里看马，趁着他不注意我们就雇人把他杀了，还让他的手握着刀，造成他自杀的假象。

晚上十点钟，天意巧合还是故意为之？

一丝不乱，千真万确！

对不起，魏东，我这是夺妻夺子，我该遭天杀！

魏东对不起，我这是谋杀亲夫，天不可恕！

那就让一切的报应都来吧，我们活该，罪有应得。

他们把案情设计一番，描述一回，越说越觉得真像那么回事似的，越说越相信自己是有罪的。他们好像都沉浸在悲伤的情绪之中，突然拥抱在一起，号啕大哭。

很久很久了，他们压抑在胸口的能量一下子释放出来，变成熊熊火焰烧毁他们。他们就一味地哭，哭得天旋地转哭得天塌地陷哭得撕心裂肺。他们要把彼此都焚毁，再从灰里提取火星。他们要让自己死过一回，让那些心目中的罪都碎掉，从此他们就能从这里面解脱出来，重新开始生活。

5

剧团领导得知托娅怀孕，劝她打掉胎儿，这令托娅十分惊讶。她觉得生命是老天赐予的，作为一个蒙古族人绝对不会杀了孩子。领导怕她因有孕在身影响排练和演出，可她笑着说你以为一旦怀了孩子，就得像你们汉族女人那样，躺在床上连动都不敢动，我们蒙古族女人怀了孩子，照样骑马射箭，日行千里，什么事儿都不会耽误。我又不是纸糊的，没那么娇贵。她已经算好了，等过了艰难的前三个月，就到了演出的时候。她一定要完成自己在舞台上的梦想。剧团领导半信半疑地看着她，答应让她试试。

魏锋不管父母的态度，他要守在托娅的身边。白天，托娅到剧团排练，他打铁，夜里各睡各的。魏锋突然觉得托娅跟以前不一样了，她的腹中怀着一个小魏东，小家伙时时刻刻都看着他们，让他不敢越雷池半步。那仿佛成了他们之间的禁忌。只有出去的时候他们才可以放松，手拉着手走在菜市场上，魏锋像丈夫呵护妻子那样，为她挑选着新鲜的蔬菜，随口问她你看这个油菜怎么样？你爱吃吗？不行，光吃肉会缺维生素的。你看这水果怎么样，要那两个新鲜水灵的，对！有时他拗不过她，就给她买羊肉串儿，她吃完会蹲在路边吐个不停。他会拍着她的背，心疼万分地埋怨她。他耐心地等到她吐完，扶起她，细心地给她擦着嘴角，像哄孩子一样地拥着她，往家走去。

魏锋包下了所有的家务，炒菜做饭，打扫卫生，让托娅觉得怀孕的女人真是有福。她想帮他干点活儿，总是被他推到一边。他麻利地把炒好的菜端上桌，把一瓶红葡萄酒摆上桌，启开，倒上。

他举杯说来，托娅，为了我们终于能在一起——

等一下，魏东，还为了……

魏锋怔住，他听得清清楚楚，她依然叫魏东。他说你叫我什么？

叫你魏东呀。她依然没有反应过来。

我是魏锋，你糊涂啦，怎么叫我魏东？

哦，一样的，习惯了。

胡扯，怎么能一样呢？以后注意点。

托娅仔细地端详着魏锋，他的鼻子眼睛，他的嘴巴额头，一切的一切，跟魏东竟是一个模子刻下来的，太像了，几乎分不清彼此。她喃喃地说魏锋魏东，魏锋魏东，魏锋魏东……哎呀我眼都花了，真的是一样的。她端起酒杯与魏锋碰了一下说，来，魏东，干杯！

魏锋心里有些不爽，他清楚地知道魏东在托娅心目中的地位，可能他一辈子都取代不了。托娅，你别折磨我了好不好？魏东的死真的跟我没关系，你为什么不肯相信呢？

我没不信，我叫你魏东真是口误，也不知道为什么，一张嘴它就溜出来了。她显得有些委屈。他也相信她并非故意，但这更让他感到伤心。

算了，愿意叫我什么就是什么吧，反正我现在跟你在一起，管那么多干吗。他喝了一口酒，便给托娅夹菜。来，要吃瘦肉，补脑，还要多喝汤。这是大骨头汤，里面我加了胡萝卜，补充维生素的。对啦，最好再喝一小杯葡萄酒，活血养肺，来——

他给托娅倒了一小杯，递给托娅。托娅说你呀，真是一个好丈夫的料，只可惜没有能够两全。魏锋听出来托娅话里的弦外之音，就是他不如魏东那样事业出色，他顿时成了霜打的茄子，不再说话。托娅知道自己又说错了话，有些后悔，极力挽回说魏——哦……锋，你别那么敏感，你要是有魏东的条件，肯定不止两全，还三全四全呢。

魏锋有些泄气，除了托娅，真的没有人可以打击他的自信。他说你是大学生，又是搞艺术的，是个才貌双全的女人。而我只是个刑满释放犯，你瞧不起我太正常了，我有什么可敏感的……

我真的没瞧不起你，真的！

魏锋正在画画，托娅在收拾着碗筷，托娅喊他，哎魏——嘿，差点又说错了。魏锋停下手里的活儿，不行，他得把她从强大的惯性中拉出来，不然他们永远都无法走出魏东的阴影。

你得叫我的名字，叫我魏锋。

哎呀你就别逼我了，等慢慢我习惯了就好了。

怎么，你是不是让魏东附体了？所以你才丢不掉他的名字。

没有，要附体的话也该附在你的身上才对，因为是你杀了他！

真没想到，我说过的话是对的，你永远都是他的。

见魏锋的口气有些强硬，托娅软弱地说对不起，我真不是故意这么叫的，更不是故意气你，实在是这种惯性太强大了，我就……我也、我不知道……

夜里，魏锋自觉地睡在沙发上，把那张大床让给托娅。事实上他们根本不可能有任何的亲近了，因为他们中间隔着一个小魏东。他们之间好像

305

多长了一双眼睛，时刻监视他们；多长了一双手，把他们分开。是什么在拒绝呢？托娅也想不清楚。曾经她是那么热烈地渴望他，可现在他们在一起了，反而相距遥远。她安慰他说等到他适应就好了。他明白她说的"他"是谁，虽然"他"还没出生，但已经活着，而且无所不在。

他接近她，可他清楚地听见自己的手被挡回来的声音，像一道闪电一样，他被击中，僵在那儿。他自嘲地说，爸妈还怀疑这孩子是我的呢。你看他简直把我当成了敌人。

托娅说是啊，孩子，这就是你将来的父亲，你得学会接受他，好不好，来来！

他小心翼翼地刚把手放在她的腹部，可他感到强烈的排斥波，他的手跳起来，像被烫伤了一般。他感到全是灰烬，到处都是，他的嗓子有点被糊住了，说不出话来。

她说魏……锋，对不起，我也没想到会是这样。

他笑了，摇摇头。我能等，我还有一辈子时间呢！

第二十八章　虐　恋

1

麦穗得知托娅怀孕的消息，心情十分复杂。对魏家来说，这该算是个好消息。而且小魏东活在世上，对她来说有一种安慰，好像魏东还活着一样。他的血脉还在延续着。她在心里默默地说魏东，你听见了吗？你做父亲了，你有孩子了，你的生命还在延续着，你不会死的。

她劝说魏家夫妇，死去的已经死了，为什么还要折磨活着的人？无论如何，魏东哥总算留下了血脉，你们应该感到高兴啊！你们怀疑那孩子是魏锋的，就算这样，孩子毕竟都是魏家的，为什么不可以接受呢？我觉得魏锋说得对，让他做孩子的父亲总比别人强，那孩子绝不会受一点委屈，你们为什么就想不通呢？

其实他们也知道麦穗说得有道理，可是他们这心里就是拐不过弯儿来，怎么想怎么别扭。痛苦使他们变得沉默，使他们的内心激烈地斗争着。

夫妻俩商量的结果是不能让他们踏踏实实地在一起，得拆散他们。是的，我们不能再沉默了，我们一沉默，魏锋和托娅就以为我们默许了呢。他们说走就走，麦穗也无法拦住。

魏锋没想到父母会在深夜里上来砸门，咚咚咚的声音很急迫。魏锋急忙扶母亲坐下，韩如梅甩开他说我会坐，不用你。托娅给他们倒了茶端上来，请他们喝茶，魏子安一把把茶杯打倒在地，吼道，你们就这么不清不白地住到一块儿，这叫什么事儿啊！

魏锋争辩说爸，托娅现在是特殊情况，身体很差，她需要有人在她身边照顾她。魏子安说需要照顾，行，我和你妈来了，照顾她来了。怎么非得你呢？你走吧，我看这儿也挺大的，我们住着也挺方便的！我们不走了，

307

我们不能看着你们在一起鬼混而不管不问。

我们是真心相爱，不是什么鬼混！

就是鬼混！

韩如梅忽然哭起来，魏东啊，你怎么就走了呢？你倒是睁开眼睛看看，你都成了什么了啊！这人不人鬼不鬼的可叫我怎么见人啊？魏东啊，你就显显灵吧，你不能就这么看着不管哪……

此刻魏东就像个幽灵一样，四处飘荡，使他的名字一说出来都吓人一跳。麦穗埋怨母亲，别再提魏东，我们回去吧啊！我不能回去，我就在这儿住下了。我还告诉你们，你们到哪儿，我们就跟到哪儿，绝不能让你们的阴谋得逞！

显然，韩如梅说的阴谋就是他们合谋杀死魏东，然后住到一起。托娅受不了这种侮辱。托娅挣脱开魏锋的手，一头冲出去。魏锋再也忍不住了，爸，妈，托娅早已跟魏东离婚了，他们不再是夫妻。托娅是自由的，我们在一起合理合法！

托娅在夜色里疾走着，魏锋在后面猛追。他希望越是这种时候，她越是应该坚强。可托娅觉得自己就像一个没羞没耻的女人，非得赖上魏家不可。可是她一个人回剧团，他怎么能放心呢？他的声音突然哽咽，觉得他们的爱为什么会这么难？眼下的情况也只好如此了，等把父母说服了，再接回托娅。

魏子安和韩如梅被这个说法震惊了，他们离了？不可能，绝对不可能，这肯定是魏锋造的谣，他为了跟托娅在一起，就编出来这个故事骗他们。他们走进铁艺馆里的小屋，在这儿安营扎寨，打持久战。反正打定主意，他们上哪儿，我们就去哪儿，就是要搅和他们，不能让他们舒舒服服地在一起。他们采取的策略就跟他们软磨硬泡。

韩如梅说老魏，你听我的没错，咱们不发脾气，也不吵吵闹闹，让人家笑话，咱们就采取骚扰政策，直到把他们弄烦了，弄累了，弄得再也没力气好为止，你说我这个主意怎么样？

魏子安说高是高，不过我可是搂不住火，骂还得骂，打也还得打。

麦穗看着老两口的状态，放心不下。她说干爸，干妈，魏东已经去了，托娅又有了身孕，你们为什么就想不开呢？促成他们的好事，媳妇是我们家的，孩子也是咱家的，多好啊！韩如梅严厉地说，如果我们同意的话，那就是帮着他们犯罪，帮着他们杀魏东。魏东地下有知，那得多伤心啊！还编瞎话说魏东跟托娅离了，想骗我们？没门儿！

麦穗愣住了，他们离了？此刻她说不出自己是该高兴还是该悲伤，这根一直卡在她心里的刺，慢慢地已与她的血肉长成一体，这时突然又被拔出来了。这更加让她相信，魏东离婚，是决计要赴死的。

妈，也许魏锋说的是真的。

不可能，我们坚决不相信。

要查一下是不是真的很容易，看一下离婚证就行了。只是，他们是不是凶手还需要等警察有了结论再说，事实要真的像你们想的那样，他们俩就都有地方去了，就犯不着你们来管了，对不对？

韩如梅说等到那一天就晚了，我们不能让他们弄成事实婚姻。

麦穗无奈，只好跟着干爸干妈住下来。她一个人走不放心，怕他们再出什么事儿。夜里电闪雷鸣，大雨倾盆，天地迷茫，世界一片黑暗。

2

魏锋把托娅送回了剧团宿舍安顿好，出了剧团，却不想回家。他一个人在街头漫步，心绪烦乱，茫然无措，任凭夜雨狂浇，他像一点反应都没有，万念俱灰。

韩如梅听见雨声，不禁也惦记起儿子来，她披衣而起，焦急地看着窗外。麦穗说你们这样也不是办法啊，魏锋一气之下不回来了，外边下这么大的雨，他要出点事怎么办啊？再说他们都不是三岁的孩子了，他们想做什么都会有成熟的想法的。你们这么做，反而加速他们的感情。你们想过没有，魏锋从小就有逆反心理，你们越是反对的事，他就越会坚持，结果呢，你们想想？再说，你们住下来，他们不会找别的地方啊？你们能看得住吗？

麦穗说的倒是真的，魏锋这孩子，就是一条道跑到黑。这要是想不开，再出点事儿怎么办？韩如梅不无担忧地说。

出什么事儿？就你胆小，怕了这个怕那个，把他给惯得都反天了，就在这儿耗着，我看谁能耗过谁？

这一夜，魏锋没有回来，韩如梅一夜没睡。她翻来覆去，想来想去。麦穗说，干妈我觉得你变了，跟我爸正好相反。我爸变软弱了，好像一下子垮掉了；而你变坚强了，连说话的口气都越来越硬，我爸现在都听你的了。

唉，净胡说八道，睡你的觉去吧！

干妈，你不说出来我不睡，陪着你熬着呗。到底又琢磨什么事啊，说嘛！

韩如梅说我在想托娅肚子里的孩子……

管他是谁的，反正都是魏家的，都是你孙子就行了呗。

那不行，那不乱套了嘛。要真不是魏东的孩子，就不能要，那对魏东太不公平了。他要是地下有知，怎么能瞑目呢！

哎呀我的亲妈啊，这也不是你管得了的，你怎么知道那孩子到底是不是魏东的？不是说现在可以亲子鉴定吗？那也要等到孩子生下来之后啊！

我听说没生下来也可以，用什么羊水穿刺。

妈，那对托娅公平吗？现在你只想着你儿子，就不考虑人家托娅了？她肯定不会同意的。

魏锋在夜雨中，狂乱地走了一夜，任凭大雨狂肆。他没有知觉，他就是心里有一团熊熊的火烧着他，他必须浇灭它。也许这样他能感觉好受一些。不知过了多久，他有些站不住了，慢慢地倒下去……

魏锋被送到了医院，已转成重症肺炎，高烧不退。托娅得到消息急匆匆跑来，远远地看见躺在床上的魏锋，她不顾一切地扑上前去。她含泪跟他说，为什么要把自己弄成这样？你知道的，我不能没有你。昨晚一夜，我就有一种不好的预感，我更加清楚，我需要你，魏锋。你千万不能出什么事儿，我真的不能没有你……

托娅把魏锋住院的事告诉了麦穗，麦穗再告诉魏锋父母。也许他们这样下去，魏锋真会出事儿。就算他是平安的，长期的对峙，心灵的隔阂，也会让他们唯一的儿子崩溃掉。如果他们实在待不下去，双双远走高飞怎么办？魏子安夫妇这才意识到事情的严重性，麦穗说得没错，他们无法阻止他们在一起。他们只有暂时妥协，回到家中。

3

我是为了折磨魏东才接近他的，包小芸说，开始我隐在暗处，观察他，跟踪他，偶尔需给他一个字条吓唬他。后来就跟他加上了QQ，我经常给他发去一把滴血的刀，写上去死吧，你死定了！或者把他的车胎扎了，在车窗上贴上一张纸，看着他吓得发抖我就特别开心……

麦穗一边为包小芸做按摩，一边轻轻安慰她，你是把所有的债都算在魏东的身上了，你要向他讨回。在乡下时，你是个弱者，面对舅舅一家的强势，你只能屈从。可当你面对魏东时，你发现了他的懦弱、胆怯、病态，你觉得他是弱小的，是你可以施虐的对象。事实上，魏东也确实被你恐吓得快要崩溃了。

沉默了半天，小芸说，我欣赏着他被我吓到的样子，觉得自己特别强大。可看到他跟他妻子恩恩爱爱的，我就不甘心，他杀了人凭什么还能那么幸福？于是，我就开始勾引他，我想破坏他的家庭，我想变成一个楔子钉进去，我一定要拆散他们！

所以你成了魏东的电话情人。

我让他依赖上我，特有成就感，觉得自己并非一无是处，并非是个任人摆弄的人。

你每天都跟他通话，后来你发现你也依赖上了，你在扮演的这个角色里，慢慢地成了你扮演的人，你陷进去了，你离不开他了……你在两种角色里纠结，一边给他刀子，一边给他玫瑰，你都不知道哪个是真实的你了。

他那么帅气，有见识，还懂得体贴。麦医生，我是个被歧视的人、被抛弃的人，谁都不会待见我，只有在电话里，他才会那么温柔地对我。

你爱上了一个幻象，所以，你约了他，在宾馆里，你想……真的拥有他。

包小芸脸色大变，不不，我是为了杀他。

你潜伏在房间里？

没错，他进来了，我蒙着面，我不敢面对他。

你怕什么？你心虚是吧？你不愿把心里那残忍的魔鬼放出来，你还想让他保留一个美好的印象对吧？你已严重分裂了，你都不知道哪一个才是真实的你？你有时像天使，有时像恶魔，但是你宽恕别人就是宽恕自己呀。

不可能，绝无可能！要是你也曾被母亲抛弃，流落到乡间，给人做奴隶，被打骂，没学可上，被人强奸，你还能说你能原谅吗？

所以你告诉魏东，那个电话情人不过是个虚幻，是你骗了他。你太残忍了，你等于是把最美好的东西打碎了给他看——悲剧啊！

魏东，他那么温存，牙那么白，浑身上下都散发着一种香味儿，我差一点就迷醉了。但是我按住我的刀，我说我就等这一天呢，我不是真的爱你，我是骗你落入我的圈套，我要把你的家庭拆散了，我要让你依赖上我，再一刀杀了你！

麦穗看着小芸的眼里放射出仇恨的光，仿佛就是一把把尖锐的刀子刺过去。她还感受到魏东的疼痛、他视为最美的情感，被一下子捅破。魏东应该没有反击你，他知道你是谁了，知道自己的结局了，他甚至都不会指责你，他会把这个看成是他应有的惩罚，他愿意接受这一切。

你怎么知道的？

我是心理医生。

没错，他居然微笑着，只是看着我。

可是你没有动手，你抽不出来那把刀，因为你爱上他了，你被他的目光遏止了，你迷恋那双温柔的眼睛和他身上散发出来的温暖气息，他几乎就是你梦中的白马王子，你舍不得下手了，你放走了他……

包小芸眼里充满了泪水，说，他太美了，几乎就是男神一般，那一刻我怀疑怎么可能是他杀了我父亲，我把心里的恨全都推翻了。如果他愿意，我想放弃所有的仇恨，我想跟他好……

所以你追到了马棚，但我断定，你依然还是下不了狠手，你没有杀他！

不不，我杀了他，我杀了他啊——

包小芸一下子狂躁起来，满眼的惊恐，满嘴的胡言乱语。麦穗赶紧给她吃了安定，过了一会儿，她才安静下来，迷迷糊糊地睡着了。

麦穗给苏宁打电话，她说我可以断定，你审讯的结果不一定都是真相，包小芸有时自己都不知道真相，哪一个她才是真实的？有时我觉得我已经慢慢地接近了，但她永远都会突然给我一种意外的结局，太复杂了。

苏宁问那你的判断呢？

我只是一种直觉，她只是在心理现实里杀了魏东，但事实如何，还需要你的证据。现在她有无数个自我：受害者、复仇者、杀人者、被爱者，她已经糊涂了。事实上她也是在这无数个角色之间转换。

但真相永远都只能有一个。麦穗，谢谢你，让我们一起努力吧！

4

日子在继续。随着托娅孕期的延长，在魏锋的眼里，她变得越来越圣洁，像圣母一样触碰不得。而她腹中的小生命依然那么固执地拒绝他，他像男人一样呵护她娘儿俩，却不能像丈夫和父亲那样亲近他们。

跟他在一起，托娅感到安全。因为他特男人，有点像蒙古男人。可有时他们也有隔膜，就像中间有一层什么东西，很薄，却特别坚硬，这种感觉让她很痛苦。她说不清他们之间到底是什么关系，至今都不能真正在一起，就像一对搭伴的人，同病相怜的人，一对好朋友，一对知己，却很难做夫妻。因为魏东他时时刻刻都在盯着他们，他真的没有死，他就活在他们的生活里，他们谁也摆脱不掉。还有她肚子里的孩子，他好像也替魏东盯着他们，那感觉很糟。

她想，也许等孩子生下来就好了，或者……她也说不清。托娅陷入深深的迷茫之中。托娅想吃酸杏，魏锋冒雨骑着自行车跑了一天，捧着一把青杏交到她的手上。她吃了几个，又说不酸，她要吃酸枣，他就会到处去找酸枣。等到他千辛万苦地把酸枣买回来了，她又会说不想吃了。她到底想怎么样？为什么要刻薄地刁难他，总要找一个缺口对他发难？她说不清楚，她心里埋着一种什么情绪，模糊的、不清的、阴暗的，好像伸出无数的爪子，总要骚扰他一下，让他不称心、不如意、不快乐，她就会称心如意一样。

他们的生活开始在起伏中过下去，总会被魏东打断。托娅还会时不时地叫错他名字，这使他如鲠在喉。他们之间不像想象的那么默契，总是隔一层薄膜。那感觉压抑、沉闷，想掀开又那么沉重，无从下手。

比如她会评价他的脾气没有魏东好，他说是，我不如他，他温文尔雅他学识渊博，我一个铁匠，没文化没修养，你是看错人了。她会说哎呀，你拿筷子的姿势跟魏东一个样？他说是，我就是他的翻版。她会问他，你为什么会那么黑呀？而魏东却是白的。他说魏东天生就是书生，我天生就是打铁的料儿，没办法。他喝酒的时候，她会笑说魏东从不会喝出这么大的声音。他说我就是土匪的喝法，哪儿比得上魏东雅致。她说你吃饭干吗总是吧唧嘴呀？他说坐过牢的都这样。无论什么事情，说着说着肯定会归结到魏东的身上，怎么都绕不过去。当他们看清楚这一点时，两个人真的是无能为力了。

他带她去做孕检，医生兴奋地叫他听听胎音，他像其他的父亲一样把耳朵贴在肚子上，可那小家伙像受到了惊吓一样，立即一动不动。医生都感到奇怪，胎儿一般会对父亲感觉敏锐，活动活跃的。他想爆发出一声大叫，我不是他的父亲，他父亲死了！可是他看着托娅的眼光，还是忍住了。一路上，两个人心情都很郁闷，无论他怎么努力，那小东西都不接受他。那么等到他出来了，他会如何对待魏锋呢？他们都不敢想下去。

那天晚上，魏锋独自喝着闷酒。他听医生说了，其实胎儿的反应多半是母亲的反应，胎儿是最能体会母亲的感觉的。那意思等于说，并不是胎儿拒绝他，而是托娅拒绝他。他心情很差，容易喝醉。他追问，你到现在还不肯接受我吗？你要用孩子来报复我？

你喝多了，我真怕你……喝醉了……

怎么样？

对孩子……

魏锋惊呆了，你怕我会对孩子下毒手？他一生气，把酒杯甩出去，当啷一声摔碎在墙上。他怎么也没想到托娅会这么说，他显然十分受伤，他站起来，在屋里来回地走着，想平息自己的愤怒。突然，他伸出手就开始打自己的嘴巴，骂着自己，你就是贱，你活该遭这份罪，是你自找的。你谁都别怨！

你别这样，魏锋，是我说错了，你不要怪我！

我不怪你，从来都没有怪过你，我是在怪我自己。我恨我自己，恨死了！我魏锋是爱冲动，好打架，但我心里从来没有过阴暗的东西，我想不到你会这么看我，别人怎么误解我，我都能承受，可是你居然也这么说，难道我在你心目中就是这样一个形象？

他痛苦地摇着头，眼里满含着泪水。她想跟他解释，可似乎两人都已习惯彼此用最恶毒的话互相伤害，其实谁的心里也不会当真。她不小心一下子把魏锋挂在墙上的获奖证书框碰歪了。魏锋却摘下来，用力地摔下去。哗啦一声，那玻璃框摔得粉碎。

托娅呆呆地看着，不知该怎么办。

谁都不会看见这荣誉，看见的永远都是我的污点。我只是没想到，连你也是……

托娅拦着他不让他出去，他推开她说别拦着我，看我对你下毒手！

他们愣住了，半晌，托娅说魏锋我向你道歉行不行，我说错了，我口无遮拦，并非是我心里想的。魏锋，不知怎么了，我总想刺伤你，让你难受，我才好受，我也不明白是为什么？

我知道，你想都没想，那些话就自己溜出来了，可想而知，你潜意识里还是有的。托娅，看来我所有的努力都是白费的，你永远都属于一个死人。因为你要折磨我，所以你也折磨自己！

托娅放开他，喊起来，对，你说对了，我恨你，恨死你了！

魏锋冲出去。

托娅呆站了一阵，蹲下身，开始收拾着那些碎片，越收拾心里越委屈。她觉得自己全乱了，生活乱得一塌糊涂。她到底想怎么样呢？她爱他，可为什么不能好好相爱，总要找别扭，总要让他难受呢？难道她这么做，魏东会好受吗？她以为他是好受的吗？

5

　　托娅已经躺下，门轻轻地开了，魏锋走进来。他往里张望，看见托娅好像是睡下了。他便和衣躺在沙发上，渐渐地睡着了。托娅轻手轻脚走到他的身边，拧亮昏暗的台灯，专注地看着他。他跟魏东简直就是一个人，他睡觉的姿势、他嚅动着嘴唇的样子，时刻提醒她魏东还活着。这有点让她发疯，魏东爱她，但他折磨她。魏锋也爱她，可他也借着魏东折磨她。她到底应该怎么办哪，她有点恨他们，是他们把她的一生都毁了，让她变得连自己都不认识了。她拿来绳子把他捆绑起来，这曾经是魏东对付她的办法，现在她拿来对付魏锋，心里却有一种莫名的快感。

　　可是，他们谁都离不开谁了，他们彼此相爱，又都跟对方赌气。既然他们那么相爱，为什么要在乎一个称呼呢？既然他们这么艰难地走到一起，为什么爱反而成了互相折磨、互相伤害呢？魏锋也醒了，一动不动地看着她。

　　她想通了，为他解开绳子，他们紧紧地拥抱着。她说是你心里总有一层阴影，你想让我当魏东没存在过，那是不可能的。他说你不是也有吗？总拿我跟魏东比较，我求你不能再跟我计较了。你也不能再随便地戳我的痛处了。

　　我们重新开始。

　　我们现在就开始。

　　他拥紧她，试图寻找她的嘴唇。而她也试着迎接他，他们亲吻，好像都怀着深仇大恨似的，都想把对方吃掉才解心头之气。他们黏在一起，像两个受过伤的野兽，恨着爱对方，恨得红了眼，又觉得无法分开。他低声说我多想不爱你呀，可我不能不爱，我没有办法。她说我多想恨你呀，可我也没有办法，我也不能不爱。他抱起她，内心涌起冲动的激情，哗啦一下充满了他。那种打铁时的血性起来，此刻他就是真正的汉子，把她抛到床上，那是一个铁匠的粗野，他已准备好他的铁锤，摸摸胸口，到处流淌着铁水。他似乎闻见了那种铁锈的气味，像野兽闻见了血。多年来，他一直在跟自己打铁，他是他的锤他的钎，一股潜伏的铁水一直醒着，等待着奔流，或一个伤口。现在，它流到哪儿，哪儿就变硬结痂。来吧亲爱的，让我们打打铁吧，我从来不怕疼。从来不怕，在命运的铁砧上被痛击或被粉碎，我有足够的硬度，来锻造我们生命中坚硬的部分。

315

别动，孩子好像——

他愣住了。她也愣住了。他们都不知道为什么，在这种激情燃烧的时刻，孩子为什么会替他的父亲魏东挡住一箭。他听见自己的热血哗的一声退下，不知所措地站在那儿，表情复杂地笑了一下。

我不是故意这么说的，对不起。

我知道，没什么对不起。他出了一身的冷汗，感到身体有些摇晃，好像空虚一下子从足底升起。他张开双臂，一头躺在床上。夜显得更黑了。

第二十九章　拷　问

1

魏子安夫妇因为托娅怀孕的事情，日夜不安，他们想来想去还是觉得这个孩子不能要。首先托娅谋杀了亲夫，就算这孩子是魏东的，也不能让一个杀儿子的凶手怀上魏家的骨肉，将来那孩子还说不定是怎么回事呢。第二，如果这孩子是魏锋的，也不能要。魏东地下有知，肯定会十分痛苦，他们不能让死去的灵魂不安。第三，托娅能跟魏锋好，为什么就不能跟别人好呢？万一那孩子不是魏家的骨血呢？所以他们商定，为确保万无一失，还是力劝托娅打掉孩子。如果实在不行的话，就跟魏锋做个亲子鉴定。

他们来铁艺馆里找托娅谈话，把魏锋也支了出去。韩如梅以魏东已不在，怕她拖着个孩子对以后的生活不便为由劝她打掉孩子。可这对托娅来说根本不是问题，孩子一旦有了，那就是上天给我恩赐，我没有理由不要他，谢谢妈妈的好意，但我不能答应您，您非让我打胎，那就等于让我杀人。

魏子安反问道，难道你没杀过人？我真是搞不懂你，连大人你都杀了，怎么突然可怜起这个孩子来？托娅感到十分伤心，争辩说我没干过任何伤天害理的事儿，你们怎么可以随便指责我？

韩如梅说你还干得少吗？看你杀鸡宰羊的，手那么狠，还说自己是干净的！

那是两回事儿，这孩子长在我的身体里，谁也别想打他的主意，我要定他了！

无奈之中，韩如梅只好说，我知道你们这种人都是很随便的，我们无法证明那孩子是谁的，除非你愿意跟魏锋做个亲子鉴定。

托娅一下子蒙住了，她的嘴唇哆嗦着，气得浑身的血直往上冒。她打开门对他们说，你们这是在侮辱我，我请你们离开！

魏子安说，你如果坚持生下孩子的话，我们魏家永远都不会承认的！

托娅平静地说笑话，孩子是我的，他只是我的，你们承认与不承认都没有关系，一点关系都没有。现在，我不想再谈这个问题了，我请求你们离开。

魏锋站在门外，无法了解屋里说话的情形，十分着急。直到听见父母跟托娅争吵起来，他才推门进来，看见托娅的泪水流了下来，委屈至极。

他说爸妈，你们有什么话跟我说，不要跟托娅说，她现在受不了刺激，她怀着孕你们是知道的！韩如梅说想拿孩子来要挟我们？我问你魏锋，那孩子究竟是怎么回事儿你知道吗？你就稀里糊涂地跟人家好，还要养人家的孩子，你都弄清楚了吗你？如果那孩子根本就不是我们魏家的，你怎么办？

魏锋没想到父母竟然这么不讲理，他郑重地说妈，我尊重您，因为您是母亲，现在也请您尊重托娅，因为她现在也是母亲。不管那孩子是谁的，只要他是托娅的儿子，他就是我的儿子，我就心甘情愿地养他长大成人。你们还有什么疑问吗？我的话说完了，我请你们回去吧！

你这个不争气的东西，你怎么一点骨气都没有，你想儿子想疯了，我怎么养了你这么没出息的东西！韩如梅说想要也行，让托娅做个亲子鉴定，如果证明那孩子确定是你的，我们就认了！

亏你们想得出来！你们太过分了，我告诉你们，那孩子就是我的，是我的！

好啊，现在我明白了，你们为什么要合谋杀了魏东，就算你们有了孩子，也用不着杀了他啊。你们太狠毒了！魏锋连拉带推，硬是把他们给推出了门，她叮嘱托娅好好歇着，他去去就回，便硬是把他们给送走了。

2

麦穗努力平息包小芸的情绪，她便放了一段比较舒缓的音乐，喝了一杯茶，包小芸才平静下来。麦穗其实心里对包小芸有一种敌意，并非莫名，而是来自她对魏东的伤害，尽管现在还无法确认就是她杀了魏东，但她肯定难辞其咎。但为了案情，尽快找到魏东失踪的真相，麦穗只能以心理医生的身份尽可能地平复自己的情绪。包小芸仰躺在靠椅上，有些困倦，不知什么时候睡着了。一阵阴风吹来，窗子啪地打开，魏东突然从窗子外跳进来，越来越高大。她看见他浑身都是血，仿佛是个血人。她惊恐睁大眼睛，你，你没死吗？

魏东一步步地逼近她，她一点点地后退着，直到她蜷缩到角落里，再也无路可退。魏东，你别那么看着我，这是你罪有应得！他突然指着她说，是你杀了我！就是你，你杀了我！说着，他伸出那满是鲜血的大手，要掐死她。她挣扎着，想喊却喊不出声来。她扭动着，却是无法躲闪，眼看那双大手就到了她的眼前，她被扼住……

包小芸使出浑身的力气大喊一声，啊——

麦穗急忙跑进来。小芸，你怎么了？你醒醒！

包小芸惊坐而起，眼睛直直的，喃喃自语，是我杀了他，是我，就是我……

麦穗抱住她，看着她精神都有些错乱，便心痛不已。小芸，你是不是做梦了？你快醒醒，我在你身边，我在这儿，你好好看看！

小芸就像根本没有听见一样喃喃道，是我杀了他，他满身都是血，是他说的，我杀了他！啊——她坚持相信是自己杀了魏东，她不可饶恕。她惊恐、自责、哭泣，无论麦穗怎么安慰她，都无济于事。她缩成一团，拿衣服蒙住自己的头，禁不住浑身颤抖。麦穗便给她用了点镇静药，让她安静下来，睡一觉，等她醒来再疏导她。

夜晚，包小芸醒来了，安静了下来，跟麦穗一起喝了粥，精神好转。

你做梦了是吗？

小芸坐在窗前，看着外面的夜空，喃喃说我看到魏东了。我在宾馆里没舍得下手，他走之后，我就后悔不已，我不甘心就这么放掉他，于是我就追到了马棚。那天晚上，也是这个时候，一路上我给自己加油鼓劲儿，一定要杀了他，绝不能手软。

他知道你跟来了吗？

他还给我打电话，用那种十分温柔的口吻。我说你听着，我是来要你的命的，可他不相信，他好像没听懂我的话，依然向我诉说着，我怕我再次被他软化，我抽出刀就冲进去。说实话我不敢杀人，但我敢杀马，我已经杀过一匹了，马血喷溅出来，他吓坏了，上前跟我夺刀，我们就纠缠到了一起。不知怎么，那刀就插到了他的胸口上……他就是这么杀死我爸的，现在我也这样杀死他，哈哈。

他快要死了，用那种柔情的目光看着我，我奇怪地看见他脸上似乎还带着微笑，最后他就不动了。我吓傻了，我心里忽然间觉得那么爱他，我后悔不已。我哆嗦着给我的一个朋友打了个电话，我求他赶紧来帮我。

他是谁？

一个收废品的朋友，姓吴，吴胖子，开一辆微面。我把平时积攒的废品留着，他一周来收一次，后来我们就熟了，他明显对我有意思，我叫他做什么事，他从来不带打奔儿的。

那他把魏东埋在哪儿了？

我不知道，我只看见他把魏东抱上车开走了。从此，我再也联系不上吴胖子了……我一口气跑回家，心里又兴奋又害怕，有一种快感，马上又有一种失落，我被折磨着。我妈开始以为我只是杀了匹马，帮我处理了血衣。第二天，她告诉我其实魏东是个英雄，我爸才是个混蛋，魏东等于把她从我爸的家暴中拯救出来了。不然早晚有一天，她会被我爸给杀了的。而且，魏东已做了补偿，给了我们一百万，他就是我们家的恩人。我傻了！

我明白了，小芸，你杀了一个不该杀的人，你杀错了人，你心里那根弦一下子断裂了，你承受不了这个巨大的打击，所以你精神崩溃了！

包小芸一下子抱住麦穗，号啕大哭起来。

当晚，苏宁带着警察来，把包小芸带走了。

3

案情已十分清楚了，麦穗走出去，望着满天的星星，一时悲从中来。以前，她心里还隐隐地觉得会有转机，只要一天没破案，魏东就有一丝生机。现在，她已相信魏东不在了。那晚，麦穗一直坐在阳台上，一直盯着那些星斗，跟魏东说了一夜的话，这可能算是跟他最后的告别，也是最后的守灵。

第二天一早，麦穗径直来到了魏家。魏东走了，可活着的人还得活着。家里十分安静，没有任何声音。以前那种热闹的景象一去不复返了，没有一点人间的烟火气。魏子安夫妇目光呆滞，彼此对望，毫无生机。只有墙上的钟嘀嘀嗒嗒地走着。

听见开门声，他们似乎也没什么反应。麦穗叫他们，他们很慢地回过头，表情淡漠。她下厨房为他们做了晚饭，屋里才升起温热的气息，证明还有人气。

三口人一起吃饭，他们吃得无声无息，麦穗不断地跟他们说话，可他们像是没有听见，或者答非所问。她劝说父母原谅魏锋和托娅，一家人还在一起热热闹闹地过日子。一提起魏锋，魏子安立即动了火气，他说不能原谅，他残害手足，丧尽天良，魏东刚没，他们就迫不及待鬼混到一起，你让我怎么原谅他？

韩如梅也说他跟托娅合谋杀害了自己的亲兄弟，他们在一起想结婚生子，太狠心了，他怎么能下得去手啊！

那你们也不该逼迫托娅做掉孩子，你们知道吗？你们那是杀了魏东的孩子！

魏子安夫妇一震，良久，魏子安说我们是在替天行道！

他们的态度让麦穗非常震惊，也许他们都患了偏执症了，认准了一条道就要跑到黑。她劝说他们这样也是逼迫他们自己，这样固执己见，就是偏执。偏执的后果是什么，会疯掉的。我真为你们担心，怎么就钻进这个牛角尖里出不来呢？现在案子不是还没有结果吗？你们怎么能凭着主观想象就断定是魏锋和托娅干的呢？你们能不能平静下来，等结果出来再说话呢？

不行，你不让我说话那就等于杀了我！魏东没有了，连句公道话都不让我说吗？麦穗，你是我最疼爱最信任的人，你怎么也站在他们的立场上帮着他们说话，你的良心哪儿去了？啊，你怎么也变得是非不清黑白不分呢？

爸，这不是我站在谁的立场上的问题，而是现在下什么结论都太早了。你们想想，连公安局都没有任何证据证明他们杀人。如果能证明的话，不早就把他们抓起来了吗？你们着什么急呀？再说恋爱自由，托娅离了婚，与单身的魏锋在一起，合法的呀！

假的，骗人的，你也上他们的当？

我看见了，托娅有证的。

证也可以造假的，那办证的骗子满大街都是。

他们要是对的，那我们就是错的？

麦穗见他们这么固执，而且自己也备受折磨，不禁心疼不已。魏子安眼睛深陷、面容枯槁，韩如梅骨瘦如柴、面色黯淡。为什么不能宽容一些？宽容别人也等于给自己一条出路啊！很久以来，她都想跟魏子安好好谈谈，可是他作为父亲的尊严使她不能贸然行事，但她有责任使他们清醒过来，挽救这个家。

爸，您为什么就不懂得反省呢？我们家弄成现在这个样子，您一点责任都没有吗？我很了解这个家庭，我目睹了您的两个儿子是怎么在您的专制下您的强权下长大的，因为您的专横跋扈、您的自私冷漠、您的家庭暴

321

力、您的精神折磨，给他们的成长种下了太多不幸的种子了，现在这种子已经开花结果了，您应该反思了，再也不能让悲剧重演了，如果说他们真的干了不可饶恕的事情的话，那真正的元凶也是您……

魏子安一点没想到麦穗会这么说，他呆呆地站着，仿佛遭受到雷击一样，良久，他慢慢地倒下去……麦穗及时地扶住了魏子安，他跌落在沙发上，突然呜呜地痛哭起来……

一辈子了，从未有人敢这么直言说他，而现在，他最疼爱最信赖的麦穗居然捅破了这层窗户纸，居然敢于剥开他的层层虚伪外衣，让他的真面目暴露出来，他真的是无地自容。他想像过去一样暴跳如雷，大骂麦穗，或者操起身边的东西打她一顿。可是，他发现自己是那么虚弱，甚至不堪一击。没错，他连打人骂人的力气都没有了……

爸，我知道我今天的话说得重了点，可是从来都没有人跟您这么说过，我们都怕您，都不敢跟您说真话。可是我知道您心里怎么想的，您从来不敢面对您脆弱的一面，从来都是板着面孔把强硬的一面表现出来，可爸，您也是人哪，是人就都有他缺憾的一面，软弱的一面，您表现这一面并不代表您的失败，而恰恰相反，说明您是个有血有肉有情有义的父亲，是个可亲可敬可依可靠的大丈夫。爸，这些年来，您绷得太紧了，您迟早会有一天，像魏东那样崩溃的，您应该让自己放松一下，让自己休息一下，好不好？

麦穗的话虽然不中听，可他还是耐着性子听下来。他也明白麦穗是真心为这个家好，真心为他好，他没有理由对她发火。而且她的一番话如同利剑一下子击中了他的要害，使他也无话可说。

其实我想魏东也想魏锋啊，我再也不能失去这唯一的儿子了……

老魏，那你心里是怎么想的，你是想原谅魏锋？

你别逼我，我不知道……

当韩如梅追问他的想法时，他又退缩了，他要逃避，不想直面现实。麦穗又对干妈说，您容我爸好好想想，他不可能一下子拐过弯来，一辈子了。您也是，妈，您在我心里一直是天底下最好的妈妈，您总能站在我们的角度看待问题，您善良宽容，可是在对待魏锋、托娅这件事上，您怎么也跟着我爸一个腔调？这不是您呀，您怎么突然变得狭隘变得固执变得冷漠了呢？多少年来，您紧紧地护着我们，爱着我们，生怕我们受什么伤害，在许多黑暗的日子里，您就是我们心里的一盏灯啊！想到您就想到温暖想到爱，可是您为什么也会成为我爸的帮凶，帮着他杀害亲情杀害信任呢？

妈，您也该猛醒了，您可是从来都没对自己的孩子失去信心的，您拍着胸脯想，魏锋真的会杀人吗？

韩如梅嘴唇哆嗦着，说不出话来……

麦穗的电话响起，苏宁向她复述了审讯包小芸的结果，她对犯罪事实供认不讳，但他说，在没有找到魏东的尸体之前，还不能对嫌疑人包小芸起诉，现在他的任务就是千方百计找到吴胖子，进而找到魏东的尸体……麦穗，谢谢你。

是不是……案情有了进展？韩如梅小心地问。

麦穗考虑了一会儿才说，本来我不该透露案情，但是我只告诉你们一点，那就是杀害魏东的人已供认不讳，但不是魏锋也不是托娅。

魏子安与韩如梅呆愣在那里。

爸，妈，该宽容的就宽容吧，宽容了别人也就宽容了自己，饶恕了别人的罪也就饶恕了自己的罪。难道你们真的忍心看着魏锋也疯了死了吗？死去的已经死了，你们应该想怎么能让活着的人活得更好，再纠缠魏东的事儿已经没有意义了，让相爱的人好好相爱，这就是对死者的最好交代。

韩如梅说麦穗，难道我们真的错了吗？

是啊，妈，您在我心目中就是一位圣母，您的爱无私无畏，您为这个家为自己的孩子什么都愿意奉献。可是我发现您最近也变了，自从魏东走了之后，您变得自私冷漠、偏执，您把过去那种病情发展得更厉害，不再那么宽容，不想去理解别人，一味地按照自己的想法判断事情。在对待魏锋和托娅的事上，您已经不近人情了，您是不是也该反省一下自己，大家都崩溃了怎么办？妈，您也该醒醒了……

她没想到麦穗会这么说自己，她从来都是百依百顺的贴心女儿。这些话像把刀子一样扎在她的痛处，使她无话可说。但是她知道，麦穗是真心疼她的，如果不是自己做得过分，她是不会这么说的。

可她那么爱她的孩子，她到底何错之有呢？

5

麦穗刚送走一位咨询者，发现魏子安走进来，她非常吃惊。他从未走进过自己的诊所，因为他忌讳像医院这类地方。另外，她那天说了些重话，还以为他生自己的气了呢。他左看看右看看，对这儿的环境十分满意。他还询问了她跟苏宁的事情，夸那小伙子不错。

自从麦穗说了他，他陷入痛苦之中。他从来都认为自己是正确的，是高高在上的，在家里没有人挑战他的威严。只有魏锋偶尔跟他作对，换来的就是暴打。而现在，麦穗这个看似柔弱的姑娘，也敢向他发难了。他不能容忍。可麦穗毕竟不是亲生女儿，他不好对她发脾气，更打不得骂不得，所以他只能忍下了。

无数个无眠之夜里，他开始思考麦穗的话，慢慢地觉得她说得也许有道理。现在这个家弄成这样，他真的没有责任吗？每个人都不幸福，就说明他这个一家之主的失败。他鼓足勇气才走进她的诊所，喝了麦穗倒给他的茶，想跟麦穗聊聊，可他碍于面子，终是没说出口。麦穗引导他说爸，你是不是有什么心事？他干咳了几声，艰难地说这些天，我想来想去，越想越不是滋味儿，你说我这辈子都干了些什么呢？什么正经事儿都没干，事业没干好，家也没照顾好，老婆孩子也没跟我享着福，我是个不称职的丈夫，更是个不称职的父亲啊！

爸，您能反省自己就好，这样您能找到心理平衡，对您的身体有好处。

是啊，我的身体让我自己糟蹋完了，现在哪儿都不好使。这辈子，就是这脾气把我害的，点火就着，特别容易暴怒，发起怒来那是九头牛都拉不回来，你还记得有一次我打魏锋，你、你妈、魏东你们三个人都按不住我，你说我哪儿来的那么大的劲儿，就那会儿，给我一把火我就能把房子点着，给我一把刀我都能把人杀了，你说我这蛮劲儿我这火气都是从哪儿来的呢？

可能是您心情特别不顺，您在单位的压力太大，您心理失衡无法调节，又无处诉说得不到宣泄，就只能回到家发在亲人的身上。

是啊，那时我就是心里憋屈，觉得生不逢时，处处受挤压，处处被迫害，可是我得忍着，我在单位哪敢发作啊，老老实实的，不敢支棱一点毛啊！

爸，您回想一下，您第一次打魏锋是什么时候，因为什么事儿打他？这种暴力就是个恶性循环，有了第一次就会有第二次，结果是越打越凶，每次打完后您会特别沮丧、后悔，但是并不妨碍下次再打。您好好想想，您打人的时候，是什么感觉？

他打老婆孩子时特别有快感，好像他们根本就不是他的亲人，他的骨肉，而是那些敌对者，那些跟他对抗的人。

十五岁时，魏子安被戴上"反革命"的帽子，被劳教过两年，出来后就下了乡。他处处都遭白眼，处处都受歧视，所有的先进、模范都没有他的份，更别提推荐上大学了。他是最后一个返城的知青，20世纪80年代，他被平了反，可他的心灵并没有松绑。他考大学失利，没有正式工作，更加觉得前途无望。他拼命地读夜大，考文凭，以证明自己。后来好歹算是进了出版局，但他从未被重用过，做了一辈子小编辑，又被提前分流回了家。说起来，他这一生没有做过一件令孩子们自豪的事情，再加上魏锋坐牢让他颜面尽失，抬不起头来。他心里似乎有一座火山，平时就潜伏在那儿，一旦遇到合适的气氛，就会爆发出来……

麦穗的心里有了谱，父亲的病根儿终于找到了。她说爸，我懂了，其实你这些年来一直都在寻找您的尊严，维护您的尊严，您不甘心那样失掉，就以暴力的方式来建立您的尊严。这种时刻您内心是很虚弱的，您十分不自信，您只有在您的拳脚中才能找到一点安慰。那种痛苦与压抑无法再忍受下去，您只好发泄出来，没有别的办法，只能发泄到亲人的身上，试图建立起破碎的自信，以示自己的强大。

可是我摧毁了太多的东西，付出的代价实在太昂贵了，我一直不愿意承认，现在承认太晚了……

不晚，生命从最后一天开始都不晚，只要活出它的精彩来。爸，既然您认识到了，就要立即改正，别留任何遗憾。

遗憾太多了，我都失去了一个儿子了，我再想对他说什么，他也是听不见的了……他的眼里慢慢地涌上来星星点点的泪花……

爸，把那些温情都找回来吧，现在，您只失去了一个儿子，不能再失去了，把魏锋找回来，把托娅也找回来，一切都还来得及……

唉，事儿是那么个理儿，可一到做的时候，我就管不住自己了，我就变成了另一个人，你说我……

您还是唯我独尊的心理在作怪，您总觉得您是父亲，您就高高在上，就得发号施令，其实我们都是你的亲人，您放下这个架子也不会失去您的尊严，相反，一个温情脉脉的父亲更有力量。爸，把失落的东西找回来……

那失去的东西到底是什么呢？魏子安呆呆地坐着，陷入沉思之中。他开始回忆他的过去，从小时候开始，一件事一件事地想，他要把一生都回想一遍，到底都做了些什么，哪些是对的，哪些是错的！到了该回忆的时候了。不然等到自己入土那一天，可就什么都晚了，就闭不上眼了。

韩如梅问他怎么会突然想起这些？你可是从来没说过自己有错的！

这些天一直睡不好，脑袋像过电影似的，就跟麦穗说说。这心里忽然就透亮了，麦穗都帮我分析了，我觉得她说得太对了，都说到我心里去了。从现在开始，有错我就得承认，把失落的东西都找回来……

你能拉下面子？能放下架子？

魏子安说试试吧……你说，我们真的错了吗？

韩如梅愣住了，她从来没想过自己会错。在这个家里，虽然魏子安是一家之主，但是真正有威信的人是她。所有人都信赖她、爱护她，现在她的做法被麦穗质疑，被魏锋拒绝。难道她真的想错了？看来她确实应该好好想想了。

第三十章　罪与罚

1

托娅重回排练场，为她最后的梦想冲刺。但是她再也不是过去那个托娅了，她的眼里有了阴影，脸上有了阴云。她再也不会天真地扬起修长的脖颈问，真的吗？她变得沉默无言。

麦穗来看魏锋，希望跟他谈谈，让他重回家庭。他们俩沿着黄昏的街道漫步，边走边聊。谈起托娅，魏锋用一种佩服的口吻说她很棒，都四个多月了，一天都不耽误排练，真是铁打的！

麦穗谈起父母，说他们变化特别大，爸再也不像以前那么硬邦邦的了，有时候，他看我的眼神让我特感动，就像老牛的眼睛一样，特别的温暖，好像还闪着泪光似的，有几次我都要哭了。还有妈，她又变回以前那个妈了，不再抱怨不再生硬也不再挑剔了。魏锋，你回去吧……

魏锋觉得还是现在这样好，大家搅在一起，肯定又起是非，你知道托娅那个性格，她根本就适应不了。再说，她也不能再受什么委屈了，她的病刚刚好。

其实爸妈现在只是面子上跟你过不去，心里已经接受你们了。

没那么简单吧！

真的，自从出了这么多的事，爸妈都变傻了，有时候他们俩就那么坐着，你看着我我看着你，一句话都没有。有时候妈织毛衣，爸就坐在一边扯着线，仍旧是沉默无语。我心里就很难受，我知道他们是在想你，又无法表达。你也知道他们的脾气，让他们主动找你来，那也不太可能。你还是回去吧！

魏锋不置可否，继续往前走着。

一块空地上，正在傍晚时分，忽听锣鼓响，唢呐吹，一队老人正踩着鼓点，欢快地扭着大秧歌。他们挥舞着扇子，神采飞扬……

他们俩站在旁边看着。夕阳中，一位老人的背影特别像魏子安，他动作有些僵硬，有些踩不上点儿，有些笨拙，有些不合群，有些呆板，却是努力地跟着……

魏锋在一瞬间好像看见了父亲的背影……他扭得就是那么固执那么自我那么慢半拍……他有着自己的旋律自己的鼓点自己的舞步，他跟那些舞者是不搭界的，是不相干的，是不协调的。这就像他的父亲，永远处于边缘永远无法进入主流永远都在挣扎之中……

一时冲动，魏锋向着那个老人走过去。他径直走到那个老人面前，陪在他的身边，二话不说就跟着他扭起来。老人问他年轻人，你怎么也好这口儿？

不，我觉得你有点像我爸！陪你一会儿。

老人感慨地说我儿子跟你差不多大，他忙着呢，他才不会陪我呢！

老人在魏锋的带动下，越扭越来劲儿，脸上满是笑容。魏锋配合着他的舞步，不时地与他对望、穿插、玩着花样儿。老人越扭越浪，很快就吸引着观众的视线，有人给他鼓起掌来，有人对着他叫好。这也许是他第一次得到如此的荣誉，他扭得忘乎所以，简直天昏地暗。魏锋扭着扭着却已经泪流满面……是该回去了，他只有这一个父亲，他现在孤独寂寞，可能正在想念他。可他却一直跟他别着劲儿，从小就开始，一直到现在，从未在他面前服过输，从未给他做父亲的尊严。他这个做儿子的确实有些不称职。

终于，锣鼓停了，老人们休息了，魏锋下了场，拉起麦穗就走。我们要去哪儿？麦穗问。

回家！

2

此刻，魏子安和韩如梅孤独地坐在客厅里，灯也黑着，他们就那么枯坐着……他们知道，他们的房门再也不会敲响了，没有人肯回这个家了。他们把最亲爱的人都逼出去了，死的死逃的逃，只剩下他们像瞎麻雀一样守着这黑洞洞的窝。

魏锋和麦穗来到楼下，抬头望去，发现自家的窗口是黑的。魏锋觉得父母可能不在家。麦穗说肯定在。他们忘了点灯了，我不回来时，他们就这么摸黑坐着，一句话都没有……

魏锋一听，心里一颤，加大了步伐，往楼里走去。

门开了，魏锋和麦穗走进门，麦穗伸手把灯打开。魏子安和韩如梅看见魏锋站在眼前，一下子惊住了，好半天都缓不过神来。

爸，妈，你们看，谁来了？

韩如梅慌忙站起身，拉住魏锋，抹着眼角说哎呀真是魏锋，魏锋你回来了！

妈，我回来了。

魏子安满心欢喜，可是脸上仍然不表现出来。他本想给魏锋点好脸色，可不知为什么，他不能给或者说他已没有能力和颜悦色。他一扭脸说这一大家子人，说散就散了，你们年轻人嫌弃我们这老的，不中用了，不中看了，能躲都躲得远远的。韩如梅说老魏，孩子都回来了，你就少说两句吧！

为什么要少说，不说才好呢，是不是？不说他们就不知道！

魏锋说爸，我知道，我早就应该回来，今晚我看见了一个扭秧歌的老人，他的背影特别像您，特别孤独，那一瞬间，我真想叫他一声爸……

你可怜我了是吧！我告诉你，我不用可怜！你们就在外面疯吧野吧，心里哪还有爹有娘有这个家！你走，走吧，没有你，我照样活得好好的！

老魏，你看你说得好好的，怎么一见到孩子又变卦了呢！

我就这个脾气，不让我说能把我憋死！啊，他看见别人都想叫爸，他就跟我闹着别扭，我是欠你了还是怎么着你呢？你怎么就那么恨我呢？在你心目中，我还不如一个街头扭秧歌的老人？

爸，我们为什么要走，为什么不愿意跟您在一起？您自己知道吗？我们这个家为什么散了？我们为什么躲着您，您心里一点都没谱吗？这个后果都是您造成的，是您让这个家没有温暖没有爱，是您让我们从小就自卑就屈辱就缺少自信，是您张嘴就骂伸手就打才把这个家打散了，是您让我们有家不能回有苦不能诉，您就是一个暴君、一个法西斯！

他的话把大家都说愣了，在这种时候，所有人都小心翼翼地维系着这个家庭的平静，谁都不敢稍有放纵，只有魏锋，他敢于挑战父亲的强权，敢于真情表达自己。麦穗给魏锋使个眼色，叫他说话注意点分寸，不要激怒父亲。

韩如梅吓坏了，她知道一场恶战又不可避免地来临了。她真的受够了，吓怕了，那噩梦般的回忆时时都在噬咬着她的神经。她哀求道魏锋你别说了，魏锋我求你了，别刺激他了！

可是魏锋却是坚定的。他不能因为怕就退出他的战场，他就是一名斗士，他必须要分出胜负，让父亲猛醒，所以刺激父亲是必要的。他说妈，您这辈子就是太谦让他了，从不抗争逆来顺受，您以为这样就是对他好吗？是您让他是非不分黑白颠倒，是您让他随心所欲非打即骂，我爸这样子您也是有责任的！

母亲没有话说，这也是第一次儿子指责她，她瞬间感觉很委屈，难道她的顺从不是为了这个家的平静和谐吗？难道她愿意被压制吗？

魏子安再也无法忍受儿子的自负，他的翅膀才刚刚长成，就敢于跟他叫板，他的尊严他的威信哪里去了？盛怒之下，他到处找皮带。我的皮带呢，我要打死他，我要打死这个不孝的东西！我的皮带呢？

韩如梅死死地抱住他的腰，像每次一样，她大声喊着魏锋你快跑啊，快，快点跑啊！可是魏锋没有动，他的脚就像钉在地上，从容地从腰间抽下自己的皮带，送到魏子安的手上，说您打吧，只要您高兴，您就打吧！

魏子安抡起皮带，我要打死你，我没你这样的儿子，我造了八辈子的孽才遭这样的报应……他的手却突然停在空中，他感觉没有一点力气，身子一软，差点摇晃着倒下去。

皮带渐渐地落下去……

魏锋没有犹豫，他本能地抱住父亲，爸……

魏子安好像第一次伏在儿子坚实的胸膛上，他觉得是那么温暖，他倒像是个受了委屈的孩子，突然老泪纵横。他颤抖着说孩子，爸打不动你了。

爸，今天我在街上，见到的那个老人的背影特别像您，他总是跟不上拍，他总是格格不入，他又是那么郁郁寡欢。我陪他扭了一会儿，我的眼泪一个劲儿地流。我有一种冲动，就是立即见到您，告诉您，我心里是那么爱您……

原谅我，儿子！

魏锋紧紧地抱着父亲，他曾经像一面墙一样，横在自己的眼前，是一种不可逾越的强大力量。或者他像个洪水猛兽，张着血盆大口，要吞没这个家庭的一切。而现在，他还原成了一个人，一个软弱的有血有肉的人，他需要一个怀抱轻轻地靠一靠，更像个弱者那样需要被人保护。魏锋替父亲擦掉眼泪，也是第一次觉得曾经的庞然大物却是如此的瘦弱，自己还从来没有亲近过他，拥抱过他。父亲颤抖着，像个受伤的老兽，用那种绝望的呜咽的眼神看着自己，这让他动容。他说爸，一切都过去了，这个家有您有我，是不会垮掉的！

3

　　就在苏宁布置寻找吴胖子的时候，他收到了一封信，打开一看，只有一行字：包小芸没杀人，不要冤枉她。落款为知情人。这让苏宁大吃一惊。他赶紧拿到笔迹中心鉴定，并非出自魏东之手。这封信让他如坠云雾。他查过信了是从另外一座城市邮来的。职业的关系，苏宁不能不从多个角度来思考问题。为什么魏东不能是活着呢？到现在，也没有看到他的尸体，而且包小芸一直精神有障碍，她的供述就一定可信吗？还有，这封信是谁写的？

　　一切都出现了全新的转折，本来苏宁正要把案情报告打上去，供检方提起公诉，可今天这个发现至少让案情有了另一种可能，魏东可能没死，隐藏在某一个角落，那么包小芸并没有杀人，最多也只是伤害。现在，当务之急是要找到那个知情人，可能就是吴胖子。

　　于是，拉网式的排查在那座城市里的拾荒者流浪汉中间开始。

　　几天后，警方终于找到了魏东，他确实活着，寄身于桥下。魏东虽然完全是个流浪汉的模样，但他依然气质非凡，满脸的大胡子，一头乱蓬蓬的头发。他与兄弟们靠捡废品维生，吃喝无忧。只是他居无定所，有时在桥下，有时在下水井里，也有时在废弃的烂尾楼里。他们在城市里流动着，不受任何的约束，自由自在。他爱上这样的生活了，无论苏宁如何劝他，他都不为所动，他只说以前那个魏东死了。苏宁说你没死，你还惦记着包小芸，不是吗？我猜那封信是你写的。魏东说我只是不想看到连累无辜，包小芸没有杀我，我怕你们办了件冤案。苏宁提醒他上一个案子还没有结案，想不到魏东打断他，我的罪我知道，我等待法庭开庭，接受审判，准备坐牢。你看，我已把身体养得这么壮，就等着这一天呢！说完转身离开。

　　苏宁只好找到吴胖子。

　　吴胖子现在一直跟魏东在一起，他佩服一个文化人能告别一切，与他相伴流浪。他回忆起半年前那个晚上……

　　包小芸是我一直追求的女孩儿，虽说我是个收废品的，但我好歹也算干出点名堂来，我还买了一辆小微面拉货。包小芸一直都没答应我，我不知道为什么。直到那天晚上，我才弄清楚，原来包小芸喜欢的人是魏东。

331

我接到她的电话时十点多钟吧，她说出事儿了，让我马上过去接她。我也没多想，就开着车赶去了。一到现场，我吓傻了，原来包小芸杀了人，那把刀还插在魏东的身上。我二话没说，赶紧把魏东抱上车，拉他去医院啊，得抢救啊，不然就是两条人命啊！那包小芸不得偿命吗？我也顾不得包小芸了，可车开到半道，我发现魏东居然没死，还有气儿，他不过是昏迷了，现在醒过来了，用微弱的气息说，别救我，让我死吧！那我哪能见死不救呢，我就把他拉进了一个小镇的诊所里，大夫给他处理了伤口，带了药，我就拉出来了。我想把他送回家，可他坚决不让。我只好把他带回我临时的家，后来，他的伤就好了。他说服我允许他跟我捡破烂，还请求我带他远离那个家，不让任何人跟我联系。我心想他一定是有什么想不通的，帮人帮到底吧，反正在哪儿都是捡破烂，等他心情好了，再送他回家。没想到他一下子就捡上瘾了，他每天都特别开心，我们还制订了一个计划，要走遍中国捡破烂……

苏宁听完吴胖子的话，所有的疑问都迎刃而解。

4

韩如梅接到苏宁的电话，告诉他们魏东的案子破了，让他们去一趟刑警支队听取结果。她呆愣在那儿，一时不知所措。她忽然很害怕，她不想再知道结果了，她宁愿就这样糊涂下去，也不愿真的知道凶手是谁，她好害怕。她把事情跟老魏说了一遍，他明白她怕什么，可是事到如今，怕也没有用，我们又得面对痛苦了。她打电话说希望麦穗也能去，不管出现什么意想不到的事儿，我都请你照顾好你爸，我怕他承受不了……

这是自然的，您放心。

还有，你带点药来，我好害怕，不知道会发生什么事儿……

麦穗安慰她说妈，您想得太坏了吧，事情可能跟您想的正好相反。

韩如梅颤抖着说这一天终于……到来了……

魏子安和韩如梅最先来了，他们用十分复杂的目光注视着魏锋和托娅，痛苦又依依不舍。麦穗赶来了，韩如梅对麦穗说，你去问问魏锋，看看他们还有没有什么要交代的事儿？

麦穗无奈，只好走到魏锋身边，低声说哎妈问你有没有什么事要交代的？

魏锋愣住了，接下来又无奈又好笑地说，她的意思是我马上就要被绳

332

之以法？哎呀让我说什么好呢？如果非要我说点什么的话，有句话我一直说不出口，你替我说，我很爱他们。

麦穗回到韩如梅身边，附在她的耳边，把那句话告诉了她，她开始抹眼泪……

苏宁走进来说都准备好了吧！魏子安和韩如梅紧张起来，脸绷得僵硬，韩如梅的手开始颤抖。他们的手紧紧地握在一起，互相安慰着，可是怎么都止不住发抖。魏锋和托娅对视了一下，表情平静。

苏宁通知魏家到场宣布结案书：通过对魏东失踪案进行的大量调查取证，现在，情况基本已经清楚。据包小芸供述，她因十一年前父亲暴亡，母亲指认魏东为杀人凶手并未伏法，她怀恨在心，决定报复魏东。她在22日晚持刀跟踪魏东来到马棚，伺机对魏东动手。她临场手软，便刺杀魏东的爱马以达到泄愤的目的，不想魏东上前夺刀，二人扭打到一起，争夺之中，那把刀插进了魏东的胸膛。包小芸随后找来了吴继仁帮忙，吴继仁紧急把魏东送往医院，中途发现魏东并未死亡，随后替他做了处理后，带回家养伤。经对包小芸的血衣化验分析，血迹并未形成喷溅状，没有面对面行刺，包小芸犯有伤害罪，由于她精神崩溃，待病情好转之后再另行起诉。现在我手上有一本魏东的日记，这里面记录了他的心路历程，非常有参考价值。它为我们提供了一个人真实的心理境遇，对罪与罚的深刻思考，以及对成长背景、家庭暴力、社会压力和心理健康等诸多问题的全面揭示，说实话，我看了之后，特别震撼。它使我重新想起魏东的心理医生麦穗跟我的多次谈话，她的判断没有错，魏东那天晚上就是因为抑郁症而想结束自己的生命的！

这么说，还是包小芸救了魏东了？

苏宁说，可以这么说，这个意外事件阻止了魏东的自杀。

魏子安和韩如梅面面相觑，呆若木鸡。他们的头脑一片空白，魏东真的不是魏锋和托娅杀的，他们错怪了他们，魏锋可以活着了，他们的孙子可以出世了。韩如梅在心里反复念叨着：谢天谢地，谢天谢地——

魏锋和托娅既不悲伤也不喜悦，这个结果早在他们的意料之中。他们不约而同地注视着魏子安夫妇的反应。过了良久，魏子安站起来，往外走去，随即大家都跟着走出去……

苏宁追出来说这是魏东的日记，我想现在该是物归原主了，你们拿回去好好看看吧！韩如梅接过来。麦穗与苏宁对视了一下，麦穗，现在你可以放心了，重要的是，你的魏东他还活着。麦穗的心里似乎忽然间就有了一束光线，它透过重重的迷雾，让她一下子看到了希望，只要他还活着，还在这个世上，她就足以感到幸福了。

魏子安的脚步突然停下来，他十分艰难地说出来，孩子，咱们一块回家吧……咱们是一家人……忽然，他已老泪纵横……再也说不出话来……

魏锋声音也哽咽了，托娅，你听见了吗？爸妈终于接受我们了……

托娅的眼睛也湿润了，这句话她等得太久，今天终于等到了，她感到是那么幸福。她说等我演出成功后，就回家。

一家人就要团圆了，他们看着魏子安和韩如梅相扶着走远，感慨万千。麦穗说，终于等到这一天了。你们父子俩从水火不容到相互理解与宽谅，可以说这是整整两代人的融合，真该好好祝福你们！其实我以前为爸想得太少了，总是站在自己的立场上说话，他是那么孤独脆弱，还有妈，她也是孤独无助，我们关心他们还不够，沟通也不够，希望以后我们能彻底地改变这些，让他们首先成为我们真正的"朋友"。

你说得太对了，这也不能全怪他们，也不是个人的错，这个悲剧不仅仅发生在我们家里，可能还有其他家庭也发生过。

5

魏东还活着的消息犹如一阵春风，吹得魏家心花怒放。既然魏东没死，那得赶紧把他接回来呀！魏子安夫妇却不肯相信，魏东最讲究生活的质量了，怎么可能沦为捡破烂的呢，这无论如何也不像魏东能做的事儿。

魏子安决定，立即出发，一定要亲眼见到魏东。

麦穗载着魏子安、韩如梅来到了那座城市，他们看着了魏东，千真万确，他在一群流浪汉中间，跟他们抢着吃东西。那碗饭显然是剩下的，几双手脏兮兮的，都在破碗里抓着，他穿得破衣烂衫，鞋子也露出了脚指头。韩如梅叫了一声魏东，声音就哽咽了。魏东只是愣了一下，继而是满脸的坦然，一直到吃完了东西，冲他们一笑，仿佛什么事情都没发生一样。

魏东，你……回家吧，我们接你回家来了。

他摇摇头，极其温暖地笑着，不，这里就是我的家。

魏子安低下声，儿子，你原谅爸好不好？只要你回家，以后爸可以改。

谢谢，你们跑来找我，但以前的很多东西不在了，你们接受这个事实吧，不用再牵挂我，我特别好，吃得好睡得香，这才是我想要的生活。

魏东，这叫什么生活啊？你是谁呀，高才生啊，海归啊，你怎么可以跟他们混在一块呢，听妈的，跟妈回家。

您错了，我从来没有这么开心过，我每天自由自在，只要乐意就可以云游四海，浪迹天涯。你们看到了，我现在特别健康，天当房地当床，星星月亮伴身旁，一身轻松，赛过神仙哪！

韩如梅说儿子，你是不是非得这样才能惩罚你的亲人哪？

您又错了，我惩罚的是自己。

韩如梅还想再劝，麦穗说妈，我们还是尊重魏东的选择吧！

魏东向麦穗投入感激的一眼，带着笑意，那么亲切而温馨。他们眼神对上那一瞬，麦穗的眼睛热辣辣的，她拼命地忍着。韩如梅说麦穗，你帮妈劝劝他，我们等你啊！他最听你的了。

大桥下只剩下魏东与麦穗，她再也忍不住，泪水一下子夺眶而出。干什么呀，好像我生离死别似的，你是最理解我的，你知道我为什么。

我是高兴的，魏东，你终于找到自我了。

她注视着他，那眼神如此干净清亮，没有一丝阴影，像刚出生的婴儿一般。他的头发虽然乱蓬蓬的，但还是被他拢到脑后，用一根皮筋扎着。他的脸黑里透着红，完全没有了过去的苍白。他看她不再躲闪，坦然而善意。他乐呵呵的样子，一身的轻松。

如果不是怕苏宁弄出一桩冤案，我愿意就那么永远地消失了。

如果你觉得这样舒服点儿，我支持你。

呵呵，我就知道，只有你会支持我。

可你逃避了，你想过爸妈是怎么过来的吗？

我没有逃避，我这就是在自救，对于父母，长痛不如短痛。

那托娅呢？

我们已经离了，我还给她自由了。我曾经一心赴死，但没想到让一个杀我的人救了命，这就是命运。我想彻底消失，为了能让她与魏锋安心在一起。虽然活下来，但我不能再回到过去了，我选择流浪就是对自己最好的交代，我必须把自己打入地狱，我的心才能安然，我才能真正活下去。

魏东……你知道吗？你上一个案子可能很快就要开庭了。

我有罪，我知道。是我把那一刀插在了那人的胸前，那一刻，我就想要他的命。我让人家妻离子散，我又让魏锋替我背罪，耽误了他一生的前程。我还出国留学，还满头光环，还娶了天使般的托娅，我还嫉妒魏锋，怕他抢我的托娅，这都是我的罪，我再继续生活下去，那就是罪上加罪。

你都看到了，我在赎我心里的罪，我一点都不觉得是受苦，而是享受……现在，心里的罪赎完了，我该去坐牢了。

麦穗心疼地听着他的表达，泪水咽回去了，剩下的是微笑与欣慰。我理解了魏东，你还是我以前认识的那个人，你的心地没有变。

魏东从怀里掏出离婚证交给麦穗，送给你吧！

那你还有什么话要跟我说的？

替我告诉魏锋和托娅，现在我已脱骨换胎，真心希望他们名正言顺地在一起，而且一定要幸福。

麦穗在他离开的时候，还是哽咽着叫了一声，魏东，那我呢？

魏东停顿了一下，麦穗，放下你，非我薄情，你知道我对你的心，我也知道你对我的情，但是我不会以一个戴罪之身接受这段情的，因为我不配，我怕玷污了你的爱……

那我等你赎完罪吧！

他没有回答，而是坚定地走了。

麦穗再次叫住他，等等，魏东，我必须告诉你，托娅怀孕了，她说是你的孩子。魏东痛苦地闭上眼，半天才睁开，望着天空，我又给自己增加了罪责。麦穗，并非我逃避责任，也并非我待托娅失义，而恰恰相反，我只有离开，他们才能真正在一起，告诉父母，那孩子就是魏锋的，我相信魏锋重义气，他会视如己出。我将永远消失，永远不会出现在他们的生活里，就当我真的死了，他们才能自如。

魏东说完已走，留下麦穗心潮翻滚，痛断肝肠。直到魏子安和韩如梅回来，她还没有从痛苦中挣脱出来。爸，妈，魏东走了，原谅我没有留下他，但我请你们不要悲伤，我们知道他活着，而且活得快乐，已经足够，他能够从死亡里逃脱出来，起码还在这个世上，我们已经很幸运了。我们不能再逼他返回过去，否则就是害了他。他确实已与托娅离婚，还希望托娅与魏锋结婚，这是他的心愿。你们也看到了，他现在风轻云淡，身心自如了，我们没理由不让他心随所愿，自由自在吧！

魏子安与韩如梅拉住了手，坚强地握了握，对麦穗点点头。

6

苏宁与麦穗沿着马路慢慢地走着。秋天的天空很蓝，很高远，有温柔

336

的风吹过来，拂在脸上感觉柔柔的，像一些温情的手。

祝贺你苏宁，魏东案告破。

这里面也有你的功劳，你打开了我的另一条思路，不然我还不知道要走多少弯路呢！

现在，我心里突然感到很平静，因为我好像一下子理解了魏东的选择，我们家也会因此而摒弃前嫌，唯一让我不能原谅自己的就是，我这个心理医生是失败的，他是我的病人，我没有挽回他，他还得自己挽救……

抑郁症猛于虎啊，我们应该有更多的人注重心理健康，否则悲剧还会重演的。

麦穗走在苏宁的身边，他可以感受到她温暖的气息，一直吹拂到他的内心。他一直把对她的爱情压在心底，他知道魏东案不破，麦穗的心灵是不会安宁的。现在，一切水落石出，像她这样美好的女孩子应该得到幸福。而他坚信他有这个能力。

麦穗，我知道，你不可能一下子从这种痛苦中解脱出来，但是我希望我能跟你一起去战胜它！从我接手魏东的案子到现在，我已经完完全全了解你了。他充满深情地望着她，她没有躲闪。是的，他已了解她作为一个心理医生所具备的优秀品质，和她作为一个女人所散发出来的母性的光辉。她善良温婉、宽容大度，她让他感动至深，麦穗，值得他深深依恋……

苏宁很自然地握住麦穗的手，她惊了一下，慢慢地抽回去。一种悲情涌上他的心头，也许他明白，他永远都无法拥有她的心，永远都无法开始……

补记之一

　　魏锋的铁艺生活体验馆更加红火起来，那大大的招牌，来来往往的人们，里里外外都散发着腾腾的热气。魏锋把一小块铁夹出来，放在砧板上，为父母掌钎。音乐响起，魏子安和韩如梅你一锤我一锤地打起来，他们跟着音乐喊着号子，越打越开心，越打越快乐！突然那块铁打断了，魏锋说没事儿，断了可以补的，你们等着。

　　他重新烧铁，拿出来说妈，这回你掌钎儿，我跟我爸打一回。

　　父子俩齐心协力，只见铁花飞溅，号子嘹亮。他们共同怀抱着一团火，把内心最脆弱的部分敲断、煅打和淬火，成为生命里面的精华。铁啊，我找到了爱你的秘诀，永远跟你肝胆相照。我也找到了自己的缺口，并学会了弥补。而魏子安从中找到了人生里最珍爱的元素，那就是信任、爱和宽容。魏东用他的流浪成全了铁的品质，并在他们的身上发扬光大。此刻魏子安懂得了他今后的事情就是整理那些新旧不一的补丁，使他曾经锈迹斑驳的生命更有尊严和光彩……

补记之二

音乐响起，流光溢彩的舞台，变幻莫测的灯光，华美漂亮的舞台设计，一切都是那么美轮美奂，一切都有如在梦中……

托娅开始演唱《猫》中的经典片段《回忆》。她唱得十分投入，效果意外地好，她仿佛就站在百老汇大剧院，唱着那首让人身心俱裂的歌。她面对着台下无数的观众，情绪高昂到了极点，她唱得感情饱满，声情并茂，十分忘我。她以精湛的演技、出色的唱腔、优美的舞蹈，演绎着回忆中的辉煌……一切都是那么完美无缺……

到时候了，一百场演出结束了，她要在繁华中谢幕而去。

她站在月台上，抱着幼小的儿子，禁不住深情回望，用目光与这座城市告别，也与魏锋告别。她要回到她内心的故乡，她的无垠的草原上去，那才是她永恒的家。

在美丽的大草原上，有一只美丽的小鸟，它偶尔飞过一片波光潋滟的水面时，恰遇一条浮在水面呼吸的鱼。四目相碰，十分战栗，久久地凝望与久久地眷恋，使它们深深地爱上了对方。鸟儿在空中不倦地盘旋着，不忍离开；而鱼儿也是在水面漂浮，不甘就此沉入水底。然而令人心碎的是它们毕竟是两个世界的生命，爱就是一件无奈的事，是命定的事。终于，那只鸟儿带着哀鸣飞离了那片水域，而鱼儿也带着叹息沉入了水底。从此，那只飞鸟再也没有经过这片水域，那条鱼也再没有离开过水底……

现在，那条前世里自沉水底的鱼，终于脱胎成鸟儿，它依然带着斑斓的花纹、湿润的呼吸，还有那水一般的柔情，飞过山冈和河流，追随着生命中那只鸟儿，飘然飞去……

补记之三

　　半个月后，魏东走进了公安局的大门，他找到苏宁要自首，他要为自己十八岁时的那一刀负责。苏宁一点不意外，我知道你会来的，而且是在开庭之前。魏东笑了，你看，我这段时间的流浪为坐牢准备好了最棒的身体。苏宁说张宝珍来找我多次了，坚持要我们从轻处理，满嘴说的都是你的好话。后来在我的追问下，她才告诉我，说你已给了她一百万的补偿，相信这些都会对量刑有所帮助。魏东说不，我的罪不会因为补偿就消失了，也不会因为时间流逝了就消失了，它依然在，我必须赎了这份罪，我才能重新变成清白的，才可以堂堂正正地活下去。

　　麦穗赶来，远远地看着魏东，他那么健壮、粗糙。

　　他们走近，两人相视一笑，好像从未分离过。

　　你来了？麦穗问。

　　嗯，我的病不治而愈。请允许我把最后的一个污点洗掉，苏警官，这样我才可以面对麦穗，不然，她会嫌弃我的……

　　麦穗的心热乎乎的，喉咙处也似有一团火焰，他还爱着自己，无论等待多久都是值得的。

　　当然，我不想让麦穗等太久，我怕她等老了。

　　魏东，我不会老的，得等你坐完牢出来……

　　　　　　　　　　　　　　　　　　　　2015 年 5 月，沈阳

后　记

　　这部小说，先后写了近十年。大概是 2004 年，北京的一家影视公司邀请我创作一部电视连续剧，我一下子就想起我读过的刁斗先生的中篇小说《孪生》。这个故事的内在张力、人物关系的巧妙编织，以及细节的惊心动魄都为电视剧提供了基本要素。后来公司购买了这部小说的影视改编权，我经过辛苦写作，把它改成二十五集电视连续剧。但时运不济，未能播出。我的一番心血也随之付诸流水。

　　我在改编这部小说的过程中，惊讶地发现我已经与其中的人物命运紧紧相连了，我对他们深刻地同情，对他们心理的极大关注，对案件的延伸思考，都使原来这个故事发生了改变。我是否可以选择另外角度重新讲述，它成为一部全新的小说，为此我与刁斗先生进行沟通。

　　我要特别感谢我的朋友刁斗先生的慷慨，他不仅同意把原有的故事内核为我所用，还对我新的构建给予了极大的好评与鼓励。刁斗的小说重点在于人伦的撕裂与重建，而我重点在于罪与罚的拷问、灵魂的崩溃与救赎，变成一部心理悬疑小说。2007 年我几乎从原有故事的结束处写起，在结案之后又被重新起诉，案件完全发生了大翻盘，由防卫过当变成了谋杀，所有人又重入炼狱，很快就完成了第一稿。有意思的是，这个故事具有极大的想象空间，我每隔一段时间就会有新的想法，就会再修改一遍。因为人性远比想象的要复杂嬗变，那些黑暗的瞬间，那些偶尔的崩溃是那么让我深陷其中无法自拔，并重新思考这部小说的意义。当被害者成为加害者的时候，我要拷问的，不仅是罪恶中的正义，还有正义中的罪恶，使人性的荒原重新流淌温暖的河流，让最后的救赎像一场心灵的跋涉，但最终可以到达彼岸。

　　最后，我还要感谢臧永清先生给我这部书出版的机会，同时感谢庞俭

341

克先生，十九年前，我的第二部长篇小说的责编就是他，那时他还在漓江出版社。如今快二十年过去了，我们再一次联手合作。所以感谢命运的眷顾，让我的文字又幸运地与他们相遇。

李轻松

2017 年 5 月 16 日